Schwarzhaupt

Der Börsenmacher

Andreas Schwarzhaupt

Der Börsenmacher

Wirtschaftsthriller

FinanzBuch Verlag

Die Deutsche Bibliothek – CIP-Einheitsaufnahme
Ein Titeldatensatz für diese Publikation ist bei
der Deutschen Bibliothek erhältlich

E-MAIL: BOERSENMACHER@FINANZBUCHVERLAG.DE

LANDSHUTER ALLEE 61 • 80637 MÜNCHEN

TEL.: 089/65 12 85-0 • FAX: 089/65 20 96

ISBN 3-932114-91-4

Seitdem ich die Werke von Raymond Chandler und Mark Twain verschlungen hatte, war ich inspiriert davon, ein Buch zu schreiben. Doch über was? Und wie? Im Laufe meiner beruflichen Laufbahn als Wertpapierhändler und später als Finanzjournalist wurde klar, dass es nur ein Thema für ein Buch geben kann: die Börse.

Das »Wie« schaute ich mir bei Tom Clancy ab – reine Fiktion, unterlegt mit harten Fakten und weitreichenden Hintergrund-Informationen.

Es ging mir nicht so sehr um Originalität oder einen authentischen Schreibstil, sondern mehr darum, eine unterhaltende und spannende Geschichte über die Zusammenhänge an den internationalen Börsen zu schreiben, gepaart mit Sex, Drogen, Mord, starken Frauen, Helden und natürlich vielen Schurken.

Sämtliche Personen, Namen und Handlungen sind frei erfunden. Irgendwelche Ähnlichkeiten wären rein zufällig.

Es ist nicht mein Werk allein. Viele Hunderte von Büchern im Laufe der Zeit inspirierten mich zu einzelnen Handlungssträngen. Helden und Komplotte aus Dutzenden von Filmen dienten meiner Phantasie als Vorbild. Eigene Erlebnisse, aber gerade Geschichten aus dem Freundes- und Bekanntenkreis ließen mich die Geschehnisse realitätsnah niederschreiben.

Deswegen gebührt an dieser Stelle auch ein Dank. Bedanken möchte ich mich vor allem als langjähriger, treuer Leser beim Spiegel-Verlag. Meine gesammelten Werke und die hervorragende Online-Datenbank des Spiegel waren die wichtigsten Nachschlagequellen. Natürlich gilt auch der Dank für ihre Unterstützung meinen vielen Freunden, insbesondere Simone Katzwinkel und Andrea Paxmann, die in mühseligen Stunden die ersten Versionen des Buches zerpflückten. Dank gebührt auch Carl Batisweiler aus der Textredaktion von EURO am Sonntag, der nicht nur mit viel Geduld aus einem Banker einen anständigen Schreiberling zu machen versuchte, sondern sogar selbst noch einmal zum Schluss über dieses Buch bügelte.

Und natürlich auch Christian Jund, meinem Verleger und Inhaber des FinanzBuch Verlag, der sich dieses ‚Erstlings' angenommen hat.

Als ich das Buch begann, da war die Welt noch in Ordnung. Es gab noch keinen Börsen-Crash und noch keinen 11. September. Dass die Aktienkurse so nicht mehr weiter steigen konnten, war klar. Genauso wie, dass auf schlechte Börsenzeiten aber auch bald wieder gute folgen werden.

Der 11. September 2001 dagegen hat vieles verändert. Und bei allem Respekt und tiefer Trauer um die vielen, vielen Opfer dieses schrecklichen Attentates – manchmal bedarf es einer »Katastrophe«, um die Menschen, um die Welt wachzurütteln. Ich hoffe, die Welt wird sich wirklich verändern. Und zwar zum Besseren. Zu einer Welt mit mehr Frieden, Toleranz und Verständnis unter den verschiedenen Völkern und Religionen. Ich hoffe es im Andenken an die unschuldigen Opfer des 11. Septembers.

Deswegen haben der FinanzBuch Verlag und der Autor beschlossen, einen Großteil des Ertrages aus diesem Buch für sinnvolle Aktivitäten im Rahmen des kulturellen, religiösen, wirtschaftlichen und politischen Austauschs zu spenden oder zu verwenden.

Wir wissen von bereits intensiven Vorbereitungen auf diesem Gebiet durch renommierte Organisationen. Das wollen wir unterstützen. Denn das gibt uns persönlich die Hoffnung für eine bessere Welt – morgen.

Prolog

Das letzte Puzzleteil lag vor ihm. Zwei Jahre hatte Professor Paul Walther auf diesen Vertrag hingearbeitet. Vierzig Millionen würde es ihn kosten. Fünfundzwanzig Millionen aus der eigenen Tasche plus weitere fünfzehn, die von einer befreundeten Investorengruppe getragen wurden. Aber faktisch gehörte die Skynet GmbH nun ihm.

Wer den Fluss der Informationen kontrolliert, beherrscht auch den Lauf der Welt, lautet eine alte Führungsregel.

Besser hätte es nicht kommen können, lachte Professor Walther in sich hinein. Vor zwei Jahren hatte das Management noch das Dreifache verlangt. Dabei war es schon damals vorhersehbar gewesen, dass Skynet den Anschluss an die moderne Technologie verpassen würde. Und nun, nachdem die komplette Informationsindustrie auf Internet-Technologie umgestellt hatte, war der amerikanische Noch-Geschäftsführer von Skynet mehr als bemüht darum, den Informationsanbieter so schnell wie möglich loszuwerden.

Auf dem Papier war es ein reines Verlustgeschäft. Skynet GmbH, der letzte unabhängige deutsche Informationsanbieter für Nachrichten, Börsenkurse und Wertpapierhandelslösungen, von Berechnungsapplikationen bis Handelsplattformen, war die Tinte nicht wert, mit der er eben den Kaufvertrag unterschrieben hatte. Die Technologie von Skynet hinkte dem Marktstandard um zwei Jahre hinterher, das Netzwerk war uralt und ständig überlastet. Durch die dadurch auftretenden Zeitverzögerungen, brisant in einem Geschäftsfeld, in denen Sekunden über Kauf und Verkauf von Millionen entscheidend waren, kam es fast täglich zu Beschwerden der Kunden, zunehmend zu Kündigungen und Schadensersatzklagen. Der Vertriebschef, ein Politiker wie er im Buche stand, hatte den ganzen Tag nichts Besseres zu tun, als Kollegen gegeneinander auszuspielen. Als Operationsmanager, verantwortlich für Netzwerk und Technologie, agierte ein Mann, der in der Finanzindustrie mehr für seine Trinkfestigkeit als für seine Kompetenz bekannt war. Und die einzigen beiden fähigen Manager, der Marketingleiter und der Verantwortliche für Handelsplattformen, würden die Firma in Kürze verlassen, da ihnen just in diesem Augenblick lukrative Angebote von anderen Häusern gemacht wurden.

Aber dieser desolate Zustand der Firma war genau das, was Professor Walther sich wünschte. Die vierzig Millionen waren gut investiert. Nur für einen ganz anderen Zweck, als es die meisten auch nur im Entferntesten vermutet hätten.

Zu den dümmsten Sprüchen über eine Aktie zählte der Satz: Sie ist schon so hoch gestiegen, sie kann eigentlich nicht mehr weitersteigen. Wer die Börse aus diesem Blickwinkel betrachtete, der würde zwangsläufig immer die besten Chancen verpassen. Wer etwa 1986 gezögert hat, Aktien des amerikanischen Softwareherstellers Microsoft zu kaufen, den bestrafte das Leben. Denn der Kurs war seitdem um vierzigtausend Prozent gestiegen. Dabei müssten die Experten eigentlich wissen, dass Aktienkurse immer weiter klettern konnten, solange sich die Gewinne des Unternehmens verbesserten, die Zukunftserwartungen der Anleger positiv waren und das Börsenumfeld stimmte.

Ein anderer Irrtum war der Glaube, dass eine Aktie, die stark gefallen war, demnächst wieder steigen müsste. Musste sie keineswegs. Leidvoll hatten das jene Anleger erfahren müssen, die Aktien der in Konkurs gegangenen Firmen Bremer Vulkan oder Holzmann im Depot hatten.

Aber der größte Fehler, den ein Anleger machen konnte, war, überhaupt keine Aktien zu kaufen, dachte sich Kurt Bullowski. Zwar hatte er nicht den kompletten Microsoft-Boom mitgemacht, aber eine Verzwanzigfachung seines Einsatzes war ja auch nicht zu verachten.

Begonnen hatte alles vor fünf Jahren. Da hatte ihm seine verstorbene Großmutter ein kleines Erbe von siebzigtausend Euro hinterlassen. Seine Freunde und Bekannten hatten ihm wegen der vielen Steuersparmöglichkeiten zum Kauf einer Eigentumswohnung geraten. Aber schließlich war Bullowski Bankangestellter, wenn auch nur in der Postabteilung, und als Banker hatte er sich verpflichtet gefühlt, sein Geld in Aktien anzulegen. Zudem hatte die Arbeit in der Postabteilung auch ihre Vorteile. Die täglichen Wirtschaftszeitungen und Börsenbriefe liefen alle über seinen Tisch, und irgendwie musste er sich schließlich die Stunden zwischen der Verteilung der Posteingänge am frühen Vormittag und der Bearbeitung der Postausgänge am späten Nachmittag vertreiben.

Den Börsenbrief, der sein Leben verändert hatte, las Bullowski etwa ein halbes Jahr später, nachdem er seine ersten Aktien gekauft hatte. ‚Hebelwirkung' hatte es der Autor genannt. Der Kauf von Aktien auf Kredit sei die Formel für den Kleinaktionär, aus einem geringen Vermögen ein großes zu machen. Der Anleger hinterlegt bei der Bank seine Aktien als Sicherheit, nimmt für den Gegenwert einen Kredit auf und kauft davon wieder neue Aktien, um diese erneut als Sicherheiten für einen weiteren Kredit zu benutzen. Die Banken akzeptieren Aktien meist zwischen sechzig und siebzig Prozent ihres Kurswertes als Sicherheit, so dass der Aktionär mit einem Depotwert von einhunderttausend Euro im ersten Schritt sechzigtausend Euro Kredit aufnehmen kann. Im zweiten Schritt beleiht der Anleger dann nochmals die Aktien, die er für den Kredit gekauft hat. Und so geht es immer weiter. Zudem, wenn die Aktienkurse steigen, steigt gleichzeitig auch der Wert der Sicherheiten und die ‚Hebelwirkung' kann noch weiter ausgebaut werden.

Kurt Bullowski hatte sich strikt an die Anweisungen des Börsenbriefautors gehalten. Er nahm einen günstigen Angestelltenkredit von dreißigtausend Euro auf und eröffnete bei einer anderen Bank ein Depot, da er nicht wollte, dass seine Kollegen von seinen Geschäften Wind bekamen. Über die Jahre blieb er diesem Autor treu und kaufte stets dessen Aktienempfehlungen, die sich auch meist in dem boomenden Umfeld als Gewinner erwiesen.

Keine vier Jahre später betrug sein Depotwert zehn Millionen Euro, der zur Hälfte durch Kredite finanziert war. Ob Microsoft, AOL, Yahoo, SAP oder EM.TV, die Liste seiner Aktien-Gewinner war lang. Kurt wohnte nun in einer Fünf-Zimmer-Maisonette-Wohnung im Frankfurter Nordend, von deren Dachterrasse er die City-Skyline vom Messeturm bis zum Commerzbank-Tower überblicken konnte. Er fuhr einen nagelneuen, tiefschwarzen Porsche Carrera 4S und brummte mit seiner roten Harley Fat Boy am Wochenende durch den Odenwald.

Nicht schlecht für einen Sechsundzwanzigjährigen, der als Bankangestellter in der Postabteilung nur dreißigtausend Euro netto im Jahr verdient, dachte sich Kurt. Er hatte seinen Job in der Bank noch nicht aufgegeben. Was hätte er auch tun sollen, ohne Berufsausbildung und Schulabschluss? Außerdem kam es in den Kreisen, in denen er sich nun bewegte, immer gut an, wenn er erzählen konnte, dass er Banker und zudem Börsianer sei. Erst wenn er bei zwanzig Millionen war, würde er seinen Beruf an den Nagel hängen und nur noch professionell mit Aktien spekulieren, nahm er sich vor. Bei den absehbaren Kurssteigerungen lag dieses Ziel auch nicht mehr in weiter Ferne.

Denn dass die Kurse weiter klettern würden, daran hatten Bullowski und sein Börsenbriefguru keine Zweifel.

Kapitel I

Freiheit

Klaus Steiner wartete schon seit einer halben Stunde vor der Ankunftshalle B des Frankfurter Flughafens. Und das an einem dieser Tage Anfang August, an dem die Luft so heiß und feucht war, dass sie einem römischen Dampfbad Konkurrenz hätte machen können. Aber das spielte keine Rolle, denn auf diesen Tag hatte er seit knapp drei Jahren gewartet. Zudem war es dort, wo er herkam, noch heißer, noch schwüler und noch stickiger gewesen als hier in Frankfurt.

Er schaute auf seine Uhr, eine *Citizen Aqualand*, den einzigen Schmuck, den er sich zugestand. Ulf war spät dran. Und die Hitze wurde immer unerträglicher. Doch endlich kam die Mercedes-Limousine um die Ecke gebogen.

Drei Jahre hatten sie sich nicht gesehen, und als Ulf aus dem Auto stieg, standen sie sich gegenüber wie verlegene Schuljungen. Die Umarmung war nur kurz.

»Lass dich anschauen. Mann, du siehst verdammt gut aus. Schöner Teint. Und du hast auch ganz gut aufgebaut. Was bringst du jetzt auf die Waage?«, fragte Ulf.

»Knappe Hundert – reine Muskelmasse!«

Beide lachten. Früher hatten sie noch gemeinsam im *Akuf Gym*, das in der Nähe des Frankfurter Flughafens im Industriegebiet von Kelsterbach lag, den Stewardessen in ihren hautengen Stretch-Anzügen nachgejagt und nebenbei ein wenig trainiert. Doch seitdem Klaus Deutschland vor drei Jahren in einer Nacht-und-Nebel-Aktion verlassen hatte, war Ulf nur noch selten dort gewesen. Zu viele Dinge waren seitdem passiert, um die er sich hatte kümmern müssen. Bei Klaus hatte jedoch der

Inselaufenthalt in der Karibik nicht die schlechtesten Spuren hinterlassen. Bei einer Körpergröße von ein Meter und neunzig und drei Jahren mehr oder minder gebührenfreiem Training war dies aber auch kein Wunder.

Ulf half Klaus, sein reichliches Gepäck im Kofferraum und auf dem Rücksitz der Limousine zu verstauen. Kaum fünf Minuten später reihten sie sich in den Morgenstau auf der A5 ein und schoben sich in Richtung Königstein.

»Wie fühlst du dich?«, fragte Ulf nach einer Weile.

»Alles ist noch so unwirklich«, antwortete Klaus. »Es ist erst sechsunddreißig Stunden her, als ich erfuhr, dass ich wieder zurückkommen kann.«

»Wahrscheinlich lagst du gerade am Strand in einer Hängematte unter Palmen, hattest eine schöne Mulattin im Arm und der Butler reichte dir das Handy auf dem silbernen Tablett neben einem eisgekühlten Margarita«, versuchte Ulf scherzhaft die ungewohnte Situation etwas aufzulockern.

»Schön wär's. Die Nachricht bekam ich per E-Mail von Doktor Hechler, unserem Familienanwalt, während ich im Büro der Cayman Grand National Bank saß. Kurz und knapp schrieb er, dass alles geklärt sei und ich sofort nach Deutschland zurückkommen sollte.«

»Alle wissen, dass man dich reingelegt hatte. Wenn es dir irgendwie hilft«, versuchte Ulf das Thema zu ändern.

»Vielen Dank, Ulf, doch ich habe drei Jahre verloren. Drei Jahre, Ulf«, presste Klaus zwischen den Lippen hervor. Drei Jahre, wiederholte er in Gedanken. Drei verdammte Jahre, und das alles wegen einer hinterhältigen kleinen Verschwörung, die damals gegen ihn angezettelt worden war. Das Problem war nur, dass er bis heute nicht wusste, wer dahinter gesteckt haben könnte. Er hatte ein paar Vermutungen, aber keinerlei Beweise. Zudem ließ die Art und Weise, wie man ihn aufs Kreuz gelegt hatte, darauf schließen, dass da weitaus größere Mächte dahinter steckten.

Drei Jahre hatte er damit verbracht, alle theoretischen Möglichkeiten durchzuspielen. Doch es hatte alles keinen Sinn gemacht. Niemand hatte einen Nutzen von seiner Verurteilung gehabt. Warum also all die fingierten Beweisstücke, die erfundenen Zeugenaussagen oder die manipulierten Tonbandaufnahmen? Er hatte nie eine Chance gehabt, das Gegenteil zu beweisen. Zu stichhaltig war die Beweiskette. Da waren echte Profis am Werk gewesen. Doch warum nur?

Er versuchte, gegen die Wut anzukämpfen, die bei diesen Erinnerungen in ihm wieder aufstieg. Das Schlimmste war dieses Ohnmachtsgefühl, dachte er sich.

Als Ulf am Frankfurter Kreuz von der A5 auf die B66 Richtung Wiesbaden abbog, versuchte er, den Gesprächsfaden erneut aufzunehmen.

»Ich hatte vorher nie die Möglichkeit, aber ich wollte dir auf alle Fälle nochmals danken!«

»Danken für was?«, fragte Klaus verwundert.

»Dafür, dass du damals meinen Namen aus dem Spiel gelassen hast.«

»Es hätte nichts gebracht, glaube mir. Du hättest mir nicht helfen können. Im Gegenteil, wenn ich dich mit einbezogen hätte, wärest auch du in deren Schusslinie geraten. Der Name der Bank wäre in Mitleidenschaft gezogen worden, meine Mutter hätte darunter gelitten, und so weiter. Das hätte niemandem genutzt. Außerdem waren die drei Jahre nicht völlig umsonst, ich habe einige gute Ideen und Ausarbeitungen in meinem Koffer, die ich sobald wie möglich mit dir besprechen möchte«, antwortete Klaus.

»Aber raus mit der Sprache. Irgendetwas bedrückt dich! Dafür kenne ich dich schon zu lange.«

Verlegen schaute Ulf auf seine Hände. War Klaus bereit für das, was er ihm nun mitteilen musste? Weshalb man Klaus nach Hause geholt hatte, trotz des schwebenden Verfahrens gegen ihn. Schweiß perlte sich auf Ulfs Stirn, obwohl der Wagen vollklimatisiert war.

»Du hast Recht,« begann Ulf leise, bevor er tief Luft holte. »Willst du zuerst die schlechte oder die schlimme Nachricht?«

Seit der E-Mail von Hechler hatte Klaus versucht, irgendwelche negativen Gedanken zu verdrängen. Doch jetzt begannen sich seine Nackenhaare aufzustellen und eine leichte Gänsehaut überzog seine Arme. Hätte er es sich nicht denken können, dass etwas passiert sein musste? Warum sonst hätte ihn Hechler von heute auf morgen zurückgeholt?

»Zuerst die schlechte Nachricht!«

»Die Bank befindet sich auf dem absteigenden Ast. Es sieht ziemlich übel aus, um ehrlich zu sein. Wir sind morgen Abend zum Essen mit Dieter Pring im *Käfer* in Wiesbaden verabredet. Ich möchte dem Gespräch nicht zu weit vorgreifen, aber die Sache ist ernst. So ernst, dass ich mir wahrscheinlich bald einen neuen Job suchen kann!«

»Du machst Scherze! Und das war die schlechte Nachricht? Was, bitte schön, ist die schlimme Nachricht?«

Ulf Bauer umklammerte das Lenkrad der Limousine ein wenig fester.

»Deine Mutter liegt im Sterben!«

Die dunkelblaue Mercedes-Limousine bog in die Auffahrt der Villa Benz ein.

Otto Steiner, der Großvater von Klaus, hatte sie nach dem Familiennamen seiner Großmutter benannt. Otto Steiner, ein ausgesprochener Pferdenarr, hatte 1949 dieses riesige Stück Land zwischen Kronberg und Falkenstein erworben und es in Form eines Gutsherrensitzes gestaltet. Das Haupthaus war ein stattliches mittelalterliches Gebäude aus Eichenfachwerk, auf dem an allen vier Dachecken kleine Turmerker saßen. Ein weitläufiges Stallgebäude schloss sich an den rechten hinteren Teil des Hauses an.

Otto Steiners Sohn und Klaus' Vater, Maximilian Steiner, ein leidenschaftlicher Hobby-Innenarchitekt und ein romantischer Idealist, hatten später dieses Stallgebäude innen komplett aus- und umgebaut. Es wurde zu einem Treffpunkt für junge Künstler und begabte Architekten, die hier manchmal monatelang gewohnt und gearbeitet hatten. Gleichzeitig verwandelte sich auch das dreitausend Quadratmeter große Grundstück von einer Pferdekoppel in einen paradiesischen, in englischem Stil angelegten Park.

Am anderen Ende des Grundstückes befand sich ein großer,

aus natürlichen Bachläufen gespeister See. An dessen Ufer hatte Max Steiner in der Art eines kanadischen Cottage ein Gästehaus errichten lassen, inklusive eines kleinen Bootssteges. ‚Zufluchtsort' hatte er es immer genannt. Manchmal hatte er sich tagelang darin verkrochen, um neue Ideen auszubrüten. Und es war für jeden eine Todsünde, ihn in dieser Zeit anzusprechen oder zu belästigen.

Nach dem Tod von Maximilian Steiner verschloss seine Frau Hildegard Steiner das Stallgebäude und hatte es seitdem nie wieder betreten. Genauso wenig wie das Cottage, das auch in seiner Funktion als Gästehaus selten genutzt wurde, da das Haupthaus mit seinen vierundzwanzig Zimmern genügend Platz bot.

Als Klaus Steiner aus dem Auto stieg, war es merklich kühler geworden. Und diese Luft – er hatte solche Luft schon Jahre nicht mehr gerochen. Wie hatte er es vermisst – Sauerstoff, der jede Zelle mit Lebenskraft und Energie füllte. Ein tiefes Gefühl durchdrang Klaus. Er war wieder zu Hause.

Doch schnell holte ihn die Realität wieder ein: das Haus, die Familie, die Bank, die Finanzen. Um alles würde er sich bald selbst kümmern müssen. Und ganz nebenbei gilt es auch, sein eigenes Leben wieder neu zu ordnen.

»Wir sind morgen um acht Uhr mit Dieter Pring verabredet. Ich hole dich um halb acht hier ab, ist das okay?«, fragte Ulf Bauer, der nur halb aus dem Auto gestiegen war.

»Das geht in Ordnung. Dank dir Ulf, – für alles. Und tut mir Leid, dass ich kein guter Gesprächspartner war«, sagte Klaus und ergriff über das Autodach hinweg die Hand von Ulf.

»Klaus, ich kann nur erahnen, was jetzt alles in dir vorgeht. Aber ich möchte, dass du eins weißt, egal was auch passieren wird, egal was kommt, ich bin für dich da. Und manches lässt sich zu zweit besser bewältigen als alleine! Verstanden?«

Mit einem letzten festen Druck ließ Klaus die Hand von Ulf los, drehte sich um und ging auf das Haus zu. Ulf wendete die Limousine und verließ das Anwesen. Denn bei dem, was nun auf Klaus zukam, konnte er ihm nicht helfen.

Auf den großen Eingangsstufen der Villa Benz stand Edward. Edward Twedd war vor über dreißig Jahren mit seiner Frau Margret direkt von Ivor Spencer, einer berühmten britischen Agentur für Butler mit königlichen Verbindungen, zu seinem Vater gekommen. Seitdem sind Edward und Margret ein fester Bestandteil im Familienleben der Steiners.

»Hallo Ed«, sagte Klaus und streckte Edward seine Hand entgegen. »Schön wieder zu Hause zu sein.«

»Ich wünschte, die Umstände würden größere Freude zulassen«, antwortete Edward und drückte die Hand von Klaus lange und fest.

»Wie geht es Margret?«, fragte Klaus mit einem dicken Kloß im Hals.

Beide kämpften mit ihren Gefühlen. Edward war nach dem Tod von Max Steiner mehr als nur in die Vaterrolle geschlüpft. Und Margret stand ihm teilweise näher als seine eigene Mutter. Beide sorgten sich zutiefst über Hildegard Steiner, über das Haus, über die Zukunft. Aber vor allem Edward ließ nie zu, dass ihm jemand diese Zweifel auch nur ansah. Zu sehr war er bedacht auf die Wahrung der Förmlichkeiten. Und so blieb es bei dem festen Händedruck zur Begrüßung.

Margret dagegen war ganz anders. Kaum hatte sie in der Küche die Stimme von Klaus gehört, stürmte sie aus dem Haus und riss ihn bei ihrem Umarmungsversuch fast zu Boden. Mit den Jahren hatte sich Margret ein kleines, natürliches Polster zugelegt, was aber ihrer ein Meter fünfundsechzig großen Schönheit keinen Abbruch tat. Ungeniert liefen ihr die Tränen über die Wangen und ihre schwarze Schminke verschmierte das weiße Hemd von Klaus.

»Wo ist Mutter?«, fragte Klaus Steiner. Vergebens versuchte er, seinen Gefühlen nicht freien Lauf zu lassen. Wie sehr hatte er darauf gebrannt, zurückzukehren. Und wie bitter waren nun die Umstände.

»Die Ärzte haben ihr absolute Bettruhe verordnet, aber du kennst sie ja. Sie liegt jetzt auf dem Sofa im Wohnzimmer, umgeben von Telefon, Fernseher und Zeitungen. Sie kann es einfach nicht lassen«, schnäuzte Margret Twedd in ihr Taschentuch.

»Klaus, ich habe mir erlaubt, Doktor Manns kommen zu lassen, damit du Informationen aus erster Hand über den Zustand deiner Mutter erhältst. Er wartet im Musikzimmer«, versuchte Edward die emotionsgeladene Situation gewissenhaft zu überspielen.

»Danke, Edward, das war eine sehr gute Idee.«

Wenigstens einer, der hier seine Gefühle unter Kontrolle hat, dachte sich Klaus. Oder der sie zumindest bestens verstecken konnte.

»Edward, ich verzehre mich schon nach einer Tasse deines guten Kaffees. Wärst du so nett und würdest welchen im Musikzimmer servieren?«

Während Margret eine unschlagbare Köchin war, so gehörte das Prozedere des Tee- und Kaffeekochens fest in die Hände von Edward. Ein ‚Familiengeheimnis' nannte er es. Den einmaligen Geschmack würde die richtige Mischung aus frisch gemahlenem kolumbianischen Kaffee, Kakao und ein wenig Salz ausmachen, hatte Edward einmal verraten. Aber trotzdem waren seine Reproduktionsversuche jedes Mal gescheitert.

»Schon geschehen«, antwortete Edward und ging voran zum Musikzimmer.

Hier hatte sich nichts verändert, dachte sich Klaus, als er das Zimmer betrat. Drei Seiten des Zimmers wurden von fünf hohen Flügeltüren gesäumt, durch die man einen herrlichen Blick auf den Park hatte. Fast in der Mitte des Raumes stand auf einem kleinen Podest der Flügel, den sein Großvater, selbst ein begnadeter Pianist, während des Krieges im Jahre 1943 durch seine guten jüdischen Verbindungen in den USA aus dem Nachlass von Sergei Rachmaninow in Los Angeles erstanden hatte. Dahinter reihten sich achtundvierzig gemütliche Sessel, die bei jedem Hauskonzert gut besetzt waren. Auch die zarte Teecouchgarnitur mit zwei Sesseln und einem niedrigen Glastisch stand noch immer im vorderen Drittel des Raumes. Ein riesiger Kronleuchter, ein dezenter gelber Farbton an den Wänden und Stuckverzierungen rundeten das Gesamtbild des Zimmers harmonisch ab.

»Guten Tag, Doktor Manns. Ich bin Klaus Steiner.«

Doktor Manns erhob vorsichtig seinen massigen Körper aus der antiken Couch und streckte Klaus seine riesige Pranke entgegen.

»Guten Tag, Herr Steiner«, erwiderte Doktor Manns und taxierte Klaus mit einem abschätzenden Blick. »Ich weiß, Sie wollen natürlich zuerst wissen, wie es um den Gesundheitszustand Ihrer Mutter steht. Sie kam vor etwa drei Wochen zu mir in die *Deutsche Klinik für Diagnostik* in Wiesbaden. Ihre Mutter klagte über stechende und anhaltende Schmerzen im Herz- und Brustbereich.«

»Doktor Manns, verzeihen Sie die Unterbrechung, aber seien Sie offen mit mir. Wie steht es wirklich um sie? Mir wurde gesagt, dass meine Mutter vielleicht sterben könnte. Und das ist für mich etwas anderes als Brustschmerzen!«, unterbrach Klaus.

»Herr Steiner. Es widerspricht völlig meiner Berufsethik, solch eine Aussage zu treffen. Aber wenn ich auf Grund der ernsthaften Lage so offen sein darf – ich gebe Ihrer Mutter zwischen fünf Minuten und vierzehn Tagen.«

Doktor Manns ließ seinen Worten eine kurze Pause folgen, damit Klaus diese Information erst mal verarbeiten konnte.

»Und so, wie sie im Wohnzimmer liegt und sich am Telefon aufregt, neige ich eher zu den fünf Minuten. Auf der anderen Seite ist sie eine unwahrscheinliche Kämpfernatur. Nur wird ihr das in diesem Falle nicht viel helfen. Durch ihren ersten Herzinfarkt und ihr Alter wird der Herzmuskel nun inzwischen nur noch äußerst schlecht durchblutet. Und was noch schlimmer ist: Viele der großen, blutversorgenden Gefäße sind durch die langjährige Einnahme von gerinnungshemmenden Mitteln porös geworden. Es kann also passieren, dass bei Ihrer Mutter durch zu starke Aufregung oder Ähnliches ein Blutgefäß platzt und sie innerlich verblutet. Die immer häufiger auftretenden Ohnmachtsanfälle führe ich auf eine Unterversorgung des Gehirns mit Sauerstoff zurück. Auch das Wasser in ihren Beinen zeigt, dass ihr Herz nicht mehr genügend Kraft hat, alle Organe ausreichend mit Blut zu versorgen. Das ist aber in ihrem Alter und nach den vorhergehenden Herzinfarkten kein Wunder!«

Doktor Manns schwieg für einen kurzen Moment. Als er den Schmerz in den Augen von Klaus Steiner sah, hob er noch einmal an.

»Herr Steiner, ich würde Ihnen gerne eine bessere Nachricht überbringen, und ich hoffe, Sie verzeihen mir meine offenen Worte. Es gibt an dieser Situation nichts zu verschönern. Ihre Mutter liegt im Sterben. Nutzen Sie die Zeit für die vielen Dinge, die noch gesagt werden müssen. Nicht viele haben diese Möglichkeit. Nutzen Sie die Zeit, sich in Ruhe zu verabschieden!«

Kapitel II

Familie

Nachdem Klaus Steiner Doktor Manns zur Tür gebracht hatte, ging er zögerlich in Richtung Wohnzimmer.

Der Weg durch den langen, breiten Flur führte ihn vorbei an den Ölgemälden seiner Vorfahren. Schon als Kind hatte er oft stundenlang davor gestanden und sie eingehend betrachtet. Die alten Bilder strahlten für ihn etwas Ehrfürchtiges aus, etwas Unerreichbares, Allwissendes. Er konnte sich noch genau daran erinnern, wie oft er vor dem Gemälde seines Urgroßvaters Eduard Steiner gestanden und ihn leise um Rat gefragt hatte.

Bei dem Gedanken musste Klaus schmunzeln. Als er zehn Jahre alt war, hatte ihm sein Vater das erste Mal die Familiengeschichte erzählt, von den Anfängen und der Entstehung des Bankhauses.

1860 hatte Eduard Steiner das Bankhaus in Berlin gegründet. Als 1866 Otto von Bismarck gegen Österreich in den Krieg ziehen wollte und das nötige Geld nicht vom Parlament bekam, war es das Bankhaus Steiner, das neben Bismarcks Hausbankier Bleichröder die finanziellen Mittel für den Feldzug zur Verfügung stellte. Durch die Siege Bismarcks über Österreich und 1871 über Frankreich wurde Eduard Steiner nicht nur sehr reich, sondern das Bankhaus Steiner etablierte sich dadurch als erste Adresse am Hof.

Sein Sohn Otto Steiner dagegen musste das Bankhaus durch sämtliche Krisen des frühen zwanzigsten Jahrhunderts führen. Nur durch die guten Kontakte zur Politik, Industrie und Wirtschaft umschiffte der Großvater von Klaus die große Depression Ende der zwanziger Jahre. Nachdem Hitler 1933 an die Macht gekommen war, fanden die deutschen Banken mit der Integration in die Kriegswirtschaft wieder zu alter Stabilität zurück. Dem politischen Einfluss konnte sich auch das Bankhaus Steiner nicht gänzlich entziehen. Aber als Hitler seine Armee 1939 in Polen einmarschieren ließ, schlug sich Otto heimlich auf die Seite des Widerstandes. Er organisierte so unauffällig wie möglich den Transfer der Bargeldreserven von Hunderten von Juden über die Schweiz nach Amerika oder nutzte in einigen Fällen seine guten Verbindungen in die Politik, um an Ausreise-Visa für jüdische Freunde zu gelangen. Sein Großvater hatte das Glück, dass die Deutsche Bank zu dieser Zeit ihre schützende Hand über das Bankhaus Steiner hielt, da Otto Steiner über beste persönliche und somit kriegswichtige Kontakte zu Krupp- und Thyssen-Dynastien verfügte.

Die Nachkriegsjahre waren unspektakulär verlaufen. Otto Steiner beschloss den Umzug der Bank nach Frankfurt, da Berlin zerstört und einer ungewissen, vielleicht sogar kommunistischen Zukunft ausgesetzt, und auch der Sitz der Bundesbank in Frankfurt geschäftspolitisch interessanter war. Weiterhin pflegte das Bankhaus Steiner beste Kontakte zu politischen und industriellen Kreisen und konzentrierte sich so auf die Geschäftsbereiche Großkredite und Vermögensberatung.

Maximilian Steiner, der Vater von Klaus Steiner, hatte 1962 die Leitung der Bank übernommen. Nachdem er einige Jahre zuvor in London im Eurodollar-Bereich gearbeitet hatte, baute er ein drittes Standbein innerhalb der Bank auf, den Devisen- und Anleihenhandel.

Der Devisenhandel hätte ihn jedoch beinahe Kopf und Kragen gekostet, als im Juni 1974 die Herstatt-Bank aus heiterem Himmel ihre Schalter schloss. Herstatt hatte wilde Währungsspekulationen betrieben und die auflaufenden Verluste lange durch buchungstechnische Manipulationen verschleiert. Durch das schnelle Eingreifen der Bundesbank bekam das Bankhaus Steiner einen Großteil seiner Forderungen erstattet. Kurz danach stellte Max Steiner jedoch den aktiven Devisenhandel ein und konzentrierte die Aktivitäten des Bankhauses nur noch auf das Inland.

Doch das traditionsreiche Bankhaus Steiner kam nicht zur

Ruhe. Ein Jahr später erlag Maximilian Steiner den Verletzungen eines schweren Autounfalls. Er hinterließ einen fünfzehnjährigen Sohn, der noch zu jung war, um die Bank weiterzuführen, und seine Frau Hildegard. Hildegard Steiner war zwar die bessere Geschäftsfrau, während Max Steiner eher der kreative Kopf des Teams war. Aber in der damaligen, sehr konservativen Bankenwelt war es noch ein Ding der Unmöglichkeit, dass eine Frau den Vorsitz einer Bank führte. Bald kam die Bank in Schwierigkeiten, nachdem Kreditlinien bei anderen Banken gekürzt wurden und Industriekunden größere Einlagen abzogen. Das änderte sich erst, nachdem sich Hildegard Steiner entschloss, den damaligen Generaldirektor Dieter Pring als Teilhaber des Bankhauses aufzunehmen, und der Name des Bankhauses in Steiner & Pring geändert wurde. Dieter Pring gehörte zwar nicht zu den Genies der Bankenwelt, doch sein Name stand für solide Arbeit und eine konservative Einstellung.

»Und was rätst du mir heute?«, fragte Klaus stumm das Ölgemälde von Eduard Steiner, vor dem er nachdenklich verweilt hatte.

Das Wohnzimmer, mehr ein kleiner Saal mit hohen Stuckdecken und altem Schiffsparkett, hätte schon immer die ideale Größe für einen Tennisplatz gehabt, dachte sich Klaus, als er den Raum betrat.

Die Mitte des Zimmers wurde gefüllt durch eine riesige, weiße Couchlandschaft. Und seine Mutter lag eingewickelt in eine rote Decke und brüllte in den Telefonhörer. Während überall Zeitungen und Zeitschriften verteilt herumlagen, stand links von ihr ein Tisch mit dem eingeschalteten Fernseher. Bloomberg TV hieß ihr Lieblingsprogramm, während andere Frauen sich an den Talk-Shows auf allen weiteren Kanälen ergötzten.

Schon vor fünf Jahren hatte sie ihren ersten Herzinfarkt gehabt. Damals rieten ihr die Ärzte, sich aus dem aktiven Bankgeschäft zurückzuziehen, ansonsten könnten sie für nichts garantieren. Aber wer Hildegard Steiner kannte, wusste, dass sie es niemals zulassen würde, dass Dieter Pring die Geschicke des Bankhauses alleine führte.

Klaus Steiner hatte nie ein herzliches Verhältnis zu seiner Mutter gehabt. Von klein auf hatte sie ihn in die Obhut von Margret gegeben, da sie selbst zu sehr mit der Führung der Bankgeschäfte beschäftigt war. Sein Vater war der Stratege und Visionär, aber es war doch seine Mutter, die die Zügel zusammengehalten hatte. Mit Visionen allein verdient die Bank kein Geld, war ihr Credo, und sie arbeitete hart daran, dass den Ideen Taten folgten. Sehr zum Leidwesen ihres einzigen Sohnes. In Klaus Erinnerungen an seine Kindheit teilte er die schönen Stunden nur mit seinem Vater oder Margret. Wie viele Kindergeburtstage hatte er geweint, weil seine Mutter nicht da war? Wie viele Vorspielabende am Klavier, an denen er umsonst Ausschau nach ihr unter den Zuhörern gehalten hatte? Stets hatte er das Gefühl gehabt, dass er nur dafür geboren worden war, damit er die Tradition der Familie Steiner weiterführte.

Trotzdem war sie seine Mutter, und Klaus musste stark mit seinen Gefühlen kämpfen.

Wie sollte es jetzt ohne sie weitergehen? Durch seinen noch nicht abgeschlossenen Untersuchungsfall würde er erst mal auf keinen Fall die offizielle Genehmigung erhalten, die Bank in leitender Funktion zu übernehmen. Und was Ulf über Dieter Pring erzählte, klang auch nicht gerade ermutigend.

»Ich sage kein Wort mehr zu dieser Angelegenheit. Du kennst meine Meinung. Außerdem ist Klaus gerade gekommen. Ich werde alles über meine Anwälte regeln lassen, und ich kann dir jetzt noch nicht sagen, was passieren wird. Aber ich werde es nicht zulassen, Dieter, dass die Bank in deine Hände gerät, nicht in deine!«

Wütend schmetterte Hildegard Steiner den Hörer auf die Gabel des alten Telefons und stieß einen tiefen Seufzer aus.

Mein Gott, wie alt sie geworden ist, dachte Klaus. Noch vor drei Jahren war sie eine ‚Grande Dame', ein Abbild von unvergänglicher Schönheit und unzerstörbaren Selbstbewusstseins. Doch die Krankheit hatte den Körper ausgezehrt. Das Einzige, was noch einen Hauch von Leben ausstrahlte, war der Glanz in ihren Augen.

»Setz dich zu mir, mein Junge. Komm und hör endlich auf,

so ein betrübtes Gesicht zu machen. Gut siehst du aus – besser als ich jedenfalls! Scheinen dir nicht geschadet zu haben, die vergangenen drei Jahre!«

Was war das denn für eine Begrüßung, fragte sich Klaus verdutzt. Drei Jahre hatten sie sich nicht gesehen, doch ein Hauch von mütterlicher Wärme war auch jetzt nicht zu spüren.

»Trotzdem musste ich verdammt viele Hebel in Bewegung setzen, damit du vorzeitig zurückkommen konntest, denn mir bleibt nicht mehr viel Zeit. Ich werde bald sterben, und wenn es nach diesem Pring geht, besser heute als morgen.«

Verächtlich machte sie eine langsame Handbewegung in Richtung Telefon. Ganz die starke Geschäftsfrau. Wahrscheinlich hatte sie mit dem Tod noch eine Verlängerung ausgehandelt.

»Aber bevor wir jetzt in Sentimentalitäten abschweifen, nennen wir besser gleich das Kind beim Namen. Auch wenn wir uns nie sonderlich nahe standen, du bist mein Sohn und ein guter dazu, und deshalb liebe ich dich. Jetzt verlasse ich dich bald, und wir hätten noch vieles nachzuholen. Ich verspreche dir, dass wir uns die Zeit dafür auch noch nehmen werden, aber im Moment gibt es wichtigere Dinge.«

Sie hatte einen Deal mit dem Tod, da war Klaus sich jetzt ganz sicher. So burschikos, so selbstsicher, so kalt, so kontrolliert, – wer sonst, wenn nicht seine Mutter. Er erinnerte sich noch genau, wie sein Vater ihn stets zu trösten versucht hatte, indem er Mutter als Schaf im Wolfspelz bezeichnete. Und vielleicht litt sie jetzt mehr unter der Situation, so viel von ihrem Sohn verpasst zu haben wie er. Aber sie würde sich eher die Zunge abbeißen, als dass diese Worte über ihre Lippen kämen.

»Es geht um die Bank, Klaus. Dieter Pring hat es geschafft, innerhalb kürzester Zeit die Bank in die roten Zahlen zu bringen. Und ich konnte nichts dagegen tun, da mich mein Körper immer mehr ans Bett fesselte. Ich gebe zu, dass auch ich von modernem Investmentbanking nicht viel Ahnung habe. Aber zumindest weiß ich, wie man Derivative schreibt, im Gegensatz zu Pring. Nur unter größten Mühen schaffte ich es, dass Ulf Bauer zum Leiter des Wertpapierhandels und der Vermögensberatung befördert wurde. Trotzdem, Prings konservative Geschäftsstrategie, sich auf das klassische Großkreditgeschäft zu konzentrieren, hat uns beinahe Kopf und Kragen gekostet. Die Details soll Pring dir selber erzählen. Wie ich gehört habe, seid ihr ja morgen Abend zum Essen verabredet.«

Erschöpft von ihrem emotionsgeladenen Monolog sackte Hildegard Steiner in die Kissen zurück. Tränen standen ihr in den Augen.

»Vielleicht war die Idee mit deinem Erziehungsaufenthalt doch nicht so gut«, murmelte Hildegard vor sich hin.

»Die Idee mit was?«, horchte Klaus auf, der die ganze Zeit am Ende der Couch gesessen und besorgt den Ausbruch seiner Mutter verfolgt hatte.

»Ach nichts, das war nur so dahingesagt.«

Mit einem resoluten Kopfschütteln machte sich Hildegard Steiner frei und richtete sich wieder auf.

»Die Familie Steiner hält vierzig Prozent der Anteile am Bankhaus Steiner & Pring, Dieter Pring fünfunddreißig. Die restlichen fünfundzwanzig Prozent werden seit den Zeiten deines Großvaters von einer Holding in Liechtenstein gehalten. Ich weiß nicht, wer hinter dieser Holding steht, aber es wurden auch nie Ansprüche gestellt. Es gab ein Konto, auf das wir den ausgeschütteten Gewinn überwiesen haben, und jede Kapitalerhöhung wurde anstandslos von dieser Holding mitfinanziert. Alles, was ich habe, ist der Name des Verwalters, der sich in einen Mantel des Schweigens hüllt. Dieter Pring will jetzt eine weitere Kapitalerhöhung durchsetzen, aber die bringt das Bankhaus nicht voran. Ich versuche, das mit allen Mitteln zu verhindern, nur uns rennt die Zeit weg. Mir, weil mein Körper dem Geist nicht mehr folgen möchte, und der Bank, weil die antiquierten Geschäftsmethoden von Pring überholt sind.«

Fast zwei Stunden diskutierten sie gemeinsam, welche Möglichkeiten und Alternativen es geben könnte, das Bankhaus Steiner zu retten und wieder aufzubauen. Zum ersten Mal fühlte sich Klaus Steiner von seiner Mutter als gleichwertiger Partner akzeptiert. Und zum ersten Mal fasste Klaus seine Ideen und Gedanken, die sich in den letzten drei Jahren in seinem Kopf gesammelt hatten, in Worte zusammen.

Danach war Hildegard Steiner erschöpft, aber mit einem glücklichen Lächeln um die Lippen eingeschlafen.

Vorsichtig zog Klaus seiner Mutter die Decke bis zu ihrem Kinn, beugte sich zu ihr hinab und gab ihr einen langen Kuss auf die Stirn. Ich hoffe, du hast mit dem Tod einen guten Deal gemacht, denn ich brauche dich noch eine Weile, ging es Klaus durch den Kopf.

Kapitel III

Einstieg

Die Anlage des Schlosses Reichartshausen in Oestrich-Winkel, ein kleiner idyllischer Ort im Rheingau und etwa dreißig Kilometer von Wiesbaden entfernt, entstand als Wirtschaftshof des bedeutenden Zisterzienser-Klosters Eberbach und diente als Lager- und Umschlagplatz für die im Eberbacher Kloster angebauten und produzierten Weine.

Seit ihrer Gründung im Jahre 1971 residiert in den herrschaftlichen Gebäuden von Schloss Reichartshausen die European Business School, Deutschlands älteste staatlich anerkannte private wissenschaftliche Hochschule für Betriebswirtschaftslehre.

Die European Business School, *ebs* wie sie von Insidern genannt wurde, war die Arbeitsstätte des Doktoranden Stefan Kant. Die *ebs* war in den letzten Jahren eine seltene Ansammlung von Genies, Besessenen und auch Verrückten geworden. Und sie war gleichzeitig Deutschlands produktivste Elite-Universität. Hier erschufen Professoren und Studenten die Visionen für das nächste Jahrtausend. Hier entstand das Know-how, mit dem sich Deutschland und seine Unternehmen die Zukunftsmärkte der Welt sicherten. Kaum an einer anderen Universität waren Forschung und Marketing, wissenschaftlicher Ehrgeiz und Profitstreben so eng miteinander verknüpft.

Den Aufstieg zur führenden Hochtechnologie-Brutstätte verdankte die European Business School der Weitsicht von Professor Walther. Dieser hatte die weitreichenden Möglichkeiten einer privat finanzierten Universität früh erkannt und es geschafft, die hoch motivierte Führung der *ebs* von seinen Ideen zu überzeugen.

Seitdem pumpten große deutsche, aber seit einiger Zeit auch internationale Konzerne jedes Jahr Millionen in die Wissensfabrik. Die reichsten Familien des Landes steckten ihr Kapital in junge Firmen von ebs-Absolventen. Ein eigenes Patentbüro sorgte dafür, dass die Arbeiten von Studenten und Professoren nicht wie an vielen staatlichen Universitäten in den Archiven der Wissenschaft verstaubten.

'Cyborg – Mensch und Maschine' lautete das neueste Projekt, an dem Stefan Kant Tag und Nacht mit vier weiteren Kommilitonen arbeitete. Seine Augen steckten fast ständig hinter einer schwarz getönten Brille, die sich mit Hilfe einer Spezialoptik in einen Computerbildschirm verwandeln ließ. An seiner Stirn klebten Linsen, Drähte und andere Computerteile. Das elektronische Hirn der Superbrille war ein Mini-Computer an der Hüfte, über Funk ans Internet angeschlossen und mit einer Spezialtastatur bedienbar. So konnte er sich bunte Seiten aus dem World Wide Web auf die Innenseite seiner Spezialbrille herunterladen.

Als Stefan Kant am späten Vormittag zu seinem Auto ging, um zu einem Gastvortrag von Professor Walther in der Frankfurter Universität zu fahren, stand das Außenthermometer bereits bei zweiunddreißig Grad Celsius.

Ein viel zu heißer Tag, ächzte Kant, der schon im Schweiß stand, bevor er überhaupt seinen alten Opel Kadett erreichte. Im Gegensatz zu dem eiskalten Vorhaben seines Doktorvaters.

Professor Walther liebte diese Gastvorträge. Für ihn bedeuteten sie immer die Gelegenheit, die Zukunft zu mobilisieren, aufzuwecken, einzuschwören auf ein gemeinsames Ziel. Die Zukunft, das waren für ihn die über dreihundert jungen Studenten, die heute, an einem Dienstagvormittag, im Hörsaal III der Frankfurter Universität saßen.

Aber es waren nicht nur Studenten unter den Zuhörern vertreten, denn er war nicht irgendein Professor, hier sprach einer der zehn reichsten Männer Deutschlands. Und mit seinen Vorträgen und Diskussionsforen an Universitäten, bei Wirtschaftssymposien oder bei öffentlichen Auftritten sorgte er stets für

Unruhe in den etablierten Reihen der Politiker und Lobbyisten. Und Unruhe war das, was die Vertreter der Presse liebten. Kreative Ideen wiederum waren das, was die deutschen Wirtschaftsbosse dringend benötigten.

Denn die Ursachen der ‚deutschen Krankheit' waren nicht nur organisch, wusste Professor Walther, sie saßen viel tiefer – in der Psyche! Die Deutschen hatten in den letzten Jahrzehnten den Glauben an sich selbst verloren. Es war die Bereitschaft abhanden gekommen, Veränderungen positiv anzugehen. Internationale Wettbewerbsfähigkeit, Wachstumskraft und annähernde Vollbeschäftigung, das alles wäre möglich, wenn es wieder gelänge, die Deutschen mit dem Verstand, aber vor allem mit dem Herzen erneut für die Marktwirtschaft als den Motor für allgemeinen Wohlstand zu gewinnen.

»Mein Thema heute handelt von Rekorden. Obwohl viele von Ihnen bestimmt wissen, dass ich mein Vermögen an den Aktienmärkten verdient habe, rede ich nicht von diesen aktuellen Rekorden. Nein, der Anlass ist viel trauriger. Ich meine die immer neuen Arbeitslosen- und Schuldenrekorde der Regierung«, begann Professor Walther seinen Vortrag.

Das Thema war nicht neu, das wusste der Professor, und vieles von dem, was er heute in seinen Vortrag einbauen würde, war banal und von einfachster Denkweise. Doch nur so, dafür gab es in der Geschichte genügend positive, aber auch weniger positive Beispiele, nur so ließen sich die Massen ansprechen und vor allem bewegen. Leicht verständlich, plakativ, nachvollziehbar – dann hörten die Menschen zu. Und das war sein Ziel. Viele Denker und Lenker in Deutschland hatte er schon auf seine Linie einschwören können. Doch für das, was er vorhatte, brauchte er auch die Massen hinten sich. Und er wollte keine Gelegenheit ungenutzt lassen. Das Ziel rechtfertigt fast jedes Mittel.

»Auch die Anzahl der Reformversprechungen unserer Berliner Regierung, die nicht ansatzweise eingehalten wurden, ist rekordverdächtig. Und nun rächt es sich, dass seit Jahren, fast schon Jahrzehnten, genau diese Regierung immer nur versucht, die Symptome der deutschen Krankheit zu kurieren, statt die

Ursachen mit einer grundlegenden Therapie zu heilen! Als Krankheit verstehe ich anhaltende Konjunkturschwäche, einen chronisch defizitären Staatshaushalt und den dramatischen Schwund von Arbeitsplätzen!«

In den Reihen der Journalisten bemerkte Professor Walther erste neugierige Blicke, denn sie wussten genau, wenn er von `kurieren´ sprach, dann würden sie bestimmt bald auch seine Vorstellung einer Therapie erfahren.

»Meine Damen und Herren, ich möchte Ihnen kurz einen Teufelskreis aufzeigen. Jeder Arbeitslose belastet die Allgemeinheit gleich doppelt. Erstens zahlt er nicht mehr in die Steuer- und Sozialkassen ein. Zweitens muss er stattdessen aus ihnen finanziert werden. Dies treibt die Beiträge zu den Sozialversicherungen und damit die Arbeitskosten nach oben und vernichtet daraufhin weitere Arbeitsplätze. Aber der Teufelskreis geht noch weiter, denn die fatale Folge der allgemeinen Verunsicherung ist, dass die Verbraucher ängstlich ihre Geldbeutel geschlossen halten und die Unternehmen Investitionen hinauszögern. Dadurch wird das Wirtschaftswachstum noch schwächer und der Abbau der Arbeitsplätze potenziert. Um mehr als ein Prozent jährlich wollen die Industrieunternehmen in den nächsten Jahren die Beschäftigtenzahl verringern! Das heißt Jahr für Jahr rund einhunderttausend Arbeitsplätze weniger! Ich weiß, dass unser Staat sein Bestes gibt, dem entgegenzuwirken.«

Vereinzelte Lacher kamen aus den Reihen der Zuhörer, die ahnten, was nun kommen wird.

»Denn seit 1960 hat sich die Zahl der öffentlich Bediensteten von drei Millionen auf heute fast sieben Millionen vermehrt. Allein dieses gigantische Heer an Bürokraten und die Pensionsleistungen für Beamte, die keinen Pfennig eingezahlt haben, werden Deutschland in den finanziellen Ruin treiben. Doch unsere Minister setzen den Rotstift lieber bei den Investitionen an, und das passt hervorragend ins Berliner Gesamtbild: Lieber gesellschaftlich produktive Arbeitsplätze vernichten als welche schaffen.«

Zustimmendes Gemurmel kam vor allem aus den Reihen der Industrievertreter.

»Meine Damen und Herren, längst verteilt unser Sozialstaat die einkassierten Gelder doch nicht mehr von den Wohlhabenden zu den wirklich Bedürftigen um. Statt den Bürgern mehr Geld zu belassen und Arbeit billiger zu machen, wird von dieser gigantischen Bürokratie abkassiert und in Form von Subventionen und Steuervorteilen umverteilt. Und zwar auf eine äußerst abstruse Art und Weise. Die elf wichtigsten Steuergesetze füllen heute rund dreitausend Druckseiten und zählen über zweitausend Paragraphen. Für jede Gruppe, vom Ausbilder bis zum Zauberkünstler, gibt es Sonderregelungen. Dieser Dschungel von Steuervergünstigungen und Subventionen kostet uns, die deutschen Staatsbürger, rund einhundert Milliarden Euro jährlich. Der Kampf der Lobbyisten hat unser Steuersystem unsinnig und sogar ungerecht werden lassen. Ein sehr plastisches Beispiel an dieser Stelle. Der Hoch-Taunuskreis hat in Deutschland bei weitem die größte Dichte an Einkommensmillionären. Trotzdem sind die städtischen Haushalte von Königstein, Kronberg oder Bad Homburg defizitär. Das Finanzamt Bad Homburg musste nun in den letzten Jahren aufgrund immer neuer paradoxer Steuerabschreibungsmöglichkeiten sogar veranlagte Einkommensteuer insgesamt zurückzahlen! Dabei war das private Geldvermögen in dieser Region gleichzeitig überdurchschnittlich gestiegen!«

Eine piepsige Männerstimme unterbrach den Redefluss von Professor Walther.

»Die Ansätze Ihrer Therapie lauten also, die Arbeit muss billiger werden, das Steuerrecht einfacher, das Sozialsystem zielgerichteter und der Staat schlanker. Das ist ja wohl nichts Neues. Wie wollen Sie das erreichen? Wie sehen Ihre konkreten Vorstellungen aus?«, fragte ein Journalist ungeduldig, dem die plakativen Aussagen von Professor Walther, so wahr sie auch sein mochten, nun doch eine Spur zu banal wurden.

»Ich werde Ihre Frage mit Sicherheit beantworten, Herr Lamm. Aber ich möchte zuerst kurz erklären, warum unsere Berliner Regierung mit der Lösung dieser Probleme solche Schwierigkeiten hat, und erst dann auf mögliche Therapievorschläge eingehen, wenn Sie gestatten«, antwortete Professor

Walther, der sich nicht aus seinem Konzept bringen ließ. Detlef Lamm zuckte bei der Nennung seines Namens zusammen und nickte nur stumm mit dem Kopf. Guter Mann, dieser Walther, dachte er sich. Sie waren sich nur einmal flüchtig auf einem Presse-Empfang begegnet, aber er schien keinen Namen zu vergessen.

»Ich bin der Meinung, dass unsere hohen Politiker den Trend verpasst haben, der in den letzten Jahren die Welt völlig verändert hat, im wirtschaftlichen, aber auch im politischen Sinne. Jeder von Ihnen kennt das Schlagwort – Globalisierung. Aber fragen Sie zehn verschiedene Leute, und Sie werden zehn verschiedene Antworten erhalten, was Globalisierung bedeutet. Bleiben wir erst mal wieder bei den Fakten.«

Das war jetzt sein Thema. Professor Walther begann auf der Bühne auf und ab zu laufen, ohne jedoch den Blickkontakt zu seinem Publikum zu verlieren.

»In einem schier atemberaubenden Tempo wächst die Welt zusammen, vernetzt durch Fernsehen, Telefax und Internet. Immer schneller entstehen neue Produkte, die besser und billiger werden. Der Globus mutiert zum grenzenlosen Shoppingzentrum. Längst sind Filme von Kodak, Videokameras von Sony und Autos von Daimler bis in den hintersten Winkel der Erde vorgedrungen. Schneller als je zuvor kaufen die Multis Produktionsstätten auf, fusionieren über Grenzen hinweg und schmieden, wie etwa in der Telekommunikation und der Luftfahrt, strategische Allianzen. Zum ersten Mal in der Geschichte der Menschheit steht uns eine globale Wirtschaft zur Verfügung, in der alles überall und jederzeit produziert und verkauft werden kann. Und gleichzeitig erlebt die entfesselte Wirtschaft einen gnadenlosen Kampf um Lohn und Arbeit. Wohlstand und Armut werden ganz neu verteilt. Deutsche Stahlkocher müssen sich mit Billigkräften in Osteuropa messen, die westlichen Wohlfahrtsstaaten konkurrieren mit Verzichtgesellschaften in Asien, die Standorte liefern sich einen harten Wettbewerb um Investoren, Kapital und Arbeitsplätze.«

Professor Walther machte eine künstliche Pause, indem er einen Schluck aus seinem Wasserglas nahm.

»Ihrem Herkunftsland fühlen sich die international operierenden Unternehmen kaum noch verbunden. Sie rechnen ihre Geschäfte in Dollar ab und nicht mehr in nationalen Währungen. Steuern zahlen sie möglichst dort, wo die Sätze niedrig sind. Und das ist einfach, denn rund ein Drittel des Welthandels bewegt sich innerhalb der Konzerne. Wenn Tochterfirmen gegenseitig Vorleistungen erbringen, können Buchhalter über Verrechnungspreise die Gewinne an jeden Ort schieben – und das zum Schaden von Ländern wie zum Beispiel Deutschland, die durch hohe Steuern ihr soziales Netz finanzieren müssen. Es hat sich ein gewaltiger Graben geöffnet! Zwischen der Wirtschaft, die international plant, und den Regierungen, die, positiv ausgedrückt, nur das Wohl ihres Landes im Auge haben, oder negativ ausgedrückt, nicht bereit sind, auf die globalen Veränderungen flexibel zu reagieren!«

Endlich kamen die ersten Wortmeldungen, dachte sich Professor Walther. Immer ein sicheres Zeichen dafür, dass er das Interesse des Publikums erweckt hat.

»Aber der Staat kann doch nicht einfach zulassen, dass die Unternehmen vom Wissensstand in Deutschland, von guten Universitäten und der staatlich finanzierten Forschung profitieren, aber den Gewinn ins Ausland verlagern«, meldete sich ein Student aus der dritten Reihe zu Wort.

»Ganz im Gegenteil, der Staat sollte die Wirtschaft nicht nur lassen, sondern sogar fördern in ihren Vorhaben. Genau da möchte ich hin, junger Mann. Dass der Staat sich endlich als Dienstleister verstehen soll, der denen, die ihn für seine Leistungen bezahlen, Gutes tut und sie unterstützt, wo immer es auch nur möglich ist. Und wie sieht dagegen die Realität aus? Ob beim Bau, bei den Ladenöffnungszeiten oder Unternehmensgründungen, überall behindern Tausende von Vorschriften die Chancen für mehr Wachstum, Investitionen und neue Arbeitsplätze. Der Bausektor in Deutschland zum Beispiel leidet unter einer Überregulierung von über zweitausend Normen und Richtlinien, die Bauen in Deutschland für die einen unerschwinglich und für die anderen uninteressant machen. Oder Sie sprachen eben auch von unserem hervorragenden Bildungssystem. Dem muss ich leider vehement widersprechen. Kindergärten, Schulen und Universitäten haben durch die Sparmaßnahmen im Bildungssektor unserer Regierung in den letzten Jahren mehr gelitten, als wir alle heute auch nur erahnen können, da die Folgen erst sehr viel später, zu spät befürchte ich, erkennbar sein werden. Oder sind Sie da anderer Meinung, juger Mann? Sind Sie zufrieden mit der technologischen Ausstattung, mit den wenigen Computern, die so veraltet sind, dass Sie Ihre Bedienungskenntnisse in der Praxis nicht anwenden können? Denken Sie wirklich, dass Ihre Ausbildung auch nur im Entferntesten praxisnah ist? Sind Sie zufrieden mit dem Schulungsniveau Ihrer Professoren, die seit Jahren von Berlin demotiviert werden, weil ihnen jedes Jahr mehr Gelder für neue Stellen, Forschung und Ausbildung gestrichen werden?«

Einfache Beispiele, plakativ und leicht nachvollziehbar. Walthers Erfolgsrezept zeigte auch diesmal volle Wirkung. Lautes Getrommel mit den Füßen und Gepfeife erfolgten aus den Reihen der Studenten, aber auch mancher Uni-Professor ließ es sich nicht nehmen, Beifall zu klatschen. Wenn dieser Mann nur etwas bewegen könnte, dachten sich viele von ihnen, denn es wäre gar nicht so schwer, einige maßgebliche Veränderungen sofort umzusetzen, aber sie scheiterten seit Jahren an den Betonköpfen in den Ministerien. Denn noch gab es eine breite Basis, dass Veränderungen auf fruchtbaren Boden fallen würden – noch!

»Dabei ist gerade Wissen der entscheidende Produktionsfaktor geworden, wichtiger als Arbeit und Kapital. Im 21. Jahrhundert geben Branchen den Ton an, die rein auf Kopfarbeit setzen und keine natürliche Heimat mehr haben. Mikroelektronik und Biotechnologie können sich an fast jedem Ort ansiedeln, ebenso Werkstoff-Industrie und Telekommunikation, Flugzeugbau und Computerindustrie. Und was macht unsere Bundesregierung? Sie investiert Milliarden von Steuergeldern in den deutschen Schiffbau, der trotz Subventionen immer weiter tiefrote Zahlen schreibt, in den deutschen Kohlebau, der trotz Subventionen auf dem Weltmarkt nicht konkurrenzfähig ist. Oder in die deutsche Landwirtschaft, die trotz Subventionen seit Jahrzehnten ein Milliardengrab ist. Und dies auf Kosten der Allgemeinheit, da die deutschen Steuergelder erstens aus dem Fenster hinausgeworfen und zweitens nicht für Zwecke genutzt werden, die uns wirklich weiterbringen würden.«

»Wenn der Staat diese Industriezweige aber nicht weiter unterstützen würde, hätte dies einen Strukturwandel in einer ungeahnten Dimension zur Folge, dessen Konsequenzen nicht absehbar wären«, protestierte ein Frankfurter Stadtrat in der vierten Reihe.

»Genau davon rede ich. Veränderungen! Veränderungen, die von außen herbeigeführt wurden und auf die wir flexibel reagieren müssen. Und Veränderungen schmerzen anfangs in vielen Fällen. Aber hat man sich den damit zusammenhängenden Problemen erst einmal gestellt, findet sich immer eine Lösung. Nehmen Sie mich zum Beispiel. Vor zehn Jahren, da war ich zweiundfünfzig, bin ich das erste Mal mit einem Computer in Berührung gekommen, und mein erster Gedanke war, dieses Teufelswerk werde ich nie verstehen oder bedienen können. Seit kurzem führe ich nun ein Unternehmen, Skynet, dessen Geschäfte sich nur um Computertechnologie drehen.«

Mindestens jeder Fünfte, davon war Professor Walther überzeugt, würde die Aussagen zwischen den Zeilen verstehen und sich dem Zweck gedanklich und moralisch anschließen. Dann hätte er sein Ziel erreicht.

»Meine Damen und Herren, ich bekomme schon seit einer halben Stunde Zeichen, dass meine Zeit abgelaufen ist. Lassen Sie mich zum Abschluss noch einen Satz sagen, den Sie sich bitte merken sollten. Wir Deutsche müssen weg von unserem Perfektionstrieb, wir brauchen im Land mehr Mut, auch den Mut zur Lücke und den Mut für die gewaltigen Veränderungen, die uns allen bevorstehen. Anders geht es nicht mehr! Ich danke Ihnen für Ihre Aufmerksamkeit.«

Kapitel IV

Bankgeschäfte

Der Firmenwagen von Dieter Pring, ein Audi A8, stand schon vor dem Kurhaus, als Klaus Steiner und Ulf Bauer am Sonntagabend Wiesbaden erreichten.

Kaiser Wilhelm II. hatte Wiesbadens Architektur geliebt und schöne Gebäude wie das Kurhaus gefördert. Es wurde 1907 eröffnet, im 2. Weltkrieg aber teilweise zerstört und erst in den achtziger Jahren aufwändig restauriert.

1955 zog die Wiesbadener Spielbank in den Christian-Zais-Saal des Kurhauses. Erst 1984 bezog sie nach den umfangreichen Renovierungsarbeiten den Weinsaal, den schönsten Bereich des Hauses. Filigrane Holzarbeiten, goldene Friese, edle Hölzer und Kristall-Leuchter sorgten mit dem wunderbaren Scharm neo-klassizistischen Designs für eine ganz besondere Atmosphäre.

Die Wiesbadener Spielbank kam 1865 zu internationalem Ruhm, als Fjodor Dostojewski auf einen Schlag dreitausend Goldrubel verlor und aus Geldnot in einer Rekordzeit von sechsundzwanzig Tagen seinen berühmten autobiografischen Roman ‚Der Spieler' schrieb.

Mit in die Kurhausanlage integriert war auch das Restaurant *Käfer'S*. *Käfer'S* war eine typische französische Brasserie und die perfekte Synthese zwischen Spielbank-Flair und feinem Ambiente. Das rege, jedoch gediegene Treiben, die farbige Kulisse und ein Pianist sorgten für eine gehobene Atmosphäre.

Der Besitzer des *Käfer'S* Gerd Tucher war ein untersetzter Mann mit Schultern so breit wie ein Garagentor und warmen strahlenden Augen, der es sich nicht nehmen ließ, Klaus selbst die Tür zu öffnen und ihm die Hand mit seinen Pranken freudig zu zerquetschen.

»Euer Freund wartet schon am Familientisch. Ihr werdet ungestört sein.«

Dieter Pring erhob sich, als Ulf und Klaus sich dem Tisch näherten. Er war immer noch derselbe hagere, recht große, stocksteife Mann wie vor drei Jahren, und seine Bewegungen ähnelten mehr den mechanischen Bewegungen eines Roboters als denen eines Menschen. Selbst der Klang seiner Stimme schien metallen. Sie reichten sich die Hände, während die üblichen Willkommensfloskeln ausgetauscht wurden.

»Die geht aufs Haus«, unterbrach ein junger Kellner und hievte eine Flasche *Moet&Chandon* inklusive Eiskübel und Gläser auf den Tisch.

»Lasst uns hinsetzen, die Leute schauen schon«, sagte Klaus.

»Du bist immer noch eine bekannte Persönlichkeit. Vergiss nicht, du warst über Jahre Stammgast hier. Und deine Abwesenheit sorgte für regen Gesprächsstoff«, gab Ulf zu bedenken.

»Danke für die Blumen, aber ich denke, wir sitzen aus einem anderen Grunde heute Abend hier zusammen, als uns über unsere glorreiche Vergangenheit zu unterhalten. Nur damit Sie informiert sind, Herr Pring, ich hatte die Möglichkeit, mich in Ruhe mit meiner Mutter zu unterhalten, soweit es ihr Gesundheitszustand zuließ. Ich habe also den groben Überblick, möchte Sie aber bitten, mich in die Details einzuweihen.«

Dieter Pring und Klaus Steiner waren nie über das Sie-Stadium hinausgekommen. Vor allem Klaus hatte die Entscheidung seiner Mutter, Pring als Teilhaber der Bank aufzunehmen, nie akzeptiert und dadurch immer einen Abstand zur Person Dieter Pring gewahrt.

»Nun denn, wie steht es um das Bankhaus Steiner & Pring?«

»Ehrlich gesagt – ziemlich schlimm!«

Unruhig rutschte Dieter Pring auf seinem Stuhl hin und her und suchte verlegen nach den passenden Worten.

»Wie vielen Banken im Börsengeschäft heutzutage. Die goldenen achtziger Jahre sind vorbei, Herr Steiner. Und jeder denkt ähnlich. Warum Risiken eingehen und in die Zukunft investieren? Wenn doch alles durch immer neue Steuern genommen wird!«

»Schöne Einleitung, Herr Pring. Aber allein dass wir alle zu viele Steuern zahlen müssen, wird das Bankhaus nicht in Schwierigkeiten gebracht haben, oder?«, fragte Klaus Steiner mit einem leichten ironischen Unterton.

»Sagt Ihnen Philipp Holzmann etwas?«

Pring schaute Klaus nun direkt in die Augen, bereit, sich der unangenehmen Wahrheit zu stellen.

»Sie meinen den Frankfurter Baukonzern, der in Konkurs gegangen ist? Wo unsere Regierung wieder einmal gutes Geld schlechtem hinterhergeworfen hatte und die Pleite trotzdem nicht abzuwenden war? Klar, was ist damit?«

»Wir steckten bis zum Halse mit drin – für unsere Verhältnisse. Aber es schien damals ein todsicheres Geschäft. Flughäfen, Einkaufszentren, Innenstadtpassagen. Ohne das Ausmaß der Risiken richtig abgeschätzt zu haben, sind wir in die Vorfinanzierung gegangen. Stets waren große Bankhäuser mit dabei. Die haben uns in falscher Sicherheit gewogen. Die haben keine Probleme damit, fünfzig Millionen abzuschreiben. Wir schon!«

Die Sätze von Pring wurden mit der Zunahme seiner Erregung noch kürzer, die Wangen glühten und mehrmals ging er sich fahrig durch das Haar.

»Ja, wir konnten die finanzielle Krise gerade so auffangen. Aber die Kreditwürdigkeit der Bank hat immens gelitten. Sämtliche Interbankenkredite, Tagesgeld, überall müssen wir drei bis fünf Zehntelprozent mehr zahlen. Bei den lukrativen Aktien-Neuemissionen werden wir überhaupt nicht mehr geladen. Bei Emissionen von Inlandsrentenpapieren und teilweise auch bei DM-Eurobonds stehen wir noch ganz gut da. Auch nur bedingt durch die guten Abnahmequoten unserer vermögenden institutionellen und privaten Kundschaft. Die wir dank Ihrer Mutter und ihren hervorragenden Beziehungen haben. Aber was passiert danach?«

Erschöpft sackte Dieter Pring in seinem Stuhl zusammen und legte seine Hände zusammen wie zu einem Gebet.

»Die Bank benötigt heute mehr denn je ganz dringend frisches Kapital«, sagte Pring schwach, »aber an die Börse können wir nicht gehen. Wenn wir unsere Zahlen offen darlegen, würden sie uns in der Luft zerreißen. Eine weitere Alternative wäre eine signifikante Aufstockung des Eigenkapitals der Bank durch Eigenmittel. Aber Ihre Mutter wehrt sich bis heute gegen diese Maßnahme.«

»Mit welcher Begründung?«, fragte Klaus Steiner, obwohl er die Antwort nur zu gut kannte.

»Um ehrlich zu sein, Ihre Mutter und ich haben seit geraumer Zeit Differenzen über die Geschäftsausrichtung der Bank. Und Sie wissen ja, wie stur sie sein kann, wenn es um ihre Prinzipien geht. Ihr Standardsatz ist immer ‚Dieter, deine und meine Zeit in der heutigen Finanzwelt ist gezählt. Was wir brauchen, ist nicht frisches Kapital, sondern frischen Wind in diesem muffigen Laden!‘«

Die Unterhaltung wurde kurz unterbrochen, als zum Entree warme Toastscheiben belegt mit hauchdünnen Lachsstreifen serviert wurden.

»Ja, so ist sie, meine geliebte Mutter. Der Herrgott soll ihrer verschlagenen Seele gnädig sein. Aber sie ist eine begnadete Geschäftsfrau, die uns beide in die Tasche steckt, meinen Sie nicht, Herr Pring?«

Langsam schienen sich die Nerven von Dieter Pring zu beruhigen und auch seine Sätze wurden wieder länger.

»Wie auch immer. Jedenfalls rückt sie keinen Millimeter von ihrer Position ab. Auch nicht, nachdem ich Herrn Bauer im letzten Jahr zum Prokuristen der Bank und Leiter des Wertpapierhandels ernannt hatte. Immerhin war Herr Bauer per dato erst achtunddreißig Jahre alt, eine wahre Revolution in unserem Hause.«

Klaus Steiner schmunzelte in Gedanken. Glauben Sie mir, das war eine sehr gute Entscheidung. Ulf Bauer war nicht nur ein alter Schulkamerad, sondern der zuverlässigste Freund, den sich ein Mensch nur wünschen konnte. Zusammen hatten sie in England auf der London School of Economics studiert, und Ulf hatte sich als ein wahres Computer- und Mathematikgenie erwiesen, das es nur durch Klaus in die Hochfinanz verschlagen hatte.

»Gibt es denn nicht noch andere Kapitalquellen, die die Bank anzapfen könnte?«

»Es gibt noch eine weitere Beteiligung an den Gesellschaftseinlagen von fünfundzwanzig Prozent. Von einer Holding in Liechtenstein, dessen Besitzer mir leider unbekannt ist. Ihre Mutter brachte diese Beteiligung damals schon ein, als ich nach dem Unfalltod Ihres Vaters als Partner einstieg. Sie will mir bis heute nicht verraten, wer hinter dieser Holding steckt. Vielleicht kann sie es auch nicht. Das behauptet sie jedenfalls. Vielleicht werden Sie ja bald mehr darüber herausfinden können. Jedenfalls war dies meine große Hoffnung für frisches Kapital. Aber jegliche Anfragen bei dem Verwalter der Holding wurden abschlägig behandelt. Und Ihre Mutter ist auch zu keinem Zugeständnis bereit.«

»In welcher Form hatten Sie sich denn diese Kapitalerhöhung vorgestellt, Herr Pring?«, fragte Klaus Steiner.

Verlegen schaute Pring auf seinen Teller, auf dem noch immer zwei unangetastete Lachsschnittchen lagen.

»Ich musste damals mein komplettes Privatvermögen in die Bank einbringen. Als wir tief in der Immobilienkrise steckten.«

»Das würde ja bedeuten, dass die Familie Steiner die Kapitalerhöhung alleine tragen würde?«

»Das würde bedeuten, dass sich der Wert meiner Gesellschaftsanteile reduzieren würde und die Familie Steiner wieder in den Besitz der absoluten Mehrheit kommen würde«, antwortete ein sichtlich geknickter Dieter Pring.

»Herr Pring, verstehen Sie mich nicht falsch. Auch die Familie Steiner denkt, dass eine Kapitalerhöhung unter Umständen notwendig sein könnte.«

Klaus Steiner sah die Hoffnung in den Augen von Dieter Pring aufflammen. »Aber neues Kapital ist nur die eine Hälfte einer möglichen Lösung der Probleme. Ich denke, worüber wir beide uns intensiv unterhalten sollten, ist eine komplett neue Ausrichtung und Geschäftsfeldstrategie der Bank.«

»Und wie, bitte schön, soll die aussehen? Und kommen Sie mir nicht mit dem ganzen neumodischen Kram. Die Stärke des Bankhauses liegt noch immer in den traditionellen Bankbereichen, und die heißt es weiter auszubauen!«

»Aber diese traditionellen Bankbereiche haben das Bankhaus erst in Schwierigkeiten gebracht, sehen Sie das nicht?«

Langsam konnte Klaus seine Mutter verstehen, warum sie so wütend über die Uneinsichtigkeit und Sturheit von Pring war.

»Die Finanzwelt hat sich verändert, Herr Pring! Warum stolpern wir denn in den letzten Jahren von einem Immobilienskandal in den nächsten? Warum produziert das Bankhaus Steiner & Pring ein negatives Geschäftsergebnis? Erkennen Sie endlich den Wandel in der Bankenwelt, Herr Pring. Die Finanzmärkte sind kein Kaffeehaus mehr, in dem sich die Finanziers zu einem Schwätzchen treffen. Sie sind anonymer geworden. Computerisierter und schneller! Und das Bankhaus muss sich diesem Trend anpassen, um zu überleben. Wir müssen flexibler und beweglicher werden. Unsere Stärken in der Vermögensverwaltung müssen wir ausbauen, da dies risikolose Provisionseinnahmen bedeutet. Auf der anderen Seite kann sich ein eigenkapitalschwaches Bankhaus wie unseres die Risiken des Kreditgeschäftes auf Dauer nicht mehr leisten! Verstehen Sie, worauf ich hinauswill, Herr Pring?«

Klaus sah einen hoffnungslos überforderten Dieter Pring vor sich sitzen. Aber er brauchte ihn, für eine gewisse Zeit zumindest noch, obwohl der Zug für Dieter Pring schon lange abgefahren war.

»Herr Pring, Ihr Name steht in der Finanzwelt für grundsolide Arbeit. Das müssen wir weiterhin für die Bank ausnutzen. Das ist unsere Basis, auf der wir die Bank wieder aufbauen werden. Ich werde auf längere Zeit vom aktiven Bankgeschäft ausgeschlossen sein, wie Sie sich denken können. Daher brauchen wir Sie!«

»Ich muss zugeben, dass die Bank die ein oder andere neue Idee vertragen könnte. Was genau schwebt Ihnen vor, Herr Steiner?«, fragte Dieter Pring langsam.

Aha, er beißt an, dachte sich Klaus.

Gerne hätte er seine Pläne vorher im Detail mit Ulf Bauer durchgesprochen, aber daran war jetzt nichts mehr zu ändern. In den Hauptpunkten wusste er Ulf hinter sich, und Detailpunkte würden sie so oder so erst später erörtern können, da es noch zu viele Unbekannte in der Gleichung gab. Zudem hatte er nicht damit gerechnet, dass sich die Ereignisse gleich so überschlagen würden. Es war noch keine drei Tage her, da hatte er noch in der prallen Sonne auf einer Karibik-Insel gelegen.

Klaus holte einige Unterlagen und Notizen aus seiner Aktenmappe und umriss Dieter Pring und Ulf Bauer seine Vorstellungen über die Zukunft des Bankhauses Steiner & Pring.

Eine Stunde später wurde der Kaffee serviert. Das Gesprächsthema wechselte: Wer mit wem, wer gegen wen, wer wichtig war in Frankfurt und wer nicht mehr. Er hatte viel verpasst, musste Klaus feststellen.

»Wer ist eigentlich die Dame in dem roten Kleid zwei Tische weiter? Seit über einer halben Stunde scheint sie unseren Tisch zu beobachten«, fragte Klaus leise.

»Das habe ich auch schon bemerkt. Mich wundert aber, dass du sie nicht kennst. Wahrscheinlich hattest du damals zu wenig Zeit, dich um diese Art von Gesellschaft zu kümmern. Sie ist die ‚Anführerin' der Frankfurter High Society-Amazonen. Natürlich steinreich. Ihr letzter Ehemann starb vor einem Jahr und hinterließ ihr die Firma, plus zweihundertfünfzig Millionen in Bargeld und Wertpapieren. Sowie ein Penthouse im Westend, ein kleines Schloss mit Parkanlage in der Nähe von Düsseldorf und ein Strandbungalow in St.Petersburg, Florida«, antwortete Ulf.

»Und warum schaut sie dauernd herüber?«

»Sie sammelt interessante Menschen. Ohne Zweifel hat ihr bestimmt jemand erzählt, wer du bist.«

»Und wie heißt sie?«

»Vanessa Von Stappen. Ihr Ehemann stammte aus echter deutscher Aristokratie. Pharma und Chemie – alter Industrieadel.«

»Und sie?«

»Gerüchte besagen, dass sie die Tochter eines unehelichen Nachkommen der russischen Zarenfamilie ist. Sie streitet das vehement ab, was die Gerüchte natürlich noch mehr anheizt. Na ja, jedenfalls bevor sie nach Frankfurt kam, ist sie des Öfteren in Begleitung von Familienmitgliedern europäischer Königshäuser gesehen worden.«

»Wie alt ist sie? Sie sieht nicht älter aus als ....«

Ulf unterbrach ihn.

»Achtung! Ihre Gesellschaft bricht auf und sie kommt in unsere Richtung.«

Dieter Pring erhob sich blitzartig, als Vanessa Von Stappen an dem Tisch stehen blieb.

»Lieber Dieter, es ist ja schon eine Ewigkeit her!«, sagte Vanessa Von Stappen in einem leicht herablassenden Ton.

Dann schaute sie direkt zu Klaus Steiner, der sich ebenfalls erhoben hatte.

»Ich glaube nicht, dass wir uns schon einmal begegnet sind.«

»Klaus Steiner«, stellte er sich vor und nahm ihre ausgestreckte Hand in die seine. Ein bisschen länger, als es die Etikette erlaubte, verharrten sie in dieser Stellung.

»Der Sohn der großen Hildegard Steiner. Wie geht es Ihrer Mutter? Nein, sagen Sie nichts, wir wollen diesen Abend nicht mit traurigen Gedanken ruinieren. Ich glaube mich zu erinnern, dass Sie auch im Wertpapiergeschäft tätig sind?«

»Ich war«, antwortete Klaus höflich.

Vanessa bedachte ihn mit einem strahlenden Lächeln.

»Morgen beginnt das Wilhelmstraßenfest in Wiesbaden. Ich habe mittags ein Essen arrangiert. In der *Ente* im Nassauer Hof. Um ein Uhr. Wir werden zu sechst sein, mit Ihnen sieben, wenn Sie Zeit haben, sich zu uns zu gesellen.«

»Gibt es einen bestimmten Anlass zu feiern, wenn ich fragen darf?«

»Keinen bestimmten, ein Treffen unter Freunden. Über neue Gesichter freuen wir uns immer. Kommen Sie rechtzeitig, ich bestehe darauf!«

»Ich komme immer rechtzeitig, Frau Von Stappen, da können Sie sicher sein.«

Sie entschied sich, die Doppeldeutigkeit des Satzes mit einem weiteren Lächeln zu ignorieren. Sie reichte Klaus nochmals die Hand, drehte sich elegant auf dem Absatz herum und verließ mit ihrer Gesellschaft das Restaurant.

»Was zum Teufel war denn das für eine Show?«, fragte Ulf Bauer schmunzelnd, als die Herren sich wieder gesetzt hatten.

»Sie ist wahrscheinlich die einflussreichste Frau von Frankfurt«, antwortete Dieter Pring.

»Sie entscheidet in der Stadt, wer dazugehört und wer nicht. Und wenn Vanessa Von Stappen Ihnen die gesellschaftliche Segnung erteilen möchte, umso besser. Vor allem in Ihrer jetzigen Situation, Herr Steiner. Und noch besser ist es für das Bankhaus. Das werden Sie spätestens dann feststellen, wenn Sie ihre ‚Freunde' kennen lernen.«

Kapitel V

Nassauer Hof

Die Geschichte des ‚Hotel Nassauer Hof‘ in Wiesbaden begann in vorchristlicher Zeit. Die Römer gründeten vor über zweitausend Jahren in der Stadt der reichlich sprudelnden Thermalquellen einen befestigten Ort, den sie ‚Aquae Mattiacae‘ nannten. Fast hundert Jahre später im Jahre 85 nach Christi Geburt hatte Kaiser Domitian die Vorfahren der heutigen Hessen besiegt und die ‚Civitas Mattiacorum‘, das spätere Wiesbaden, gegründet.

Die Römer legten dort, wo heute der Nassauer Hof steht, ein Steinkastell an, das den Kohorten als Unterkunft diente. Später wurde das Kastell in ein Thermalbad umgebaut. Aus dessen Thermalquelle sprudelt noch heute heißes Wasser und versorgt das im fünften Stock des Grand Hotels gelegene Thermalschwimmbad mit heilendem Nass.

Die eigentliche Geburtsstunde der ‚heriberga‘, die zunächst Pferdewechselstelle für die Königsboten in Frankreich und dann Marstall für die Grafen von Nassau war, ging auf das Jahr 1813 zurück, als der Gastwirt Johann Freinsheim das ‚Deutsche Haus‘ eröffnete, das 1816 in das ‚Hotel Nassau‘ umbenannt wurde.

Als Wiesbaden 1866 preußisch wurde, entdeckte die Bevölkerung ihre Liebe zur Monarchie. Vor den Toren des ‚Hotel Nassau‘ und auf der angrenzenden Wilhelmstraße, ließ sich die damalige ‚feine Gesellschaft‘ von den glanzvollen Auftritten der Hohenzollern entzücken. Einen besonderen Grund zum Jubeln hatte das Publikum im Jahr 1897, als Kaiser Wilhelm II. das Denkmal seines Vaters auf dem Platz vor dem ‚Hotel Nassauer Hof‘, wie es von nun an hieß, enthüllte.

Zum ‚Balkon Europas' wurde das Hotel Nassauer Hof im Jahre 1903, als die Bevölkerung eine glanzvolle Begegnung zwischen Kaiser Wilhelm II. und Zar Nikolaus II. beobachten konnte. Ein weiteres Ereignis zog Kaiser Wilhelm II. 1907 wiederum nach Wiesbaden: Das dem Hotel Nassauer Hof gegenüberliegende Kurhaus, noch heute als eines der prachtvollsten der Welt gerühmt, wurde eingeweiht. Zur gleichen Zeit erstrahlte der Nassauer Hof in neuem Glanz. Die Arbeiten an der wilhelminischen Barockfassade waren abgeschlossen und 200 Zimmer, teils im englischen Stil eingerichtet, teils in üppigem Rokoko, fertig gestellt. Die zwei marmornen und mit Stuck bereicherten Thermal-Badehäuser gehörten zu den luxuriösesten in Wiesbadener Hotels: Das Grandhotel begrüßte Könige, Fürsten, Herzöge und Grafen als Gäste.

Nachdem das Hotel in den Bombennächten des Jahres 1945 vollständig ausbrannte, vollzog sich seit 1950 der Wiederaufbau, wobei den Architekten eine hervorragende Symbiose von Vergangenheit und Zukunft gelungen war. Millionen waren im Laufe der Jahre investiert worden, um den Ruf des Nassauer Hof als Solitär unter den Grandhotels in Europa zu erhalten.

Doch Klaus Steiner fühlte sich keineswegs wie ein König, als sein Taxi am nächsten Tag um Punkt dreizehn Uhr vor der Eingangstür des Nassauer Hof hielt. Das Taxi hatte gerade noch die Absperrung für eines der schönsten Straßenfeste im Rhein-Maingebiet, das Wilhelm-Straßenfest, passieren dürfen. Und auch das kaiserliche Denkmal vor dem Hotel würdigte er keines Blickes. Zu sehr war er darauf konzentriert, was ihn nun erwarten könnte.

Das Restaurant, die *Ente*, war schon seit Generationen mit dem Nassauer Hof verbunden. Ende der Neunziger war sie ein bisschen in die Jahre gekommen – *die Ente vom Lehel*, wie sie über zwanzig Jahre lang hieß. Klassisch, würdig, vornehm, traditionell und konservativ – das waren die positiven Attribute, die man ihr in den vielen Jahren ihres Erfolges zusprach. Der Erfolg war ungebrochen, denn es gab eine beeindruckende Kontinuität in der Qualität und Gästefrequenz. Doch war inzwischen so manches im Detail ganz anders geworden. Denn seit September

1998 präsentiert sich die *Ente* in schlichter Eleganz und moderner Klassik: offener, lockerer und zwangloser. Mit einer jungen, modernen und dennoch traditionsbewussten Mannschaft, wie Klaus Steiner feststellte, als er das Restaurant betrat.

Vor ein paar Jahren noch hatte er an dieser Stelle fünfzehn Minuten verweilt, bevor sich ein Ober herabgelassen und gelangweilt nach seinem Begehren erkundigt hatte. Jetzt wurde er von einer lächelnden Empfangsdame begrüßt, die ihn freundlich nach seiner Reservierung fragte.

Als Klaus die Empfangsdame wissen ließ, dass Vanessa Von Stappen ihn erwarten würde, wurde scheinbar ein nicht hörbarer Alarm ausgelöst, denn im nächsten Moment erschien der Manager der *Ente* höchstpersönlich aus dem Nichts.

»Sie müssen Herr Steiner sein. Wenn Sie so nett wären, mir bitte zu folgen.«

Sie gingen durch den bis auf den letzten Platz belegten Hauptteil des Restaurants hinauf auf die Empore. Diese war ganz offensichtlich zu diesem Zeitpunkt nur für ganz spezielle Gäste des Hauses reserviert, auf der sich die glücklichen Auserwählten, ein paar Meter entfernt und über den normal sterblichen Menschen, einer gewissen Privatsphäre sicher sein konnten.

Als Vanessa Von Stappen Klaus in Begleitung des Concierge kommen sah, winkte sie ihm mit einer Hand huldvoll heran. Er wurde von insgesamt fünf, zwar schon ins Alter gekommenen, doch trotzdem immer noch sehr attraktiven Frauen empfangen.

Klaus war überrascht von der Energie, die diese Damenrunde ausstrahlte. Keine von ihnen machte auch nur annähernd den Eindruck eines schwachen Frauchens, das nur geheiratet hatte, um finanziell gut oder sogar sehr gut abgesichert zu sein. Im Gegenteil, er war sich sicher, dass die meisten von ihnen beruflich auf eigenen Beinen standen.

Nach einem Küsschen links und einem rechts, ganz unverblümt, als wenn sie sich schon ewig kennen würden, stellte Vanessa Klaus den anderen Damen vor.

»Das ist mein neuer Bekannter Klaus Steiner. Wie ich euch schon erzählt habe, sind Finanzen sein Spezialgebiet. Hohe Finanzen!«

Dies erregte die Aufmerksamkeit der Damen umso mehr. Sie hatten fast alle ältere Ehemänner, in manchen Fällen sogar sehr viel ältere, daher war natürlich jede Möglichkeit, Informationen über Geldanlagen zu erhalten, höchst willkommen. Erst recht, wenn sie umsonst waren.

»Er ist erst seit kurzem wieder in Deutschland, nachdem er drei Jahre im Ausland verbringen musste. Es gab, sagen wir, ein paar Meinungsverschiedenheiten mit der deutschen Justiz«, redete Vanessa weiter.

Dies erregte nun noch mehr das Interesse der Damen.

»Aber mein jüngst verstorbener Gatte pflegte mir des Öfteren zu erklären, dass Herr Steiner genauso wenig ein Krimineller sei wie er!«

Vanessa unterlegte ihre Worte mit einer dramatischen Pause.

Das war Klaus Steiners Freispruch zur gesellschaftlichen Anerkennung, und das Erscheinen des Kellners erlöste ihn davon, zu diesem Thema einen weiteren Kommentar abgeben zu müssen.

»Was kann ich Ihnen zu trinken bringen, Herr Steiner, möchten Sie die Weinkarte?«

»Nein, nicht nötig. Ich hätte gerne einen Martini als Aperitif«, sagte Klaus.

»Ich hoffe, es stört Sie nicht, wenn ich ein bisschen neugierig bin, Herr Steiner, aber darf ich fragen, wo Sie waren? Sie haben einen ausgesprochen schönen Teint?«, fragte die Damen, die ihm genau gegenübersaß. Vanessa hatte die etwa einen Meter achtzig große, sehr grazile und äußerst elegant gekleidete Frau, deren Ehegatte ein erfolgreicher Textilunternehmer war, als Tricia zu Hangelstein vorgestellt. Sie selbst führte eine kleine, aber exquisite Boutique in der hochpreisigen Goethestraße in Frankfurt, die der inoffizielle Treff der Frankfurter Society Damen war.

»Tja, die letzten drei Jahre habe ich auf der wunderschönen Insel Grand Cayman verbracht. Ich konnte dort in der Niederlassung eines schweizerischen Bankinstitutes arbeiten. Obwohl arbeiten es nicht ganz trifft, denn außer immer neuen Firmeneröffnungen gab es nicht viel für mich zu tun. Und glauben Sie mir, meine Damen, so romantisch es auch klingen mag, spätestens nach drei Monaten haben Sie das Inselleben über.«

»Und was haben Sie sonst so gemacht?«, fragte die Dame begierig weiter. Drei Jahre Urlaub. Sand, Sonne, Meer. Dem grauen Alltag, den aufgesetzten Dinner-Partys, dem toten Ehebett, allem einfach entfliehen, wer träumt nicht davon.

»Tauchen. Ich glaube, ich habe die Hälfte meiner Zeit unter Wasser verbracht. Wissen Sie, unter der Wasseroberfläche, das ist eine andere Welt. Man schwebt sanft vor sich hin, umgeben von einer zu Lande selten anzutreffenden Farbenpracht und Artenvielfalt. Kein Telefon, kein Smalltalk, keine nervenden Fragen. Alle Probleme und Sorgen erscheinen plötzlich so nichtig und unerheblich. Mein bester Freund auf den Cayman war ein Delphin namens Zola. Ich glaube, er war froh, als ich wieder weg war, denn er musste sich täglich während seiner Fütterung Geschichten aus meinem Leben anhören«, antwortete Klaus.

Das Gelächter der Frauen lockerte die Atmosphäre in der Runde und so kam schnell die Frage nach einer weiblichen Begleitung in Klaus' Leben auf den Tisch.

»Meine damalige Lebensabschnittsgefährtin reichte die Trennung ein, kurz bevor ich meinen Zwangsurlaub antreten musste«, erwiderte Klaus amüsiert.

Vanessa unterbrach an dieser Stelle, bevor das Thema Klaus noch peinlicher wurde.

»Etwas ganz anderes meine Damen. Habt ihr schon gehört, dass es mir gelungen ist, Anne-Sophie Mutter für die Rheingau-Festspiele auf Kloster Eberbach zu gewinnen?«

Dieses Thema rettete die kleine Gesellschaft über die Hauptmahlzeit bis zum Dessert. Ebenso gab es Klaus die Gelegenheit, einfach nur zuzuhören und ganz ungestört die Frau an seiner linken Seite zu beobachten.

Vanessa Von Stappen war gerade über vierzig, drei oder vier Jahre älter als er. Ihre makellose Erscheinung, vor allem ihre absolut perfekte Nase und die Art, wie die Brüste ihre Bluse ausfüllten, ließ auf ein wenig Unterstützung plastischer Chirurgie schließen. Ihre Taille war schmal, und im Gegensatz zu einigen anderen Damen an diesem Tische sah man ihr das Alter kaum an.

Sie hatte volles, schwarzes Haar, und was er bis jetzt von ihren Beinen gesehen hatte, war durchtrainiert und wohl geformt. Das einzige Nichtfeminine an Vanessa waren ihre grasgrünen Augen. Sie strahlten eine gewisse Kälte, aber auch stete Wachsamkeit aus, die jedes Detail ihrer Umwelt genauestens wahrnahmen. Klaus war sich sicher, dass Vanessa genau wusste, dass er sie beobachtete, und er war sich auch sicher, dass sie es genoss.

Als endlich der Kaffee serviert wurde, war das Thema Rheingau-Festspiele ausdiskutiert und Vanessa lenkte die Aufmerksamkeit des Tisches wieder auf Klaus.

»Tut mir Leid, Herr Steiner, ich glaube, wir wechseln jetzt mal das Thema. Wie schätzen Sie zum Beispiel die derzeitige Lage an den Finanzmärkten ein?«

»Meine Berater sind der Meinung, dass die Reformunfähigkeit der deutschen Politik sich negativ auf das deutsche Wirtschaftswachstum auswirken wird«, fiel Eva Stocker ins Wort. Sie hatte vor über dreißig Jahren den Gründer eines internationalen Maschinenbauunternehmens geheiratet, der auch schon das Zeitliche gesegnet und ihr einen dreistelligen Millionenbetrag zum Teil in bar, aber vor allem in Wertpapieren und Unternehmensbeteiligungen hinterlassen hatte. »Dies hätte schrumpfende Unternehmensgewinne auf der einen und weiterhin hohe Belastungen durch Steuern und Nebenkosten auf der anderen Seite zur Folge. Und das würde bedeuten, dass die Aktiengewinne der letzten Jahre in Zukunft stark zurückgehen werden. Daher schlagen meine Vermögensverwalter vor, sich jetzt schon von einigen unserer Positionen zu trennen. Sind Sie derselben Meinung, Herr Steiner?«

»Ich stimme mit der Einschätzung über die äußerst bedenkliche politische Situation überein«, antwortete Klaus, »aber ich würde nicht gleich morgen alle meine Aktien verkaufen. Klug ausgewählte Unternehmensbeteiligungen sind langfristig betrachtet eine der ertragreichsten Anlagen und sollten deshalb in keinem Depot fehlen!«

»Was verstehen Sie unter klug ausgewählten Aktienwerten?«, hakte Tricia nach.

»Auf der einen Seite gibt es genug Unternehmen, die international operieren und somit ihre Erträge fast unabhängig von der Politik ihres Heimatstandortes erwirtschaften können. Auf der anderen Seite kommen immer mehr junge Unternehmen an die Börse, die erfolgreich in den Wachstumsbranchen der Zukunft wie Telekommunikation oder Internet tätig sind. Es gibt schon noch genug Möglichkeiten, in aussichtsreiche Aktien zu investieren«, versuchte Klaus die Zusammenhänge zu erklären. Niemand konnte von einer erfolgreichen Geschäftsfrau erwarten, dass sie auch noch mit der manchmal sehr komplexen Materie der Vermögensanlage vertraut war.

»Und warum erzählt mir das keiner?«, grummelte Tricia von Hangelstein.

»Ich denke, dass sich in Ihrem Depot bestimmt einige Werte befinden, bei denen Sie über Gewinnmitnahmen nachdenken sollten. Wenn Sie möchten, können wir uns gerne in den nächsten Tagen noch einmal in Ruhe zusammensetzen und Ihre Vermögensstruktur im Detail durchgehen, Frau von Hangelstein«, akquirierte Klaus offen und dies wurde durch ein strahlendes Lächeln auch nicht abgelehnt.

»Aber wenn ich mein Geld aus dem Aktienmarkt abziehe, wenn auch nur teilweise, was ist zurzeit die beste Alternative?«, fragte eine andere Dame neugierig, die links neben Vanessa saß. Sie war die Älteste im Kreise und wohl auch die Reichste, wenn man die Qualität und die Quantität des Schmuckes, den sie an sich trug, als Maßstab heranzog. Madeleine Bossert war eine Institution in der deutschen High Society, Erbin in der zweiten Generation eines der größten deutschen Industrievermögen, die ihre Zeit damit verbrachte, für diverse Zeitschriften den neuesten Klatsch über Prominente zu schreiben. Wenn er lieb und artig sei, würde sie vielleicht auch einen kleinen Absatz über ihn schreiben, positiv natürlich, hatte Madeleine Klaus freundlich begrüßt. Daraufhin hatte es sich Klaus – ganz Kavalier – nicht nehmen lassen, formvollendet ihre Hand zu küssen. Leicht vorgebeugt, nur angedeutet, nicht mit dem Mund berührt. Dadurch hatte Klaus einen geschmeichelten Blick von Madeleine und von Vanessa einen leichten Knuff in die Seite gewonnen.

»Natürlich Geldmarktfonds«, hauchte eine kleine, schon etwas gebrechlichere Dame am anderen Ende des Tisches, deren Namen und Rang Klaus leider vergessen hatte. Aber er wusste noch, dass sie etwas mit Film und Fernsehen zu tun hatte.

»Um dann weniger als drei Prozent Zinsen zu bekommen«, erregte sich Eva Stocker.

»Du machst wohl Witze«, tönte Madeleine ins gleiche Horn.

»Lasst Klaus zu Ende reden«, unterbrach Vanessa den beginnenden Streit bestimmt.

»Was denken Sie über festverzinsliche Wertpapiere?«, fragte Jeannine Münchmeyer. Sie war der kreative Kopf der Damenrunde, hatte ihm Vanessa gesteckt, besaß eine eigene Werbeagentur mit Büros in Frankfurt, München, Hamburg und Mailand und war mit einem erfolgreichen deutschen Schauspieler in Hollywood verheiratet. Eine sehr langweilige Ehe, hatte Madeleine mit einer sorgenvollen Kummermiene betrübt zum Besten gegeben, keine Sexskandale, keine wilden Partys, nichts, worüber es sich für sie zu schreiben lohnen würde.

»Festverzinsliche Wertpapiere sind eine solide Basis für jedes Depot. Aber auch da gibt es manchmal mehr Risiken, als viele Anleger bedenken«, antwortete Klaus.

»Also Bundesanleihen?«

»Fast richtig. Aber die Rendite ist nicht sehr interessant. Da würde ich Ihnen eher zu deutschen Pfandbriefen raten. Inzwischen hat sich dieses Marktsegment dank vieler Großemissionen in Milliardenhöhe, so genannten Jumbo-Pfandbriefen, zu einer echten Alternative gemausert. Und die Erträge liegen deutlich höher als bei Bundesanleihen, obwohl sie fast genauso sicher sind. Das Problem, wenn ich es so nennen kann, dieser sicheren Papiere ist, dass sie regelmäßig Zinserträge erhalten. Und die müssen Sie versteuern!«

Keine der Damen war sehr erpicht darauf, Steuern zu zahlen, so dass Klaus sich der absoluten Anteilnahme des Tisches sicher sein konnte.

»Als Beimischung zu einem guten Depot können auch Null-Kuponanleihen hinzugefügt werden. Die Besonderheit dieser Papiere liegt darin, dass in der Laufzeit bis zur Fälligkeit dieser

Anleihe keine Zinsen ausgezahlt, sondern stetig angesammelt und in den Kurs mit eingerechnet werden. Ganz banales Beispiel, diese Null-Kuponanleihe notiert heute zu einem Kurs von achtzig und wird in fünf Jahren zu einem Kurs von einhundert zurückgezahlt. Dieser rechnerische Gewinn von zwanzig ist Ihr einmaliger Zinsertrag. Zwar muss dieser Zinsertrag auch versteuert werden, aber erst zu dem Zeitpunkt, wenn die Null-Kuponanleihe wieder veräußert oder zurückgezahlt wird. Das bietet sich am besten zu einem Zeitpunkt an, wenn die Steuerschuld durch Verlustzuweisungen gemindert werden kann.«

Als Klaus das Wort Verlust in den Mund nahm, bemerkte er ein leichtes Stirnrunzeln bei den Damen.

»Meine Damen! Es tut mir wirklich Leid. Ich langweile Sie bestimmt zu Tode mit meinem Gerede über Zinsen oder Aktien«, versuchte Klaus das Gespräch in eine andere Richtung zu leiten. Er hatte an ihren Fragen und der Neugierde deutlich gemerkt, dass die Damen mehr brauchten, als nur ein paar gute Tipps. »Ich bin mir sicher, dass Sie bei Ihren Finanzberatern in recht guten Händen sind. Wie Sie bestimmt wissen, bin ich eng mit dem Bankhaus Steiner liiert. Das Bankhaus hat sich schon vor Jahrzehnten auf die Verwaltung von großen Privatvermögen spezialisiert, und unser großer Kundenstamm spricht für die Zufriedenheit unserer Anleger. Bei komplizierten Rechts- und Steuerfragen arbeiten wir mit renommierten Kanzleien und Steuerbüros zusammen, und bei Großfinanzierungen von Industrieobjekten verfügen wir über beste Kontakte zu großen Kapitalgesellschaften. Ich würde mich daher freuen, wenn ich Ihnen ganz unverbindlich den Vorschlag machen könnte, dass die Berater unserer Bank Ihre derzeitigen Vermögensverhältnisse und Anlagen unter die Lupe nehmen und Ihnen ebenso unverbindlich und kostenfrei mögliche Alternativkonzepte erstellen. Danach können Sie immer noch frei entscheiden, wo Sie sich besser aufgehoben fühlen!«

Ein zustimmendes Getuschel ging durch die Reihen der Damen und Vanessa zwinkerte Klaus lächelnd zu. Ein schlauer Fuchs, schmunzelte sie in sich hinein. Klaus hatte die Damen mit seinem natürlichen Charme um den Finger gewickelt und sie vielleicht sogar als zukünftige Kundinnen für das Bankhaus Steiner gewinnen können.

Langsam wurde Klaus des Redens müde und er schaute unbewusst auf seine Uhr, doch Vanessa kam ihm zuvor und löste ihrerseits die Runde auf.

»Meine Damen, ich denke, es wird Zeit. Aber bevor wir aufbrechen, sollten wir uns noch bei Klaus bedanken, dass er so freundlich war, uns mit seinen Ratschlägen zur Seite gestanden zu haben. Ich denke, er wird sich nicht dagegen wehren können, dass wir ihn beim Wort nehmen und bald im Bankhaus Steiner vorsprechen werden.«

Ein einverständliches und freundliches Kopfnicken ging durch die Damenreihe, als Klaus sich zum Abschied erhob.

»Bist du mit deinem Auto hier?«, fragte Vanessa, die in ihrer unwiderstehlichen Art ohne viel Aufsehen vom ‚Sie' zum ‚du' übergegangen war.

»Nein, ich hatte mir ein Taxi genommen.«

»Soll ich dich mitnehmen?«

»Das wäre nett. Ich wohne wieder in der Villa Benz in Falkenstein. Liegt das auf deiner Strecke?«, fragte Klaus, der ihr Spielchen bereitwillig mitspielte.

»Alles liegt auf meinem Weg!«

Kapitel VI

Nachrichten

Am nächsten Morgen schlief Klaus Steiner bis um sieben Uhr, bevor die Sonne ihn weckte, die nun genau in sein altes Zimmer schien. Lang streckte und räkelte er sich in seinem überdimensionalen Himmelbett. Was für ein Genuss, nachdem er die letzten drei Jahre in einem kleinen Apartment verbracht hatte. Dass die Menschen immer erst die Dinge wertschätzen können, wenn sie sie verloren haben, sinnierte er.

Mit diesem Gedanken setzte er sich auf und erfreute sich von seinem Bett aus an dem herrlichen Blick auf das Parkgelände. Der Frühnebel war den warmen Sonnenstrahlen gewichen, Vögel begrüßten den Sommertag mit ihrem Gesang, ein paar Eichhörnchen betrieben Frühsport und die ersten Kaninchen krabbelten aus ihren Löchern hervor.

Klaus genoss dieses friedliche Bild in vollen Zügen. Er fühlte sich wie neugeboren, wie jemand, der von einer unheilbaren Krankheit befallen worden war und es noch nicht ganz glauben konnte, dass er wieder geheilt war.

Diese Vorstellung holte ihn aber zugleich wieder in den Alltag zurück. Stundenlang hatte er gestern Abend noch mit seiner Mutter auf der Couch gesessen und über die Familie und die Vergangenheit gesprochen. Nicht über die Bank, zum ersten Mal unterhielten sie sich auf einer persönlichen Ebene, wie es Mutter und Sohn eben tun sollten. Doktor Manns hatte Recht behalten, wann immer es auch passieren möge, sie hatten die Zeit intensiv genutzt, um im Herzen Frieden zu schließen. Der Zustand seiner Mutter verschlechterte sich nun zusehends, als ob ihr Geist nun endlich loslassen konnte, als ob sie den Kampf gegen den gebrechlichen Körper nun endlich aufgegeben hatte. Eine Krankenschwester war nun rund um die Uhr bei ihr und hatte ihn auch gestern Abend zweimal gebeten, das Gespräch zu unterbrechen, was seine Mutter aber jedes Mal rüde abgelehnt hatte.

Als Klaus an dem riesigen Eichentisch in der Wohnküche vor seinem Frühstück mit einem großen, dampfenden Pott von Edwards hervorragendem Kaffee und frischen Brötchen saß, betrat Edward den Raum und reichte ihm einen Zettel.

»Sir, eine Frau Von Stappen hat heute Morgen um acht für dich angerufen. Sie bat mich, dich nicht zu stören, da du bestimmt noch erschöpft wärst von dem gestrigen Nachmittag.«

Edward legte eine kunstvolle Pause ein, um seine Verwunderung kundzutun.

»Jedenfalls gab sie mir diese Nummer, und bittet dich, sie doch bald zurückzurufen.«

»Ed, gestern Nachmittag waren es sechs Frauen, teilweise in deinem Alter, die nichts anderes von mir wollten, als meine Meinung zur aktuellen Wirtschaftslage zu hören.«

Beide grinsten sich an.

»Aber vielen Dank für die Nachricht.«

Kommentarlos verließ Edward wieder die Küche, um nach Hildegard Steiner zu schauen.

Klaus ergriff den Hörer des Wandtelefons, das in Reichweite des Küchentisches angebracht war, und wählte die Nummer, die auf dem Zettel stand.

»Guten Morgen, Vanessa. Hier ist Klaus Steiner. Ich habe deine Nachricht erhalten.«

»Oh, schön, dass du gleich zurückrufst. Und wie geht es dir nach dem gestrigen Tage? Ich muss sagen, du hast einen sehr, sehr guten Eindruck bei meinen Damen hinterlassen. Wenn du dich anstrengst, könntest du dir innerhalb kürzester Zeit ein paar Heiratsanträge einhandeln«, lachte Vanessa ins Telefon.

»Danke für die Blumen. Lohnt es sich bei dir?«

»Das, mein Freund, musst du leider ganz alleine herausfinden«, antwortete Vanessa Von Stappen vieldeutig.

»Aber der Grund, weshalb ich dich um den Anruf bat, war

der, dass ich am Wochenende eine kleine Party auf meinem Feriensitz veranstalte. Einige der Leute werden dich bestimmt interessieren. Zum Beispiel Michael Schwartz, Leiter des Finanzressorts der Stadt Frankfurt, oder Hans Burmester, Geschäftsführer der Dresdner Bank Fondsgesellschaft. Und ...«

»Genug, genug. Ich komme gerne, alleine schon, um dich wiederzusehen. Wo liegt dein Feriensitz?«, unterbrach Klaus Vanessa lachend.

»Ich werde dir einen Straßenplan und eine Wegbeschreibung zukommen lassen. Freizeitkleidung, keine Abendgarderobe. Du kannst eine Badehose mitbringen. Und eine Bekannte, wenn du magst.«

»Ist das ein Muss?«

»Der Badeanzug oder die Bekannte?«

»Beides.«

»Wenn du mich fragst, lass beides zu Hause«, lachte Vanessa kurz ins Telefon. »Wie gesagt, kein Kleidungszwang. Die Party beginnt um drei Uhr. Für die Fahrt musst du etwa zwei Stunden rechnen.«

»Ich werde pünktlich sein!«

Professor Walther wusste, dass er diese Nachricht irgendwann einmal erhalten würde. Fast zwanzig Jahre war es nun her, dass er und Sophie, seine erste Frau, dieses Haus im tiefsten Hintertaunus nach ihrer Rückkehr aus Amerika gekauft hatten. Im Prinzip war es ein wunderschönes Gebäude gewesen, ein alter Bauernhof umgeben von Wiesen, Feldern und Wäldern. Sophie war damals noch in einem Alter, in dem der Planung einer Familie nichts im Wege stehen sollte. Aber das Haus hatte ihnen kein neues Leben, sondern nur den Tod gebracht.

In dieser Zeit waren die verheerenden Auswirkungen von Asbest und Formaldehyd auf den menschlichen Organismus noch nicht wissenschaftlich erforscht und bekannt, und das alte Haus war nach Renovierungsarbeiten durch den Vorbesitzer von Grund auf verseucht mit diesen Chemikalien. Mehr als zwei Jahre dauerte die Leidenszeit von Sophie, in der sie zwei Fehlgeburten hatte, unter Übelkeit, Schlaflosigkeit und starken Hautreizungen litt. Der damals behandelnde Arzt diagnostizierte die Symptome als leichte Neurodermitis und schob sie auf die Luftveränderung. Eines Tages brach sie während des Einkaufes bewusstlos zusammen und wurde in das Krankenhaus in Bad Homburg eingeliefert. Dort stellten die Ärzte fest, dass ihr ganzer Körper von Krebsgeschwüren befallen war. Sie war nie wieder aus diesem Koma erwacht.

Er hatte Glück gehabt. Durch seine vielen geschäftlichen Reisen und seine neue Professur an der Universität Frankfurt war er den Giften nicht so stark ausgesetzt gewesen wie seine Frau. Drei Melanome konnten durch einen chirurgischen Eingriff komplett entfernt werden, da sie noch nicht gewuchert hatten. Am schlimmsten hatte es aber seine Leber erwischt, die die Menge der Gifte nicht mehr verarbeiten konnte. Trotz intensiver medikamentöser Behandlungen, Frischzellenkuren, Umstellung der Essgewohnheiten und des kompletten Verzichts auf alkoholische Getränke war es ihm und seinen Ärzten von vornherein klar, dass dies den Prozess nur nach hinten verschieben, aber niemals komplett würde heilen können. Aber es hatte doch länger gedauert als angenommen, bis er die endgültige Diagnose gestellt bekam – Leberkrebs.

»Wie lange noch?«, fragte Professor Walther den Arzt.

»Ich kenne dich nun schon seit wann, Paul? Seit zehn, fünfzehn Jahren. Also brauche ich dir auch nichts vorzumachen. Endstadium, wenn alles gut läuft, noch ein halbes Jahr«, antwortete Doktor Richard Jerus. Warum bestrafte das Schicksal diesen Mann so sehr? Erst verlor er seine erste Frau und zwei ungeborene Kinder, dann vor sechs Jahren auf grausamste Art und Weise seine zweite Frau, und nun das. Oft hatte er sich in seiner beruflichen Laufbahn die Frage gestellt, wie leidensfähig Menschen sein können, aber nie eine befriedigende Antwort gefunden.

»Ich brauche, glaube ich, nichts zu verschönern. Ich werde dir jetzt schon ein paar Schmerzmittel verschreiben, und wenn du irgendwann mehr Hilfe benötigst, werde ich da sein«, sagte Doktor Richard Jerus. Das war die für ihn einzige Antwort auf das aus seiner Sicht ungerechte Schicksal dieses Mannes.

Andere Menschen wären bei der Nachricht ihres bevorstehenden Todes wahrscheinlich zusammengebrochen, nicht so Paul Walther. Zu lange schon war ihm klar, dass er irgendwann diese Nachricht erhalten würde. Und jetzt, im Angesicht des eigenen Todes, brannte seine Lebensflamme nur noch intensiver. Ein halbes Jahr, dachte er sich. Ein halbes Jahr und vielleicht sogar weniger, um alle Veränderungen umzusetzen, die er schon so lange geplant und vorbereitet hatte. Aber vielleicht war dies ein Zeichen des Schicksals, das ihm diese Entscheidung abnahm, und er nun gezwungen war, zur Tat zu schreiten. Ein halbes Jahr – ja, das würde reichen. Irgendwie freute er sich sogar darauf.

Doktor Richard Jerus wunderte sich sehr über das Lächeln um die Lippen und die Entschlossenheit in den Augen von Paul Walther, als sie sich mit einem festen Händedruck verabschiedeten.

Marc Colby war siebenunddreißig Jahre alt, Amerikaner, ledig und schon seit über fünfzehn Jahren im Finanzgeschäft. Gleich nach dem Mauerfall in Deutschland waren er und sein Arbeitgeber, eine englische Fondsgesellschaft, die Ersten gewesen, die die phänomenalen Investitionsgelegenheiten im ehemaligen Ostdeutschland erkannt und gründlich ausgenutzt hatten. Vor allem, wenn diese durch die damalige Treuhandgesellschaft auch noch staatlich abgesichert waren.

Es war wie die Zeit des Goldrausches in Amerika. Aber jetzt, wo freie Marktwirtschaft herrschte, trennte sich die Spreu vom Weizen, und rentable Projekte waren immer schwieriger zu finden, ging es Marc Colby durch den Kopf, während er auf der B93 wieder zurück nach Leipzig fuhr. An diesem Nachmittag hatte er sich ein Bauprojekt in der Nähe von Altenburg angesehen. Doch in diese Einkaufszentrumsleiche würde er nie einen Pfennig stecken.

Den alten VW-Golf, der ihm schon die letzten fünf Kilometer gefolgt war, sah er erst, als dieser ihn links überholte. War der verrückt? Die Landstraße war hier doch viel zu eng und kurvig. Die würden nie ein entgegenkommendes Auto sehen, war das

Letzte, was er dachte, bevor plötzlich ein Ziegelstein auf seine Windschutzscheibe knallte.

In einer ersten Reaktion riss Marc das Lenkrad nach rechts, viel zu heftig für neunzig Sachen, so dass sein BMW 520i nicht nur über die Straßenbegrenzung und in den anliegenden Acker flog, sondern sich dabei in der Luft noch einmal um die Längsachse drehte. Vielleicht war es sein Glück, dass er halb bewusstlos war, als er von vier Halbstarken blutend aus seinem zerbeulten BMW gezogen wurde, und diese ihn mit Baseballschlägern und Fußtritten malträtierten. Vielleicht war es gut so, dass er sich nicht mehr wehren konnte, als sie ihn mit ‚Niggerschwein', ‚Schwarzer Abfall' oder ‚Afrikanischer Affe, den man wegspülen sollte wie Scheiße' beschimpften, und er nur regungslos dalag, als sie ihm androhten ‚das Negerschwein aufzuhängen'. Vielleicht, denn sie ließen von ihm ab, als er sich nicht mehr bewegte. Und nur so überlebte Marc Colby den brutalen Anschlag von vier jungen Männern mit Glatzen, Springerstiefeln und Bomberjacken mit Hakenkreuzen an den Revers, die ihn gezielt abgefangen hatten.

Kapitel VII

Party

Um ein Uhr am Samstag verließ Klaus Steiner die Villa Benz mit seinem Maserati 3200 GT. Schon am gestrigen Abend hatte er seinen alten Liebling aus der Garage geholt und entstaubt. Drei Jahre hatte er nicht mehr hinter dem Steuer gesessen, aber schon nach einem kurzen Stück war das alte Gefühl von Sicherheit, Kraft und Selbstbewusstsein, das der Maserati wie selbstverständlich auf seinen Fahrer übertrug, wieder da.

Klaus entschied sich für die landschaftlich schönere Strecke über Königstein, Fischbach und Eppstein, um auf die A3 nach Köln zu kommen. Er schaltete das Radio ein und erwischte noch die letzten Züge einer Live-Übertragung der Weltmeisterschaften im Barbecue, Gewinner wurde ein Mann aus Österreich. Klaus musste lachen. Es war wirklich schön, dass sich manche Dinge einfach nicht verändert hatten.

Auf der Autobahn schaltete Klaus bei einhundertvierzig Stundenkilometer den Tempomat ein und genoss die landschaftlich abwechslungsreiche Strecke bei schönem Wetter und leichter Sommermusik.

Kurz hinter Limburg griff er zum Autotelefon und wählte die Privatnummer von Ulf Bauer.

»Ulf Bauer.«

»Hallo Ulf, hier ist Klaus. Ich bin gerade auf dem Weg zur Party, von der ich dir erzählt habe. Jetzt ist mir gerade so eine Idee gekommen. Sag mal, wie gut ist das Standing des Bankhauses im Emissionsgeschäft für Kommunalanleihen?«

»Gut, würde ich sagen. In diesem Jahr sind wir bis jetzt an etwa fünf Emissionen beteiligt.«

»Und eure Handelsaktivitäten darin?«

»Wir haben eine eigene Abteilung im Inlandsrentenhandel mit drei Händlern, die sich primär um eine regelmäßige Kursstellung in den Kommunalanleihen kümmern, bei denen wir Konsortialführer sind. Es ist ein recht illiquider Markt, da meist die gesamte Emission, vor allem die kleineren, komplett von Versicherungen aufgekauft und bis zur Fälligkeit gehalten werden.«

»Wo platziert ihr sonst noch die Anleihen?«, unterbrach ihn Klaus.

»Neben den Versicherungen sind es vor allem deutsche Rentenfonds, die als potenzielle Käufer in Frage kommen. Aber wir haben eine Menge sehr wohlhabender Privatkunden, die gerne wegen der höheren Verzinsung und Rendite solche Kommunalanleihen ihren Depots beimischen.«

»Jemals mit der Stadt Frankfurt zusammengearbeitet?«

»Leider eine Nummer zu groß bisher. Wir waren noch nicht einmal im Übernahmekonsortium vertreten. Bisher gehörten wir höchstens mal zum Begebungskonsortium. Sprich, wir waren nur für den Verkauf der Anleihe zuständig und haben daran so gut wie nichts verdient außer ein paar Sellingfees.«

»Ja, ich kenne das Geschäft. Viel Fleiß, kaum Preis, aber viel Ehr. Sehr deutsch!«

»Warum fragst du überhaupt?«

»Nur so. Ich habe da so eine gewisse Idee. Ich schätze mal, dass ich morgen Mittag wieder zurück bin. Ich erzähle dir den Rest, wenn du dir zum Kaffee Zeit nehmen könntest?«

»Gerne, sagen wir um vier bei dir?«

»Abgemacht, morgen um vier. Ich freue mich«, sagte Klaus, beendete das Gespräch über die Freisprechanlage und erhöhte das Tempo.

Es war fast Viertel nach zwei, als Klaus Steiner den Maserati auf die Autobahnraststätte Siegburg lenkte, um in Ruhe den Plan zu prüfen, den ihm Vanessa geschickt hatte.

Nachdem Klaus von der A3 auf die A1 abgebogen war und die Ausfahrt Remscheidt genommen hatte, erreichte er die Stelle mit der Bezeichnung ‚erste Möglichkeit wieder rechts'. Kurz darauf passierte er wie geplant das Schild ‚Privatstraße!'. Die Straße führte ihn nun tiefer in das Bergische Land, und der Wald wurde immer dichter. Nach etwa zehn Minuten Fahrzeit erreichte er ein mächtiges schmiedeeisernes Tor, an das sich rechts und links eine alte, mannshohe und schier endlose Steinmauer anschloss.

Es war zehn vor drei. Klaus drückte auf den Knopf der Gegensprechanlage, die zwar extra für Autofahrer zwei Meter vor dem Tor, doch für seinen Maserati ein wenig zu hoch angebracht war. Eher was für einen Rolls-Royce, dachte er sich.

»Yes? Who may I announce?«, erklang eine Stimme in bestem Oxford-Englisch.

Klaus nannte seinen Namen, und das Tor glitt lautlos auf Rädern zur Seite.

Hinter dem Tor wich die gepflasterte Straße einem hellen Kiesweg, der Wald begann sich zu lichten und gab nach etwa einem Kilometer den Blick frei auf das Feriendomizil von Vanessa Von Stappen: ein wunderschönes, schlossähnliches Anwesen. Als er den Vorplatz erreichte, der schon gut gefüllt war mit einem guten Dutzend Nobelkarossen der Marken Ferrari, Bentley, Porsche oder Jaguar, wurde er von dem Besitzer der Torstimme empfangen. Ein englischer Butler wie aus dem Bilderbuch. Grauhaarig, weiße Handschuhe, Weste, wache Augen, die schon alles gesehen hatten, und zugekniffene Lippen, über die wohl noch nie ein falsches Wort gekommen war.

»Sie müssen Herr Steiner sein«, sagte er in perfektem Hochdeutsch, und Klaus stellte sich die Frage, ob der Butler nun Engländer oder Deutscher war.

»Wenn Sie mir Ihre Autoschlüssel geben möchten, ich werde mich darum kümmern. Haben Sie vor, über Nacht zu bleiben, Herr Steiner?«

»Bis jetzt noch nicht.«

»Es ist für Sie ein Zimmer gerichtet, falls sie sich umziehen und erfrischen wollen.«

Klaus stieg aus dem Maserati und holte seine Sporttasche aus dem Kofferraum. Diese nahm ihm sofort höflich, aber bestimmt der Butler aus der Hand.

»Wenn Sie mir bitte folgen würden. Ich zeige Ihnen Ihr Zimmer. Die Gesellschaft befindet sich bereits am Pool-Gelände.«

Das ‚Zimmer' stellte sich als ein kleines separates Gästehaus heraus, das im Stil eines Schweizer Chalets gebaut und etwa einhundert Meter vom Hauptgebäude entfernt war. Das Chalet, erbaut wie eine mächtige Blockhütte, war in vier Zimmer aufgeteilt: Schlafzimmer, Wohnzimmer, Wohnküche und Bad. Die Einrichtung strahlte Geschmack und Gemütlichkeit aus und der Innenarchitekt hatte auch auf Kleinigkeiten wie einen Fernseher in Großbildformat, einen Mikrowellenherd in der Einbauküche, den wahrscheinlich noch nie jemand benutzt hatte, und ein Bidet im Marmorbad geachtet.

Als Klaus sich umsah, gelangte er noch vom Wohnzimmer aus auf eine große Terrasse, auf der eine Hollywood-Schaukel und ein eigener, nagelneuer Gasgrill standen. Dahinter lag ein idyllischer Waldsee, an dessen Ufer Klaus noch vier weitere Chalets zählte.

»Na, hier lässt es sich leben«, entfuhr es ihm. Vielleicht wäre es Zeit für einen kleinen Drink aus der Wohnzimmer-Bar, die so ziemlich alles enthielt, wonach es einem Kenner dürstete. Nein, du brauchst jetzt einen klaren Kopf, dachte sich Klaus. Er entschied sich, noch nicht in seine Badeshorts zu schlüpfen, sondern erst einmal die Lage auszukundschaften. Er sollte für einen schnellen Abgang bereit sein, falls er, eine *Persona non grata* der letzten drei Jahre, in der Gesellschaft am Swimming-Pool nicht willkommen sein sollte.

Das Pool-Gelände war auf der anderen Seite des Haupthauses und lag in einer künstlich angelegten Lichtung, umgeben von einem kleinen Eichenwäldchen. Eine perfekte Abstimmung von Sonne und Schatten zu jeder Tageszeit. Am Ende des Pools stand eine große runde Bar mit einem riesigen Strohdach. Innerhalb des Rondells waren drei Bedienstete eifrig damit beschäftigt, den Durst der rund vierzig Gäste bei diesen sommerlichen Temperaturen zu befriedigen. Außerhalb lagen, saßen oder standen etwa zwanzig Leute, einige in Badeanzügen, ein paar in Jeans und eine in einen sandfarbenen Sari gehüllt. Es war Vanessa. Als sie zur Begrüßung mit ausgebreiteten Armen auf ihn zukam, wurde klar, dass sie mit dem Hindu-Brauch, keinen Alkohol zu trinken, gebrochen hatte. Der Stoff aus reiner Seide überließ nichts der Phantasie, als sie aus dem Schatten der Bar in die Nachmittagssonne trat.

»Klaus!«

Ihre Augen strahlten, und sie nahm seine Hand, bevor sie ihn zu einem Kuss fest umschlang.

»Es ist schön, dich wiederzusehen, Vanessa«, war die einzige Antwort, zu der er in dieser Situation noch in der Lage war.

»Komm, ich werde dich meinen Freunden vorstellen«, sagte sie und führte ihn zur Bar, ihre Hand immer noch in seiner.

»Das ist Dirk Scholz«, stellte Vanessa einen kleinen, etwas dicklichen Mann vor, der alleine etwas außerhalb des Trubels an der Bar stand.

»Hallo Klaus, was für eine freudige Überraschung!«

»Ihr kennt euch?«, fragte Vanessa erstaunt.

»Klaus gab mir damals den Tipp mit SAP, als die noch bei siebzehn Euro standen.«

»Ich hoffe, du hast sie gehalten«, sagte Klaus.

»Teils, teils. Die Hälfte habe ich mit einem schönen Profit bei zweihundertfünfzig abgestoßen, kurz bevor ...«

»Tut mir Leid, Herr Scholz, wir müssen weiter«, unterbrach Vanessa, aus Angst vor dem beginnenden Monolog, und zog Klaus hinter sich her zur nächsten Gruppe.

Auf dem Weg flüsterte Vanessa in Klaus' Ohr: »Das ist Professor Doktor Schäfer, neben ihm ein Professor der Universität Frankfurt, Fachbereich Pharmazie, dessen Name mir leider entfallen ist. Aber Professor Schäfer ist eine ganz hohe Autorität auf dem Gebiet der Aids-Forschung. Hält internationale Vorträge und schreibt eine Menge Bücher darüber. Ihn zu kennen bedeutet, deine Gesundheit in die Hände von absoluten Spezialisten legen zu können«, flüsterte Vanessa Klaus auf dem Weg ins Ohr.

Sie schnappten noch die letzten Fetzen einer hitzigen und scheinbar wichtigen Diskussion auf.

»Nein, nein, nein. Die Alpha-eins-Sympathomimetika und die indirekte Sympathomimetika werden ganz sicher bei der asympatikotonen Form der orthostatischen Dysregulation eingesetzt!«

»Hmmhmm«, räusperte sich Vanessa. Aber es dauerte trotzdem eine Weile, bis die Herren wieder auf der westlichen Hemisphäre landeten.

»Vanessa! Wir haben uns ja heute noch gar nicht gesprochen. Wer ist denn dein junger Freund?«, rief Professor Schäfer aus.

»Klaus Steiner und so jung leider auch nicht mehr.«

Klaus nahm die ausgestreckte Hand. Ein kräftiger Händedruck. Vielleicht wird es doch einfacher, als ich es mir vorgestellt hatte, dachte er, nachdem er ein sehr freundliches, fünfminütiges Gespräch mit dem Professor über Gott und die Welt geführt hatte, ohne von Vanessa weggezogen worden zu sein.

Danach wurde Klaus aber wieder von Vanessa beschlagnahmt, und sie führte ihn zu der nächsten Person.

»Und das ist Heinz Liebmann«, sagte Vanessa, als sie an einen unheimlich dicken Mann herantraten. Der große, fast kahle Kopf des Mannes war durch die hohen Temperaturen knallrot, Schweiß lief in Bächen von seiner Stirn, direkt in seinen bereits bräunlich gefärbten Kragen des sonst weißen Hemdes. Ein Hals schien nicht zu existieren, denn der Kugelkopf ging nahtlos in einen massigen, tonnenartigen Körper über. Beine und Arme erschienen im Verhältnis viel zu kurz geraten. Das Hemd des Mannes, an dem bereits ein Knopf fehlte, war schon fast ganz aus der Hose gerutscht, da es einfach zu klein war, um den mächtigen Bauchumfang des Mannes vollends zu bedecken. Der Barhocker aus Bambus drohte unter diesem Gewicht jeden Augenblick zusammenzubrechen. Jedenfalls gab das Gestühl mitleiderregende Geräusche von sich. Diesmal erfolgte noch nicht mal ein Händeschütteln.

»Du entschuldigst mich, Vanessa. Ich glaube, meine Frau braucht einen neuen Drink«, krächzte Heinz Liebmann mit einer ungewöhnlich hohen Fistelstimme. Liebmann zwängte seine Masse aus dem Hocker, wobei dieser einen erleichterten Laut von sich gab, und watschelte von dannen.

»Was hat der denn für ein Problem?«, fragte Vanessa erstaunt.

»Heinz Liebmann? Er macht mich dafür verantwortlich, dass einer seiner Futurefonds Verluste gemacht hatte, aber er konnte es nie beweisen. Liebmann war noch nie ein guter Verlierer gewesen, sondern hat immer die Schuld bei anderen gesucht.

Und ich war damals das ideale Opfer. Er sagte sogar im Gerichtsverfahren als Zeuge gegen mich aus.«

Durch die Szene aufmerksam geworden, trat ein Mann an Vanessa und Klaus heran, der für diese Party ein wenig ‚overdressed' war, angefangen von der Fliege, über den schwarzen Armani-Anzug bis hin zu den Lackschuhen.

»Klaus Steiner! Ich glaube es nicht! Was machst du denn hier? Wir haben uns ja schon eine Ewigkeit nicht mehr gesehen!«, sagte Hans Burmester erfreut, als sie sich fest und freundschaftlich die Hand gaben. »Komm, lass uns an die Bar gehen. Ich bin mir sicher, dass Vanessa sich auch mal um die anderen Gäste kümmern muss!«

Vanessa verstand den Wink.

Wie schnell die Zeit doch vergeht, dachte sich Klaus. War es wirklich schon über drei Jahre her, seitdem er Hans Burmester das letzte Mal gesehen hatte? Es kam ihm vor wie gestern, als sie sich gemeinsam mit ihren Frauen Verdis Oper ‚Nabucco' in Verona angesehen hatten. Das war kurz vor der Anklage gegen ihn. Danach hatten sie sich darauf geeinigt, den Kontakt erst einmal abzubrechen, da es sich vor allem Hans Burmester in seiner Position als Geschäftsführer einer Fondsgesellschaft nicht erlauben konnte, mit in einen Insiderskandal verwickelt zu werden. Und sei er auch noch so fingiert.

Auf der anderen Seite wusste Klaus genau: Wenn es einen Menschen gab, auf den er nach seiner Zeit im ‚Paradies' zählen konnte, dann war das neben Ulf Bauer Hans Burmester.

Schnell versuchte jeder, den anderen wieder auf den neuesten Stand der Dinge im Privat- und Geschäftsleben zu bringen, denn beide wussten, dass sie jede Sekunde von Vanessa unterbrochen werden konnten. Und auch das Geschäft blieb nicht ganz außen vor.

»Tut mir Leid, ich wurde leider unfreiwilliger Beobachter der Situation. Worum ging es denn?«, fragte Hans Burmester, als sie an der Bar saßen mit zwei Erdbeer-Margaritas in den Händen.

»Du meinst das vorhin mit Heinz Liebmann? Kennst du ihn?«

»Unglücklicherweise ja. Er beschuldigt mich, dass ich ihm einst faule Risikoanleihen aus meinen Auslandsfonds verkauft hätte. Er wollte Bonds mit einer Rendite von mehr als sechzehn Prozent, und ich verkaufte ihm welche. Ich hatte ihn über das Risiko dieser Bonds aufgeklärt, aber er hatte vor lauter Gier gar nicht zugehört. Jetzt erzählt er jedem, der es nicht hören will, dass ich ihn übers Ohr gehauen hätte.«

»Was soll's! Und immerhin erging es dir besser als mir!«, antwortete Klaus grinsend.

»Ich weiß, aber es gibt nichts Besseres als eine schöpferische Pause, vertraue mir! Hast du vielleicht wieder ein paar neue Ideen, die mich interessieren könnten?« fragte Hans.

»Ich denke schon. Aber gib mir noch ein wenig Zeit. Die Finanzmärkte haben sich in den letzten drei Jahren gewaltig verändert.«

»Wem erzählst du das. Wir haben momentan mehr als hundert Milliarden Euro in unseren Fonds zu managen und monatlich kommt eine weitere halbe dazu. Teilweise wissen wir gar nicht mehr, was wir mit dieser Liquidität noch tun sollen!«

Jemand fasste Klaus am Ellbogen, Vanessa war zurückgekehrt.

»Kommt Jungs, über Geschäfte könnt ihr später reden. Im Moment gibt es ein paar Damen, die Klaus kennen lernen wollen.«

Die Damen saßen um einen niedrigen Glastisch gruppiert und tranken Champagner. Sie alle bedachten Klaus mit demselben neugierigen Blick, wie die Damen beim Mittagessen im Nassauer Hof. Es hatte sich offenbar herumgesprochen, dass sich ein mit Sicherheit sexuell ausgehungerter Ex-Robinson herumtrieb, was die Phantasie manch vernachlässigter Ehefrau in dieser Runde enorm zu beflügeln schien.

Er überlegte sich, ob er sie mit ein paar zweideutigen Bemerkungen in Verlegenheit bringen sollte, hielt sich aber mit Rücksicht auf Vanessa zurück. Nach drei weiteren Margaritas war der Smalltalk einigermaßen erträglich.

Dann, zwei Stunden später, verabschiedete sich eine Dame nach der anderen und verschwand.

Glücklicherweise erschien Vanessa wieder, um ihn zu erretten.

»Was passiert denn jetzt?«, fragte Klaus.

»Zeit für die meisten, ein kleines Schläfchen zu machen, denn Abendessen gibt es erst um acht«, antwortete Vanessa neckisch.

»Dann musst du mich leider entschuldigen«, sagte Klaus.

»Aber warum?«

»Es würde zu spät werden. Ich habe einige dringende Sachen morgen zu erledigen.«

»Na und. Ich werde dafür sorgen, dass dich jemand morgen früh rechtzeitig weckt.«

»Außerdem habe ich nichts Passendes zum Anziehen dabei«, versuchte es Klaus noch mal, mit schwindendem Widerstand allerdings.

»Ich bin mir sicher, da lässt sich etwas machen. Ich werde einen Anzug um halb acht zum Cottage bringen lassen. Abendessen um acht, im Haupthaus. Und verschlaf mir nicht.«

Sie drückte ihm einen Kuss auf die Lippen und entfernte sich lachend in Richtung des großen Gebäudes.

Um Punkt acht Uhr fanden sich zweiundzwanzig zum Dinner geladene Gäste in der Empfangshalle des Hauptgebäudes ein. Dort empfing sie der Butler und führte sie in die Bibliothek des Hauses, wo ein Begrüßungstrunk serviert wurde. Die Bibliothek war beeindruckend.

Der Raum mit gut fünf Meter hohen Wänden war achteckig geschnitten. Man betrat die Bibliothek durch einen Rundbogen zwischen den bis an die Decke reichenden mit unzähligen Büchern gefüllten Regalen. Die vier Bücherwände waren durch eine kleine begehbare Galerie in zwei Ebenen geteilt. Der große Kamin, vor dem drei große, antike Ohrensessel und ein niedriger Teetisch platziert waren, lag genau gegenüber dem Eingang. Rechts und links an den Wänden neben dem Kamin und darüber hingen wertvolle Gemälde. Klaus erkannte einen Van Dyck, einen Rembrandt, einen Rubens und ein Gemälde mit der Abbildung einer Madonna mit dem Kind Jesu, das er keinem Maler zuordnen konnte. Den Blick auf den Park gewährte ein rundes, lukenartiges Fenster mit einem Durchmesser von gut drei Metern.

»Das ist ein Raffael«, sagte eine Stimme hinter Klaus, der vor dem Bild des unbekannten Malers verweilt hatte. Es war der Butler, der ihm auf einem silbernen Tablett ein Glas Champagner anbot. »Raffaelo Santi, neben Michelangelo einer der berühmtesten Maler und Baumeister der italienischen Renaissance. Das Bild heißt ‚Madonna Tempi' und stammt aus dem Jahre 1502. Normalerweise hängt das Gemälde in der Alten Pinakothek in München, als Leihgabe der Familie Von Stappen. Doch das Museum wird zurzeit renoviert.«

»Keine Angst, dass die Gemälde gestohlen werden könnten?«, fragte Klaus.

»Das Fenster ist nicht nur aus Thermoglas, um den Raum bei einer gleichmäßigen Temperatur von zweiundzwanzig Grad zu halten, was wichtig für den Erhalt der Bücher und der Gemälde ist, sondern es ist zudem einbruchs- und sogar schusssicher. Ansonsten haben wir natürlich Sicherheitsvorkehrungen elektronischer Art getroffen, die vertraulich behandelt werden, wie Sie sicherlich verstehen«, erklärte der Butler geduldig, aber freundlich.

Der Speisesaal dagegen war schlichter, aber nicht weniger elegant. Vier große Kristallleuchter hingen über der großen antiken Kirschbaumtafel. Das Licht tanzte auf dem pfirsichfarbenen Marmorboden, und im Hintergrund wurde Musik von Johann Sebastian Bach gespielt. Der Tisch war für vierundzwanzig Personen gedeckt, zwei Plätze blieben unbesetzt.

Klaus bekam den Ehrenplatz zur Rechten von Vanessa, die ihren Stammplatz nicht am Ende, sondern in der Mitte der Tafel hatte. Zur Linken von Vanessa saß eine sehr attraktive Frau, Ende zwanzig, die ihm schon am Nachmittag aufgefallen war. Leider hatte er sie am Pool aus den Augen verloren. Endlich stellte Vanessa sie ihm vor – Kristine Scoberg, ihre Nichte.

Der rechte Nachbar von Klaus stellte sich als Michael Schwartz, der Leiter des Frankfurter Finanzressorts, vor.

Nachdem sich die Gäste gesetzt hatten, wurde der erste Gang, geräucherte Forelle, von zwei Kellnern serviert, dazu ein vorzüglicher französischer 1990er Montrachet.

»Sie wundern sich bestimmt, was ich hier mache, unter all

den Schönen und Reichen«, sagte Michael Schwartz zu Klaus. »Ganz einfach, wegen des guten Essens, des erstklassigen Weins und der netten Gesellschaft, wie jeder andere auch. Aber mein wirkliches Motiv ist Geld. Vanessas Geld. Und hoffentlich, bevor der Abend zu Ende ist, ein wenig von Ihrem.«

Verschmitzt grinste Michael Schwartz Vanessa und Klaus an.

»Sie sind auf Spendenjagd?«, fragte Klaus erstaunt.

»Spenden ist das falsche Wort, würde ich sagen. Eher private Investoren.«

»Private Investoren? Für welche Projekte?«

»Verschiedene. Hauptsächlich für kulturelle und soziale Zwecke. Wie Sie ja bestimmt wissen, ist Frankfurt eine der hochverschuldetsten Städte in Deutschland. Und dadurch stehen natürlich die Ausgaben für Kultur und Sozialleistungen ganz oben auf der Streichliste. Um der Opposition keine Angriffsfläche zu bieten, wovon meine Vorgängerin ein Lied singen kann, versuche ich, die Streichungen wenigstens teilweise durch private Mittel zu kompensieren.«

»Wie viel kommt auf diesem Weg zusammen?«

»Das kommt auf die Projekte an. Für das seit dem letzten Herbst laufende Projekt, Obdachlosen wenigstens zeitweise eine freie Unterkunft zu bieten, schon über eine Million Euro.«

»Nicht schlecht. Aber Sie sagten zeitweise. Das bedeutet, dass das eigentliche Problem nicht gelöst ist?«

»Das ist alles, was wir tun können. Versuchen sie mal jemanden zu finden, der in diesen Zeiten bereit ist, Wohnungen zu bauen oder dauerhaft zu finanzieren, die fast nichts einbringen. Wie ich schon sagte, Frankfurt hat kein Geld, Hessen erst recht nicht und der Staat schon gar nicht. Sie sehen, wir sind wieder bei Spenden, wenn Sie es so nennen wollen.«

»Nicht unbedingt. Wenn es geschickt organisiert ist und dem Stadtparlament gut verkauft wird, könnten Sie vielleicht eine langfristige Finanzierung für dieses Projekt bekommen.«

»Geschickt organisiert?«

»Im Huckepackverfahren. Eine Stadt wie Frankfurt emittiert doch zu regelmäßigen Zeitpunkten Kommunalanleihen, die eigentlich jeder gerne in seinem Depot haben möchte. Gute Verzinsung, eine fast staatliche Garantie auf die Rückzahlung. Richtig?«

»Richtig.«

»Also, beim nächsten Mal, wenn Sie eine Anleihe emittieren, erzählen Sie den Käufern, dass für jede tausend Euro, die sie von der Kommunalanleihe kaufen wollen, sie hundert von der ‚Sozialanleihe' erwerben müssen. Das ist so grob die Theorie.«

»Ich habe noch nie von einer Anleihe mit solchen Konditionen gehört«, schaltete sich Hans Burmester ein, der zwei Stühle weiter saß und dem Gespräch interessiert gefolgt war.

»Stimmt. Aber ich kenne ein Bankhaus, dass in der Lage wäre, solch eine Anleihe zu konstruieren und auf den Markt zu bringen«, antwortete Klaus.

»Denken Sie wirklich, dass sich dafür Käufer finden lassen«, fragte Schwartz. Seine Augen glänzten jetzt wie die eines Fünfjährigen, der gerade einen riesigen Lolli über die Süßwarentheke gereicht bekam.

»Ich bin mir sicher. Mir schwebt eine Kombination aus niedrigem Zinssatz und lang laufendem Zerobond vor. Das hätte zwei Vorteile. Erstens für Sie: Die Tilgungslast wird niedrig gehalten oder sogar weit in die Ferne geschoben, in Zeiten, wenn es der Stadt wirtschaftlich wieder besser geht. Und zweitens für den Käufer: Die Kursgewinne sind steuerlich wesentlich interessanter.«

Michael Schwartz hing wie gebannt an den Lippen von Klaus.

»Zudem dürfen Sie die moralische Komponente nicht vergessen. Wer brüstet sich nicht gerne damit, etwas zum Wohle der Gesellschaft und der Armen im Speziellen zu tun. Zudem verdient er an seiner Güte auch noch Geld. Ich kann mir sogar vorstellen, dass Herr Burmester nicht abgeneigt wäre, diese Anleihen in den einen oder anderen Fonds aufzunehmen. Oder vielleicht Heinz Liebmann«, fügte Klaus ironisch hinzu.

Ein Mann am rechten Ende des Tisches schaltete sich ein. »Guter Ansatz, schlechte Durchführung. Sie verlagern noch höhere Schulden auf einen noch späteren Zeitpunkt ohne die Gewissheit einer zukünftigen Besserung der finanziellen Lage

Frankfurts. Das alleine reicht nicht, Ihnen fehlen noch einige wesentliche Bestandteile für das Puzzle.«

»Klaus, darf ich vorstellen, Professor Doktor Paul Walther. Professor Walther, Klaus Steiner, der Sohn von Hildegard Steiner«, stellte Vanessa Von Stappen die Herren einander vor.

Ein trauriger Zug umriss plötzlich die Mundwinkel von Professor Walther.

Als Professor Walther seinen Blick von ihnen abgewandt hatte, beugte sich Vanessa zu Klaus und flüsterte ihm ins Ohr. »Professor Walther kam als Einziger erst heute Abend zum Dinner, daher habe ich es verpasst, euch vorher bekannt zu machen. Ordentlicher Professor der Betriebswirtschaftslehre, Spezialgebiet Finanzen und Finanzpolitik, hält aber nur noch Gastreden. Schwerstreich durch Börsengeschäfte. Letztens erst kaufte er sich mit fünfundzwanzig Millionen eine Firma namens Skynet, die sollen auch irgendetwas mit der Börse zu tun haben.«

»Ich mag die Idee trotzdem«, sagte Burmester und lächelte dabei Klaus verschmitzt an.

»Und ich ganz besonders«, echote Michael Schwartz.

»Warum verabredet ihr euch dann nicht für nächste Woche und redet Tacheles«, mischte sich die Gastgeberin in das Gespräch ein. »Ich werde das für euch arrangieren, aber nur unter der Voraussetzung, dass ihr endlich das Thema wechselt!«

»Wo ich gerade von Heinz Liebmann sprach, wo ist er eigentlich?«, fragte Klaus, ohne weiter auf die Einwände von Professor Walther einzugehen, obwohl er ihm mit einem Kopfnicken zu verstehen gegeben hatte, dass die Argumente ihre Berechtigung hatten.

»Ich habe ihn entschuldigt«, sagte Vanessa kalt.

»Wie hast du denn das durchgesetzt?«

»Lieber Klaus, ich setze alles durch, was ich mir in den Kopf gesetzt habe«, antwortete Vanessa und ihr Blick ließ keine Zweifel daran aufkommen.

Was für eine Frau, dachte Klaus bewundernd.

Als Nächstes wurde Fasan mit Spätzle serviert, dazu ein feiner 1967-Lafite-Rothschild. Zum Abschluss gab es zur Auswahl entweder Käse oder Mousse au Chocolat.

Nachdem die letzte Runde Wein ausgeschenkt worden war, erhob sich Vanessa und sprach einen Toast aus.

»Auf meinen verstorbenen Mann Jakob, der diesen Abend bestimmt genauso genossen hätte, wie ich es tue. Ich danke euch dafür.«

Im Saal herrschte respektvolles Schweigen.

Es war Mitternacht, als sich die Gesellschaft aufzulösen begann. Ein Teil ließ sich von ihren Chauffeuren nach Hause bringen, der andere Teil übernachtete im Haupthaus. Klaus bekam eine Taschenlampe in die Hand gedrückt, damit er sich auf dem Weg zu seinem Cottage nicht verlief, und, sehr zu seiner Enttäuschung, von der Gastgeberin nur einen zarten Wangenkuss zum Abschied.

Bevor er in den Schlaf sank, war sein letzter Gedanke, dass hoffentlich am nächsten Morgen jemand an seine Tür klopfen würde. Ansonsten würde er mit Sicherheit verschlafen.

Eine Stunde später geschah genau das Gegenteil. Niemand hatte an die Tür geklopft, trotzdem weckte ihn ein Geräusch aus dem Wohnzimmer.

Die erste Anspannung fiel jedoch rasch von ihm ab, als er den Schatten einer Frau im Mondlicht erkannte. Und er wurde noch entspannter, als er das Parfüm roch, welches die Dame am Tisch zu seiner Linken an diesem Abend aufgelegt hatte.

Ohne ein Wort zu sagen, schlüpfte Vanessa unter seine Decke. Er drehte sich herum und schlang seine Arme um ihren Körper. Diesmal trug sie kein hauchdünnes Kleid mehr aus reiner Seide. Ohne ein Anzeichen irgendeiner Art von Zurückhaltung fielen sie übereinander her.

Ihre Brüste waren größer, als Klaus es sich vorgestellt hatte. Während Vanessa sich auf ihn setzte und sein stark erigiertes Glied mit ihrer Hand einführte, spielte seine Zunge leicht mit ihren Brustwarzen. Als sie ihn voll in sich aufnahm, entfuhr Vanessa ein spitzer Freudenschrei, den wahrscheinlich jeder im Haupthaus gehört haben musste. Doch das war Klaus zu diesem Zeitpunkt egal. Er packte ihre Hüften mit beiden Händen, um ihre rhythmischen Bewegungen noch zu verstärken. Vanessa wiederum legte bei sich selber Hand an, um ihre Erregung auf den ersten Höhepunkt zu bringen. Ihre Bewegungen wurden immer schneller und unkoordinierter. Doch bevor Vanessa zu ihrem Orgasmus kommen konnte, unterbrach Klaus das Liebesspiel. Er setzte sich auf und drückte Vanessa ganz eng an sich. Sie hatten noch die ganze Nacht Zeit und scheinbar beide viel nachzuholen.

Erst als beide am Punkt der Erschöpfung angelangt waren, brach Vanessa die fast wortlose Stille.

»Oh Gott, das war das Beste, was mir in den letzten zwölf Jahren passiert ist.«

Den Kopf auf ihre Hand gestützt spielte sie mit der leichten Brustbehaarung von Klaus.

»Was denkst du?«, fragte Klaus, der sie auf dem Rücken liegend mit verschränkten Armen hinter dem Kopf beobachtete.

»Du weißt, dass ich nicht in dich verliebt bin, oder? Ich hatte einfach nur Lust auf dich. Ich wusste vom ersten Tag an, dass der Sex mit dir fantastisch sein wird. Aber ich werde immer nur einen lieben, Jakob, meinen verstorbenen Mann. Verstehst du das?«

Was sollte er darauf erwidern, fragte sich Klaus, und entschied sich zu schweigen.

»Aber du bleibst heute Nacht bei mir, oder?«, flüsterte er letztendlich.

»Natürlich bleibe ich«, antwortete Vanessa. Sie schmiegte sich an die Brust von Klaus und war schon bald eingeschlafen.

Die letzten Eindrücke aber machten es Klaus schwer, wieder einzuschlafen. So lag er noch lange wach und horchte dem ruhigen, gleichmäßigen Atmen der wunderbaren Frau neben sich. Endlich sank auch er in einen tiefen, wenn auch nur kurzen Schlaf.

Ein lautes Klopfen an der Tür ließ ihn unsanft erwachen. Noch etwas orientierungslos schaute er sich um. Vanessa hatte das Zimmer irgendwann in der Nacht verlassen, und die Wanduhr zeigte erst sechs Uhr fünfzehn. Irgendetwas stimmte nicht.

Das Klopfen wiederholte sich, diesmal noch vehementer.

»Ja, ja, ich komme schon.«

Schnell schlüpfte Klaus in den weißen Frottee-Bademantel,

der am Eingang zum Bad an einem Haken hing. Als er die Tür öffnete stand Vanessas Butler mit ernster Miene davor. In seiner linken Hand hielt er ein tragbares Telefon.

»Tut mir Leid, Sir. Ich habe hier ein Telefonat für Sie. Der Herr bestand darauf, dass es dringend, äußerst dringend sei. Er wollte mir nicht sagen, worum es sich handelt. Er wollte nur persönlich mit Ihnen sprechen!«

Damit reichte er mit besorgtem Blick Klaus das Telefon.

»Klaus Steiner.«

»Klaus, hier ist Edward. Es ist wegen ... Du musst so schnell wie möglich nach Falkenstein kommen. Deine Mutter ....«

Alles, was Klaus noch durch die Leitung vernahm, war ein leises Schluchzen. Er hatte noch nie in seinem Leben erlebt, dass Edward die Fassung verloren hatte. Das konnte nur eines bedeuten!

Nachdem er das Telefon dem Butler zurückgegeben und dieser sich anstandsvoll leise zurückgezogen hatte, realisierte Klaus erst wie in Zeitlupe, was dieser Anruf wirklich bedeutet hatte – seine Mutter war tot. Langsam sackte er auf seine Knie und begann hemmungslos zu weinen. Und als wenn die Natur mit ihm fühlen würde, war kein Laut, kein Vogelgezwitscher, kein Entengeschnatter zu hören, und die ersten Sonnenstrahlen wurden von dem aufsteigenden Frühnebel gänzlich verschluckt.

Kapitel VIII

Signale

Natalie Walther war wie fast jede Nacht durch Frankfurt-Sachsenhausen gelaufen. Ihr Job als Kontakter in einer Werbeagentur erforderte regelmäßiges Arbeiten bis in die späten Abendstunden. Und dann noch einen Parkplatz in der Nähe ihrer Wohnung zu finden war fast ein Ding der Unmöglichkeit. Oft, wenn es wirklich spät wurde, nahm sie ein Taxi und ließ den Wagen in der Hanauer Landstraße stehen. Nicht so in dieser Nacht.

Sie war eine attraktive Frau mit langem, leicht gewellten brünetten Haar und hohen Wangenknochen, die ihrem Gesicht etwas Aristokratisches verliehen. Die makellosen Hände waren wie geschaffen für die Liebkosung der Klaviertasten, und auf ihre Figur war sie sogar selbst ein wenig stolz. Und das kam bei einer Frau normalerweise höchst selten vor. Obwohl sie zwanzig Jahre jünger und mit Stöckelschuhen sogar ein klein wenig größer war als er, war dies nie ein Hindernis für sie gewesen. Noch nie zuvor hatte er eine Frau getroffen, die mit so viel Herz ihr Leben lebte, mit so viel Geradlinigkeit ihre Ziele verfolgte und mit so viel natürlichem Charme die Männerwelt verzauberte, obwohl sie gleichzeitig das treueste und warmherzigste Wesen auf Erden zu sein schien. Wie oft hatte er Gott für diese zweite Chance in seinem Leben gedankt, noch einmal, nach dem tragischen Tod seiner ersten Frau, so lieben zu können und zu dürfen.

Bis zu dem Abend im Februar vor sechs Jahren. Er wusste bis heute nicht genau, was passiert war. Drei Tage war sie verschwunden. Drei Tage, in denen er sich gegen seine schlimmsten

Befürchtungen zu wehren versuchte. Aber die Realität erwies sich als noch schrecklicher als jede wahnsinnige Vorstellung.

Den Obduktionsbericht kannte er auswendig, jedes Wort. Verbrennungen am ganzen Körper, herbeigeführt durch ausgedrückte Zigaretten. Mehrfache Vergewaltigung. Schwere Verletzungen im Scham-und Brustbereich. Innere Blutungen durch Schläge. Tod durch Erwürgen. Drei Tage hatte sie diese Hölle ertragen müssen, bevor die Bestien ihren leblosen, nackten Körper achtlos an der Frankfurter Taunusanlage auf die Kaiserstraße geworfen hatten.

Seitdem träumte er fast jede Nacht von ihr. Seine Albträume waren manchmal so realistisch, als ob er die Folter selbst miterlebt hätte, als Beobachter, der nur hilflos zusehen musste und nicht eingreifen konnte. Wie oft hatte ihn sein Hausmädchen, das in der Nachbarwohnung wohnte, geweckt, weil er wild um sich schlagend im Schlaf laut geschrien hatte. Wie oft war er selber mitten in der Nacht aufgewacht, schweißnass und mit Herzrasen.

Zwar musste eine Mordakte für mindestens zwei Jahre geöffnet sein. Doch die Frankfurter Polizei hatte den Vorfall intern schon nach drei Monaten zu den ungeklärten Fällen gelegt. Keine Hinweise, keine Zeugen, keine Motive, nichts. Die falsche Frau zur falschen Zeit am falschen Ort, versuchte ihn damals ein abgebrühter Beamter zu trösten. Aber er hatte nicht aufgegeben.

Er engagierte eine große Privatdetektei, die sofort begann, jeden Stein in Frankfurt umzudrehen. Aber es dauerte fast zwei Jahre bis – nur durch einen Zufall bedingt – ein erstes Gerücht auftauchte. Ein Kontaktmann hatte einem der Privatdetektive erzählt, dass ein Freund von ihm zwei Albaner kennen würde, die vor längerer Zeit damit geprahlt hatten, ‚es einer reichen Hure drei Tage lang so richtig gezeigt zu haben'. Die wären aber vor einem Jahr wegen Drogenbesitz und Handel abgeschoben worden. Das war der erste, aber auch einzige Anhaltspunkt, aber immerhin ein Anfang. In den Unterlagen der Ausländerbehörde fand die Privatdetektei schließlich auch die Namen der Albaner, aber keine Gesichter. Wie schnell sich Namen ändern konnten, stellte er ein Jahr später fest, als die Quelle den Privatdetektiv informierte, dass die beiden wieder auf den Straßen

Frankfurts wären – eingereist und Asyl beantragt unter einer gänzlich anderen Identität. Weil er vor drei Jahren schon über ‚gewisse Kontakte' verfügte, erlitt keine drei Wochen später der eine von ihnen ein ähnliches Schicksal wie Natalie, nicht ohne vorher ‚bereitwillig' die begangenen Grausamkeiten gestanden zu haben. Der andere schien einen Tipp erhalten zu haben, denn seitdem war er wie vom Erdboden verschwunden.

Bis vor zwei Wochen.

Professor Paul Walther legte mit zitternden Händen das Foto zurück und schloss die Akte, die vor ihm lag. Er griff zum Hörer und wählte die Nummer einer Pizzeria in Diano Marina in Norditalien.

»Si«, meldete sich eine tiefe Stimme.

Nie wieder würde er sein Leben dem Schicksal überlassen. Zu übel hatte es ihm und denen, die ihm nahe standen, mitgespielt. Nun war es an der Zeit, dass er das Schicksal zwang, seinen Weg zu gehen.

Eine gute Gelegenheit bot sich Professor Walther gleich an diesem späten Vormittag. Er hatte wieder einmal eine Anfrage für ein Interview von dem populären Magazin *Finanzspiegel* erhalten. Bisher hatte er in der Regel jegliche Gesprächswünsche kategorisch abgelehnt, aber nun war die Zeit reif, an die Öffentlichkeit zu gehen.

Es gab ihm die Möglichkeit, zu testen, ob die Presse über seine Tätigkeiten auch nur ansatzweise Bescheid wusste, und wenn es jemand wissen konnte, dann Markus Harris, einer der Renommiertesten unter den deutschen Wirtschaftsjournalisten. Und für alle Eingeweihten würde es zudem eine Signalwirkung haben. Ein Zeichen, dass ihre gemeinsame Sache nun letztendlich auf den Weg gebracht worden war.

Mit Absicht hatte Professor Walther diesen frühen Termin in seiner großen Altbauwohnung in Frankfurt-Sachsenhausen gewählt, um klarzustellen, wer über den Verlauf des Interviews bestimmte. Denn es kam äußerst selten vor, dass sich Markus Harris von irgendjemandem vorschreiben ließ, wann und wo er ein Interview abzuhalten hatte.

»Vielen Dank für Ihre freundliche Einladung, Professor Walther. Ich muss zugeben, dass mich Ihre Zusage zu diesem Interview doch ein wenig überrascht hat«, versuchte ein von der Wohnung sichtlich beeindruckter Harris das Gespräch zu eröffnen, nachdem er in der großen weißen Coach versunken war. Das Wohnzimmer, in dem sie saßen, hatte die Aura von Wissen und Reichtum. Die Bücherregale an drei Wandseiten reichten vom Boden bis zur Decke und den Wert einiger dieser Bände konnte man nur ansatzweise erahnen. Der psychologische Heimvorteil schien sich auszuzahlen, denn selbst ein so routinierter Journalist wie Harris konnte in dieser Umgebung eine gewisse Verunsicherung nicht verbergen. Und auch seine Stimme war um eine Tonlage zu hoch.

»So, wo wollen wir anfangen?«

Er wurde erneut unterbrochen, als das Hausmädchen das Tablett mit der Kaffeekanne und dem Service hereinbrachte.

»Darf ich Ihnen Kaffee einschenken. Mit Milch, Zucker?«, fragte Professor Walther.

»Ähh. Schwarz. Nur schwarz, danke schön.«

Schließlich hatte Harris sich wieder gesammelt. Er stellte das Aufnahmegerät neben die Kaffeetasse, drückte die ‚Record'-Taste und stellte die erste Frage.

»Professor Paul Walther, Sie sind inzwischen zweiundsechzig Jahre alt und haben doch beschlossen, noch einmal in das aktive Geschäftsleben zurückzukehren, indem Sie in der letzten Woche die Firma Skynet übernommen haben. Was gab dazu den Ausschlag?«

Okay, Skynet war der Aufhänger, dachte sich der Professor. »Eine Gruppe von Investoren und ich sind der Meinung, dass der Bereich der Informationstechnologie in Bezug auf Umsatzwachstum und Ertragsmöglichkeiten im Vergleich zu anderen Wirtschaftszweigen in den nächsten Jahren überproportional wachsen wird. Schauen Sie sich als Beispiel die Erfolge von Mike Bloomberg in den letzten Jahren an. Mit Skynet haben wir eine Firma gekauft, in deren flexiblen Strukturen sich unsere Ideen am schnellsten umsetzen lassen.«

»Aber vorher waren Sie eher als Investor bekannt, weniger

als jemand, der das Ruder selbst in die Hand nimmt. Was hat Ihre Entscheidung beeinflusst?«

»Mich reizte die Herausforderung, über den Tellerrand der trockenen Theorie hinauszuschauen. Wie Sie selber schon festgestellt haben, zog ich bisher immer die Rolle des Anlegers vor, aber in diesem Fall habe ich meine Meinung geändert.«

»Und warum, wenn ich fragen darf?«, ließ Harris nicht locker.

»Vielleicht schützt Alter vor Torheit nicht«, antwortete Professor Walther erhaben, so dass Harris klar war, dass dies in einer Sackgasse enden würde. Er versuchte einen anderen Ansatz.

»Seit etwa einem Jahrzehnt werden Sie jedes Jahr von Forbes als einer der zehn reichsten Männer in Deutschland geführt. Was ist das Geheimnis Ihres Erfolges?«

Wenigstens schien er gut recherchiert zu haben, dachte Professor Walther und besann sich auf die gute Gelegenheit, das Gespräch nun in die Hand zu nehmen.

»Die Grundlage dafür habe ich meinem Studium in Harvard in den sechziger Jahren zu verdanken. Ich hatte die Fächer Volkswirtschaft, Statistik und Sozialpsychologie belegt. Dort entwickelte ich meine ersten theoretischen Modelle, die ich später in erfolgreiche Investitionen umsetzen konnte.«

»Warum Sozialpsychologie?«, fragte Harris neugierig weiter. Das Eis schien endlich zu tauen.

»Seit meiner Studentenzeit war ich schon immer der Meinung, dass wir uns viel mehr mit den Kräften beschäftigen sollten, die den Menschen veranlassen, Unsinniges zu tun. Wir leiden sehr viel mehr unter menschlichen Fehlern, als dass wir von unseren gelegentlichen Anwandlungen von Vernunft profitieren. Können Sie mir folgen?«

»Ich denke schon«, sagte Markus Harris und fragte sich, auf welchen Auslöser er jetzt gedrückt hatte.

»Die wirtschaftswissenschaftliche Theorie, ihre Modelle und ihre Zukunftsdeutungen gehen von einem rationalen Verhalten aus, von rationalen Reaktionen und rationalen Erwartungen. Ich dagegen definiere und messe in meinen Modellen irrationale Erwartungen. Ich habe herausgefunden, dass Menschen, die

Geld machen oder hoffen, Geld zu machen, in ihren Vorstellungen die Welt ihren Wünschen anpassen. Meine Modelle orientieren sich an solchen Irrtümern.«

»Sie verdanken also Ihren Reichtum der irrationalen Hoffnung anderer Menschen?«, fragte Harris verblüfft.

»Lassen Sie es mich so ausdrücken: Ich glaube fest an das Überleben des Stärkeren! Und ich glaube an den Grundsatz, dass Reichtum die Quelle von Ansehen und Macht ist!«

Kapitalismus pur. Karl Marx hätte seine wahre Freude gehabt, dachte sich Markus Harris mit einem Schuss Zynismus.

»Was sind die Grundzüge Ihrer erfolgreichen Modelle?«

»Meine Doktorarbeit 1971 in Harvard bestand darin, ein statistisches Modell der amerikanischen Wirtschaft zu entwickeln, das demonstrierte, was die verschiedenen Branchen verdienten, wie viel sie durch Einkäufe weitergaben und wie alles miteinander zusammenhängt. Mit diesem Modell konnte man die Gesamtbewegung der Wirtschaft prognostizieren und auch voraussagen, wie die verschiedenen Industriezweige abschneiden würden. Später baute ich dann noch die zwei Hauptkomponenten aus der Psychologie – Euphorie und Pessimismus – in dieses Modell mit ein, was mir als Ergebnis eine Art Arbitrage zwischen Irrationalität und Realität ermöglichte.«

Na, Herr Harris, haben Sie das verstanden, dachte Walther für sich.

»Könnten Sie es ein wenig verständlicher darstellen?«, bat Harris, dem das Interview komplett aus den Händen geglitten war.

»Natürlich. Unsere Vergangenheit ist angereichert mit diversen Verrücktheiten im wirtschaftlichen Sinne. Das berühmteste Beispiel ist die Tulpenmanie im Jahre 1637 in Holland, als zu einem gewissen Zeitpunkt eine Tulpenzwiebel mehr wert war als der Bauernhof, auf dem sie gezüchtet worden war. Das zog sich weiter über die Goldschätze in Louisiana, als 1720 ganz Paris im Goldfieber war, dann in Amerika um 1820 der Straßen- und Kanalbauboom und in den achtziger Jahren der Eisenbahnboom, und schließlich die große Wall-Street-Euphorie und ihr Zusammenbruch 1929. Die ökonomische Ordnung bringt offenbar vernünftige Leute mit einiger Regelmäßigkeit dazu, jeden Sinn für die Realität zu vergessen und sich gefühlsmäßig von dem leiten zu lassen, was ihren ausgreifenden Hoffnungen am meisten diente. Oder noch einfacher ausgedrückt, leichtgläubig werden Menschen besonders dann, wenn sie scheinbar am erfolgreichsten sind.«

»Und Ihr Modell misst also den Verschiebungsgrad, wenn ich das mal so nennen darf, zwischen der aktuellen Realität und der vorhandenen Irrationalität der Erwartungen. Richtig?«

Gar nicht so schlecht Harris, dachte Professor Walther. »Einfach ausgedrückt, ja. Ich habe Ihnen zum besseren Verständnis nur die großen Katastrophen genannt. Aber dieses Grundprinzip lässt sich bis auf einzelne Wirtschaftszweige, ja sogar einzelne Betriebe zu jedem Zeitpunkt herunterbrechen.«

»Können Sie mir ein Ereignis nennen, bei dem sich Ihr Modell als besonders erfolgreich erwies?«

»Ich kann Ihnen erzählen, wann mich mein Modell beinahe Kopf und Kragen gekostet hätte. Das war in der Börsenhausse 1985 und 1986, als selbst der Insiderskandal Ende 1986 um die hochkarätigen Finanzprofis Dennis Levine und Ivan Boeskys den Optimismus an der Wall Street nicht dämpfen konnte. Anfang 1987 begann ich erste Positionen gegen dieses irrationale Verhalten der Anleger einzugehen, da meine Modelle inzwischen sogar Extremwerte anzeigten. Aber der Optimismus an der Börse blieb weiterhin unvermindert und verstärkte sich sogar in den folgenden Monaten erheblich. Ich setzte alle meine Mittel dagegen, und die waren zu diesem Zeitpunkt schon nicht unerheblich gewesen, und zum Schluss musste ich sogar Kredite aufnehmen, um meinen Verpflichtungen nachzukommen. Ich hatte hauptsächlich Terminkontrakte auf den amerikanischen Index S&P 500 verkauft. Dann endlich, im September 1987, begannen die Kurse zu bröckeln, so wie ich es schon länger erwartet hatte. Und der 17. Oktober 1987 machte mich zu einem sehr, sehr reichen Mann!«

Markus Harris begann Professor Walther für dessen Arroganz abzulehnen. Er war so amerikanisch. Ich bin der Beste! Ich bin der Größte! Ich bin unbesiegbar! Schaut her, denkt positiv, und ihr werdet so wie ich! Vielleicht schaffte er es ja, ihn aus dem Tritt zu bringen.

»Kommen Sie durch Ihre erfolgreichen Spekulationen nicht manchmal auch in moralische Konflikte? Immerhin sind Sie Wissenschaftler, der seinen Studenten in den Vorlesungen die ökonomische Theorie des Gleichgewichts vermittelt, aber gleichzeitig destabilisierend mit seinem Geld auf den Markt Einfluss nimmt«, fragte Harris spitz.

»Das sehen Sie leider völlig falsch. Indem ich gegen die Irrationalität investiere, stabilisiere ich sogar das System, denn ich mache dadurch gezielt auf die Realität aufmerksam«, antwortete Professor Walther. Harris hatte nicht im Entferntesten eine Ahnung von dem, was er plante, das war deutlich aus seinen ungezielten Fragen zu entnehmen. Eigentlich sogar noch besser, Harris verstand noch nicht einmal, worum es ging, dachte sich Professor Walther. Harris ging wahrscheinlich davon aus, dass die Berufung eines Professors ist, sich den ganzen Tag ausschließlich mit Büchern, Vorträgen und der Entwicklung neuer staubtrockener Theorien zu beschäftigen. Dann sollte Harris mal eines Besseren belehrt werden.

»Schauen Sie, wenn ich als Wirtschaftswissenschaftler nicht weiß, wie man an Geld kommt, wer sonst? Wenn dumme, ungebildete Leute reich werden können, warum also nicht ich? Gehören Sie etwa auch zu den politisch wirkungslosen Liberalen, die jeden Abend nach Hause kommen und ständig über den Einfluss des Kapitals klagen, aber nichts dagegen, oder besser noch dafür tun? Nehmen Sie sich ein Beispiel an dem berühmten Maynard Keynes. Keynes war ein ausgewiesener Börsenspekulant, der sehr wohl seinen Reichtum dazu nutzte, Einfluss auf die Politik zu nehmen. Es liegt doch auf der Hand, Herr Harris. Die richtige Antwort lautet, werden Sie reich und nehmen Sie selbst Einfluss! Vergeuden Sie nicht Ihre Zeit damit, andere aufzufordern, nett zu sein. Machen Sie es richtig. Wenn Reichtum das Instrument der Macht ist, dann sollte man sich in den Besitz dieses Instrumentes bringen!«

Jetzt sollte Harris es verstanden haben! Und das Startsignal war klar und deutlich gesetzt worden!

Dirk Markowitz und Ralf Hintermann gehörten zur Null-

Bock-Generation der neuen Art. Keine Lust auf Umlaufmappen, Reiseantrag oder Kantinenessen. Null Bock auf Hierarchien und Vorgesetzte. Keine Lust auf die Ratschläge der Eltern ‚Lern erst mal was Ordentliches' oder Weisheiten der Lehrer ‚Lehrjahre sind keine Herrenjahre'. Stattdessen wollten sie selbst aktiv werden, anpacken, nach vorne kommen. Was zählte, war Tempo, Risikobereitschaft und die Power, eigene Ideen durchzuziehen. Mehrfach waren sie beide in Vorstellungsgesprächen abgelehnt worden, mit der Begründung, dass sie zu viel Unruhe ins Haus bringen würden.

Auch sonst hatten sie viel gemeinsam. Sie waren beide mit einsachtzig fast gleich groß, beide stets adrett gekleidet, und beide waren vor zwei Jahren Jahrgangsbeste beim Abschluss ihres Studiums der Betriebswirtschaftslehre an der European Business School.

Beide waren früh für diesen Job von Professor Walther rekrutiert worden und beide waren Feuer und Flamme für sein Vorhaben, denn sie standen dadurch als Geschäftsführer der Future Communications GmbH im Mittelpunkt der Ereignisse. Täglich sprachen sie mit hohen Politikern oder Wirtschaftsbossen, duzten sich mit den meisten sogar, und täglich kamen Anfragen von einflussreichen Stellen, über die sie zu entscheiden hatten. Und das mit neunundzwanzig Jahren.

Es war die Idee von Professor Walther gewesen. Vor zwei Jahren war eine Vielzahl guter, aber loser Kontakte in die Politik, Wirtschaft und Hochfinanz zu einem komplexen System mit hohen Anforderungen herangewachsen, das einer zentralen Organisation dringend bedurfte, bevor es auseinander brechen würde. Mit Dirk Markowitz und Ralf Hintermann hatte er zwei junge Männer für diese Aufgabe ausgesucht, die die neue Generation auf das Perfekteste verkörperten. Risikobereit, ehrgeizig, zielstrebig und absolut gierig nach Veränderung. Aber sie organisierten nicht nur die reine Theorie, sondern waren durch ihre persönliche Vorbildung und Ausrichtung auch die Schaltstelle zur Praxis.

Markowitz und Hintermann hatten in den letzten zwei Jahren die ‚Firma', wie sie Future Communications in Anlehnung an den Roman von John Grisham nannten, zu einem Wissenszentrum und einer gigantischen Sammelstelle ausgebaut. Vor Monaten waren bereits Arbeitskreise gebildet worden. Diese waren besetzt mit Firmenbossen, Unternehmensberatern, Rechtsanwälten und Politikern, die Professor Walther selbst über die Jahre ausgewählt hatte. Hunderte von freien Mitarbeitern, meist Studenten, trugen sämtliche Quellen und Informationen aus der Presse, aus Literatur, aus elektronischen Datenbanken oder dem Internet zusammen, organisiert jeweils nach Fachgebieten und Themenschwerpunkten der einzelnen Arbeitskreise. In den jeweiligen Gruppen wurden diese Unterlagen dann selektiert, auf Umsetzbarkeit bewertet und in bestehende Konzepte mit eingebaut. Und im Mittelpunkt stand jeweils die ‚Firma'.

Die Gründung von Future Communication und die Wahl von Markowitz und Hintermann als Geschäftsführer, denen der Professor relativ freie Hand in ihren Entscheidungen ließ, erwiesen sich als äußerst erfolgreich. Die Arbeitskreise arbeiteten so koordiniert und effektiv wie nie zuvor. Immer waren alle benötigten Informationen oder die richtigen Ansprechpartner zur Hand. Selbständig schalteten die beiden jungen Männer bei schwierigen Modellrechnungen oder internationalen Zusammenhängen externe Unternehmensberatungen oder Anwaltskanzleien ein, und sie organisierten den Wissens- und Ergebnisaustausch zwischen den Gruppen, sobald es Abhängigkeiten gab. Das ‚große Bild', der Sinn, das Ziel, das war aber nur in der Zentrale bekannt und einem kleinen Kreis von sechs Leuten um Professor Walther.

Besser gesagt fünf, dachte sich Dirk Markowitz, als er den Namen von Hildegard Steiner von der Liste strich.

Einer dieser Arbeitskreise traf sich an diesem Abend im *Union-Club* in Frankfurt. Es waren neun Frauen und Männer. Sie alle gehörten zum ‚Kreis', wie ihn die meisten nannten. Andere, die schon wesentlich länger dazugehörten, nannten es noch ‚das Netzwerk', aber eigentlich gab es keine richtige Bezeichnung. Es war eine Ansammlung Gleichgesinnter, die sich auf ein gemeinsames Ziel eingeschworen hatten. Das gemeinsame Ziel war offiziell ein neues, reformiertes Deutschland. Aber eigentlich ging es um Macht, um ganz persönlichen, egoistischen Machtgewinn. Denn Macht war schon immer für alle Veränderungen die ultimative Triebfeder, weit vor der zweiten – Geld.

Keiner von den Anwesenden wusste genau, wer alles dazugehörte. Es gab nur eine Stelle, an der alle Fäden zusammenliefen: Professor Paul Walther. Er hatte sie zuvor beobachtet und sie schließlich rekrutiert, als er sich sicher war, dass sie die gleichen Ziele hatten, die gleichen Veränderungen herbeiwünschten, bereit waren, für diese Sache zu kämpfen und einzustehen. Sie nannten sich Arbeitskreis ‚Politik'. Professor Walther hatte ihnen Ansprechpartner in anderen Arbeitskreisen genannt, falls sie Details in Steuerfragen, ökonomischen Zusammenhängen oder juristischen Rat brauchten. Falls sie Gelder zur Finanzierung externer Projekte oder Hilfe für Modellrechnungen durch Unternehmensberater benötigten, dann waren diese Anfragen an Future Communications in Frankfurt zu richten, dem ‚Machtzentrum', in dem alle Arbeiten und Ergebnisse koordiniert und gesammelt wurden.

Aber mehr wussten sie nicht.

Keiner von ihnen war je auf die Idee gekommen, auch nur ein Wort über ihre Ziele und ihr Tun mit jemandem Unbeteiligten oder Uneingeweihten zu bereden, geschweige denn mit der Presse. Zudem gab es Gerüchte, vor allem von denen aus dem alten ‚Netzwerk', dass dem ein oder anderen Maulwurf danach seltsame Dinge zugestoßen waren. Aber warum sollten sie auch? Sie würden alles aufs Spiel setzen. Diese einmalige Möglichkeit, vielleicht wirklich tief greifende Veränderungen herbeizuführen und, nicht unwesentlich, dabei selbst eine gravierende Rolle zu spielen. Die meisten aus ihrer Gruppe saßen bereits in der zweiten Reihe, die nur darauf wartete, dass die erste Politiker-Generation endlich abtrat.

»Aber warum müssen wir gleich die Verfassung ändern?«, fragte Jörg Hannsen, ein politisches Schwergewicht aus dem Forschungs- und Bildungsministerium, der sich selbst in erster Linie auf die Fahne geschrieben hatte, Deutschland wieder zur führenden Wissensschmiede zu machen. Sein Lieblingsspruch war, dass er solange Politiker bleiben würde, bis ein Deutscher in Deutschland wieder einen Nobelpreis erhalten würde, und danach könnten sie ihn alle mal.

»Um das Mehrheitswahlrecht einzuführen«, kam die spitze Antwort von Gunda Klempt, einer ambitionierten, äußerst ehrgeizigen Dame aus dem Innenministerium. »Das habe ich doch schon vor einigen Monaten erklärt, Herr Hannsen. Die politische Unfähigkeit zu tief greifenden Reformen ist auch systembedingt. Das Verhältniswahlrecht von heute produziert schwache Mehrheiten, denn es kettet die großen Parteien an kleine Koalitionspartner, die ihnen teure Zugeständnisse abverlangen.«

»Frau Klempt, nur für Ihre Unterlagen, ich war bei der letzten Besprechung nicht mit dabei«, wurde sie unsanft von einem beleidigten Hannsen unterbrochen.

»Na schön. Nichtsdestotrotz werden wir am Anfang, wann immer der auch kommen wird, eine politische große Koalition haben, die das große Reformprogramm in Gang bringen soll. Ein wichtiger Punkt dabei ist die Einführung des Mehrheitswahlrechtes, denn dann hätte jede künftige Regierung die politische Kraft, die sie braucht, um auch grundsätzliche Änderungen durchzusetzen. Durch die gleichzeitige Reduzierung der Zahl der Bundesländer von sechzehn auf acht könnte der Missbrauch von Bundesratsmehrheiten unterbunden werden, um all die Reformen auf den Weg zu bringen, die Deutschland braucht – vom öffentlichen Dienst bis zu den Subventionen, von Steuern bis zum Sozialwesen.«

»Apropos Sozialkosten. Ich hatte Ihnen ja bei unserem letzten Treffen versprochen, noch konkrete Zahlen nachzuliefern«, meldete sich Frank Thaler zu Wort, der deutsche Wirtschaftsminister, einer der wenigen von ihnen, der schon in der ersten Reihe saß, aber dadurch auch allein auf weiter Flur zu kämpfen hatte. »Eine Kürzung der Sozialhilfe um zwanzig bis fünfundzwanzig Prozent wäre für die Betroffenen nicht existenzbedrohend. Es würde immer noch reichen, unverschuldet in Not geratenen Bürgern ein menschenwürdiges Auskommen zu sichern. Ähnliches gilt für die Arbeitslosenhilfe. Damit könnten wir auch dem Lohnabstand wieder Rechnung tragen.«

»Lohnabstand?«, fragte Claus Winter, der einzige Vertreter der Grünen in dieser illustren Runde, der als einer der wenigen in seiner Partei erkannt hatte, dass eine funktionierende Marktwirtschaft gleichzeitig einen effizienteren und damit schonenderen Umgang mit wertvollen, natürlichen Ressourcen bedeutete. Das beste Beispiel war für ihn das Importverbot für Mahagoni-Hölzer. Seitdem die südamerikanischen Holzfäller ihr gutes Einkommen aus kontrollierten Abnahmequoten verloren hatten, holzten sie nun die doppelte Menge an Bäumen nieder. Diese verkauften sie dann auf dem nun florierenden Schwarzmarkt zu einem viel niedrigeren Preis, um wenigstens einen Teil ihrer Verluste wieder reinzuholen.

»Arbeitende und Arbeitssuchende flüchten nicht nur wegen der Regulierungswut des Staates in die Schattenwirtschaft, sondern auch vor allem deswegen, weil sich Arbeit im unteren Einkommenssegment wortwörtlich nicht mehr lohnt«, erklärte Thaler. »Der Abstand zwischen den Sozialleistungen des Staates und dem Einkommen nach Abzug von Steuern ist viel zu gering, so dass inzwischen sehr oft die Alternative von Empfang von Stütze, wie man so schön sagt, und zusätzlicher Schwarzarbeit nebenbei bevorzugt wird. Dieser zweite Wirtschaftskreislauf in Deutschland erbringt zehn bis fünfzehn Prozent des Bruttosozialproduktes. In Zahlen bedeutet das, dass den Sozialkassen und dem Fiskus jährlich zweistellige Milliardenbeträge entgehen. Tendenz steigend.«

»Und mit der Senkung der Lohnnebenkosten könnten wir diese Schattenwirtschaft beseitigen?«, fragte Claus Winter naiv weiter.

»Ja und nein. Nein, Schwarzarbeit hat es schon immer gegeben und wird es auch weiterhin geben. Aber ich versuche anhand eines Beispiels den Zusammenhang zu erklären«, antwortete Thaler geduldig.

»Wir wissen, dass es neben der unseren auch andere Arbeitsgruppen für Steuern, Recht oder Subventionen gibt. Nun gehen wir mal rein theoretisch von einer Steuerreform aus, die uns Bürger, Arbeitnehmer und Arbeitgeber auf der Kostenseite wesentlich entlasten würde, sprich wir hätten mehr Geld in der

Tasche. Und, was noch viel wichtiger ist, ich wüsste nun auch, dass wirklich jeder gleich behandelt werden würde, egal ob er Unternehmer Müller, Handwerker Schmidt oder Bürger Schulz heißt. Auch eine sehr, sehr wichtige moralische Komponente, warum viele in die Schattenwirtschaft abwandern. Aber es geht weiter. Stellen Sie sich vor, nicht nur Ihre Steuerlast würde gesenkt, sondern gleichzeitig auch die Lohnnebenkosten, eine weitere monetäre Entlastung aller.«

»Und die Lohnnebenkosten sollen dadurch gesenkt werden, dass die Sozialbeiträge um fünfundzwanzig Prozent gekürzt werden?«

»Nicht ganz. Diese Reduzierung setzt sich aus verschiedenen Komponenten zusammen. Es gibt heute im Sozialgesetzbuch über einhundertfünfzig verschiedene Einzelleistungen, die von vierzig verschiedenen Behörden finanziert werden. Bei diesem Wirrwarr, gepaart mit einer ineffizienten Bürokratie, in der die linke Hand nicht weiß, was die rechte tut, ist doch ein Missbrauch vorprogrammiert. Die Zeitungen sind doch jeden Tag voll von Berichten über Fälle, in denen Sozialhilfeempfänger gleich mehrfach abkassieren. Das kostet uns jährlich nicht nur weitere Milliarden, sondern demoralisiert auch den Normalbürger, der brav seine Steuern zahlt.«

»Und was wäre eine Alternative?«, wollte Claus Winter wissen, der langsam verstand, worum es eigentlich ging.

»Im Moment lassen wir ein Modell durchrechnen, das sich ‚Sozialfinanzen' nennt«, erwiderte Thaler, »es fasst die Sozialhilfe, die Arbeitslosenhilfe, das Kindergeld, das Erziehungsgeld, das Wohngeld und die Ausbildungsförderung zusammen. Denn zum Beispiel stellt sich die berechtigte Frage, warum sollte jemand, der ein Einkommen von sagen wir mal über einhunderttausend Euro brutto im Jahr hat, überhaupt noch Kindergeld erhalten. Die Höhe der monetären Zuwendungen kann nun ganz individuell nach den persönlichen Verhältnissen des Empfängers festgelegt werden. Nach Anzahl der Kinder, ob er Vermögen hat, ob er schwerbehindert ist, und so weiter. Die Vergabe an sich wird nur noch durch ein einziges Amt bearbeitet, das zusätzlich an einen Zentralcomputer angeschlossen ist, in dem sämtliche Abläufe abgespeichert und gesammelt werden. Dadurch wird es nicht nur zur erheblichen Einsparmaßnahmen kommen, sondern dem Missbrauch von Sozialleistungen wird zudem ein Riegel vorgeschoben.«

»Aber das setzt eine grundlegende und drastische Verwaltungsreform voraus. Und diese vorzubereiten liegt in unserem Aufgabengebiet, Herr Winter«, versuchte Gunda Klempt das Heft wieder an sich zu reißen.

»Entschuldigen Sie, Frau Klempt, dass ich Sie unterbreche«, sagte Claus Winter, dem nun die Zusammenhänge langsam klar wurden, »aber noch mal zu meinem Verständnis. Auf der einen Seite gibt es ein einfaches und einigermaßen gerechtes Steuersystem, das mir wesentlich mehr Geld in der Tasche lässt, und auf der anderen Seite eine Art Bürgergeld, was mir persönlich nicht wehtut, aber Arme und Hilfsbedürftige schützt und zusätzlich Drückebergern das leichte Leben vermiest. Gleichzeitig sorgen wir durch eine weitreichende Verwaltungsreform für effiziente, kostenreduzierte Abläufe und ersparen dadurch dem Bürger und den Unternehmen weitere Kosten, aber auch Nerven. Richtig?«

»Richtig«, antwortete Frank Thaler.

»Dann habe ich auch verstanden, was Sie wirklich meinen, Herr Thaler. Wenn ich Herr Müller wäre und der Staat würde mir diese Rahmenbedingungen vorgeben, dann hätte ich doch gar keine richtige Lust mehr, schwarzzuarbeiten oder Steuern zu hinterziehen – mit dem Risiko erwischt zu werden. Ich persönlich habe wesentlich mehr Geld zur Verfügung, also bin ich auch viel eher dazu bereit, ein bisschen davon zu teilen. Die Rahmenbedingungen sind also nur die Grundlage, es ist die moralische und psychologische Komponente, die uns wieder nach vorne bringen wird.«

»Sie haben den Nagel auf den Kopf getroffen, Herr Winter«, sagte Frank Thaler. Gar nicht so dumm für einen Grünen, dachte er sich insgeheim.

»Aber jetzt habe ich wirklich ein Problem. Sehen wir es mal realistisch, denn es ist doch graue Theorie, mit der wir uns befassen. Wunderbar, praxisnah, effizient, umsetzbar, finanzierbar, aber doch leider nur pure Theorie. Es kann noch Jahre dauern, bevor einige von uns in die Stellung kommen, um auch nur ansatzweise etwas von dem in die Tat umsetzen zu können. Warum machen wir das also? Was ist dieser Moment, von dem Professor Walther immer spricht und auf den wir uns vorbereiten sollen? Was wird passieren?«, fragte Claus Winter in die Runde.

Keiner wusste die Antwort.

Kapitel IX

Die Beerdigung

Die Beerdigung fand an einem Donnerstag statt. Wenn es nach Klaus Steiner gegangen wäre, hätte er das Ganze auf den engsten Freundes- und Familienkreis beschränkt. Aber seine Mutter hatte es anders gewollt. Sie wollte als die große Frau in Erinnerung bleiben, die sie ihr ganzes Leben lang gewesen war. Sie wollte, dass alle Menschen, die sie kannte, zusammenkommen und feiern – ihr zu Ehren. Sie wollte keine tränenreiche Abschiedsrede in der Kirche, es sollte nur einen kurzen, positiven Aufruf in ihrem Namen geben. Zum Abschluss, bevor der Sarg zum Familiengrab getragen wurde, wollte sie ihr Lebenslied gespielt haben – *I did it my way* von Frank Sinatra. Diese letzten Wünsche waren ihm Befehl.

Vanessa hatte sofort ihre Hilfe angeboten, nachdem sie von Hildegard Steiners Tod erfahren hatte. Klaus war ihr sehr dankbar, auch wenn er anfangs nicht recht gewusst hatte, ob er Vanessas Angebot nach einer so kurzen Zeit, die sie sich nun kannten, auch annehmen konnte. Aber Vanessa hatte in ihrer unverwechselbaren Art sämtliche organisatorischen Arbeiten einfach an sich gerissen. Selbst die Zusammenkunft nach der Beerdigung hatte sie organisiert, denn auch Edward und Margret waren durch den Tod von Hildegard Steiner sichtlich angeschlagen.

In die Kirche selbst kamen nur etwa einhundertfünfzig Personen, während sich diese Zahl bei dem anschließenden Leichenschmaus in und auf dem Grundstück der Villa Benz fast verdreifachte. Es war fast jeder vertreten, der Rang und Namen in Politik, Wirtschaft und Bankwesen hatte.

Vanessa hatte alles perfekt geplant und organisiert, und es war wirklich das große Fest, wie Hildegard Steiner es sich gewünscht hatte. Überall war sie das Gesprächsthema Nummer eins. Aber irgendwie schaffte es Klaus nicht, mit der Trauer in seinem Herzen offen Konversation zu betreiben. Und so trieb er ein wenig ziellos von Gruppe zu Gruppe, wo jeder ihm sein Beileid aussprach, was die ganze Situation natürlich nicht verbesserte.

Als er mit einem Paar mittleren Alters in einen kurzen Dialog verwickelt war, legte jemand die Hand auf seinen linken Arm.

»Tut mir Leid, dass ich Sie unterbrechen muss. Aber darf ich Ihnen Herrn Steiner kurz entführen? Ich hatte bisher noch nicht die Gelegenheit gehabt und muss mich leider bald verabschieden.«

Mit einem kurzen Kopfnicken entzog Professor Walther Klaus der Gesellschaft.

»Lassen Sie uns einen kurzen Spaziergang zum See machen, Herr Steiner.«

Dankbar für die Ablenkung, folgte Klaus Steiner ihm.

»Wissen Sie eigentlich, dass ich Ihre Mutter schon ziemlich lange gekannt habe?«, fragte Professor Walther, als er sich auf die Parkbank am Ufer des Sees niederließ und Klaus mit einer Handbewegung aufforderte, sich neben ihn zu setzen.

»Nein, davon hatte sie mir nie erzählt. Woher kannten Sie sie?«

»Ihr Vater, Ihre Mutter und ich waren ein Semesterjahrgang in Köln. Ihr Vater und ich buhlten damals gemeinsam um die schönste Frau der Uni, und Ihr Vater hat gewonnen. Wahrscheinlich war es wegen des Geldes und seines guten Namens.«

Der Professor lachte kurz auf.

»Nein, nein. So war es nicht, ich bin nur ein schlechter Verlierer. Sie hatte sich für das größere Herz entschieden, das war jedenfalls ihre Begründung. Jedenfalls, nach dem Tod Ihres Vaters und dem Unfall meiner Frau vor einigen Jahren sahen wir uns wieder öfters. Und zusätzlich verbanden uns, ich nenne es mal so, enge geschäftliche Beziehungen.«

»Warum erzählen Sie mir das?«, fragte Klaus leicht erstaunt.

»Weil mich Ihre Mutter darum gebeten hat, einige Dinge nach ihrem Tod mit Ihnen zu besprechen, die sie Ihnen einfach selbst nicht erzählen konnte! Deshalb!«

»Und das wäre?«

Ein dicker Kloß steckte Klaus Steiner im Halse. Irgendwie hatte er die ganze Zeit die Befürchtung gehabt, dass Mutter ihm noch etwas Wichtiges verschwiegen hatte, und er hatte das ungute Gefühl, dass dies nichts Positives sein würde.

»Hat Ihnen Ihre Mutter jemals von einem ‚Netzwerk' erzählt?«, fragte Professor Walther.

»Nicht, dass ich wüsste«, antwortete Klaus Steiner.

»Das ‚Netzwerk', wie es einige nannten, war eine sehr alte, enge, aber auch geheime Verbindung, bestehend aus fast allen einflussreichen Bankern und Bankfamilien in Deutschland. Kein großes Geschäft konnte ohne Zustimmung dieser Verbindung durchgeführt werden, keine Unternehmensübernahme fand ohne den Einfluss des ‚Netzwerkes' statt. Geschäftsfelder wurden gleichmäßig aufgeteilt, Beteiligungen an anderen Unternehmen nach strategischen Schwerpunkten verschoben. Es war das große Spiel der Mächtigen.«

Klaus fragte sich, wo dieses Gespräch hinführen sollte.

»Hildegard Steiner, Ihre Mutter, war ein wichtiges Mitglied dieser Verbindung. Ihr Wort hatte Gewicht und ....«, Professor Walther holte kurz tief Luft, »und sie hat ihren einzigen Sohn für die Zwecke des Netzwerkes geopfert!«

»Sie hat was?«, entfuhr es Klaus heftig und er sprang wütend von der Parkbank auf.

»Setzen Sie sich, Herr Steiner, die Geschichte ist noch nicht zu Ende! Die Staatsanwaltschaft war uns vor drei Jahren dicht auf den Fersen. Zu dicht, für unseren Geschmack. Denn inzwischen hatten wir unsere Beziehungen ausgeweitet, auf hervorragende Politiker, aufstrebende Industrielle und ehrgeizige Wirtschaftsbosse. Nur, mehr Personen bedeuteten ein größeres Risiko. Ich hatte damals einen Verdacht, wer der Maulwurf war, konnte es aber nicht beweisen. Also brauchten wir ein glaubwürdiges Opferlamm, um erstens die Staatsanwaltschaft zufrieden zu stellen und zweitens ein Exempel zu statuieren. Und der Vorschlag, Sie als Opfer zu nutzen, kam von Ihrer Mutter!«

Damit hatte der Professor Klaus Steiner auf dem völlig falschen Fuß erwischt.

»Sie lügen. Meine Mutter hätte so etwas nie getan. Ich war ihr einziger Sohn. Sie hätte damit die Zukunft des Bankhauses Steiner gefährdet. Sie können mir vieles erzählen, aber das nicht, Professor!«

»Sie waren damals alles andere als der Stolz Ihrer Mutter, Herr Steiner. Sie waren ein arroganter Yuppie, der nichts anderes im Kopf hatte als Geld und Frauen! Sie waren gut, Sie hatten Potenzial, ansonsten wären Sie nie Sales-Chef bei Kravis & Young geworden, ansonsten hätten Sie sich nie den Ruf eines hervorragenden Aktienstrategen erworben. Aber Ihr Charakter war nicht der ansprechendste. Laut, ungehobelt, egoman, verantwortungslos, das Leben war nur ein Spiel für Sie. Alles musste immer schneller und größer werden. Autos, Motorräder, eine Frau nach der anderen. Ihre Mutter hat sehr darunter gelitten! ‚Wie soll ich so einem Mann das Bankhaus übergeben?' fragte sie mich regelmäßig. Als wir dann in diese brenzlige Situation gerieten, sah sie darin die zusätzliche Möglichkeit, Ihnen eine lange Denkpause zu verschaffen, in der Hoffnung, dass Sie wieder der werden würden, der Sie einmal waren. ‚Menschen sind lernfähig' war ihr Leitsatz, und wenn ich Sie mir so heute betrachte, hatte sie vielleicht sehr Recht damit.«

Obwohl er sich mit aller Kraft dagegen zu wehren versuchte, wusste Klaus doch, dass die Worte des Professors wahr waren. Aber war es wirklich möglich? Noch immer schien es so unglaublich.

»Und die Bank? Sie gefährdete doch mit dieser Aktion den Ruf und das Weiterbestehen der Bank!«

»Sie haben mir nicht richtig zugehört. Dies war eine Entscheidung der Verbindung, über dem Bankhaus Steiner lag die schützende Hand. Wir hatten die Situation voll unter Kontrolle.«

»Bis auf die Tatsache, dass Mutter plötzlich mit dem Tode rang?«

»Sie treffen den Nagel auf den Kopf, junger Mann. Wir hatten größte Schwierigkeiten, Sie wieder vorzeitig ins Land zu bekommen, nachdem wir der Staatsanwaltschaft so schöne Beweise für Ihre Verurteilung geliefert hatten. Dank unserer guten Kontakte schafften wir es keinen Tag zu spät.«

»Also besteht dieses ‚Netzwerk' noch.«

»Oh ja, und es ist mächtiger, als Sie es sich vorstellen können. Eigentlich hat dies alles keinen richtigen Namen. Der Begriff ‚Netzwerk' stammt noch aus Vorkriegszeiten. Manche nennen es ‚der Kreis', manche ‚Old Boys Network', ich neige dazu, es ein ‚Zusammentreffen Gleichgesinnter' zu nennen.«

»Was ist Ihre Gesinnung? Was war die Gesinnung meiner Mutter?«, fragte ein sichtlich angeschlagener Klaus Steiner.

»Unsere Gesinnung ist die Zukunft, Herr Steiner. Und das beste Mittel, die Zukunft vorauszusagen, ist, sie selbst zu gestalten! Wir sind die Ingenieure der Zukunft, wenn Sie so wollen! Verstehen Sie, worauf ich hinauswill? Es geht um Macht, nicht um Geld. Mit Geld kann man sich vielleicht ein bisschen Macht kaufen, aber wahre Macht kann nur von Menschen erreicht werden, die sich gemeinsam einem hohen Ziel verschrieben haben. Unser Ziel ist die Gestaltung der Zukunft, das höchste aller Machtspiele!«

War dieser Mann wahnsinnig? Aber dann wäre es seine Mutter auch gewesen. Oder hatte der Professor sogar Recht? Wurden nicht schon immer die Geschicke der Menschheit von einigen wenigen bestimmt?

»Und was wollen Sie von mir, Professor Walther? Wollen Sie, dass ich Mitglied in Ihrem Verein werde? Denken Sie, ich kann mir den Mitgliedsbeitrag überhaupt leisten?«, versuchte Klaus seine Ohnmacht mit Ironie zu überspielen.

»Nein, Sie sind noch zu jung, Sie haben noch zu wenig Macht, um uns nützlich zu sein. Bauen Sie das Bankhaus Steiner langsam wieder auf und setzen Sie Dieter Pring sobald wie möglich vor die Tür. Unseren Segen haben Sie dazu. Gewinnen Sie wieder den Respekt und die Anerkennung der Finanzwelt, das hat Priorität. Aber halten Sie sich vor allem aus unseren Angelegenheiten heraus, bevor Sie sich die Finger verbrennen!«

»Soll das eine versteckte Drohung sein?«, fragte Klaus verdutzt über die Härte in der Stimme des Professors.

»Keine versteckte, eine ganz offene. Der Maulwurf, dem wir damals die ganzen Schwierigkeiten zu verdanken hatten, der ....!«

Die Zornesröte in Klaus' Gesicht wich schlagartig, als er in die eiskalten Augen des Professors sah, und er setzte zu einem hilflosen Widerspruch an.

Scharf und bestimmt unterbrach der Professor jegliche Einwände von Klaus.

»Sie müssen wissen, dass ich mich lange dagegen gesträubt habe, aber Ihre Mutter hat vehement darauf bestanden! Ich musste ihr versprechen, es Ihnen persönlich zu erzählen, weil sie mit genau dieser protestierenden Reaktion gerechnet hatte. ‚Das große Herz vom Vater' – ich weiß, Sie können diesen Satz nicht mehr hören. Aber da gibt es noch etwas, das ich Ihnen erzählen möchte. Die Holding in Liechtenstein, die fünfundzwanzig Prozent am Bankhaus Steiner & Pring hält, gehört mir. Ihre Mutter kam nach dem Tod Ihres Vaters zu mir und bat mich, diese Gesellschaftsanteile zu erwerben, um zu verhindern, dass Dieter Pring vollkommene Kontrolle über die Bankgeschäfte erhalten könnte. Die offizielle Geschichte für Pring war erlogen.«

Klaus Steiner gab jeden weiteren Gedanken an Widerstand auf. Das war wirklich nicht sein Spiel, das war eine Liga zu hoch für ihn. Wie hatte ihn der Professor charakterisiert, zu jung und zu wenig Macht? Genauso fühlte er sich jetzt in diesem Augenblick. Wie ein Schüler vor seinem Zen-Meister, der zum ersten Mal über den Tellerrand auf das große Spiel des Lebens schauen durfte.

»Ihre Mutter bat mich, meine schützende Hand über Sie zu halten. Ihr größter Wunsch war es, dass Sie, Herr Steiner, eines Tages einer von uns werden und die tragende Rolle Ihrer Mutter innerhalb des Kreises einnehmen. Es gibt genug zu tun. Für Sie, Herr Steiner, und für mich! Bereiten Sie sich vor«, mahnte der Professor abschließend, bevor er Klaus mit seinen Gedanken alleine ließ.

Kapitel X

Liechtenstein

Das Land war auf der Karte kaum zu finden und trotzdem war Liechtenstein in so mancher Hinsicht etwas Besonderes. Auf nur einhundertsechzig Quadratkilometern lebten gut dreißigtausend Einwohner, aber kein anderer Staat in Europa verfügte über so viele Briefkasten-Adressen, die nicht erkennen ließen, wer in Wahrheit die Post abholte.

Mal war es eine Stiftung, mal ein Trust, eine Anstalt, ein Etablissement oder eine Holding. Doch sie waren alle nur Tarngesellschaften, bei denen ein Liechtensteiner Treuhänder die Adresse hergab und die Briefkastenfirma verwaltete.

Und der Zwergstaat lebte gut von seinen Treuhändern. Systematisch bauten die Liechtensteiner ihre Stellung als Finanzdienstleister der besonderen Art aus. Mit den Nachbarn in der Schweiz schlossen sie 1923 einen Zollvertrag ab, ein Jahr später erklärten sie den Schweizer Franken zum gesetzlichen Zahlungsmittel. Gleichzeitig lockten sie mit einer großzügigen Steuergesetzgebung und striktem Bankgeheimnis ausländisches Kapital an. Längst vergessen waren die Zeiten aus der ersten Hälfte des Jahrhunderts, als der Fürst immer wieder in die Privatschatulle greifen musste, um seine Untertanen vor dem Verhungern zu retten.

Eine Stiftung war schnell gegründet. Der Stifter schloss einen Vertrag mit dem Treuhänder, erhielt eine Stiftungsurkunde, ein Erbschafts- oder Begünstigtenstatut, und zahlte eine Gründungsgebühr zwischen drei- und achttausend Schweizer Franken. Er musste ein Mindestkapital von mindestens dreißigtausend Franken einbringen, die jährliche Kapitalsteuer betrug ein

Promille, und bei Vermögen über zehn Millionen ermäßigte sich der Satz auf die Hälfte. Der Treuhänder selbst nahm rund fünftausend Schweizer Franken Jahresgebühr. Eine Quellensteuer gab es nicht. Erträge, die Ausländern zukamen, sowie Vermögenszuflüsse nach der Auflösung der Stiftung, waren steuerfrei.

Franzosen, Italiener, Briten, Deutsche und jüngst auch Russen waren mit ihrem Vermögen nach Liechtenstein geflüchtet. Diktatoren, Milliardäre, Bankenvorstände, Industrielle, Waffenhändler, Politiker und selbst prominente Hollywood-Schauspieler und Regisseure reihten sich in das lange Who's who von Stiftungsbesitzern ein, die in ihren Depots schätzungsweise zweihundert Milliarden Schweizer Franken verwalten ließen.

Seit der Testamentseröffnung vor zwei Tagen war nun auch Klaus Steiner der Besitzer einer Liechtensteiner Stiftung. Da weder seine Mutter noch sein Vater Geschwister hatten oder andere familiäre Bande beachtet werden mussten, war Klaus der Alleinerbe des gesamten Vermögens der Familie Steiner. Das Erbe bestand zum Großteil aus Sach- und Buchwerten, den Gesellschaftsanteilen am Bankhaus Steiner & Pring, der Villa Benz, dem Inventar des Hauses, wertvollen Gemälden und antiken Möbeln, dem Schmuck seiner Mutter und seiner Großmutter, mehreren Immobilien in Frankfurt und sogar einigen Eigentumswohnungen in Berlin aus Großvaters Zeiten, die er sofort zum Verkauf freigab. Denn Barreserven und Kontoguthaben waren in keiner nennenswerten Größe vorhanden. Es würde zwar reichen, bis auf weiteres die Villa Benz zu unterhalten und selbst ein angenehmes Leben führen zu können. Aber nicht für den Fall, wenn das Bankhaus in noch ärgere finanzielle Nöte geraten würde. Und erst recht nicht für den Neuaufbau der Bank nach seinen eigenen Plänen und Vorstellungen.

Und mit dem Antreten des Erbes wurde er auch in die Verantwortung für Margret und Edward Twedd genommen, die von seiner Mutter ein lebenslanges Wohnrecht in der Villa Benz erhalten hatten. Sie waren ihm schon immer, aber vor allem nach Mutters Tod eine ungeheure moralische Stütze, und er war froh, etwas für sie tun zu können.

Die einzige Unbekannte in dem Erbfall war nun jene Stiftung in Liechtenstein. Doktor Heinz Hechler, der Familienanwalt, Notar und Partner der Frankfurter Kanzlei Amsel, Hechler & Partner, hatte Klaus Steiner nach der offiziellen Testamentseröffnung einen separaten Umschlag übergeben.

Klaus musste kräftig schlucken, als er die Handschrift seines Vaters wiedererkannte.

Lieber Klaus,

wenn du diese Zeilen liest, wird es kaum Worte geben, die dich in dieser Situation trösten könnten. Ich habe diesen Brief aufgesetzt für den Fall, dass weder ich noch deine Mutter in der Lage sein werden, dir selbst das Bankhaus Steiner zu übergeben.

Auf deinen Schultern allein liegt nun die Zukunft der Familie Steiner und des Bankhauses.

1933, als Adolf Hitler in Deutschland an die Macht kam, begann dein Großvater, erste Guthaben in der Schweiz anzulegen. Ja, man könnte sogar sagen, zu verstecken. Dies hatte er für den Notfall vorgesehen, dass Hitler das Bankhaus enteignen würde. Je länger der Krieg andauerte und umso offensichtlicher der Ausgang des Krieges war, umso mehr Vermögen verschob er auf die Konten in der Schweiz.

Nach dem Krieg, als weder das Bankensystem von den Alliierten zerschlagen, noch die Banken in die Pflicht von Reparationszahlungen genommen wurden, wollte dein Großvater die Konten wieder auflösen, um die Eigenkapitalbasis der Bank für den bevorstehenden Wiederaufbau Deutschlands zu stärken.

Aber wenn eins sicher ist, dann, dass nichts sicher ist!

Und so entschieden wir uns, eine Stiftung in Liechtenstein zu gründen. Dort wird ein Großteil dieser Guthaben weiterhin verwaltet, für den Fall der Fälle, dass das Bankhaus oder die Familie Steiner in Bedrängnis geraten würde.

Deine Mutter wusste nie etwas von dieser Stiftung, und ich bat die Anwaltskanzlei Amsel & Hechler, diese Angelegenheit ganz separat von meinem Testament zu behandeln. Denn ich weiß aus eigener Erfahrung, dass jeder Erbe, jeder neue Gesellschafter der Bank, seine eigenen, meist zeitgemäßeren Vorstel-

lungen hat, wie die Zukunft der Bank aussehen soll. Die vorhandenen Aktiva sollen dir dabei helfen, diese Vorhaben umzusetzen, falls keine anderen Mittel vorhanden sein sollten.

Der Stiftungsverwalter, mit dem ich in Kontakt war, hieß Doktor Wilhelm Buerki. Namen, Adressen und Nummern wirst du auf einem beiliegenden Blatt finden.

Ich möchte dich nochmals eindringlich bitten, die Vermögenswerte nur für außergewöhnliche Situationen und zum Schutze der Familie zu nutzen, so wie es dein Großvater Otto Steiner und ich vorgesehen haben, damit auch in Zukunft der Fortbestand des Bankhauses Steiner gesichert sein wird.

Mein lieber Sohn, als junger Mann versuchte ich immer, Fehler zu vermeiden. Später, als ich zurückblickte, hatte ich mir gewünscht, mehr Fehler gemacht zu haben. Jede Zeit bringt ihre eigenen, neuen Risiken und Herausforderungen mit sich. Nimm sie an.

In Stolz und Liebe
Dein Vater Maximilian

Es regnete immer noch, als Klaus Steiner vor dem Gasthaus Löwen zum Stehen kam. Es sah aus, als wäre es aus einem Schweizer Fotokalender geschnitten worden, genauso wie der Rest von Vaduz, der Hauptstadt von Liechtenstein.

Erst gestern früh hatte er mit einem äußerst verdutzten und zunächst sehr, sehr wortkargen Doktor Buerki telefoniert. Das hatte sich erst geändert, als er auf alle Detailfragen Buerkis die passende Antwort wusste. Erfreut hatte Doktor Buerki dann dem heutigen Termin um sieben Uhr sofort zugestimmt.

»Grüezi«, sagte er zu dem Rezeptionisten lächelnd.

»Min Name isch Klaus Steiner. Herr Buerki hät es Zimmer uf min Name reserviere losse.«

»Willkommen in Vaduz, Herr Steiner«, kam die Antwort auf Hochdeutsch.

»Ihr Zimmer ist bereits hergerichtet. Haben Sie Gepäck?«

»Nur den einen Koffer«, sagte Klaus.

Sein Zimmer war so eingerichtet, dass es jedem Heimatfilm als viel versprechender Schauplatz hätte dienen können. Urig, aber gemütlich. Die Wände waren in einfachem Weiß gehalten, und der dunkle Parkettboden, bedeckt mit großen weißen Teppichen, bildete den passenden Rahmen für die vielen Antiquitäten des Zimmers.

Er hatte noch zwei Stunden Zeit, und Klaus entschied sich für eine kleine Ruhepause. Durch die frische Bergluft und die entspannende Atmosphäre der Umgebung war er innerhalb von wenigen Minuten eingeschlafen.

Eine Stunde später wurde er von der Rezeption per Telefon geweckt; nach einer heißen Dusche schlüpfte Klaus in seinen Anzug und war nun bestens für das kommende Gespräch vorbereitet.

Doktor Wilhelm Buerki erschien Punkt sieben Uhr in der Johannesstube, in der Klaus bereits an dem reservierten Tisch wartete.

»Herr Steiner, verzeihen Sie mir meine burschikose Art gestern am Telefon. Aber Sie werden nicht glauben, wie oft Finanzbeamte bei mir anrufen, die sich als Alleinerbe einer Stiftung oder eines Trusts ausgeben, um so unser Bankgeheimnis zu unterwandern«, begrüßte ein schon in die Jahre gekommener, aber sehr agil wirkender und gut gekleideter Doktor Buerki Klaus mit einem festen Händedruck.

Klaus fühlte sich wie mit einem Scanner von Kopf bis Fuß abgetastet, als die schwarzen Augen Doktor Buerkis ihn sekundenlang taxierten. Wahrscheinlich hatte Buerki noch einen Metalldetektor in seiner Brusttasche, für den Fall, dass er eine Waffe, oder noch schlimmer, ein Tonbandgerät bei sich haben sollte, dachte Klaus, nachdem sie sich wieder gesetzt hatten.

»Daher müssen Sie es mir nachsehen, dass ich Sie nun noch um Ihren Ausweis bitten muss. Sie sind zwar Ihrem Vater wie aus dem Gesicht geschnitten, die selben feinen Augenbrauen, das gleiche Lachen. Es ist nun schon über zwanzig Jahre her, seitdem Ihr Vater auf so tragische Weise ums Leben kam.«

»Woher wussten Sie von dem Unfall meines Vaters?«, fragte Klaus erstaunt, als er seinen Personalausweis Doktor Buerki über den Tisch schob.

»Oh, vor einigen Jahrzehnten haben sich alle Treuhänder in

Liechtenstein zusammengetan und eine Stelle eingerichtet, die sich mit nichts anderem beschäftigt, als weltweit Todesanzeigen zu sammeln und zu registrieren. Das war enorm wichtig für uns, denn die größten Schwierigkeiten gab und gibt es immer im Erbschaftsfall. Wir haben sehr viele Fälle, wo der Eigentümer noch gar nicht verstorben ist, sondern wo die Ehefrau oder, wie ich vorhin schon erzählte, Finanzbeamte sich plötzlich als Erben ausgeben und so versuchen, an das Vermögen heranzukommen«, antwortete Doktor Buerki und gab Klaus seinen Ausweis wieder zurück, nachdem er ihn intensiv begutachtet hatte.

Danach zog Doktor Wilhelm Buerki einen normalen weißen Briefumschlag aus der linken Innentasche seines Sakkos und überreichte ihn Klaus Steiner.

»Da Sie auf einen schnellen Termin bestanden hatten, war es mir leider nicht möglich, sämtliche Unterlagen zusammenzutragen. In dem Umschlag werden Sie die Summe aller Kontostände finden. Zusätzlich habe ich den Buchwert Ihrer Aktien- und Anleihendepots dazuaddiert. Für die komplette Aufstellung der Vermögenswerte der Stiftung ‚Danuta' werde ich ein bis zwei weitere Tage benötigen. Aber ich denke, Sie werden auch so sehr zufrieden sein.«

Als Klaus den Umschlag entgegennahm und öffnete, zitterten seine Hände ein wenig. ‚Sie werden auch so zufrieden sein' ging es ihm durch den Kopf. Er hatte keine Ahnung, was auf ihn zukam. Ständig schwankten seine Gefühle zwischen himmelhoch jauchzend und zu Tode betrübt. In einem Augenblick sah er alle seine Ideen und Wünsche Realität werden, und im nächsten Augenblick tanzten die Teufel auf dem Grab des Bankhauses.

Als Klaus Steiner die Zahl las, die auf dem Papier stand, wurde ihm fast schwarz vor Augen.

‚176.899.412,50 Schweizer Franken'

Kapitel XI

London

Santo Diaz, Chef der neu gegründeten Abteilung für private Kapitalplatzierungen, war auf der Stelle hingerissen gewesen. Die Frau, die vor ihm stand, besaß etwas, dem kein Investmentbanker widerstehen konnte. Sie hatte den ‚Go-for-it-factor'. Was bedeutet: Sie holt sich, was sie will – zu jeder Zeit.

Vor vier Jahren holte sich die damals Vierundzwanzigjährige die von ihr angestrebte Stelle in seiner Abteilung bei der Deutschen Bank in Frankfurt. Ihr Temperament hatte sie von ihrem italienischen Urgroßvater geerbt. Dieser war in jungen Jahren nach Amerika ausgewandert und hatte in Kalifornien entgegen aller Widrigkeiten sehr erfolgreich Wein angebaut.

Kristine Scoberg hatte einen deutschen Pass, eine zweite Heimat in Kalifornien, sie hatte in San Francisco und Paris studiert und in London gearbeitet, fuhr Ski in der Schweiz, sprach Dänisch wie ihr Vater und Italienisch wie ihre Mutter und wusste trotz des internationalen Durcheinanders genau, wer sie war und was sie wollte – alles lernen über Firmenbewertungen und Risikofinanzierungen, alles aufsaugen über die Kunst des Geldmachens. Denn eines Tages würde sie auf der anderen Seite stehen. Als Unternehmerin und Investorin. Als Verwalterin des Familienvermögens.

Wenn morgens um halb sieben im nebelverhangenen Frankfurt der Wecker klingelte, hatte Kristine genau zwanzig Minuten, um sich von einer verschlafenen Frau in eine ausgeschlafene ‚Businesslady' zu verwandeln. Raus aus der Zwei-Zimmer-Wohnung, schnell noch den Schmuck an- und im Taxi ein bisschen Schminke aufgelegt, dann begann der Alltag um sieben im Büro. Vierzehn Stunden verbrachten dabei Santiago Diaz und sein ‚Turbo-Babe', wie er Kristine liebevoll nannte, täglich am Laptop oder am Telefon, in Meetings oder auf Reisen zu Kunden quer durch Europa. Sie beratschlagten und feierten sich und ihre anstehende Prämie, wenn sie wieder einen Kunden gewonnen hatten, der sein Millionenkapital in aufstrebende Firmen oder hoffnungsvolle Fonds stecken wollte.

Jeden Morgen stapelten sich Berge von Post mit Anfragen von Firmen, die Risikokapital benötigten und nur allzu gern die Deutsche Bank mit im Boot hätten, schon allein der Seriosität wegen. Wer weniger als zwanzig Millionen brauchte, flog gleich in den Papierkorb. Der Rest wurde akribisch auf Tauglichkeit geprüft. Wurde eine Firma ausgewählt, hängte sich Kristine Scoberg ans Telefon und suchte nach geeigneten Investoren. ‚Cold Call' nannte man das in Bankerkreisen, wenn der Gesprächspartner noch nicht bekannt war. ‚Guten Tag, mein Name ist …, interessieren Sie sich für …!' Kein Job für Schüchterne. Etwa vierhundert Telefonate in Deutsch, Englisch, Französisch und Italienisch führte Kristine, bis ihr erster großer Deal über zwei Milliarden Euro stand.

Ihr ganzer Stolz war ihre Telefontechnik, durch die sie es schaffte, innerhalb von fünfzehn Sekunden auf den Punkt zu kommen. Aber in diesem hoch bezahlten Geschäft, in dem schon Juniorkräfte etwa einhundertfünfzigtausend Euro Grundgehalt zuzüglich einer saftigen Bonusprämie am Jahresende verdienten, bedeutete Zeit Geld und Effizienz Erfolg.

Für Kristine war der Arbeitsaufwand ein Scheck für die Zukunft, eine Investition mit wenig Risiko. Schließlich sollte mit dreißig genügend Geld auf der hohen Kante sein, um ein paar Jahre auszusetzen und eine Familie zu gründen, bevor das Unternehmerleben so richtig losging.

Um die Balance zwischen Arbeit und Privatem zu halten, ging sie regelmäßig zum Abspannen ins Fitnesscenter, vergnügte sich auf gelegentlichen Dinnerpartys von Freunden oder sie verbrachte ein paar entspannende Tage auf dem Feriendomizil ihrer Tante Vanessa Von Stappen. Tante Vanessa, die Schwester ihres Vaters, hatte sich über viele Jahre ihrer angenommen, nachdem Kristines Mutter im Kindbett gestorben war. Aber Vanessa war mehr als nur Ersatzmutter oder Tante. Sie war auch trotz ihrer hartnäckigen Kupplungsversuche mit Graf Soundso oder Baron Vonundzu ihre beste Freundin und Beraterin.

Außerdem entfloh sie des Öfteren am Wochenende den gesellschaftlichen Zwängen und machte Kurztrips in ihre Lieblingsstädte Paris, Mailand oder London.

Der Eingang fiel auf. Er fiel dadurch auf, dass er nicht auffiel. Die Schuhe des Portiers waren so auf Hochglanz gewienert, dass sie im Zweifelsfall die Sonne reflektierten. Etwa die dreifache Anzahl an handverlesenem, hochkompetentem Personal kümmerte sich um das anspruchsvolle Wohl der geladenen Gäste. Auf sehr britische Art, wie bei einem guten Butler – sie waren immer da, aber man bemerkte sie nicht.

Von der aufgebügelten Zeitung über die handschriftlichen Akten bis zur handgefalteten Tischwäsche aus irischem Leinen hatte sich in der über einhundertjährigen Geschichte des *Connaught* am Carlos Place im vornehmen Stadtteil Mayfair in London wenig verändert. Das *Connaught* war aber kein gewöhnliches Hotel, es war eine Institution unter Connaisseurs, und eine äußerst britische dazu.

Sehr britisch war auch der Chauffeurservice des *Connaught*, der Klaus Steiner mit dem obligatorischen Rolls-Royce vom Flughafen London Heathrow abholte.

Der Generaldirektor, unbestreitbar einer der zehn besten Hoteliers der Welt, ließ es sich nicht nehmen, einen seiner früheren Stammgäste persönlich zu begrüßen.

Als kurz darauf Klaus seine Hotelsuite betrat, griff er als Erstes zum Telefonhörer und wählte die Nummer von *Rubin, Cross & Elder*. Die ehrwürdige Anwaltskanzlei war in der City, wie London von Geschäftsleuten genannt wurde, als äußerst verschwiegen, aber durchaus kreativ bekannt. Ein Umstand, den sich Klaus Steiner in der Vergangenheit schon des Öfteren zum Nutzen gemacht hatte. Mr. Elders Sekretärin bestätigte den telefonisch abgesprochenen Termin am morgigen Samstagvormittag um zehn Uhr.

Nachdem er aufgelegt hatte, machte sich Klaus langsam, sehr langsam, fertig zum Dinner. Als er aus dem Fahrstuhl stieg, sah er eine bekannte Gestalt in der Lobby. Groß, blond, sehr gut gebaut. War das nicht die Nichte von Vanessa Von Stappen? Sie beaufsichtigte das Hereintragen ihrer Koffer und achtete darauf, dass keiner verloren ging. Klaus zählte schon mehr als fünf Stück. Sollte er oder sollte er nicht? Er entschied sich für Ersteres.

»Einen schönen guten Abend. Ich glaube, wir sind uns schon einmal begegnet«, sagte Klaus.

Dafür erntete er einen abweisenden und hochnäsigen Blick, der sein Blut in Sekundenschnelle gefrieren ließ.

»Auf der Party von Vanessa Von Stappen vor ein paar Wochen. Sie saßen mir direkt gegenüber an der Tafel, wenn ich mich nicht täusche.«

Der eiskalte Blick wich einem erstaunten, erkennenden Lächeln.

»Aber natürlich. Verzeihen Sie mir, dass ich Sie nicht gleich erkannt habe. Wie seltsam, dass wir uns schon so bald wieder begegnen.«

»Ich dachte mir, ich sage mal kurz ‚Hallo'.«

»Wohnen Sie auch hier, Herr … Steiner, glaube ich, war Ihr Name?«

»Richtig, Klaus Steiner. Ich habe vor knapp zwei Stunden eingecheckt.«

»Wie Sie sehen, habe ich diese Prozedur noch vor mir. Ich bin auch nur für zwei Tage hier. Ein paar Einkäufe, ein bisschen bummeln. Und wie lange bleiben Sie?«, fragte Kristine, nachdem sie dem schwer keuchenden Hotelboy einen ungeduldigen Blick zugeworfen hatte.

»Wahrscheinlich nur diese eine Nacht. Ich werde morgen wieder in Frankfurt erwartet«, antwortete Klaus.

»Oh wie schade. Andernfalls hätten wir uns gemeinsam nach einem neuen Lokal umsehen und damit Tante Vanessa ärgern können, weil es nicht ihre Entdeckung war.«

»Falls Sie keine Verabredung haben, ich habe einen Tisch hier im Restaurant des *Connaught* für acht Uhr bestellt. Ausgezeichnete, sternegekrönte französische Küche. Darüber würde sich Vanessa bestimmt auch ärgern!«

»Sie meinen heute Abend?«, sie mimte eine gewisse Zurückhaltung. Aber nicht sehr überzeugend.

»Es würde mir kaum Zeit bleiben, meine Koffer auszupacken. Auf der anderen Seite – warum eigentlich nicht?«

»Schön. Jetzt haben wir zwanzig nach sieben. Schaffen Sie es bis um acht? Ich warte solange in der Hotelbar.«

Ein wenig später über einem Gin Tonic wunderte sich Klaus, was ihn dazu veranlasst hatte, diese junge Dame, deren Namen er sogar vergessen hatte, an seinem ersten Abend in London nach drei Jahren zum Abendessen einzuladen. Zudem war sie noch blond. Okay, dunkelblond, aber trotzdem. Er hatte bisher noch nie auf blond gestanden.

Es gab mehrere Arten von Blondinen. Da gab es das kleine süße Blondchen, das piepste und zwitscherte, und die große statuenhafte Blondine, die nur einen einzigen ihrer eiskalten Blicke brauchte, um einen auf Distanz zu halten. Dann gab es die dynamische und sportliche Blondierte, die über Autos mehr wusste als ein Mann und jedem Kerl beim Skifahren die Kufen von hinten zeigte. Oder als Gegenstück die blasse, sehr blasse Blondine, die an einer zwar nicht tödlichen, aber unheilbaren Form von Anämie zu leiden schien. Schließlich noch die sanfte und willige Blondine mit dem Hang zum Alkohol, der es ganz egal war, was sie anhatte, solange es nur Nerz war, und der es ganz egal war, wohin man mit ihr ging, solange es nur das Starlight Roof war und der trockene Champagner in Strömen floss. Als krönender Abschluss noch die Superblondine, das Prachtstück zum Vorzeigen, das drei Klassegangster hinter sich brachte und dann ein paar Millionäre heiratete.

Nein, Klaus wusste schon, warum er keine Blondinen mochte, während er sich zwischen zwei Gin Tonics in Gedanken der Katalogisierung von Blondinen des amerikanischen Schriftstellers Raymond Chandler hingab.

Normalerweise.

Obwohl er sich dessen absolut nicht mehr sicher war, als er

den blonden Traum von einer Frau, angezogen mit einem schwarz-grünen kurzen Kleid, das die weiblichen Proportionen kaum verbarg und geschickt betonte, am Eingang der Hotelbar erblickte. Ihre makellosen Beine schienen endlos zu sein und ihr hochkarätiger Schmuck rundete das Bild einer perfekten Dame von Welt ab.

»Wow!«, entwich es Klaus, als sie an ihn herantrat.

»Vielen Dank. Von mir aus kann es losgehen.«

Sie ließen sich vom Garçon des Restaurants an ihren Tisch bringen.

»Herr Steiner, ich bin ein wenig beleidigt. Ich glaube bemerkt zu haben, dass Sie sich nicht mehr an meinen Namen erinnern können, kann das sein?«, eröffnete Kristne Scoberg das Gespräch kokett.

»Erst einmal würde ich gerne das ‚du' vorziehen, ich heiße Klaus. Und ganz ehrlich, an Ihren Namen kann ich mich leider nicht mehr erinnern, aber Ihr Gesicht habe ich nicht vergessen, wie Sie ja wissen.«

»Sehr diplomatisch. Dann rate mal.«

»Vor- oder Nachname.«

»Vorname.«

»Kleopatra.«

»Falsch. Noch mal.«

»Esmeralda.«

Sie lachte.

»Falsch, aber gute Ansätze. Okay, Kristine. Kristine Scoberg.«

Klaus erhob sich leicht vom Stuhl und reichte ihr seine Hand.

»Es ist mir ein Vergnügen, dich kennen zu lernen, Kristine. Ein sehr großes Vergnügen!«

»Du scheinst dich ja bestens hier auszukennen«, sagte Kristine, nachdem der Ober sich mit der aufgenommenen Bestellung entfernt hatte. »Wie kommt das?«

»Dazu müsste ich ein wenig ausholen, und das würde dich zu Tode langweilen«, antwortete Klaus.

»Langweile mich.«

»Na gut. Du hast es nicht anders gewollt. Aber ich mach's

kurz. Zuerst BWL-Studium in Frankfurt und dazwischen zwei Semester auf der Züricher Universität. Warum Zürich? Meine Mutter war geborene Schweizerin. Dann LSE, London School of Economics, wo ich meinen Master of Business Administration ablegte. In London ging ich dann zu Goldman Sachs und lernte dort das Investmentbanking von der Pike auf. Danach wechselte ich zu Kravis & Young nach New York, da diese Investmentbank zu den führenden Adressen für Unternehmensübernahmen zählte, die mich wahnsinnig interessierten. Durch Kravis & Young kam ich letztendlich wieder nach Frankfurt zurück, als Leiter des Wertpapierhandels und des Researchbereiches.«

»Wie alt warst du zu diesem Zeitpunkt?«

»Zweiunddreißig.«

»Warum wieder Frankfurt?«

»Das reine Investment-Banking steckte damals in Deutschland noch in den Kinderschuhen. Es war aber in den USA die Hoch-Zeit der Junk-Bonds. Das sind hochverzinsliche Risikoanleihen, mit denen Unternehmensübernahmen finanziert werden, und in Deutschland wartete ein immenses Kapital darauf, an diesen Geschäften teilnehmen zu können. Alle, aber ganz besonders Kravis & Young verdienten sich eine goldene Nase daran.«

Kristine Scoberg lächelte verschmitzt, während Klaus ihr die Zusammenhänge erklärte.

»Meine Tante hat mir erzählt, dass du die letzten drei Jahre mehr oder weniger im Exil gelebt hast. Was war passiert?«

»Nun kommen wir zum unschönen Teil meiner Lebensgeschichte, auf die ich wirklich nicht stolz bin. In der hohen Finanz lief und läuft sehr viel nur über Verbindungen. Eine Hand wäscht die andere. Spielst du nicht mit, bist du draußen und kannst dein Geschäft schließen. Aktienpakete wurden ausländischen Großanlegern vor den Dividendenterminen aus steuerlichen Gründen pro forma abgekauft, um diese danach über Umwege wieder zurückzuverkaufen. Oder es wurden von Vorständen bestimmter Firmen, wo bald eine positive Unternehmensmeldung oder eben eine Unternehmensübernahme zu erwarten war, Aktien vorübergehend geparkt. Und so weiter.

Man half sich gegenseitig aus. Und ja, es war auf die eine oder andere Weise illegal.«

»Hattest du keine Angst, erwischt zu werden?«

»Ich hatte nie ernsthaft daran geglaubt. Wir alle glaubten damals, unbesiegbar zu sein. Es war die Macht, die dir das Geld in unserer Gesellschaft verlieh. Du warst reich, reicher, am reichsten, und keiner schien es zu wagen, dich anzufassen. Am Ende haben viele, und auch ich, genau das bekommen, was wir verdient haben.«

»Immerhin stehst du dazu.«

Klaus überlegte sich, ob er die Geschichte damit bereichern sollte, dass er vermutete, reingelegt worden zu sein. Was ja auch noch durch Professor Walther bestätigt worden war. Doch er entschied sich gegen diese Option. Es gab einfach Situationen, in die man sich nur noch tiefer hineinreiten konnte, solange man nicht mit hieb- und stichfesten Beweisen aufwarten konnte.

»Ja, und nein. Auf Anraten meines Anwalts sollte ich auf meine Aussagen verzichten und das Land erst mal verlassen. Ohne meine Aussage konnte das Verfahren nicht weitergeführt werden. Aufforderungen der Staatsanwaltschaft, zu gewissen Terminen zu erscheinen, verzögerte mein Anwalt mit dem Hinweis, dass er mich nicht erreichen könne oder dass ich nicht reisefähig sei. Zudem gab es mit den Cayman Islands kein Auslieferungsabkommen, so dass die Staatsanwaltschaft von sich aus keine weiteren Anstrengungen unternahm, das Verfahren voranzutreiben, da zudem die Beweislage sehr unsicher war. Vor einem Monat bekam ich dann die Nachricht, dass mein Fall nun endgültig zu den Akten gelegt und das Verfahren eingestellt worden ist.

»Darauf trinke ich«, sagte Kristine und erhob ihr Champagner-Glas. »Und nur zu deiner Information, ich verstehe sehr gut, wovon du redest, ich gehöre nämlich auch zum Schlage der Investmenthaie.«

Daher dieses wissende Lächeln, dachte sich Klaus, während er der Lebensgeschichte von Kristine lauschte.

Nach dem Essen gingen sie in das *Hypodrome*, tanzten wie

zwei verliebte Teenager bis drei Uhr nachts und, zurück im *Connaught*, trennten sie sich mit dem Versprechen, so einen schönen Abend bald zu wiederholen.

Ethik war noch nie die Stärke von *Rubin, Cross & Elder*. Aber das hatten sie auch noch nie von sich behauptet. Sie hatten sich das ‚Geldverdienen' zur Lebensaufgabe gemacht, auf welche verschwiegene Art auch immer und unter der Voraussetzung, dass dies während der normalen Arbeitszeit zwischen zehn Uhr morgens und drei Uhr am Nachmittag erledigt werden konnte.

Es hing alles von der Zufriedenheit der Kunden ab. Und dies erforderte manches Mal ein Augenzudrücken hier und da, was die strikte Auslegung des Gesetzes betraf. Um es auf den Punkt zu bringen, *Rubin, Cross & Elder* half den Kunden bei der nützlichsten Auslegung des Gesetzes. Aber nicht dabei, es zu brechen.

Als Klaus um Punkt elf Uhr das Bürogebäude betrat, war niemand dort außer der Rezeptionistin. Herr Elder fand sich erst zwanzig Minuten später ein und bot einen traurigen Anblick.

»Tut mir Leid, dass ich mich verspätet habe, aber ich bin es nicht gewohnt, an Samstagen ins Büro zu kommen. Es wurde ziemlich spät gestern Abend! Wollen Sie auch einen Kaffee? Ich brauche garantiert einen. Ellen, eine Kanne Kaffee bitte! Kommen Sie, gehen wir in mein Büro.«

Als der Kaffee gereicht wurde, leerte Elder seine erste Tasse in einem Zug.

»So, jetzt geht's mir besser.«

John Elder bedachte Klaus mit einem abschätzenden Blick.

»Sie sehen gut aus. Jedenfalls besser als ich, das ist sicher. Kein Alkohol in der Karibik, was?«

»Schon, trotzdem leistete ich drei Jahre Entzug.«

Beide lachten.

»Ich habe damals in den Zeitungen über Sie gelesen, aber unsere Presse widmete Ihrem Fall keine große Aufmerksamkeit. Seien Sie ehrlich, weswegen wollte man Sie damals verurteilen?«

»Dieselbe Frage stellte mir gestern ganz zufällig schon einmal jemand. Ausnutzung von Insiderwissen, ein bisschen Steuerhinterziehung. Aktienmanipulation hauptsächlich. Vorstände nutzen ihr Wissen und kaufen durch Freunde entsprechende Aktienpakete. Diese werden danach Stück für Stück wieder verkauft und die Gewinne geteilt. Das ist in Deutschland illegal.«

»Oh ja, hier auch. Etwas Ähnliches ist den Guiness-Managern auch passiert. Die hatten ein vergleichbares Arrangement mit Schweizer Banken und wurden trotzdem erwischt. Sie gingen aber nicht für sehr lange hinter Gitter. Ernest Saunders, der Vorstandsvorsitzende von Guiness, kam ziemlich früh wieder raus, indem er Alzheimer vorschob. Sehr einfallsreich. Nun, ich denke, in der Zwischenzeit ist viel Wasser die Themse runtergeflossen. Was kann ich für Sie tun?«

»Zwei Dinge. Erstens, ich werde eine Firma in der Schweiz gründen. Zweitens, das Bankhaus Steiner & Pring braucht dringend eine Kapitalspritze, aber ich muss meine Spuren so weit wie möglich verwischen.«

»Haben Sie da etwas Bestimmtes im Sinn?«

»Ich möchte eine britische Firma gründen als Aushängeschild, mit einem bekannten Namen im Vorstand und einwandfreien Bankreferenzen.«

»Wer stünde dahinter.«

»Ich dachte an ein juristisches Gebilde auf den Kanal-Inseln.«

»Gut. Und dahinter?«

»Vielleicht eine Holding auf den Cayman?«

Beide lachten gleichzeitig über die Ironie des Schicksals in dem letzten Satz von Klaus.

»Exzellent. Über wie viel Geld reden wir?«

»Fünfzig Millionen Euro.«

»Wo kommt das Geld her?«

»Aus Luxemburg.«

Und davor aus Liechtenstein, aber das brauchte Herrn Elder nicht zu interessieren.

»Wie soll die britische Firma heißen?«

»Veritas Limited.«

»Perfekt. Die Wahrheit auf limitierte Art und Weise. Nun brauchen wir nur noch geeignete Kandidaten für unseren Vorstand.«

Elder stürzte schon seinen vierten Kaffee hinunter.

»Ich habe da eine Idee. Sir Andrew Cromwell. Ehemaliger englischer Konsul in Kanada. Nun wohnt er auf einem Anwesen in Surrey, das er mit seiner Pension nicht bezahlen kann, aber er ist zu stolz, um es zuzugeben. Außerdem ist er immer noch Ehrenmitglied des Parlaments, und zu seinem Bekanntenkreis zählen einige britische Finanzmoguln, was auch nicht schaden kann. Er selbst hat keinen blassen Schimmer von Finanzen.«

»Er ist perfekt. Ich nehme an, dass Sie selbst bereit sind, als Vorsitzender zu fungieren?«, fragte Klaus.

»Es wäre mir eine Ehre. Wie schnell soll das über die Bühne gehen?«

»Wir fangen heute an. Ich möchte, dass Sie hier, auf den Kanalinseln und auf Cayman Island alles so organisieren, dass wir im Geschäft sind, sobald ich den Startschuss gebe.«

»Ich möchte nicht neugierig erscheinen, aber haben Sie vor, wieder ins Junk-Bond-Geschäft einzusteigen?«

»Eher unwahrscheinlich. Da habe ich bessere Ideen«, antwortete Klaus. »Wie Sie vielleicht noch wissen, habe ich bei Kravis & Young in Deutschland eines der ersten neuronalen Netze zur Errechnung des Dollarkursverlaufes entwickeln lassen und auch zum Einsatz gebracht.«

»Was sind neuronale Netze?«, fragte Elder.

»Im Prinzip ein automatisches Handelsprogramm, das sich ständig selbst überprüft und Fehler dann selbstständig korrigiert. Na ja, jedenfalls hatte ich in den letzten drei Jahren viel Zeit, um neue Ideen zu entwickeln, aber es ist noch nichts spruchreif.«

»Herr Steiner, ich bin mir sicher, Sie wissen, wovon Sie reden. Falls Sie irgendwann mal zusätzliches Kapital suchen, lassen Sie es mich wissen.«

Elder schaute auf seine Uhr.

»Mein Gott, es ist fast zwölf Uhr. Ich habe eine Verabredung zum Golf.«

Sie erhoben sich, und John Elder reichte Klaus seine Hand zum Abschied.

»Klaus, es macht Spaß, mit Ihnen Geschäfte zu machen. Sie melden sich, sobald Sie so weit sind. Bis dahin werde ich alles vorbereitet haben!«

Kapitel XII

www.hacker.com

Jeder Computer, der über eine Telefonleitung mit einem anderem Rechner vernetzt ist, bietet eine potenzielle Angriffsfläche. So genannte ‚Firewalls' sind zwar ernsthafte Versuche, den unsichtbaren Feind außen vor zu halten, aber einen absoluten Schutz gibt es auf diesem Gebiet nicht.

Das musste selbst die CIA erfahren, deren Name auf der Homepage von Computergangstern mit Central Idiots Agency verballhornt worden war. Und die Web-Seite der NASA schien von Außerirdischen besucht worden zu sein, als eines Tages nur noch die Worte ‚Gr33t1ngs fr0m th3 m3mb3rs 0f H4G1S' zu lesen waren. Greetings from the members of Hagis, ein internationales Hacker-Erkennungszeichen.

Weltweit fürchtete man die Fähigkeiten dieser Cyber-Terroristen, die ganze Staaten und Volkswirtschaften ins Chaos stürzen könnten, wenn es ihnen gelänge, Viren in die Rechner von Landeszentralbanken, Telefongesellschaften, Flughäfen oder Verteidigungsministerien einzuschleusen. Die Verwundbarkeit der modernen Kommunikationsgesellschaft war offenkundig.

In Amerika hatte das Federal Bureau of Investigation auf diese Entwicklung reagiert und eine Abteilung eigens gegen Computerkriminalität geschaffen. Dort wurde mit hohem technischem Aufwand jeder Mausklick eines virtuellen Verbrechers zurückverfolgt.

Das war in Deutschland anders. Während die Geheimdienste biologischen, chemischen und atomaren Waffen große Aufmerksamkeit widmeten, konnten sich die deutschen Hacker weitgehend unbehelligt entfalten, denn viele Ermittlungsbeamte verfügten noch nicht einmal über Grundkenntnisse der Bedienung eines Computers.

Vor Jahren hatte der englische Geheimdienst MI5 alle Hacker öffentlich dazu aufgerufen, in die Computersysteme der Regierung und der öffentlichen Institutionen einzubrechen, damit Sicherheitslücken gefunden werden konnten.

Diese Gelegenheit ließ sich Frank Bohrmann nicht nehmen und drang in den Rechner der Universität von Cambridge ein, kopierte die Passwörter von zehntausend Studenten und Akademikern und hatte damit Zugang zu allen Forschungseinrichtungen und den auf Datenträgern gespeicherten Arbeiten. Damit hatte er damals einen ziemlich großen Wirbel erzeugt, denn die medizinischen und gentechnischen Forschungsarbeiten, die von britischen Industrieunternehmen finanziert worden waren, unterlagen strengsten Geheimhaltungsstufen. Konkurrenzunternehmen würden enorme Summen für solche Daten zahlen, da sie damit eigene Entwicklungskosten sparen könnten. Aber trotz aller Bemühungen war das MI5 ihm nie auf die Spur gekommen.

Doch diese Teenager-Zeiten, als seine Eltern ihn noch mit einem harmlosen Computerspiel in seinem Zimmer wähnten, waren vorbei. Obwohl er sie sich in letzter Zeit manchmal wieder herbeisehnte, und zwar immer dann, wenn er auf seinen Gehaltsstreifen schaute. Jedenfalls hatte er mit dem Handel mit gestohlenen Kreditkartennummern aus dem Internet wesentlich mehr verdient als in seiner heutigen Stellung als Netzwerktechniker bei Skynet.

»Herr Bohrmann, treten Sie ein.«

»Guten Tag, Professor Walther.«

Schüchtern und etwas unsicher trat Frank Bohrmann in das geräumige Büro des Professors bei Skynet.

Genau wie ihn der Privatdetektiv in dessen Akte beschrieben hatte, dachte Professor Walther. Knappe ein Meter siebzig, Babyface, ein bisschen aufgequollen, schlecht angezogen, die Haare ungepflegt, Pickel. Dennoch musste laut der Unterlagen ein wahres Computergenie vor ihm sitzen, ständig am Rande der Illegalität operierend, aber nie überführt worden. Seine Vorgesetzen sprachen in höchsten Tönen von seinen Fähigkeiten, wiesen aber immer ausdrücklich auf die chronische Unzufriedenheit des vierundzwanzigjährigen Mannes hin und die damit manchmal äußerst lasche Arbeitseinstellung.

»Schließen Sie doch bitte die Tür, Herr Bohrmann, und nehmen Sie Platz.«

Frank Bohrmann setzte sich auf den linken der zwei schwarzen Bürostühle, die vor dem Schreibtisch des Professors standen. Immer den Rücken freihalten, dachte sich Bohrmann, und wippte nervös mit den Füßen.

»Wie alt sind Sie, Herr Bohrmann?«, fragte Professor Walther.

»Vierundzwanzig«, antwortete Frank Bohrmann, verdutzt darüber, wohin die Unterhaltung an diesem Dienstagmorgen wohl führen würde. Wollte der Professor ihn rauswerfen? Ihm einen Auflösungsvertrag anbieten? So schlecht war er doch gar nicht. Klar, er hatte in letzter Zeit die Dinge ein wenig schleifen lassen, aber da gab es doch ganz andere. Warum er? Außerdem, warum machte sich Professor Walther die Mühe, ihm das persönlich mitzuteilen? Das hätte doch auch sein Chef, der fette Sack, tun können. Was lief hier eigentlich?

»Und sind Sie zufrieden mit Ihrer Arbeit, mit Ihrem Aufgabengebiet? Sind Sie zufrieden mit Ihrem Einkommen?«

Die Augen des Professors suchten und fanden die erwünschten Reaktionen in der Mimik von Frank Bohrmann.

Was sage ich jetzt? Kann ich meinem obersten Boss die Wahrheit sagen? Der wirft mich doch hochkant raus! Auf der anderen Seite, was habe ich zu verlieren, ich schaue mich doch so oder so nach einem anderen Job um, warum also nicht die Chance nutzen? Vielleicht hört mir endlich mal einer zu! Vielleicht versteht endlich mal jemand, wovon ich rede! Und eigentlich habe ich bisher nur Gutes von Professor Walther gehört. Kühl, bestimmend, aber ein Mann, der das Geschäft versteht. Was soll's!

»Der Job ist träge, die Technologie veraltet, unsere Netzwerke sind verstopft mit unnötigen Daten, wir arbeiten unkonzeptionell, wir betreiben Flickwerk, unsere Firewalls sind so dünn wie Tapeten, es ist nur noch eine Frage der Zeit, bis uns das ganze Zeug um die Ohren fliegt«, prustete Bohrmann in einem Satz heraus, ohne Luft zu holen.

Oh je, was hatte er getan. Kleine Schweißtropfen standen auf Bohrmanns Stirn und perlten an seiner Schläfe herab. Das Wippen seiner Füße war jetzt so stark, dass scheinbar der ganze Boden vibrierte.

Die Sekunden, in denen er von dem alles durchdringenden Blick des Professors gemustert wurde, kamen ihm vor wie Minuten.

»Es freut mich, dass ich Sie richtig eingeschätzt habe. Vielen Dank für Ihre überaus ehrliche Antwort. Ich glaube, das könnte eine gute Basis für unsere weitere Zusammenarbeit sein. Was meinen Sie?«, fragte Professor Walther mit einem breiten Lächeln auf den Lippen

Völlig konsterniert sackte Frank Bohrmann im Sessel zusammen.

»Sie waren sehr ehrlich zu mir, nun will ich auch ehrlich zu Ihnen sein, Herr Bohrmann«, sagte Professor Walther.

»In der Akte, die ich in meiner Hand halte, habe ich sämtliche Informationen über Sie zusammentragen lassen, die wir bekommen konnten. Und damit meine ich nicht nur Ihre beruflichen Leistungen bei Skynet, ich spreche von sämtlichen!«

Bohrmann wurde ganz blass. Was hatte dieser Mann gegen ihn in der Hand, was hatte er gefunden?

»Sie werden sich jetzt wahrscheinlich fragen, was wir möglicherweise über Sie gefunden haben und warum diese Akte überhaupt existiert. Zu Letzterem komme ich später. Ich möchte Ihnen nur kurz zeigen, wie ernst mir dieses Gespräch ist und was passieren könnte, wenn eine Silbe von dem, was wir hier besprechen, diesen Raum verlässt!«

Langsam zog Professor Walther zwei doppelseitig beschriebene Blätter aus der Akte.

»Im zarten Alter von sechzehn entschlüsselten Sie die Sicherheitscodes eines amerikanischen Luftwaffenstützpunktes in Großbritannien. Sie veränderten die Simulationen für Formationsflüge, schrieben erfrischende Kommentare in Geheimberichte und bauten den Dienstplan so um, wirklich originell, muss ich zugeben, dass alle Piloten zwei Wochen dienstfrei hatten.«

Das konnte er nicht wissen. Niemand wusste davon. Keiner war ihm jemals auf die Spur gekommen, dafür hatte er gründlichst gesorgt. Oder vielleicht doch nicht gründlich genug? Aber warum jetzt? Warum der Professor? Warum nicht irgendein militärischer Geheimdienst? Wer saß ihm da gegenüber? War der Mann vielleicht noch viel, viel besser, als alle dachten?

»Sagen Ihnen die Worte ‚Greetings from the members of Hagis' etwas? Dürften sie jedenfalls, denn das war Ihre Unterschrift auf der NASA-Homepage vor wenigen Jahren, die die Web-Seite für mehrere Tage verunstaltete. Gute Idee, sich hinter dem Namen einer bekannten Hackervereinigung zu verstecken.«

»Woher haben Sie diese Informationen? Niemand ist es bis heute gelungen, dies zu mir zurückzuverfolgen. Wie kommen Sie daran?«, presste ein aschfahler Bohrmann zwischen blutleeren Lippen heraus.

»Die interessante Frage ist nicht, woher ich diese Informationen habe. Von Interesse ist vielmehr, was habe ich damit vor, Herr Bohrmann«, antwortete Professor Walther. »Ich möchte Sie um einen Gefallen bitten, und ich wollte mich vorher nur rückversichern, dass Sie von der Ernsthaftigkeit der Situation und meines Vorschlages überzeugt sind!«

Schlimmer konnte es nicht mehr kommen, und hätte der Professor es gewollt, wären diese Informationen schon längst in andere Hände gelangt. Eigentlich hatte er nichts mehr zu verlieren, schoss es Frank Bohrmann durch den Kopf.

»Und von was für einem Gefallen sprechen wir hier genau, Professor Walther?«

Kapitel XIII

Welt der Finanzen

Die Welt hatte schon immer zu den Super-Reichen aufgeschaut. Die ersten ‚Könige des Geldes' waren die Rothschilds in der Zeit nach den Napoleonischen Kriegen. Kurze Zeit später folgten die Astors, die Vanderbilts und schließlich die Industriemagnaten Carnegie und Rockefeller in Amerika, Vickers und Lever in England und die Stahlbarone Krupp und Thyssen in Deutschland.

Anfang des Jahrhunderts war es J.P. Morgan, zwanzig Jahre später Henry Ford, und der Ölmagnat Onassis wurde spätestens seit seiner Liaison mit Jaqueline Kennedy der Öffentlichkeit ein Begriff. Wenn früher von Super-Reichen die Rede war, war das immer stellvertretend für ihre enorme wirtschaftliche Bedeutung, wie sie mit ihrer Finanzkraft damals die Märkte bewegen konnten. So wie Lionel Rothschild, als er 1875 Benjamin Disraeli vier Millionen Pfund in Gold, heute schätzungsweise zwei Milliarden Euro, für den Kauf der Aktienmehrheit an der Suez-Kanal-Gesellschaft, dem größten internationalen Deal des 19. Jahrhunderts, zur Verfügung stellte.

Heute spielen die Super-Reichen im wirtschaftlichen Sinne kaum noch eine Rolle. Das gesamte Vermögen von Microsoft-Gründer Bill Gates, dem reichsten Mann der Welt, der von Forbes auf fünfundsechzig Milliarden Dollar geschätzt wird, würde gerade dazu reichen, drei, vier normale Umsatztage an der New Yorker Börse zu finanzieren.

Eine andere Spezies von Mensch war an die Stelle der Super-Reichen getreten, die Fondsmanager. Hinter Namen wie Calpers, dem Fonds für öffentliche Bedienstete des Staates Kalifornien, TIAA-CREF, dem Teacherfonds für amerikanische Lehrer, Quantum, dem Fonds des Börsen-Gurus Georg Soros, oder Fidelity, der größten Fondsgesellschaft in Amerika, verbergen sich Hunderte von Milliarden Dollar und Aktienbesitz in aller Welt. Die Manager dieser Fonds gehören zu den besonders gewichtigen Teilnehmern auf den Märkten, allein die Fidelity-Fonds sind für acht Prozent der täglichen Umsätze in New York verantwortlich, denn die Milliarden ihrer Kunden können sich per Anruf oder Tastendruck in Sekundenschnelle aus US-Staatsanleihen in britische Schulden, japanische Aktien oder türkische Lira verwandeln.

Allmählich gerieten so auch deutsche Konzerne in die Abhängigkeit dieser Großinvestoren, die mit einem Federstrich über das Wohl und Weh der Aktienkurse entschieden – und darüber, wo Arbeitsplätze entstanden. So liegt inzwischen die Aktienmehrheit von Bayer oder Schering, zwei Werten des deutschen Aktienindexes DAX, in den Händen ausländischer Investoren. Und auch die Deutsche Bank ist nicht mehr weit davon entfernt. Wer sich nicht fügte, schlechte Zahlen produzierte oder für unternehmensschädliche Meldungen sorgte, dem drohte ein gewaltiger Kapitalentzug.

Seitdem die Finanzzentren der Welt dank modernster Technik enger denn je verflochten waren, seit alle Informationen in Sekunden über Computer ausgetauscht und Milliarden einfach per Tastendruck von einem Winkel der Erde in einen anderen verschoben wurden, hatten die Summen, die auf den Märkten für Devisen und Aktien, für Anleihen und immer neue Objekte der Gier bewegt werden, Größenordnungen erreicht, die selbst ein Banker nur schwer seiner Vorstellungskraft zumuten konnte.

Die Handelsräume der Banken, in denen die Broker dicht an dicht hockten, waren zum eigenen Kosmos geworden. Nirgends war der Rausch der Globalisierung so stark, nirgends hatte ihn die Technik so sehr angeheizt. In ihrer Gründungszeit hatte die Nachrichtenagentur Reuters noch Brieftauben zur Verbreitung der Börsenkurse eingesetzt, jetzt lieferte ein Multimedia-Ticker Informationen ‚real-time'. Jeder hatte alle Kurse, alle Firmennachrichten, alle Charts zur gleichen Zeit. Wer eine Sekunde eher reagierte, konnte Millionen verdienen – oder verlieren.

Für einen jungen Händler war die Summe von einhundert Millionen kein Zucken mehr wert. Die Zahl bedeutete nur noch ein Flackern auf dem Bildschirm. Die Computertechnik ermunterte zur Spekulation und sie erleichterte sie. Die Finanzmärkte waren zu einem einzigen großen Spielkasino geworden, in dem längst nicht nur Banken, Versicherungsgesellschaften oder Investmentfonds mitspielen, sondern auch seriöse Unternehmen, die außerhalb ihres angestammten Geschäftes Gewinne machen wollten. Wie in Las Vegas herrschte niemals Feierabend. Morgens eröffnete die Börse in Tokio, weiter ging es nach Hongkong, später nach Europa. Schlossen Frankfurt und London, übernahm New York – ein ewiger Kreislauf. Die Summen, die dabei täglich bewegt wurden, waren doppelt so hoch wie die Währungsreserven aller Zentralbanken zusammen.

Die Croupiers dieses globalen Kasinos waren eine neue Spezies von Börsen-Yuppies, die sich in jeder Hinsicht hip und cool gaben. In Deutschland waren diese fixen Typen, die in den Milliardenströmen schwammen, noch ein seltener Anblick, obwohl ihre Zahl stark zunahm. In New York oder in London dagegen war die Gattung weit verbreitet, leicht erkennbar an Habitus und Outfit.

Es waren adrette junge Männer mit Kurzhaarschnitt, in dunklen, maßgeschneiderten Anzügen mit gestreiften Hemden und dezenten, trotzdem auffälligen Krawatten, die im Pub *Corney&Barrow* im Herzen der Londoner City am Tresen standen. Die Gäste mit ihren schweren Schweizer Chronometern und den ans Ohr gewachsenen Handys vermittelten zumindest nach Feierabend den Eindruck, als wären sie garantiert sturmbeständig. Jeden Nachmittag ab vier füllte sich die Yuppie-Kneipe zwischen den Glaspalästen der großen Bankinstitute. An den Alu-Tischen standen fast ausschließlich Endzwanziger, die als Devisen- oder Aktienhändler ein Jahreseinkommen zwischen einhundert- und achthunderttausend englische Pfund bezogen. Sie fuhren schicke deutsche Sportwagen, entspannten in der Karibik oder in feinen amerikanischen Alpin-Stationen, und auch eine Eigentumswohnung mit Themseblick im vornehmen Stadtteil Chelsea gehörte selbstverständlich zum Lebensstil.

In dieser Neureichen-Szene, in der mit wenigen Worten über das Telefon täglich Millionen bewegt wurden, zählte der Deutsche Thomas Bruckheimer zu den unbestrittenen Stars. Er arbeitete zunächst bei Morgan Stanley und Salomon Smith Barney, schaffte schließlich den Sprung zur allerfeinsten Adresse der Londoner City, Goldman Sachs, und krönte seinen Aufstieg vor zwei Jahren mit dem Wechsel zur Deutschen Bank als Chefanalyst für den deutschen Aktienmarkt, einen der aufstrebendsten und wachstumsstärksten Börsenmärkte weltweit. Die Karriere bekam erst einen kleinen Knick, als er vor drei Monaten von London nach Frankfurt versetzt wurde. Dort bekam er auch noch einen neuen und zudem inkompetenten Abteilungsdirektor vorgesetzt.

In der klassischen ökonomischen Theorie sorgten Angebot und Nachfrage auf den Märkten für ein Gleichgewicht. Die traditionelle Ökonomie nahm vollständiges Wissen der Marktteilnehmer an, und die Theorie der Märkte in ihrer Idealform vollkommene Information.

Doch die Masse der Marktteilnehmer handelte zumeist nicht auf der Grundlage von Wissen, sondern auf der Basis ihrer persönlichen Wahrnehmung der Dinge. Daher waren alle Marktpreise insofern immer falsch, da sie subjektive Vorurteile und Erwartungshaltungen über die Zukunft enthielten. Aber eben diese Vorurteile bestimmen die künftige Entwicklung der Märkte, da alle auf der Basis unvollkommenen Verstehens handelten.

In den Handelsräumen der Banken hatte sich deshalb als weiteres Analysemodell die Technische Analyse vermehrt etabliert. Neben der herkömmlichen Fundamentalen Analyse, deren Grundlage die Untersuchung und Interpretation von volkswirtschaftlichen und unternehmerischen Daten und Zahlen war.

Die Technische Analyse ignoriert fundamentale Informationen und konzentriert sich ausschließlich auf die reinen Preisbewegungen in der Vergangenheit. Jeder Kurs heute und in der

Vergangenheit, so lautet die Theorie, war eine Meinung von vielen Marktteilnehmern. Jeder Kauf oder Verkauf wird durch Menschen getätigt, die diese Entscheidung durch ihre Zukunftserwartungen fällen. Die Technische Analyse versucht, die Psychologie, die Vorurteile, die subjektiven Erwartungshaltungen und Wünsche der Marktteilnehmer festzuhalten. Denn mit fundamentalen Zahlen ließen sich manch übertriebene Kurssteigerungen, aber vor allem Börsencrashs nicht mehr erklären.

Als Werkzeug dient die klassische Chartanalyse, die historische Kurse graphisch darstellt und mit eingezeichneten Linien Widerstände, Unterstützungen oder wiederkehrende Formationen in den Preisbewegungen zu finden versucht. Mit dem Einzug von Hochleistungscomputern, die gigantische Rechenoperationen in Millisekunden durchführen können, hatten sich Rechenmodelle dazugesellt, die mit komplexen mathematischen und statistischen Methoden die Marktpsychologie festhalten.

Die Menschen verhalten sich zu gewissen Zeitpunkten mit einer hohen Wahrscheinlichkeit immer wieder gleich und dieses regelmäßige Psychogramm der Markteilnehmer lässt sich in automatisierte Handelssysteme programmieren, die Kauf- oder Verkaufssignale generieren, wenn sich das psychologische Sentiment ändert.

Aber Thomas Bruckheimer mochte diese automatischen Handelssysteme nicht. Obwohl er nicht unbedingt einen überzeugenden Grund dafür hatte, außer der eigenen Befürchtung, dass er irgendwann nicht mehr verstehen würde, warum der Computer eine Order generierte.

Er nutzte die Technische Analyse lieber als Timing-Instrument für den richtigen Zeitpunkt des Ein- oder Ausstiegs aus einem Wert. Denn wie oft kam es vor, dass die fundamentalen Daten eines Unternehmens ganz hervorragend waren, aber die Masse der Marktteilnehmer dies noch nicht antizipiert hatte und deshalb die Aktie noch für Wochen oder Monate bewegungslos blieb. Oder umgekehrt: Der ganze Markt befand sich in einer Hausse und die Divergenz zwischen Glaube und Realität war so groß, dass es nur noch eine Frage der Zeit war, bis dieser Trend sich umkehrte. Und meist kippte dann nach dieser langen Phase der Euphorie die psychologische Marktverfassung mit einer katastrophalen, sich selbstnährenden Beschleunigung und es kam zu einem Crash.

So geschah in den beiden berühmtesten Fällen der Börsengeschichte im Oktober 1929 und Oktober 1987, wonach die internationalen Volkswirtschaften, vor allem 1929, noch über Jahre hinaus unter den Auswirkungen des Crash leiden mussten.

Auch die Meldung über die Entmachtung Gorbatschows verursachte am 19. August 1991 einen weltweiten Schock an den Finanzmärkten. Der DAX verlor 9,4 Prozent, der Dollar schoss von 1,75 auf 1,83 Deutsche Mark, und auch an der Wall Street wurden sofort mehrere ‚Circuit Breakers', Maßnahmen zur Handelsunterbrechung bei übertriebenen Kursstürzen, ausgelöst. Aber nachdem der Putsch gescheitert war, drehte die psychologische Verfassung des Marktes und der DAX erreichte innerhalb von ein paar Tagen wieder sein Niveau vor dem Putsch, ohne dass ein großer wirtschaftlicher Schaden angerichtet worden war.

Einfach gesagt, die Märkte tendierten durch den Einfluss der psychologischen Einstellung der Teilnehmer zu absoluten Extremen – und eröffneten damit mutigen Anlegern sehr große Chancen. Mal sehen, wie mutig die Deutschen bald sein werden, überlegte sich Thomas Bruckheimer, als er eines Abends seine Computerschirme ausschaltete. Wenig später verließ er die Bank, um sich im *Centralpark* in der Frankfurter Freßgass hemmungslos zu betrinken.

Kapitel XIV

Erste Schritte

Klaus Steiner lag früh morgens bei geöffnetem Schlafzimmerfenster in seinem Himmelbett in der Villa Benz und ließ seine Gedanken in die Ferne schweifen.

Die letzten drei Tage hatte er nur dazu genutzt, mit sich und seinen Gedanken wieder ins Reine zu kommen. Seit seiner Rückkehr vor fast vier Wochen – war das wirklich schon vier Wochen her? – hatten sich die Ereignisse schier überschlagen. Der Tod seiner Mutter, die Schwierigkeiten des Bankhauses Steiner, das erdrückende Gespräch mit Professor Walther, die Testamentseröffnung, die Reisen nach Liechtenstein und London. Es waren zwei wundervolle Frauen in sein Leben getreten, und seine Gefühle für sie machten ihm die ganze Situation nicht gerade leichter. Vanessa Von Stappen, eine etwas verrückte, aber gleichzeitig einzigartige Frau mit großem Herzen, was er spätestens in der Zeit nach dem Tod seiner Mutter feststellen konnte.

Und Kristine Scoberg, was empfand er für sie? Es war mehr als nur Zuneigung, aber ihm fiel es schwer, die Worte ‚Liebe auf den ersten Blick' in den Mund zu nehmen. Und doch, seitdem sie sich in London getrennt hatten, ging sie nicht mehr aus seinem Kopf, hatte er ständig ein seltsames, jedoch angenehmes Gefühl im Bauch, wenn er an sie dachte. Wenn die Sonne draußen schien, wünschte er sich, sie wäre bei ihm, und sie könnten über Gott und die Welt reden. Er wünschte sie sich an seiner Seite, wenn er alleine durch den Park ging oder auf der Bank am See saß. In jedem Restaurant sah er den Tisch, überfüllt mit Kerzen und Rosen, den er mit ihr teilen wollte. Er hatte noch nie eine Frau kennen gelernt, die mit ihren eigenen Lebenszielen und Erwartungen den seinen so nahe kam, als sie nach dem Abendessen über Träume, Zukunftsvisionen und graue Listen mit Dingen, die man auf jeden Fall im Leben noch erleben musste, gesprochen hatten.

Klaus schüttelte sich den Kopf frei und schwang sich aus dem Bett. Nein, er hatte sie seitdem nicht mehr angerufen, zu viel ging in seinem Kopf herum, zu viel gab es in Gedanken erst einmal zu verarbeiten, zu viel, das noch ungeklärt war und erst geklärt werden musste. Er griff zum Telefon neben dem Bett und wählte die Büronummer von Ulf Bauer.

»Hallo«, sagte eine zögerliche Stimme.

»Bist du das, Peter Dekker?«

»Mit wem spreche ich denn?«

»Klaus. Klaus Steiner. Erinnerst du dich?«

»Klaus..... Steiner?«, kam es lang gezogen aus dem Hörer.

»Kravis & Young, du warst einer der besten Programmierer, der je für mich gearbeitet hat.«

»Oh – Klaus Steiner. Hey, tut mir echt Leid, Mann. Die haben mich damals gezwungen, gegen dich auszusagen. Die haben mir alles gesteckt, was ich sagen soll. Und wenn ich nicht mitspielen würde, haben sie gedroht, würden sie mich auch hopsgehen lassen. Ich hatte einige illegale Geldquellen im Internet aufgemacht. Nichts Wildes, trotzdem genug für zwei Jahre, sagten sie«, kam es wie aus der Pistole geschossen, begleitet von einer verzweifelten Mischung aus Erregung und Schuldgefühlen. »Woher hast du denn eigentlich meine Nummer?«

Ulf Bauer hatte die Nummer nach dem Telefongespräch am Morgen für Klaus mit viel Aufwand besorgt, nachdem sie sich noch für den Nachmittag in der Villa Benz verabredet hatten.

»Das ist eine lange Geschichte. Was hältst du davon, wenn wir uns mal treffen würden?«

»Ähh, worum geht es denn?«

»Ich habe eine Idee für einen Job, der genau zu dir passen würde.«

»Einen Job. Das ist nicht dein Ernst! Was für eine Art von Job?«

»Das erkläre ich dir, wenn wir uns sehen.«

»Ich möchte deine Zeit nicht verschwenden, Klaus. Ich kann nicht mehr zurück ins Investmentgeschäft, das gehörte mit zu dem Deal damals.«

»Ich weiß davon, aber glaub mir, das ist kein Problem.«

»Außerdem habe ich schon einen Job. Ich programmiere für eine kleine Softwarefirma Computerspiele.«

»Vertrau mir, Peter, der Job, über den ich rede, entspricht viel mehr deinen Qualifikationen. Sehr viel mehr. Und zudem wirst du eine Stange Geld damit verdienen können!«

Der Köder wurde geschnappt.

»Wann wollen wir uns treffen?«

»Von mir aus schon heute. Wir können gemeinsam zu Abend essen, wenn du magst.«

»Warum nicht. Aber ich habe leider kein Auto.«

»Ich schicke eine Limousine zu deiner Wohnung in Offenbach, die dich auch wieder zurückbringen wird. Ich würde vorschlagen, dass ich einen Tisch im Kronberger Schlosshotel für uns beide um acht Uhr bestelle. Was denkst du?«

»Hört sich gut an. Dann bis später.«

Klaus reichte Ulf ein Glas mit eiskaltem Pfirsich-Eistee und setzte sich ihm gegenüber in den Sessel auf der sonnengeschützten Gartenterrasse der Villa Benz.

»Ich kann mir vorstellen, dass du vor Neugierde platzt, aber ich brauchte diese Zeit erst mal für mich, Ulf.«

»Hey, mein vollstes Verständnis«, Ulf machte eine kurze, abwinkende Handbewegung. »Aber es wird langsam Zeit, dass wir etwas unternehmen.«

»Wie meinst du das?«, fragte Klaus.

»Die Situation des Bankhauses verschlimmert sich von Tag zu Tag. Unsere Verluste aus dem operativen Geschäft haben sich im letzten Monat mehr als verdoppelt. Sie lagen ganz knapp unter einer halben Million Euro.«

»Ich habe für morgen Mittag einen Termin mit Dieter Pring anberaumt und ihn gebeten, sämtliche Bilanzen, Zahlen und Informationen zusammenzutragen und aufzubereiten. Mutters letzte Aufzeichnungen sind ein halbes Jahr alt, daher habe ich schon eine gewisse Vorstellung, wie schlecht es aussehen könnte. Aber danke für diese Information.«

»Da gibt es noch etwas, was du unbedingt wissen solltest. Dieter Pring hat sich von seiner Frau mit einer anderen im Bett erwischen lassen. Frau Pring hat die Scheidung eingereicht und verklagt ihn nun auf eine Vergleichszahlung von zehn Millionen Mark, verzichtet im Gegenzug auf weitere Ansprüche, zum Beispiel an seinen Gesellschaftsanteilen am Bankhaus Steiner & Pring. Das ist die gute Nachricht. Die schlechte Nachricht ist, dass Dieter Pring keine zehn Millionen aufbringen kann.«

Mehrere Gedanken gleichzeitig gingen Klaus durch den Kopf. Das musste nicht unbedingt eine schlechte Nachricht sein. Natürlich würde das Bankhaus noch weiter in Mitleidenschaft gezogen werden, aber ein Mann wie Dieter Pring würde diesem Druck aus dem Geschäftsleben, von seiner Frau und von Klaus Steiner gleichzeitig nicht standhalten können. Er würde nach jedem Strohhalm greifen, der sich ihm bieten würde. Und er, Klaus Steiner, hatte einen schönen Strohhalm in der Hand.

»Du wirst dich vielleicht wundern, aber eigentlich ist das sogar für unsere Zwecke eine gute Nachricht.«

»Wie meinst du das?«, fragte Ulf verwundert.

»Weißt du noch vor drei Wochen, als ich im *Käfer'S* die ersten Ideen aufzeichnete, wie das Bankhaus in zwei, drei Jahren aussehen könnte?«

»Klar, die Idee war und ist brillant. Aber ich sagte dir damals schon, dass wir erstens nur auf Umwegen diese Veränderungen herbeiführen können, und zweitens, der wichtigste Faktor, dass wir ein immenses Kapital dafür brauchen werden.«

»Fassen wir unser damaliges Gespräch noch einmal zusammen. Die Basisstrategie ist, das Bankhaus zu einer kleinen, aber qualitativ hochwertigen Investmentbank nach amerikanischem Vorbild umzubauen. Geschäftsschwerpunkte werden der Wertpapierhandel und die Betreuung vermögender Kunden sein. Das Privatkundengeschäft stoßen wir ab, der Großkreditbereich wird nur noch als ein Bestandteil der Vermögensbetreuung bestehen bleiben, während das Kreditvolumen insgesamt abgebaut wird.

Im Investmentbanking wird sich in Zukunft nur noch durch zwei Dinge richtig Geld verdienen lassen, durch Masse und durch Meinung. Da wir auch in Zukunft im Vergleich zu den Großbanken nie mit ausreichendem Kapital ausgestattet sein werden, um den Markt zu bewegen, müssen wir uns auf Meinung, in anderen Worten auf exzellentes Marktresearch konzentrieren. Der fundamentale Analysebereich des Bankhauses genießt schon einen sehr guten Ruf am Markt. Was uns fehlt ist die Technische Analyse.«

»Technische Analyse als Timing-Instrument für den richtigen Zeitpunkt von Handels- und Anlageentscheidungen?«

»Nicht nur. Wie du weißt, können mit Hilfe der Technischen Analyse automatische Handelssysteme programmiert werden, die den Händler von eigenen Handelsentscheidungen befreien. Das ist vor allem in sich sehr schnell bewegenden Märkten von großem Vorteil. Ein weiterer Pluspunkt ist, dass viel mehr Marktsegmente abgedeckt werden können, wenn der Computer die Analysearbeit und auch die Kontrolle der Marktbewegung übernimmt. Ein Händler alleine kann eigentlich nur einen Markt richtig handeln, wenn er die ganzen Informationen, Nachrichten und Gerüchte selbst verarbeiten muss. Nun übernimmt ein Computer im Prinzip diese Arbeit und produziert nur noch dann Handelsbefehle, wenn der Markt sich entsprechend den Erwartungen des Händlers bewegt. Im Prinzip ist die Idee ein vollautomatisierter Handelsraum.«

»Trotzdem! Du wirst dir großen Ärger mit der Staatsanwaltschaft einhandeln, wenn die Wind von deinem Vorhaben bekommt! Zudem, wo willst du qualifiziertes Personal finden, um all das umzusetzen? Aber das Wichtigste, wie schon gesagt, dem Bankhaus fehlt das benötigte Kapital!«

»Weißt du ganz zufällig, wo sich Christoph Mulder aufhält?«

»Klar, der lässt sich die kalifornische Sonne auf den Bauch scheinen. Ist vor zwei Jahren aus dem aktiven Handelsgeschäft ausgestiegen – ohne Begründung. Ich weiß nur, dass seine Frau unbedingt nach Los Angeles wollte und er sich dort als Anlageberater selbstständig gemacht hat. Aber ich habe noch seine Telefonnummer. Warum fragst du?«

»Du bist mein Rentenspezialist. Mein Fachgebiet sind Aktien. Was wir noch brauchen, ist ein Profi für den Derivatebereich. Mulder kenne ich entfernt aus alten New Yorker Zeiten, und der ist einer.«

Danach erzählte Klaus Ulf von seinen Reisen nach Liechtenstein und London, seinem bevorstehenden Treffen mit Peter Dekker und von seiner Idee, an welchem Ort das Bankhaus Steiner die neuen Aktivitäten entfernt vom Auge der Öffentlichkeit und in Ruhe aufbauen könnte.

Klaus wartete schon in der Lobby, als Peter Dekker kurz nach acht das Schlosshotel betrat. Der schlaksige junge Mann wirkte etwas fehl am Platze. Mit seinen halblangen, etwas verfilzten dunklen Haaren, einem Jackett aus den siebziger Jahren, das etwas zu klein war, zerrissenen Jeans und schmutzigen braunen Schuhen war er es auch.

»Komm, gehen wir zuerst an die Bar«, sagte Klaus schnell, um Peter vor allzu abschätzenden und neugierigen Blicken zu schützen, und führte ihn in eine Nische in der Hotelbar.

»Was kann ich Ihnen bringen, meine Herren«, fragte der Barkeeper freundlich.

»Eine große Cola-Light«, antwortete Peter.

»Für Sie dasselbe, Herr Steiner?«

»Nein, nein. Sonst kann ich heute Nacht nicht schlafen. Bringen Sie mir bitte einen Aperitif, einen Manhattan. Und können Sie dafür sorgen, dass wir einen ruhigen Tisch im Restaurant bekommen? Danke Ihnen.«

»Ab wann wollen Sie den Tisch reserviert haben?«

»Wenn es geht, ab sofort.«

Kurz danach wurden sie zu ihrem Tisch geführt. Beide entschieden sich für die Empfehlung des Hauses.

»Nur kurz vorweg. Das, was vor drei Jahren passiert ist, ist Vergangenheit. Keine negativen Gefühle, keine Vorwürfe. Vielleicht war diese Auszeit sogar gar nicht so schlecht. Aber alles, was du heute Abend zu hören bekommst, bleibt unter uns! Habe ich dein Wort darauf?«

Wortlos nickte Peter Dekker. Was wollte Steiner von ihm?

Ausgerechnet von ihm, der ihn vor drei Jahren mit seinen Aussagen belastet hat. Okay, er hatte Klaus Steiner damals als einen Chef kennen gelernt, der seinen Worten auch Taten folgen ließ und der immer zu seinem Wort gestanden hat. War das vielleicht die große Chance, auf die er seit drei Jahren gewartet hatte? Spielte eine unsichtbare Hand im Hintergrund Schicksal und führte zwei Menschen zusammen, die trotz Rückschlägen in der Vergangenheit nie aufgegeben hatten, an die Zukunft zu glauben? Daran glaubten, dass eines Tages Zufall und Vorbereitung aufeinander treffen würden, ein Zustand, den viele Menschen normalerweise als Glück bezeichneten. Aber das war mehr als nur Glück, dachte sich Peter Dekker, als er den Plänen um das Bankhaus von Klaus Steiner lauschte.

»Mein Ziel ist, im Endeffekt computerbasierende quantitative Handelsmodelle einzusetzen, die selbständig Kauf- und Verkaufsorders generieren, die dann nur noch von den Händlern ausgeführt werden müssen. Denn diese Handelssysteme ermöglichen uns einen wesentlich disziplinierteren Tradingstil, der im Vergleich zum normalen Händler unabhängig von Tagesform und Stimmung ist. Dadurch können wir erheblich mehr Finanzprodukte handeln und Orders überwachen, als dies einem normalen Händler möglich wäre. Das Resultat ist eine höhere Diversifikation des Handels und damit einhergehend eine deutliche Verringerung des Gesamtrisikos«, schloss Klaus Steiner seine Darstellung.

»Ich weiß nicht, ob dies ein gottverdammter Zufall ist, dass ausgerechnet wir beide uns wiedertreffen, aber alles passt wie die Faust aufs Auge.«

Konzentriert fixierte Peter Dekker sein Glas Cola-Light und versuchte seine Gedanken zu ordnen. Dann erzählte er Klaus Steiner in allen Details von dem Projekt, an dem er schon seit dem Ende seiner Kravis & Young-Zeiten mehr als intensiv arbeitete. Mit der Gewissheit, dass irgendwann einmal der Tag kommen würde, an dem sich alle Puzzleteile zusammenfügen. Und dieser Tag war heute!

Als sie mit dem Essen fertig waren, wusste Klaus, dass er den richtigen Mann gefunden hatte.

»Gehen wir mal davon aus, wir machen das genau so, was denkst du, wie hoch würden die Anfangsinvestitionen sein?«, fragte er.

»Für die Hardware alleine schätze ich um eine Million Euro. Am besten geeignet für diese Operation sind Hochleistungsserver, da wir für eine optimale Leistungsstärke eine Open-End-Plattform brauchen werden. Und die muss ich aus mehreren Einzelteilen zusammenbauen«, antwortete Peter Dekker.

»Kannst du das?«

»Na klar. Aber das war's noch nicht. Weitere Investitionen werden Software und auch Datenleitungen von Reuters, Bloomberg und Skynet sein.«

»Wie viele Leute wirst du brauchen?«

»Zwei oder drei Professionelle. Mathematiker, Informatiker. Ich kenne drei Computerfreaks, die bei mir um die Ecke wohnen. Beste Referenzen. Zwei haben bei der DASA als Programmierer gearbeitet, der Dritte entwickelte für Banken Riskmanagement-Systeme, scheiterte aber am Geiz der Geldhäuser. Außerdem benötigen wir noch etwa fünf oder sechs Aushilfskräfte.«

Noch eine Million.

»Peter, ich denke, wir kommen ins Geschäft.«

»Wie bald können wir anfangen?«

»Bald. Sehr bald, hoffe ich.«

Das würde davon abhängen, wie schnell er die Räumlichkeiten für sein Versteck umgebaut hatte.

Kapitel XV

Entscheidungen

Um zehn nach drei am nächsten Nachmittag betrat Dieter Pring die Villa Benz und wurde von Edward in die Bibliothek des Hauses geführt. Klaus wartete bereits ungeduldig, obwohl seine innere Unruhe nicht durch die Unpünktlichkeit von Pring hervorgerufen wurde.

»Einen Drink, bevor wir starten?«, fragte Klaus, während der Banker den Inhalt seines Aktenkoffers auf dem riesigen Mahagonischreibtisch ausbreitete.

»Nein, vielen Dank. Bringen wir es so schnell wie möglich hinter uns«, antwortete Pring.

Sie verbrachten die nächsten drei Stunden damit, die Akten Punkt für Punkt durchzuarbeiten, offene Fragen zu klären und Details zu erarbeiten.

»Ich glaube, ich habe genug gesehen. Das sieht ganz und gar nicht gut aus, wenn ich das so mal bemerken darf«, sagte Klaus letztendlich.

»Da muss ich Ihnen leider Recht geben. Nein, es sieht wirklich nicht gut aus.«

»Was mich beunruhigt, ist nicht Ihre außergerichtliche Einigung mit Ihrer Frau. Das können wir gemeinsam durchstehen«, sprach Klaus weiter und reichte damit Dieter Pring den ersten Strohhalm.

»Es ist das laufende Geschäft, das mir Sorgen bereitet. Monat für Monat verlieren wir Geld. Acht Millionen Euro bis jetzt in diesem Jahr. Und es sieht so aus, als wenn sich die Dinge jeden Tag weiter verschlimmern würden. Haben Sie eine Erklärung dafür?«

»Nein, keine befriedigende zumindest«, antwortete Pring kleinlaut.

»Aber ich habe eine. Fehlende Fachkompetenz! Das Bankhaus hinkt der technologischen Entwicklung und dem Fortschritt in neuen Finanzprodukten um Jahre hinterher, und dazu kommt ein altmodischer, nicht mehr zeitgemäßer Führungsstil, Herr Pring.«

Klaus Steiner schaute Dieter Pring fest in die Augen. Zuckerbrot und Peitsche. Er brauchte ihn noch, und doch waren Prings Tage gezählt, das wussten beide. Also mussten klare Grenzen festgelegt und weitere Strohhalme verteilt werden.

»Herr Pring, ich möchte Ihnen folgendes Geschäft vorschlagen.«

Bewusst legte Klaus Steiner eine kurze Pause ein, als ob er sich noch mal sammeln müsste. Stattdessen ließ er Dieter Pring weiter in der Unsicherheit schmoren, wie es mit seiner eigenen Zukunft, aber auch der des Bankhauses weitergehen könnte.

»Ich werde Ihre persönlichen Differenzen mit Ihrer Frau aus eigener Tasche tragen. Ich verlange aber einen klaren Nachweis, ob damit diese Sache für immer vom Tisch sein wird und in Zukunft keine weiteren Forderungen an das Bankhaus gestellt werden können. Des Weiteren erhalten Sie einen Vorschuss von drei Millionen Euro auf Ihre Gesellschaftsanteile am Bankhaus Steiner & Pring. Ein Vorschuss wohlgemerkt. An den heutigen Besitzverhältnissen wird sich nach außen erst mal nichts verändern. Mit dem Geld können Sie sich jetzt schon ein Polster für ruhigere Tage schaffen. Der Wert Ihrer Anteile wird heute festgelegt und wird sich in Zukunft auch nicht verändern, egal wie positiv oder auch negativ die weitere Geschäftsentwicklung des Bankhauses sein wird. Das ist meine erste Bedingung, bevor ich weiter fortfahre. Ich habe die Verträge schon von Amsel, Hechler & Partner ausarbeiten und den Wert Ihrer Gesellschaftsanteile eintragen lassen.«

Klaus reichte Pring die Verträge in doppelter Ausführung.

»Zehn Millionen Mark, das ist alles, was meine Anteile noch wert sein sollen?«

»Sie vergessen den Vorschuss von fünf Millionen und die weiteren zehn Millionen, die ich Ihnen jetzt aus eigener Tasche anbiete. Denken Sie nach, Herr Pring. Mit einem Schlag wären Sie alle Sorgen los, mit Ihrer Frau, mit dem Bankhaus, mit Ihrer Pension«, argumentierte Klaus Steiner sachlich. »Zudem ist dieses Angebot, das ich Ihnen unterbreite, Grundlage für die Zusage eines neuen Kapitalgebers, der Interesse an einer Beteiligung an dem Bankhaus Steiner & Pring geäußert hat.«

Ein weiterer Strohhalm.

»Und wer? Ich hoffe, keine von den Großbanken. Dann können wir gleich unsere Koffer packen!«, antwortete Pring verstockt.

»Nein, im Gegenteil. Meine Mutter hatte schon erste Kontakte zu dieser Investorengruppe aufgenommen«, log Klaus Steiner. »Es ist eine englische Beteiligungsgesellschaft namens Veritas Limited. Sie wird geführt von sehr ehrenwerten Herren aus der englischen Oberschicht, die kein Interesse an der Übernahme eines deutschen Bankhauses haben, sondern immer auf der Suche nach lukrativen Investments sind. Das Bankhaus Steiner & Pring ist für sie so eine interessante Investition, aber nur, wenn einige Bedingungen erfüllt werden.«

»Welche Bedingungen?«, fragte Dieter Pring irritiert.

»Die erste Bedingung habe ich Ihnen schon genannt und liegt Ihnen schriftlich vor.«

Klaus Steiner deutete auf die Verträge, die Pring in seinen leicht zitternden Händen hielt.

»Diese Investorengruppe traut Ihnen nicht zu, dass Sie das Bankhaus erfolgreich in die Zukunft führen können. Und, ehrlich gesagt, ich auch nicht. Trotzdem bietet man Ihnen einen lukrativen Versorgungsvertrag an, weil das Bankhaus Sie und Ihren Namen in der nächsten Zeit noch brauchen wird.«

Zuckerbrot.

»Bedingung Nummer zwei ist der Umbau der Geschäftstätigkeiten der Bank, so wie ich sie Ihnen schon einmal dargelegt habe. Nummer drei, dass Ulf Bauer zum Generalbevollmächtigten der Bank befördert und mit allen Kompetenzen ausgestattet wird, da er die tragende Rolle bei der Realisierung der zukünftigen Veränderungen übernehmen soll. Viertens, wir schließen ein Kooperationsabkommen mit einem Schweizer Unternehmen, das sich auf Marktanalysen spezialisiert hat. Dieses Unternehmen soll uns mit Know-how über Technische Analyse aushelfen sowie den Übergang zu innovativen Finanzprodukten erleichtern. Soweit ich informiert bin, sitzen im Aufsichtsrat dieser Gesellschaft einige Herren aus den Vorständen großer Schweizer Banken, deren Namen für Qualität bürgen.«

Die Gründung dieser Schweizer Holding war eine ganz hervorragende und saubere Arbeit von Doktor Buerki gewesen, die er zwar in Form von saftigen Tantiemen teuer bezahlen musste, aber der Köder musste für Dieter Pring saftig genug sein, damit dieser ihn auch sicher schluckte. Und er schluckte ihn.

»Um das Bankhaus zu retten, wird mir wohl keine andere Möglichkeit bleiben, als diesen Bedingungen zuzustimmen, oder?« fragte Pring stocksteif, während sich die Gedanken in seinem Kopf drehten. Hatte Klaus Steiner nicht Recht? Waren seine Tage in dieser irrwitzig computerisierten, völlig anonymen Finanzgesellschaft nicht schon seit langem gezählt? Was sprach eigentlich dagegen, es vielen seiner Bekannten gleichzutun und sich langsam zurückzuziehen, wieder mehr Zeit zu haben für seine Passionen Golf und die Jagd? Vor allem eine finanziell sorgenfreie Zukunft. Eine, in der er sich wieder mehr um seine gut dotierten Aufsichtsratsämter und vor allem um seine neue Lebensgefährtin kümmern könnte. Was jetzt mit dem Bankhaus passieren würde, das lag schon lange nicht mehr in seinen Händen. Warum also nicht diese Chance ergreifen, solange sie möglich ist.

Dieter Pring raufte seine letzten Energiereserven zusammen, blickte Klaus fest in die Augen und gab sein Einverständnis mit einem kurzen, wortlosen Kopfnicken.

Genau an diesem Punkt wollte ihn Klaus haben. Geschlagen, aber nicht gedemütigt. Einen Abgang in Ehren, aber vor allem in Frieden. So dass ihm keine weiteren Hindernisse beim Neuaufbau des Bankhauses im Wege stehen würden.

»Nein, ich denke, es gibt keine andere Möglichkeit!«, antwortete Klaus Steiner entschlossen und bestimmt.

Dieter Pring unterschrieb wortlos und mit leicht zitternden Händen die ihm vorliegenden Verträge und reichte sie Klaus zurück, der sie erleichtert entgegennahm. Das lief doch reibungsloser, als er erwartet hatte.

»Einen Punkt noch. Es ist an der Zeit, dass wir eine offizielle Pressemitteilung herausgeben. Und ich möchte, dass Sie das tun, Herr Pring.«

Wieder Zuckerbrot.

»Wir müssen der Öffentlichkeit mitteilen, dass sich ein neuer Investor mit fünfzig Millionen Euro an dem Bankhaus beteiligt und sich die anderen Gesellschaftsanteile dementsprechend verringern. Die Veränderungen unserer zukünftigen Geschäftsausrichtungen, die Beförderung von Ulf Bauer und das Kooperationsabkommen sollten ebenfalls kurz erwähnt werden. Wichtig ist vor allem zu erwähnen, dass ich nur als Berater im Interesse meiner Gesellschaftsanteile fungiere und keinen direkten Einfluss auf die Geschäftsführung nehmen werde. Dies wird uns die neugierigen Augen der Staatsanwaltschaft und anderer Interessengruppen vom Halse schaffen.«

»Und wenn doch jemand dahinter kommt?«

»Es gibt sehr wenige, die mir irgendetwas beweisen könnten. Und allen würden durch einen Verrat mehr Nachteile – persönlich und finanziell – entstehen. Auch Ihnen, Herr Pring. Vergessen Sie das nie!«

Sobald Dieter Pring das Anwesen verlassen hatte, griff Klaus zum Telefon und wählte die Nummer von Christoph Mulder. Sieben Uhr abends in Deutschland minus zehn Stunden bedeutete neun Uhr morgens in Kalifornien.

»Hello?«, antwortete eine weibliche Stimme am anderen Ende der Leitung. Das hatte Klaus nicht vermutet.

»Hi, my name is Klaus Steiner, I am calling from Germany. Sorry for disturbing you but I am trying to get hold of Mr. Mulder?«

»Oh, einen Moment bitte«, wechselte die weibliche Stimme vom Englisch in die deutsche Sprache.

»Christoph, Telefon, ein Anruf aus Deutschland«, hörte Klaus noch im Hintergrund.

»Mulder«, meldete sich eine tiefe Stimme.

»Herr Mulder, ich weiß nicht, ob Sie sich noch an mich erinnern können, mein Name ist Klaus Steiner.«

»Der Name ist mir entfernt ein Begriff«, antwortete Herr Mulder kurz angebunden. »Was kann ich für Sie tun?«

»Ich bin dabei, ein professionelles Handelsteam hier in Deutschland zusammenzustellen, das sich ausschließlich mit dem derivativen Geschäft befasst, weltweit. Ich bin auf der Suche nach einem Derivatehändler, und mir wurde erzählt, dass Sie der beste sind.«

»Ich war der beste«, sagte Christoph Mulder. »Haben Sie nicht die Zeitungen gelesen? Ich bin vor zwei Jahren ausgestiegen und habe mich hier in Kalifornien mit meiner Frau Daniela quasi zur Ruhe gesetzt. Ein bisschen Beratung hier, ein paar Tipps da. Das ist alles, womit ich noch meine Zeit verbringe. Die ganze Angestelltenmaloche für wenig Geld, eingepfercht mit hundert anderen Gestalten in einen winzigen Handelsraum. Nein danke, darauf kann ich verzichten.«

Trotz der ablehnenden Haltung von Mulder ließ Klaus nicht locker.

»Drei Gründe, warum es vielleicht dann doch interessant für Sie sein könnte. Erstens, Sie werden kein Angestellter sein, sondern Vorstand einer Schweizer Finanzholding. Zweitens, Sie werden nicht wieder in einem normalen Handelsraum arbeiten, und drittens, Ihr Gehalt bestimmen Sie selbst durch Ihre Leistung.«

»Hören Sie, ich habe kein Interesse daran, in irgendeine zwielichtige Geschichte mit hineingezogen zu werden. Sie sind nicht der Erste, der mir solch ein Angebot zu machen versucht, und ich habe sie alle abgelehnt.«

»Fair enough. Was halten Sie von dem Vorschlag, wenn Ihnen meine Anwälte in London, Vaduz oder Frankfurt einen kompletten Überblick über mein Vorhaben geben? Würden Sie das in Betracht ziehen?«

»Vielleicht. Wie viel Startkapital würden Sie denn überhaupt als Investitionsgrundlage zur Verfügung stellen?«

»Anfänglich fünfzig Millionen Euro.«

»Wer bürgt mir dafür, dass Sie dieses Geld wirklich haben?«

»Zum einen Doktor Hans Wenger, Aufsichtsratsvorsitzender der Schweizer Holding, deren Vorstand Sie werden sollen.«

»Sie meinen den Doktor Hans Wenger, Vorstandsvorsitzender der Union Bank of Switzerland?«

»Richtig. Kennen Sie ihn?«

»Natürlich. Ich habe vor Jahren seine Derivateabteilung in Zürich geleitet, bevor ich nach London gegangen bin«, kam die Antwort, aber immer noch nicht ganz überzeugt.

Eine ganz schön harte Nuss, die es zu knacken galt, dachte sich Klaus Steiner.

»Sie sagten, ich würde nicht in einem normalen Handelsraum arbeiten. Wie meinten Sie das?«, fragte Christoph Mulder weiter.

Die Idee war ihm auf den Caymans gekommen, in zweierlei Hinsicht. Was passierte mit den Menschen, die am Fels des Gesetzes zerschellt waren, aber trotz alle dem immer noch über ein immenses Wissen und Ideenreichtum verfügten? Verstoßen von der Gesellschaft, chancenlos mit einem Vorstrafenregister, hörte man von den allermeisten nie wieder etwas. Welch ein Potenzialverlust. Alles, was sie eigentlich brauchten, war ein Ort, an dem sie ungestört ihre Tätigkeit wieder aufnehmen könnten, und jemand, der ihnen diese Chance gab. Das war die Grundidee, die nun Formen annahm.

»Wir würden von einem Landsitz aus operieren, der etwa eine halbe Stunde von Frankfurt entfernt ist. Wenn Sie wollen, können Sie sogar dort wohnen. Sie hätten ein eigenes Cottage an einem Waldsee und ....«

»Eine Sekunde«, unterbrach ihn Herr Mulder.

Kurz später war er wieder am Telefon.

»Meine Frau hört auf der anderen Leitung mit. Könnten Sie noch einmal wiederholen, was Sie gerade über den Landsitz erzählt haben?«

Die nächsten zwanzig Minuten war Klaus damit beschäftigt, Daniela Mulders Fragen zu beantworten, die jedes Detail über die Villa Benz, das Cottage, das Grundstück, die Taunus-Landschaft, das Klima, den Ort Kronberg, die Entfernung nach Frankfurt und die Häufigkeit der Flüge nach Zürich wissen wollte.

»Wissen Sie, Herr Steiner«, sagte Christoph Mulder, nachdem seine Frau nicht mehr in der Leitung war, »für Daniela war es keine einfache Zeit. Zuerst wollten wir einfach nur weg aus diesem Arbeitsmoloch Europa, in die Freiheit. Deshalb sind wir nach Kalifornien gezogen, wo ich einen Beratervertrag für ein paar kleine Investmentbanken vor Ort angenommen hatte. Schöne Gegend, das können Sie mir glauben, aber uns fehlt Europa. Vor allem Daniela fehlen die sozialen Kontakte, die es in Amerika bis auf ein paar Barbecues mit den Nachbarn kaum gibt.«

Da wusste Klaus, dass Mulder angebissen hatte und seine Frau den Ausschlag gegeben hatte. Warum war er nicht früher darauf gekommen?

»Lassen Sie mich einen Vorschlag machen, Herr Mulder.«

»Sagen Sie ruhig Christoph und gerne auch du. Das ist das Einzige, was mir an sozialen Aspekten in Amerika wirklich gefällt, die Unförmlichkeit.«

»Schön. Mein Name ist Klaus. Also, solltest du noch weitere Fragen haben, bin ich mir sicher, dass sich Doktor Hechler von meiner Frankfurter Anwaltskanzlei Amsel, Hechler & Partner gerne deinen Fragen zur Verfügung stellt.«

»Okay.«

»Und wenn du dann noch Interesse hast, warum kommst du und Daniela nicht einfach mal nach Frankfurt und schaut euch die Sache vor Ort an.«

»Daniela müsstest du nicht zweimal fragen. Ich habe die nächste Zeit noch einen vollen Terminkalender, aber das Wochenende in zwei Wochen würde mir gut passen.«

»Sehr schön. Ich werde für euch zwei Tickets erster Klasse inklusive Rückflug bei Lufthansa am L.A. International Airport hinterlegen lassen. Wenn ihr doch nicht kommen wollt, lasst es einfach Herrn Doktor Hechler wissen, und er wird die Buchungen stornieren. Wenn ihr hierher kommt und euch gefällt nicht, was ihr hier seht, auch gut. Keine Verpflichtungen.«

»Deal«, sagte der Schweizer.

Kapitel XVI

Japan

Der entscheidende Unterschied zwischen den USA und Europa ist das größere Vertrauen in den Marktmechanismus in Amerika. Selbst Ludwig Erhard, der Begründer der deutschen sozialen Marktwirtschaft, wusste, dass es keine bessere Wirtschaftsordnung gibt. Denn Marktwirtschaft sorgt, wie die Geschichte immer wieder gezeigt hatte, mehr als jede andere Wirtschaftsordnung für Massenwohlstand und somit auch für eine Vielfalt an sozialen Chancen. Marktwirtschaft heißt vor allem Wettbewerb und damit eine effiziente Verwendung der vorhandenen Ressourcen. Wettbewerb und freie Lohnabsprachen verhindern die schlimmste aller Verschwendungen, und zwar die von menschlichen Talenten durch Arbeitslosigkeit. Ein nicht unwesentlicher Bestandteil im psychologischen Massenexodus, ging es Professor Walther durch den Kopf.

Marktwirtschaft dient wie keine andere Wirtschaftsordnung vor allem den Interessen der großen Masse, weil nur der Wettbewerb selbsttätig dafür sorgt, dass technischer Fortschritt und Produktivitätsfortschritte jeder Art dem Verbraucher zugute kommen. Und der Verbraucher ist mit seinem Geld der Richter über gute oder schlechte Erzeugnisse am Ende der Produktionskette.

Wer aber den Menschen durch überhöhte Steuern jegliche persönliche Freiräume nimmt, sie durch übermäßige staatliche Wohltaten geradezu entmündigt, durch Gleichmacherei vollkommen ihrer Kreativität beraubt, Solidarität durch einen unbezahlbaren Sozialstaat erzwingt, der begeht wirtschaftlichen und moralischen Selbstmord. Wer ‚Drückeberger, begünstigt, demoralisiert die arbeitende Bevölkerung. Wer ‚Besserverdienenden‘, die sich um neue Arbeitsplätze bemühen und überdurchschnittlich zum Sozialprodukt beitragen, ihre Leistungsfreude vergällte, der macht alle ärmer.

Natürlich war die Marktwirtschaft nicht vollkommen, aber sie war die beste Ordnung, die die Menschen bisher gefunden hatten. Im wirtschaftlichen, aber auch moralischen Sinne. Denn erst der Wohlstand der Massen würde es möglich machen, ein dauerhaftes und solides Sozialnetz zu knüpfen!

Wer Marktwirtschaft als ungerecht abstempelte, wie es viele Politiker und Genossen gerne taten, verstand unter Gerechtigkeit Ergebnisgleichheit. Diese aber war in sich ungerecht, weil sie unterschiedliche Leistungen nicht honorierte. Gerechtigkeit war nicht Gleichheit am Ziel, sondern Gleichheit am Start. Chancengleichheit, gleiche Bildungs- und Entfaltungsmöglichkeiten, ein fairer Wettbewerb und ein Rechtssystem, in dem alle gleich behandelt würden. Dafür konnte der Markt nicht sorgen. Und hier fand sich die eigentliche Aufgabe des Staates – diese Rahmenbedingungen dem Volk durch eine ausgewogene Steuer –, Rechts- oder Bildungspolitik zur Verfügung zu stellen!

Sie standen vor dem Scheideweg, dachte sich der Professor, als sein Chauffeur die neue Audi-S8-Limousine vor dem Marriot-Hotel an der Frankfurter Messe zum Stehen brachte. Entweder sie zogen wie seit Jahren weiter durch das Land und versuchten durch Appelle, Vorträge, Interviews oder durch eigene Projekte wie an der High-Tech-Schmiede der European Business School eine ‚geistig-moralische' Wende in Deutschland hin zu mehr Leistung, Markt, Wettbewerb und Eigenverantwortung zu erreichen. Oder sie zogen endlich Konsequenzen aus ihrem Zusammensein. Die Konsequenz hieß, die Zukunft in die Hand zu nehmen – in der Praxis und nicht mehr in der Theorie. Die Konsequenz hieß, Mittel und Wege zu finden, sich an die Macht zu bringen. Deutschland zu zwingen, diesen Machtwechsel und die damit verbundenen Veränderungen zu akzeptieren.

Die Bereitschaft war bei vielen da, das spürte er. Doch wie zwang man ein Volk zu seinem Glück, wie zwang man Politiker zum Rücktritt, wie erzwang man eine Situation, in der Veränderungen sogar erwünscht waren? Deutschland war keine kleine

Südsee-Insel, wo man einfach ein paar Soldaten aufmarschieren ließ und die Macht an sich riss. Wie konnten sie ihre Ziele also endlich durchsetzen? Keiner schien die Antwort zu wissen. Keiner bis auf ihn!

Die Initialzündung war der Vietnam-Krieg. Vorher war der amerikanische Rentenmarkt ein träger Handel mit Schuldtiteln, der im Schatten der Aktienmärkte stand. Doch als die USA zur Finanzierung des Vietnam-Abenteuers ihre Staatsverschuldung nach oben trieben, explodierte das Volumen umlaufender Staatspapiere. Der mächtigste Anleihemarkt der Welt entstand. In jener Währung, die nach dem Zweiten Weltkrieg zur Weltreservewährung Nummer eins aufgestiegen war.

Der Wert aller ausstehenden Anleihen an den dreiundzwanzig größten Rentenmärkten der Welt summierte sich auf weit mehr als einundzwanzig Billionen US-Dollar. Das waren einundzwanzigtausend Milliarden. Die schiere Größe dieses Marktes war faszinierend und erdrückend zugleich. Und es war ein System, das extrem auf die Bonität der Schuldner angewiesen war. Einzig der Markt entschied noch über die Zinssätze, und damit hingen ganze Volkswirtschaften vom Votum der Händler ab. Jeden Tag wurde die Solidarität von Regierungen neu bewertet, und die waren gezwungen, ihre Karten offen zu legen. Volkswirtschaftliche Daten und politische Risiken flossen unmittelbar in die Beurteilung der Märkte ein, und die Finanzkrisen in Thailand oder Südkorea hatten nichts mit verrückt gewordenen Spekulanten zu tun, sondern waren die zwangsläufige Folge übertriebener staatlicher Schuldenmacherei.

Trotzdem war es ein Markt, in dem alle auf ihre Kosten kamen. Die Finanzminister erhielten Geld für ihre Budgetdefizite, Konzernchefs für Milliardeninvestitionen, kleine High-Tech-Unternehmen dringend benötigtes Risikokapital, und für die großen Investmentfonds, die Versicherungskonzerne und die Massen der privaten Anleger, die immer auf der Suche nach rentablen Geldanlagen waren, bedeutete der Markt fast garantierte Zinseinnahmen.

In Europa kämpften Deutschland, Frankreich und Großbritannien über die Vorherrschaft in diesem Milliarden-Geschäft. Historisch niedrige Zinsen hatten in den letzten Jahren nicht nur die Aktien-, sondern auch die Rentenmärkte beflügelt. Sie waren in einem atemberaubenden Tempo gewachsen, wurden immer transparenter und dynamischer. Der Anleihemarkt wurde zum Paradebeispiel für die Globalisierung.

Auch in Amerika wurden die Staatsanleihen dem Emittenten, der US-Administration, schier aus den Händen gerissen. Vor allem die Japaner räumten das Angebot der amerikanischen Staatsanleihen regelmäßig ab, da sie ihre jährlichen Handelsüberschüsse fast schon automatisch in den Dollar investierten. Am Markt ging gerne der Scherz um, dass die USA schon fast zur Hälfte fest in japanischer Hand waren.

Diese Abhängigkeit konnte aber auch sehr gefährlich sein.

Doch das einstige Erfolgsmodell hatte ausgedient und am Finanzplatz Tokio herrschte das große Zittern. Die Börse erholte sich nur langsam von dem jahrelangen dramatischen Kursverfall japanischer Aktien. Die Banken ächzten unter Bergen von faulen Krediten und die Nippon-Broker produzierten statt Gewinnen einen Finanzskandal nach dem anderen.

Vorbei waren die Zeiten, in denen der asiatische Fleiß und die seltsame Mischung aus Markt- und Planwirtschaft im Westen als ‚Modell Japan' empfohlen wurden. Plötzlich sahen auch Ökonomen das Land, immerhin die Industrienation Nummer zwei, mit anderen Augen. Der starke Einfluss des Staates wurde nun als Makel empfunden. Die Solidarität der Konzerne untereinander schien das Relikt einer untergegangenen Epoche. Der Immobilienboom, der die Aktienmärkte einst nach oben trieb, wirkte nun wie das Werk von Verblendeten.

Seit Jahrzehnten hatten Politiker, Industriefürsten und Banker gemeinsam eine aggressive Expansionsstrategie verfolgt. Fernseher, Autos, Videospiele; mit billigen Produkten sollten Europa und die USA als Absatzmärkte erschlossen werden. Fast jedes Mittel war ihnen recht, um die kapitalhungrige, heimische Wirtschaft mit Geld zu versorgen.

Bis Anfang der achtziger Jahre hatten sich die Firmen auf

ihre Tätigkeit als Hersteller konzentriert und die Kapitalbeschaffung ihren Hausbanken überlassen. In den Achtzigern entdeckten sie ‚Zaitech', eine japanische Sprachschöpfung aus den Wörtern ‚Finanzen' und ‚Technik'. Damit nahm Japans spekulativer Boom seinen Anfang. In ihren Bilanzen mobilisierten die Firmen in gigantischem Umfang den bisher unbedeutenden Grundbesitz. Die in den Büchern plötzlich wertvollen Immobilien dienten bei der Kreditvergabe als Sicherheit. Mit neuen Krediten ließen sich neue Investitionen planen – für neue Exportoffensiven.

Dem Boom in den Büchern folgte ein realer Boom der Immobilienmärkte, und auch der Aktienmarkt kam in Fahrt. Denn das neue Kapital der Konzerne musste sich früher oder später in den Gewinnen niederschlagen. Die Immobilienpreise schossen fast senkrecht in die Höhe und zugleich potenzierte sich damit auch die Kreditwürdigkeit der Grundbesitzer. Nicht nur Firmen, auch Privatpersonen nutzten ihren Immobilienbesitz, um sich weiter zu verschulden.

Ein Land im Goldrausch, so schien es. Ein Modell war geboren, so glaubten viele, das auch als Vorbild für den Westen taugte. Die japanische Herausforderung wurde zur Schreckensvision von Managern und Arbeitern überall im Westen. Weltweit registrierte das Publikum verwundert die Kauforgie der Japaner. Sie übernahmen das Hotel *Vier Jahreszeiten* in Hamburg, sie kauften das Rockefeller-Center in New York. Normale Renditerechnungen schienen für Japaner auf Shopping-Tour nicht zu gelten.

Aktienkurse und Grundstückspreise schaukelten sich immer weiter hoch. Penible Buchführung war bei den Banken offenbar nicht gefragt, und wer ein Grundstück besaß, bekam Kredit. Staatliche Kontrollen gab es kaum, denn als Amakudari, so genannte Himmelsboten, starteten Beamte des Finanzministeriums nach der Pensionierung meist selbst eine Karriere als Banker oder Broker. Über Soll und Haben unterhielten sich Beamte und Manager bei Sake und Sushi in der Geisha-Bar. Das Land schlitterte im Konsens in die Krise.

Dann platzte die Seifenblase. Die Bank von Japan war nicht mehr bereit, den Boom mit billigem Geld zu fördern. Die Notenbanker setzten die Leitzinsen herauf – innerhalb von nur zwölf Monaten um 100 Prozent. Dieses Signal konnte niemand übersehen. Der Traum von der endlosen Geldvermehrung war ausgeträumt, und die internationalen Anleger zogen hastig ihre Milliarden ab.

Die Aktienkurse stürzten ins Bodenlose und mit einiger Verzögerung krachte es schließlich auch auf dem Immobilienmarkt – dafür umso lauter.

Mit Wucht wäre die Volkswirtschaft zusammengebrochen. Doch der Staat war zur Stelle. Japans Politiker handelten wie Ärzte, die einen Drogensüchtigen therapieren. Sie pumpten staatliches Geld in den labilen Kreislauf. Um die wachstumsabhängige Japan AG am Leben zu erhalten, gaben sie über fünfhundert Milliarden Dollar für neue Straßen, Brücken und Freizeitparks aus, und zugleich investierten staatliche Fonds Milliarden in die Aktienbörse. So wurde der totale Absturz des Nikkei-Index vorerst verhindert. Denn radikale Kursverluste schmälerten automatisch die Buchgewinne der Banken – und somit ihre Fähigkeit, ‚faule' Kredite abzuschreiben. Die Regierung versuchte auf Zeit zu spielen.

Doch allmählich ging dem Inselstaat die Puste aus, die Steuerlast war rekordverdächtig, und die Staatskasse vertrug keine weiteren Stützungsprogramme. Zwar hatte Japan tief greifende Reformen angekündigt, um ausländische Investoren anzulocken, aber die undurchdringliche Bürokratie, die alten Kartelle, die engen Bande zur Sokaiya und Yakuza-Mafia und weiterhin bestehende Importbeschränkungen hemmten den freien Wettbewerb noch in den Kinderschuhen. Doch wenn das japanische Finanzsystem weiter in Schwierigkeiten geraten würde, könnte das auch die westlichen Finanzmärkte negativ beeinflussen.

Noch hielten japanische Anleger fast dreihundert Milliarden Dollar US-Staatsanleihen und halfen so, das amerikanische Budgetdefizit zu decken. Wenn die japanischen Banken dieses Geld nun aber abziehen würden, um zu Hause ihre Verluste auszugleichen, käme schnell ein Dominoeffekt in Gang.

Der US-Dollarkurs würde unverzüglich unter Druck geraten,

da die Banken die frei werdende Liquidität sofort in Yen umtauschen würden. Dadurch würden die amerikanischen Importe teurer werden und die Inflationsgefahr dementsprechend wachsen.

Um den Dollarkurs zu stützen und die Inflationsgefahr zu bannen, müsste die US-Notenbank mit einer strafferen Geldpolitik reagieren. Schon allein die Erwartung höherer Leitzinsen würde die Rentenkurse drücken und die Zinsen in die Höhe treiben. Die Zinserhöhung hätte eine bremsende Wirkung auf die Wirtschaft und somit einen negativen Einfluss auf die Unternehmensgewinne. Zusätzlich würde der schwache Dollar die Erträge von US-Exportfirmen enorm beeinträchtigen.

Dieser Prozess würde dem boomenden amerikanischen Aktienmarkt mit Sicherheit schweren Schaden zufügen.

Und wenn die Wall Street hustet, bekommt Frankfurt eine Lungenentzündung, lautet eine gängige Börsenweisheit, die sich in der Vergangenheit schon oft bewahrheitet hatte.

Aber noch überwog die weltweite Schadenfreude.

Tanaka Yamakatsu hatte nie Probleme mit den Sokaiya gehabt, diesen Gangstern, die Aktien von Gesellschaften, hauptsächlich Banken, erwarben. Später erpressten sie die Vorstände um viel Geld, indem sie ihnen androhten, auf Aktionärsversammlungen peinliche Fragen zu stellen. Er hatte immer darauf geachtet, dass sein Haus eine weiße Weste behielt und sich nie auf hochriskante oder spekulative Geschäfte eingelassen hatte, so dass der Ansatz der Sokaiya bei ihm nicht griff.

Im Gegensatz zu einigen Kollegen anderer Häuser, von denen er wusste, dass sie den Sokaiya sogar Sonderbüros und zusätzliches Personal zur Verfügung stellten. Diese hatten dann die Aufgabe, die Gauner über Geheimkonten mit Geld zu versorgen, für Aktienverluste zu entschädigen und beim Golf-Spiel oder auf Geisha-Partys bei Laune zu halten.

Sein Mentor hatte ihn schon in den Anfängen davor gewarnt, sich jemals mit der Unterwelt auch nur ansatzweise abzugeben, weil solche Allianzen vielleicht kurzfristig von Vorteil sein konnten, aber langfristig nur immensen Schaden und vor allem Abhängigkeiten und Gefahren mit sich brachten.

Und er hatte Recht behalten. Drei Bankenvorstände, ein leitender Angestellter einer bedeutenden Immobiliengesellschaft und der Generalbevollmächtigte des zweitgrößten japanischen Bauunternehmens waren jüngst Opfer öffentlicher Hinrichtungen durch die Yakuza, den japanischen Mafia-Ableger, geworden. Sie hatten sich nicht mehr an alte Absprachen gehalten, aber teilweise aus finanziellen Gründen auch gar nicht mehr gekonnt.

Auch er war am Anfang seiner Karriere als Vorstandsvorsitzender der fünftgrößten Bank in Japan, der First Tokyo Bank, mehrfach bedroht worden, weil er und sein Haus sich nicht auf Machenschaften mit der Unterwelt eingelassen hatten. Aber drei Bodyguards, ausreichende Alternativen, der Immobilienboom und die anschließende Geldschwemme hatten dauerhaft von ihm abgelenkt. Und heute hatten die Sokaiya andere Probleme, als sich mit ihm anzulegen. Außerdem war er in der Öffentlichkeit zum Vorzeige-Japaner aufgestiegen, nachdem seine Bank eine der wenigen Adressen war, die kaum faule Immobilienkredite in ihren Büchern führte und über eine gesunde Eigenkapitalbasis verfügte.

Tanaka Yamakatsu hatte seinem Mentor viel zu verdanken. Dieser hatte ihn nicht nur vor der Yakuza gewarnt, sondern ihm schon frühzeitig die Augen geöffnet, welche langfristigen Auswirkungen das unkontrollierte Treiben am Immobilienmarkt haben würde. Nur dem MIT konnte sich die First Tokyo Bank nicht widersetzen. Das ‚Ministry of Trade' hatte von den japanischen Banken stets auf eine uneingeschränkte Finanzierung der Exportgelüste der japanischen Industrie bestanden.

Aber sie hatten in langen Diskussionen andere Wege gesucht und gefunden: den internationalen Kapitalmarkt und vor allem den flexiblen Eurobond-Markt. Um im weltweiten Kreditgeschäft bestehen zu können, hatte er früh in seiner Bank internationale Buchführungs- und Bilanzierungsstandards eingeführt, die von einer unabhängigen Wirtschaftsprüfungsgesellschaft jährlich abgenommen wurden. Damit hatte er nicht nur für ein Novum in Japan gesorgt, sondern auch das Rating der First Tokyo Bank, die Kreditwürdigkeit und Zuverlässigkeit, international enorm gestärkt. Die Bank war nun in einer Position, in der sie weniger Zinsen für geliehenes Kapital an den internationalen Anleihemärkten zahlen musste, und sie wurde auch als Geschäftspartner von anderen Banken häufiger gesucht.

Dies machte sich vor allem Anfang der neunziger Jahre positiv bemerkbar, als sich die Zahlungsströme umkehrten und die Japaner einen Großteil ihres Exportüberschusses, den sie nun erwirtschafteten, in amerikanische Staatsanleihen investierten. Die First Tokyo Bank hatte im internationalen Kapitalmarkt das beste Standbein und wurde zum gefragtesten japanischen Handelshaus für nationale und internationale Kunden. Teilweise liefen über fünfzig Prozent der Kaufaufträge für amerikanische Papiere über ihre Depots.

Das MIT war vor einiger Zeit an Yamakatsu herangetreten, ob er sich vorstellen könnte, die zweitgrößte Bank in Japan zu übernehmen, da diese in höchsten finanziellen Nöten wäre und ein Zusammenbruch katastrophale Auswirkungen auf den japanischen Finanzmarkt und auch auf die Wirtschaft hätte. Damit war er am Ziel. Nach der Fusion der beiden Banken würde er Vorstand des dann größten japanischen Finanzinstituts werden, des größten weltweit, und die Bank würde zudem auf beinahe gesunden Füßen stehen.

Er hätte dann die Macht, die anderen japanischen Banken zu Veränderungen zu zwingen. Endlich könnten Finanzzombies zu Grabe getragen und verkrustete interne Strukturen innerhalb der alten Machtgefüge aufgebrochen werden. So hatte er es in seinem Hause gemacht, wo jedem kleinen Sachbearbeiter sein Büro offen stand und dies auch redlich genutzt wurde.

Und er hätte dann auch die politische Macht, den Staat zu Zugeständnissen aufzufordern, um die immensen bürokratischen Hindernisse für ausländische Investoren endlich abzuschaffen und um diesen kleinlichen Handelskrieg mit Amerika endlich zu beenden. Oder um überholte Denkansätze alter japanischer Politiker zu beseitigen, die immer noch nicht einsehen wollten, dass sie auch diesen Krieg jetzt und heute verloren hatten.

Sein Weg an die Spitze war nicht der leichteste gewesen, denn er gehörte der ersten Generation von Managern in Japan an, die sich offen gegen die alte japanische Ethik stellten. Ehre, Loyalität und vor allem das Gesicht wahren! Das waren die Werte, die ihm nicht nur von seinem Elternhaus mitgegeben, sondern die ihm selbst in der Schule noch eingebläut wurden. Aber sechs Jahre Studium in den USA, drei Jahre als Broker an der Wall Street und fünf Jahre als Geschäftsführer der Bank of Tokyo-Mitsubishi in Frankfurt hatten ihm die Augen geöffnet, dass die Interpretation des Zwischen-den-Zeilen-Gesagten, wie es in Japan üblich war, nicht die Lösung für die Probleme brachte, mit denen Japan zu kämpfen hatte. Aber offen Missstände anzuprangern, Kritik zu äußern und Forderungen zu stellen, dies war ebenso ein Novum in Japan und nicht der einfachste Weg zudem.

Seitdem sie letzte Woche telefoniert hatten, wusste Tanaka Yamakatsu, dass er diesen langen und beschwerlichen Weg, den er nun vor sich hatte, bald alleine gehen musste. Aber er trug eine Ehrenschuld in sich. Ehre, der einzige traditionelle Wert, der ihm noch viel bedeutete. Und er spürte, dass nun endlich die Zeit gekommen war, um wenigstens einen Teil dessen, was er diesem Mann verdankte, zurückzahlen zu können.

Tanaka sprang so ruckartig auf, dass seine drei Bodyguards erschrocken zusammenzuckten und reflexartig ihn vor drohender Gefahr abschirmten. Aber sie entspannten sich sofort, denn von dem Mann, der in der Tür zum Restaurant des Marriot-Hotels stand, konnte keine Gefahr ausgehen. Es war Professor Paul Walther, Tanaka Yamakatsus Lektor in Harvard und sein Mentor seit zwanzig Jahren.

Kapitel XVII

Zugeständnisse

»Hi, Kristine, hier ist Klaus. Klaus Steiner.«

»Hey, how is life?«

»Life is a bitch!«

»But she is still a beautiful woman.«

»And one day I'll marry one.«

Beide mussten lachen, es machte immer wieder Spaß, jemanden zu treffen, der auch die kleinen Spielchen mitspielte.

»Du hattest mich ja beim letzten Mal genötigt, dass ich noch mal mit dir ausgehen muss«, spannte Klaus den Bogen weiter.

»Können Sie sich bitte mit meiner Privatsekretärin in Verbindung setzen und sich einen Termin eintragen lassen«, kam die Retourkutsche wie aus der Pistole geschossen.

»Könnten Sie dann bitte so freundlich sein, mir die Nummer Ihrer Privatsekretärin zu geben!«

Kristine sagte ihm eine Handy-Nummer durch und legte auf.

Uups, in welche Richtung lief dieses Spiel? fragte sich Klaus, als er die Nummer wählte.

»Hier Privatsekretärin von Kristine Scoberg«, kam ihre verstellte, näselnde Stimme aus dem Hörer. »Herr Steiner, Frau Scoberg lässt ausrichten, dass Sie ein Business Date am nächsten Freitag haben werden. Sie wünscht pünktlich um zwanzig Uhr vor ihrer Wohnung im Frankfurter Westend abgeholt zu werden. Bitte legere Kleidung, Reiseziel Düsseldorf.«

Düsseldorf? Er war noch nie in Düsseldorf gewesen.

»Wünscht die Dame in Düsseldorf zu übernachten?«

»Nein, aber eine Buchung in einem Gästezimmer der Villa

Benz wäre genehm, da die Dame an diesem Abend Alkohol zu trinken gedenkt. Und das tut sie niemals allein.«

»Also, ich wiederhole. Freitagabend, zwanzig Uhr, Düsseldorf, legere Kleidung, Übernachtung im Gästezimmer der Villa Benz. Richtig?«

»Sehr wohl, mein Herr. Die Dame lässt Ihnen ausrichten, dass der Gedanke an Freitag sie durchaus entzückt.«

»Dann lassen Sie die Dame bitte wissen, dass ich Ihr zu tiefstem Dank verpflichtet bin«, antwortete Klaus und beide verabschiedeten sich mit einem lachenden ‚Bis dann'.

Danach wählte Klaus Steiner gleich noch mal eine andere Telefonnummer.

»Vanessa? Hier ist Klaus. Ich brauche mal wieder deinen Rat«, sagte er und erklärte ihr, worum es ging.

Sie trafen sich in der Villa Benz und saßen gemeinsam mit einem Glas frisch gepressten Orangensafts auf der Terrasse. Klaus hatte Vanessa bei ihrem letzten Telefonat darum gebeten, einen guten Innenarchitekten ausfindig zu machen.

Natürlich war es bei ihrem großen Bekanntenkreis nicht verwunderlich, dass sie ihm sofort den Namen eines der renommiertesten Frankfurter Innenarchitekten nannte. Sie hatte auch gleich einen Termin für den heutigen Nachmittag festgelegt, nachdem sie von seinen Absichten erfahren hatte. Und wer würde es schon wagen, einer Dame wie Vanessa Von Stappen zu widersprechen – kein Klaus Steiner, geschweige denn Mark Tram, der Innenarchitekt.

Nach einem kurzen Plausch zu dritt nahm Klaus das Gespräch in die Hand und erläuterte Mark Tram seine Pläne.

»Mein Vater hat vor fünfundzwanzig Jahren die alte Reithalle, die Sie von hier aus sehen können, innen komplett aus- und umbauen lassen. Als einen Treffpunkt und Unterschlupf für junge, begabte Künstler und Studenten. Der Grundriss ist ideal für meine Zwecke. Das Wohnzimmer ist eher ein kleiner Saal mit einer sehr hohen Decke, ausgelegt mit sauber abgeschliffenen Schiffsplanken, und hat die ideale Größe für einen Handelsraum. Auch die anderen Räumlichkeiten sind perfekt geschnitten. Sie könnte man in Meetingräume, in Sekretärinnenbüros, in Speise- und Aufenthaltsräume einteilen.«

Klaus breitete den Umbauplan seines Vaters auf dem Tisch aus, den er nach langem Suchen in der Bibliothek gefunden hatte.

»Ich habe in den letzten Tagen das Gebäude genau unter die Lupe genommen. Es müssten einige Renovierungsarbeiten durchgeführt werden, neue Tapeten, neuer Teppich, aber keine gravierenden Umbauten. Was wir auf alle Fälle machen müssen, ist die komplette Erneuerung der Stromleitungen. Kabelfernsehen muss gelegt werden, das liegt aber bereits im Haupthaus, und am wichtigsten ISDN-Telefonleitungen. Aber bevor Sie mich nun nach technischen Details fragen, gebe ich Ihnen die Telefonnummer von Peter Dekker. Herr Dekker wird Ihnen genau sagen können, wo was wie hinkommen muss. Ansonsten überlasse ich es Ihnen, wie Sie die Einrichtung und Ausstattung des Gebäudes vornehmen.«

»Zwei wichtige Fragen. Wie viel sind Sie bereit zu investieren, und wie viel Zeit werde ich haben?«, fragte Mark Tram.

»Grundsätzlich steht Ihnen jeder benötigte Betrag zur Verfügung. Damit wir uns aber nicht falsch verstehen: Wir verzichten auf jeden Schnickschnack. Keine goldenen Wasserhähne, keine Wandtäfelungen aus Mahagoni. In erster Linie werden die Räumlichkeiten genutzt, um in ihnen zu arbeiten, nicht zu wohnen. Trotzdem möchte ich ein ansprechendes, frisches Ambiente, keine kalten Büroräume. Irgendwo zwischen Nützlichkeit und Lebendigkeit. Ein bisschen modern, gepaart mit antiken Möbeln zum Beispiel. Können Sie sich vorstellen, was ich meine?«

»Durchaus«, antwortete Mark Tram und machte sich eifrigst Notizen.

»Jetzt kommt die schlechte Nachricht. Die Zeit drängt. Sie werden leider nur drei Wochen haben.«

»Das ist doch kein Problem für Sie, Herr Tram? Wie ich Ihnen schon gesagt habe, Herr Steiner ist ein ganz besonders guter Freund der Familie, ansonsten hätte ich Sie nie belästigt«, schaltete sich Vanessa in das Gespräch ein, legte ihre Hand auf das

Knie von Mark Tram und warf ihm einen Blick zu, der jedes Eis in Sekunden hätte schmelzen lassen.

»Drei Wochen, unmö...«, sofort unterbrach Mark Tram den begonnenen Satz, als sich das Antlitz von Vanessa schlagartig veränderte. Er konnte seine berufliche Zukunft an den Nagel hängen, wenn er Vanessa Von Stappen verärgerte. Die meisten seiner Aufträge kamen aus ihrem Bekanntenkreis, und sie brauchte nur den Daumen zu senken, dann wären ihre Bekannten die längste Zeit seine Kunden gewesen.

»Ähh, naja, vielleicht ist es doch möglich. Es könnte nur sein, dass es durch den Zeitdruck ein wenig teurer wird, da einige Handwerker nur gegen eine entsprechende Sonderentlohnung andere Aufträge liegen lassen werden«, gab Mark Tram kleinlaut bei.

»Wie gesagt, es steht Ihnen jeder benötigte Betrag zur Verfügung. Sind wir im Geschäft?«

Mark Tram warf einen letzten Blick auf Vanessa, die ihn mit einem bedrohlichen Blick fixierte, und reichte Klaus Steiner die Hand.

»Okay, wir sind im Geschäft. In drei Wochen ist Übergabe.«

Klaus führte den Innenarchitekten noch durch die umgebaute Reithalle und stattete ihn mit allen vorhandenen Aufzeichnungen und Plänen über das Gebäude aus. Bevor sie sich verabschiedeten, stellte er Mark Tram noch Margret und Edward vor, damit sie ihm und den Handwerkern jederzeit die Tür öffnen würden.

Schweigend ging er mit Vanessa in die Villa Benz hinein, da inzwischen ein paar Regenwolken aufgezogen waren und ein kühler Abendwind wehte.

»Über was denkst du gerade nach?«, unterbrach Vanessa seine Grübelei.

»Ich weiß nicht. Kennst du das Gefühl? Eigentlich läuft alles bestens, dir geht es gut, du bist gesund, die Geschäfte entwickeln sich, wie du es dir vorstellst, aber trotzdem packt dich irgendwie der Frust.«

Im selben Augenblick erreichten sie die Bibliothek.

»Ich kenne ein gutes Mittel dagegen. Ein altes Hausrezept«, sagte Vanessa.

Sie nahm ihn an der Hand, schloss die Zimmertür und zog ihn auf die breite Ledercouch. Sie griff nach seiner anderen Hand und führte beide unter ihre Bluse. Sie trug keinen BH. Vanessa ließ seine Hände los und begann, sich die Bluse aufzuknöpfen.

»Ein gutes Hausmittel, vertrau mir«, hauchte sie Klaus ins Ohr, dessen Gesichtsausdruck immer noch nicht ganz entspannt war.

»Vanessa! Es tut mir Leid, aber ich kann nicht!«

»Wie meinst du das, du kannst nicht? Beim letzten Mal fühlte sich das aber gar nicht so an, als wenn du irgendwelche Schwierigkeiten hättest«, flüsterte Vanessa und legte ihre Hand auf seinen Schoß, in dem durchaus das Leben pulsierte.

»Darum geht es nicht«, wich Klaus aus und versuchte, sie sanft von sich zu drücken. »Es gibt .... es gibt da eine andere!«

»Wie bitte? Was sagtest du da?«

Vanessa stieß Klaus von sich, sprang auf und stellte sich mit angewinkelten Armen vor ihn. Ihre Bluse war fast ganz aufgeknöpft und ihre Brüste bebten, aber diesmal nicht vor sexueller Erregung. »Es gibt eine andere? Wer? Wer ist sie!«

»Vanessa, hör mir bitte zu. Ich will nicht mit dem alten Lied anfangen, dass wir beide nicht zusammenpassen. Außerdem hast du mir selbst gesagt, dass du nicht in mich verliebt bist. Aber darum geht es nicht! Es ....«

»Sei ja vorsichtig, was du jetzt sagst, Klaus Steiner! Wann hast du sie kennen gelernt? Warum hast du mir nicht vorher schon davon erzählt«, unterbrach ihn Vanessa erbost.

Klaus versuchte ihr fest in die Augen zu schauen, doch in ihnen spiegelten sich keinerlei Gefühle wider.

»Es geht um Liebe! Ich habe mich in jemand anderen verliebt! Es tut mir Leid«, antwortete Klaus standhaft.

»So – verliebt! Und wer ist die Glückliche?«, fragte Vanessa mit einem Anflug von Spott in der Stimme.

»Es ist Kristine. Kristine Scoberg, deine Nichte!«

Die Wahrheit, und nichts als die Wahrheit, so wahr mir Gott helfe, dachte sich Klaus.

»Kristine!« Ungläubig schaute Vanessa Klaus an.

Plötzlich begann sie zu lachen, ging auf den verdutzten Klaus zu und umarmte ihn lang und fest.

»Meinen Glückwunsch, lieber Klaus. Da hast du den besten Fang gemacht, den man sich vorstellen kann. Nach mir natürlich. Und weißt du was, ich gönne es euch beiden wirklich von ganzem Herzen. Ihr werdet ein wundervolles Paar sein. Das Einzige, was ich dir übel nehme, ist, dass ich scheinbar die Letzte bin, die es erfährt!«

Was für eine Frau! Er hatte sich auf alle möglichen Reaktionen eingestellt, zu denen eine Frau fähig sein kann, aber nicht auf diese.

»Nein, du bist sogar die Erste, die es erfährt, noch nicht einmal Kristine weiß von ihrem ‚Glück'.«

»Du alter Westentaschen-Macho willst mir erzählen, dass du meiner Nichte noch nichts von deinem Herzenszustand erzählt hast?«

»Wir haben uns bisher erst einmal getroffen, vor etwa zehn Tagen im *Connaught* in London. Ich hatte sie gesehen und es machte einfach ‚bang'. Seitdem geht sie mir nicht mehr aus dem Kopf.«

»Das nennt man Liebe auf den ersten Blick«, hauchte Vanessa Klaus ins Ohr und drückte ihn noch fester an sich, als wenn sie dadurch teilhaben könnte an diesem Gefühl der Wärme.

»Das befürchte ich auch«, flüsterte Klaus.

Kapitel XVIII

Einhorn

Die Kneipe hieß *Einhorn* und hatte eigentlich gar nichts Besonderes an sich. Einfach, rustikal, kein Schnickschnack. Und doch strahlte sie einen anziehenden Charme aus, dachte Klaus. Jedenfalls so anziehend, dass sie völlig überfüllt war und die Hälfte der Besucher mit ihren Getränken draußen vor der Kneipe auf der Straße standen, die verkehrsberuhigt am Ende der Düsseldorfer Altstadt lag.

»Komm, lass uns unsere Getränke drinnen holen. Das geht schneller«, sagte Kristine, nahm ihn bei der Hand und zog ihn durch die Menge in Richtung Eingang. Als sie sich durch die Tür quetschten, wurden sie von lauter Depeche-Mode-Musik und einem noch lauteren Geräuschpegel angeregter Unterhaltungen empfangen.

Auf dem Weg zur Theke wurden sie ständig aufgehalten, da Kristine scheinbar fast jeden persönlich kannte, Küsschen hier, Küsschen da, ein paar nette Worte. Klaus wurde allen vorgestellt, und es schien ewig zu dauern, bis er sich an den Tresen vorkämpfen konnte, um zwei Bier zu bestellen.

Kristines Anpassungsfähigkeit von einem Londoner Spitzenhotel zu einer normalen Düsseldorfer Kneipe war bewundernswert, schmunzelte Klaus in sich hinein. Blaue Leinenturnschuhe, Jeans, ein weißes Männerhemd, das über die Hose hing, und eine Flasche *Becks* in der Hand. Das Einzige, was darauf hinwies, dass sie aus gutem Hause stammte, war ihr teurer Schmuck. Sie sah umwerfend aus, nur dezent geschminkt, die langen Haare leicht angelockt – ihre Schönheit fiel auf, wie Klaus an den vielen bewundernden Blicken der anderen Männer sehen konnte.

»Lass uns wieder rausgehen, mir ist es hier zu warm«, sagte sie ihm laut ins Ohr, um die Musik zu übertönen, und sie schob ihn Richtung Ausgang.

»Bist du mir noch böse?«, fragte Kristine Klaus, als sie nicht mehr ganz so dicht gedrängt draußen in der Menschenmenge auf der Straße standen.

»Nein, warum?«

»Du bist so still. Ich dachte vielleicht, dass du es mir ein bisschen nachträgst, dass du dir noch mal andere Klamotten anziehen musstest.«

»Oh, ich denke, das war eine ausgesprochen gute Idee, wenn ich mich so umschaue. Es ist nur etwas gewöhnungsbedürftig. Nicht, dass ich die Kneipe nicht mag, im Gegenteil, sie hat was. Aber ich kann es nicht beschreiben.«

»Ich weiß absolut, was du meinst. So erging es mir auch beim ersten Mal, und ich kann dir auch erklären, was es ist. Da ist eine ganz stinknormale Kneipe mit ganz stinknormalen Leuten, eigentlich nichts Ungewöhnliches. Der Unterschied ist nur, dass du hier eine Menge Menschen triffst, die im Alltag alles andere als stinknormal sind.«

Kristine machte Klaus mit einigen leichten Kopfbewegungen auf ein paar Menschen aufmerksam.

»Dort drüben zum Beispiel, der lange Blonde. Das ist Andreas Kant, Besitzer einer Werbeagentur, die die Werbeetats von Procter & Gamble und Melitta verwaltet. An den Stufen zum Eingang, der Schwarzhaarige mit der großen Nase, ist Mark Heinrich, Leiter des Swap-Bereiches bei der größten deutschen Landesbank. Vor dem ganz rechten Fenster dort. Siehst du den schon etwas älteren, aber immer noch sehr attraktiven Mann mit der jungen Blondine? Sein Name ist Franz Ballmann, Immobilienmakler und einer der reichsten Männer Düsseldorfs.«

Kristine nahm einen kurzen Schluck aus ihrer *Becks*-Flasche und lächelte Klaus an.

»Das Einhorn ist der Treffpunkt vieler teilweise sogar sehr erfolgreicher Leute geworden, die keine Lust darauf haben, es zu zeigen. Man sieht es nicht, man weiß es nur. Locker, ungezwungen, kein Schickimicki, Jeans, Turnschuhe und eine Flasche Bier in der Hand. Das macht diesen eigentümlichen Charme der Kneipe aus, weil jeder doch sofort das etwas andere Niveau des Publikums spürt.«

»Weißt du was, das gefällt mir. Es gefällt mir sogar sehr. Ich wüsste keine vergleichbare Kneipe in Frankfurt«, schmunzelte Klaus.

»Gibt es auch nicht. Das ist der Grund, warum ich schon seit Jahren regelmäßig hierher fahre. Weil du eine Menge Spaß hast unter Menschen deiner Wellenlänge in einem ungezwungenen Ambiente.«

»Gut gesagt, eine Verabredung mit einer außergewöhnlichen Frau an einem außergewöhnlichen Ort. Auf dein Wohl«, sagte Klaus und stieß leicht mit dem unteren Rand seiner Flasche gegen ihre.

In einem kurzen Anflug von Verlegenheit senkte sie ihren Blick.

»Ich habe mich am Markt ein wenig umgehört«, wechselte Kristine das Thema.

»Es wird gesagt, dass man dich mit fingierten Beweisen reingelegt hat, dich als Sündenbock vorgeschoben hat und du eigentlich völlig zu Unrecht in die Mühlen der Justiz geraten bist. Ist das richtig? Warum hast du davon in London nichts erzählt?«

»Was hätte ich dir denn erzählen sollen, Kristine?«, fragte Klaus.

»Alles, was ich dir hätte sagen können, hätte sich nach einer dummen Ausrede angehört. Ja, ich weiß, dass ich unschuldig bin. Ja, ich weiß, dass ich als Sündenbock für etwas viel Größeres herhalten musste. Aber ich konnte es nicht beweisen, und ich kann es bis heute nicht. Also, wie hätte sich das für dich angehört?«

»Ich denke, du hast Recht. Aber tu mir einen Gefallen, erzähle mir jetzt die ganze Geschichte. Aus deiner Sicht!«

»Warum willst du das wissen?«

»Weil ich dich als Menschen sehr schätze, Klaus Steiner! Weil ich den Menschen hinter dieser coolen Maske sehen möchte. Genau deshalb!«

Das traf mitten ins Herz. Sollte er ihr wirklich alles erzählen, was vor und in den drei Jahren passiert war? Noch nie hatte er mit irgendjemandem darüber gesprochen, selbst mit Ulf nicht. Viele Erlebnisse hatte er tief in sich vergraben. Aber noch nie war ihm ein Mensch so nahe gewesen, noch nie hatte er das Bedürfnis so stark gespürt, jemandem zu vertrauen, sich einfach fallen zu lassen. Konnte er das? Würde sie ihn verstehen, würde sie ihn auffangen? Was passierte hier? Er kannte Kristine erst seit kurzem. Seit zwei Wochen! Und doch sagte ihm sein Bauch, dass es richtig war. Wenn nicht ihr, wem sonst?

Sie verbrachten die nächsten Stunden mit einigen Bieren und damit, dass Klaus ihr alles erzählte, von seinem Leben davor, seinen Erlebnissen in der Verbannung, von den Absichten seiner Mutter und von seinen Plänen für das Bankhaus Steiner.

Kristine erwies sich als wunderbare Zuhörerin, die an schwierigen Punkten die richtigen Fragen stellte und ihn dann und wann tröstend kurz in den Arm nahm. Am Ende ließ sie seine Hand gar nicht mehr los. Es war ein gutes und auch wichtiges Gespräch, das wussten und spürten beide, als sie sich schweigend ansahen. Er hatte sich fallen gelassen, wahrscheinlich das erste Mal in seinem Leben, dachte sich Kristine, und, was noch viel mehr bedeutete, er hat sich auffangen lassen, er hatte ihr vertraut.

Als sich ihre Lippen berührten, war das nicht ein Kuss des Trostes oder des Verständnisses. Es war der Anbeginn von etwas ganz Großem – etwa Liebe? Kristine wagte kaum, diesen Gedanken zu Ende zu denken. Und doch brannte eine Flamme in ihrem Herzen, und eine wohlige Wärme floss durch ihren Körper, als sie sich lange fest umschlungen küssten.

Nun war es an ihr, sich fallen zu lassen.

»Hast du den Bericht der Steuer-Gruppe schon gelesen?«, fragte Dirk Markowitz.

»Nein, noch keine Zeit gehabt. Mich haben die ersten Vorlagen der neuen Regelwerke bis tief in die Nacht beschäftigt«, antwortete Ralf Hintermann gähnend, obwohl er schon sein drittes *Red Bull* an diesem Abend hinter sich hatte.

»Welche Regelwerke?«

»Handwerksordnung, Bauvorschriften, Umweltauflagen, Vorschriften für Ladenöffnungszeiten und so weiter. Staubtrocken, sag ich dir, aber teilweise auch sehr interessant. Zum Beispiel Ladenöffnungszeiten. Nachdem sie alle Vor- und Nachteile gegeneinander abgewogen hatten, hat der Arbeitskreis ‚Politik' beschlossen, alle Einschränkungen in den Ladenöffnungszeiten unter der Woche plus dem Samstag abzuschaffen. Außer dem Sonntag, da bleibt es wie bisher. Trotzdem. Do whatever you want – whenever you want, sag ich da nur.«

»Mit welcher Begründung?«, fragte Dirk Markowitz weiter, dem der Gedanke sehr gefiel, endlich auch um Mitternacht einkaufen gehen zu können, wenn sie normalerweise das Büro verließen.

»Auf dem Weg zur Dienstleistungsgesellschaft geht es nicht nur um Billig-Jobs. Der Report einer Unternehmensberatung hat bewiesen, dass das starke Job-Wachstum in den Vereinigten Staaten nicht nur auf ‚Hamburger-Brater' beschränkt ist, sondern dass auch sehr viele hoch bezahlte Arbeitsplätze für Freiberufler, Manager und Techniker im Service-Bereich entstanden sind. Die werden zumeist überdurchschnittlich bezahlt und sind damit einträglich für den Staat, heißt es kurz zusammengefasst in deren Argumentationspapier. Die alte Industrie wird in den nächsten Jahren nur noch Arbeitsplätze abbauen. Der Staat muss schlanker werden. Nicht mehr subventionierte Branchen werden weitere Arbeitskräfte freisetzen, und die einzig sofort greifende Alternative ist das bisher unausgeschöpfte Beschäftigungspotenzial im Bereich der Dienstleistungen. Und dies kann nicht nur über niedrigere Arbeitskosten, sondern auch über Beseitigung von bürokratischen Hindernissen erreicht werden. Und so weiter und so weiter. Und damit hätten wir schon mal das vorzeitige ‚Aus' der Ladenöffnungszeiten.«

Manchmal war das, was um sie herum passierte, die Gewichtigkeit der Informationen, die jeden Tag hereinkamen, das Ausmaß des ‚Großen Bildes' so unglaublich und die Veränderung, die dadurch entstehen würde, so gigantisch, dass selbst ihnen nur die Flucht in einen leichten Zynismus blieb.

»Die Gewerkschaften würden Amok laufen«, bemerkte Dirk Markowitz, der den Gedanken vom Zusammenstreichen von Arbeitgebervorschriften zu Ende gesponnen hatte.

»Klar. Ich hatte mal Professor Walther auf dieses Thema angesprochen. Er sagte nur, darüber müssten wir uns keine Gedanken machen.«

Dirk Markowitz saß an diesem Abend noch lange am Fenster seines Büros im Messeturm und schaute auf das Lichtermeer von Frankfurt hinab. Es war schon fast Mitternacht. Ralf Hintermann war vor drei Stunden gegangen, um sich mit seiner Frau im Biergarten der *Sachsenhäuser Warte* zu treffen, während Dirk sich noch einige Einträge in den Computer vorgenommen hatte.

Er spürte fast körperlich, dass sich etwas zusammenbraute. Die Arbeitskreise verlangten kaum noch nach neuen Informationen. An Vorschriften und Gesetzestexten hätten sie noch ewig rumbasteln können, aber alle externen Aufträge waren abgeschlossen und keine neuen mehr beantragt worden. Die Mitteilungen an die ‚Firma' veränderten sich nur noch marginal und in unwesentlichen Punkten. Die Gruppe ‚Finanzplatz' hatte sogar darum gebeten, jeden weiteren Informationszufluss ganz einzustellen.

War's das jetzt, sinnierte Dirk. Zwei Jahre Arbeit für was? Für dieses phänomenale Ergebnis, das eben doch nur Theorie war? Hier schieden sich die Geister. In seinem Kopf war und blieb es eine Theorie, ein gigantisches Schachspiel, eine intellektuelle Herausforderung der höchsten Art. Aber sein Bauch sagte ihm etwas anderes. Sein Bauch sagte ihm, dass hier Mächte am Werk waren, die er mit seinen neunundzwanzig Lenzen noch nicht einmal ansatzweise greifen und begreifen konnte.

Und das machte ihm Angst.

Er schaute mindestens zum zehnten Mal an diesem Abend auf die Visitenkarte, die er die ganze Zeit in den Händen gehalten hatte. Kristine Scoberg.

Sie hatten sich während eines gemeinsamen Praktikums bei der Deutschen Bank kennen gelernt, wurden aber erst zu einem Paar, als er schon zwei Jahre auf der European Business School war. Elf Monate hatten sie Bett, vor allem aber den Schreibtisch geteilt, denn sie war der beste Berater gewesen, den man sich als Partner nur hätte wünschen können. Er hatte ihr so viel zu verdanken, das wusste er, und trotzdem hatte er sie damals von sich gestoßen. Tausende von Ausreden hatte er sich zusammengeschustert. Dass er mit ihrer Art, wie sie die Männer anzog, nicht zurechtkam, dass sie ein Luxusweibchen war, dass sie ihn respektlos behandeln und ihn ständig kritisieren würde. Ihn, einen Mann mit einer verheißungsvollen Karriere. War das alles lächerlich, dachte sich Dirk kopfschüttelnd. Dabei war es die nackte Angst gewesen. Die Angst, einen wundervollen Menschen zu verlieren, die Angst, den Anforderungen der Liebe nicht gerecht zu werden. Und bevor das möglicherweise hätte passieren können, sie möglicherweise Schluss gemacht hätte, hatte er aus heiterem Himmel die Beziehung beendet.

War das dieselbe Angst, die er auch heute spürte? Die Angst, den Herausforderungen der Zukunft vielleicht nicht gewachsen zu sein? Er musste mit ihr reden, denn wenn jemand seine Gedanken und Gefühle nachvollziehen konnte, dann Kristine Scoberg. Sie hatten sich seit damals einige Male getroffen, das letzte Mal ein paar Monate vor seinem Examen, aber er war nie wieder an sie herangekommen. Zu sehr hatte er sie verletzt, zu viel hatte er kaputtgemacht. Er hatte den Schmerz in ihren Augen sehen können, als er versuchte, ihr zu erklären, warum er diesen kapitalen Fehler begangen hatte. Die Zeit kann möglicherweise die Wunden heilen, und manche Menschen trifft man zweimal im Leben, hatte sie ihm auf sein Bitten geantwortet.

Vielleicht war jetzt die Zeit gekommen, hoffte Dirk Markowitz. Zwei Jahre trug er dieses Wissen um die Machenschaften des Netzwerkes nun schon mit sich herum und konnte mit niemand anderem darüber sprechen als mit Ralf Hintermann. Aber jetzt brauchte er jemand Außenstehenden zum Reden. Und wenn es einen Menschen gab, der ihn verstehen würde, so war es Kristine. Wenn ihm jemand einen Rat geben konnte, dann sie.

Er holte sein Handy aus der Tasche und wählte die Nummer, die auf der Visitenkarte stand. Wo sie wohl gerade war, und wie es ihr wohl ging?

Anrufbeantworter. Egal, dachte er sich, und sprach ihr kurz eine Nachricht auf das Band.

Nachdem Klaus und Kristine noch in dieser Nacht zurückgefahren waren, übernachtete Kristine nicht in einem der Gästezimmer in der Villa Benz.

Gemeinsam lagen sie im Himmelbett von Klaus und entdeckten langsam und ausgiebig den Körper des anderen, aufgeregt und fasziniert wie zwei Teenager beim allerersten Mal. Wie Klaus innerhalb der nächsten Stunden feststellen konnte, war Kristine nicht nur eine einfühlsame, intelligente Frau, sondern zudem noch eine ausgesprochen einfallsreiche Liebhaberin. Die Luft im Schlafzimmer nahm schnell den süßen Duft der Leidenschaft an. Erst als schon der neue Tag zu dämmern begann, sanken Klaus und Kristine erschöpft in die Kissen.

Sie hielten sich noch lange fest aneinander geschmiegt in den Armen, bevor jeder von seinen eigenen Träumen davongetragen wurde. Aber es waren keine einsamen Träume mehr, denn sie hatten an diesem Abend etwas gefunden, das nur wenigen Menschen im Leben zuteil wurde. Nicht einfach nur ein Gefühl, das entstehen kann aus sexueller Anziehung, aus Fürsorge, aus Einsamkeit oder aus Eroberungswünschen. Sie hatten das tiefste Gefühl entdeckt, zu dem zwei Menschen gemeinsam überhaupt in der Lage sein konnten: ehrliche Liebe.

Kapitel XIX

Ammoniumnitrat

Es war Ulrich Plenk schon früh aufgefallen. Als Fahrer bei QDS, Quick Delivery Service, kam er fast überall problemlos rein, sobald sein Gesicht nach einer Weile bekannt war. Nur noch ein kurzer Wink, nur noch ein ‚Moin, Heinz' und schon war er mit seinen Paketen durch.

Zehn Jahre fuhr er schon für diesen Kurierdienst, davor hatte der Dreiundvierzigjährige als LKW-Fahrer bei einer großen Spedition gearbeitet, aber dieser Job hier war nicht nur besser bezahlt, wenn man gut war, sondern auch wesentlich einfacher. Keine Nachtfahrten, keine Autobahnstaus, ein bisschen Stadtverkehr. Aber in den Firmen und Banken in Frankfurt, in denen er ständig ein und aus ging, bekam er zumeist immer noch einen Kaffee und lernte so nebenbei auch die ein oder andere nette Empfangsdame kennen. Obwohl ihn das inzwischen schon seine dritte Ehe gekostet hatte.

Besonders gerne fuhr er zu dem großen Bankgebäude in Frankfurt-Ginnheim. Der Pförtner am Tor, Karl Stoll, hatte fast genau zur selben Zeit wie er seine Stellung angetreten, und das verband sie irgendwie. Regelmäßig gingen sie ein Bierchen trinken, zumeist in der Ginnheimer Hausbrauerei *Wäldches*, und klönten dann über die chaotischen Zustände bei Eintracht Frankfurt, ihrem Lieblingsfußballverein, oder schimpften auf ihre geschiedenen Ehefrauen, von denen sie bis aufs Hemd ausgenommen wurden.

Die Frage, die sich Ulrich Plenk schon früh gestellt hatte, war, ob eigentlich nie mal jemand einen Gedanken daran verschwendet hatte, dass in den Paketen vielleicht mehr drin sein könnte als nur Computerteile, Briefpapier, Bücher, Hundefutter oder Stofftiere?

Was Ammoniumnitrat, ein einfaches Düngemittel, mit Dieselkraftstoff zum Sprengstoff gemixt, anzurichten vermochte, zeigten islamische Terroristen 1993 in New York. In einem Kleinlastwagen schafften sie fünfhundertfünfzig Kilogramm dieser teuflischen Mixtur in die Tiefgarage des World Trade Center in Manhattan. Als die Autobombe explodierte, riss der Sprengsatz einen sechzig mal dreißig Meter großen Krater in den Beton der Tiefgarage. Die Wucht der Explosion ließ das über vierhundert Meter hohe Gebäude erzittern. Es gab sechs Tote und mehr als eintausend Menschen wurden verletzt.

Vom gleichen Prinzip, allerdings mit zweitausend Kilogramm und der zusätzlichen Beimischung von Rennwagenkraftstoff eine ganze Nummer größer, wurde in Oklahoma City 1995 Gebrauch gemacht, als bei einem Bombenanschlag auf das Alfred-P.-Murrah-Gebäude des Federal Bureau of Investigation einhundertachtundsechzig Menschen starben, über fünfhundert verletzt wurden und das ganze Behördenhaus zerstört wurde. Zu denken gab, dass eines der blutigsten Attentate der amerikanischen Geschichte keiner internationalen Terroristengruppe anzurechnen, sondern von einer amerikanischen, rechtsradikalen Gruppierung begangen worden war.

Also, warum nicht ein erfolgreiches Konzept übernehmen, überlegte sich Ulrich Plenk, als er die Kontoauszüge seines Luxemburger Kontos durchblätterte, wo er vor seinen drei geschiedenen Frauen wenigstens ein paar von seinen Ersparnissen verstecken konnte. Die Summe auf dem letzten Auszug hatte sich zu der vorherigen mehr als verzehnfacht. Hätte er mehr fordern sollen? Denn eigentlich war die Zustellung dieser sensiblen Fracht in seiner letzten Handlung als QDS-Fahrer unbezahlbar, wenn man die Dimensionen der möglichen Auswirkungen betrachtete. Aber darüber wollte Plenk jetzt nicht nachdenken. Außerdem war mit diesem Kay Staucher nicht gut Kirschen essen. Und selbst mit diesem Betrag würde es für ein neues, sorgenfreies Leben ohne drei Ex-Ehefrauen auf einer Ranch in den Bergen von Nevada in den USA reichen.

Er legte die Kontoauszüge, die bereits gekauften Flugtickets und die Prospekte zur Seite und vertiefte sich wieder in dem Buch, das er gestern im *English Bookstore* erstanden hatte. Denn wer Dünger und Diesel zu einem Sprengstoff mischen wollte, musste kein diplomierter Chemiker sein. Die Anleitung dazu konnte auch dem Handbuch des amerikanischen Landwirtschaftsministeriums entnommen werden, das diese explosive Mischung empfahl, um Baumstümpfe aus der Erde zu sprengen.

Den dumpfen Hass auf alles Fremde hatten viele rechtsradikale Kids von den Eltern mit auf den Weg bekommen. Die waren enttäuscht worden von der harten Realität nach der Wende. Sie hatten Demokratie nie gelernt und fühlten sich als Verlierer der Einheit. In ihren Erinnerungen hatte sich die Perspektive völlig umgekehrt. Der einstmals hochgepriesene und erträumte Westen wurde zur Mördergrube, während die ehemalige DDR zum Hort sozialer Sicherheit mutierte. Sie träumten von der alten, verordneten heilen Welt mit Arbeit für alle Deutschen. Ohne Ausländer, Kapital oder westliche Ausbeuter!

Und wie ein Bumerang trafen die Folgen der Fremdenfeindlichkeit inzwischen die neuen Bundesländer selbst und damit wiederum die Bevölkerung. Denn Kapital reagiert sehr empfindlich auf Gewalt, und die rechtsextremen Ausschreitungen schreckten viele ausländische Investoren ab.

Zwölf Jahre Hitler-Diktatur und vierzig Jahre DDR-Pädagogik hatten in der ostdeutschen Gesellschaft deutliche Spuren hinterlassen. Völkerfreundschaft stand bei der SED nur auf dem Papier, denn alle, die nur irgendwie anders waren, waren systematisch ausgegrenzt worden.

Die Intoleranz der Gesellschaft gegenüber Randgruppen verhalf rechtsextremen, gewalttätigen Jugendlichen zu dem Gefühl, die breite Bevölkerung hinter sich zu haben.

Diese Schwachstelle des Systems hatte er frühzeitig erkannt und für seine Zwecke gründlich ausnützen können, dachte

Professor Walther resümierend, als er den letzten Bericht von Kay Staucher zu Ende gelesen hatte.

Er hatte vor Jahren einen wie Kay Staucher gesucht und gefunden. Staucher war damals ein hoffnungsvoller Nachwuchsgruppenführer aus Berlin. Er brachte ihm alles bei, was man über Organisationsaufbau, Kontrolle und Menschenführung wissen musste. Er stellte den Kontakt zu John Kruzinger her, dem Anführer der ‚White Aryan Combat', einer straff geführten und durchorganisierten Neonazi-Truppe in Amerika, und ließ Staucher in den USA ein halbes Jahr lang ausbilden. Er hatte Staucher seinen ganzen Informationsapparat zur Verfügung gestellt, damit dieser zur richtigen Zeit die richtigen Leute an die richtigen Stellen bringen oder falsche entfernen lassen konnte. Aber das Wichtigste war, er hatte Staucher in der Hand, weil er das ganze Projekt finanzierte.

Obwohl er von Anfang an gewusst hatte, dass diese Bewegung langfristig keine Überlebenschance hatte, diente sie ihm bisher doch ausgezeichnet für seinen Zweck, um Unruhe zu schüren, auf Missstände mit Gewalt aufmerksam zu machen und Deutschland einen Schritt näher an die Klippe zu bringen.

Professor Walther legte den Bericht von Kay Staucher zur Seite, den dieser verschlüsselt per E-Mail an Future Communications geschickt hatte. Da redet Staucher von ‚Schaffung von befreiten Zonen', ‚die Stimmung zu beherrschen', ‚Aktionskonzepten nach dem Muster der RAF' oder ‚die Luft durch Explosionen zu schwängern'. Kindergartenkram, dachte er sich, und schaute auf seine Uhr.

Seine Verabredung war schon seit fünfzehn Minuten überfällig, aber das hatte Walther nicht anders erwartet.

Ein letztes Mal wandten sich seine Gedanken kurz zu Kay Staucher. Er und seine Organisation waren sehr dienlich für seine Zwecke, aber danach würde er die kompletten, über fünf Jahre gesammelten Unterlagen dem Verfassungsschutz übergeben. Anonym selbstverständlich. Und der Verfassungsschutz würde bald allen Grund dazu haben, diese Informationen ernst zu nehmen!

In den letzten fünf Jahren war Georg Kromm zu einem der einflussreichsten Männer in Deutschland geworden. Als oberster Gewerkschaftsboss der Deutschen Gewerkschaftsvereinigung hatte er über die Jahre seine Leute um sich versammelt und in Positionen gebracht, die seine eigene noch untermauerten und ihn nun fast unangreifbar machten. So war das nun mal unter Genossen. Manche waren eben ein wenig gleicher als andere.

Überall hatte er seine Finger mit im Spiel. Bei jeder Unternehmensübernahme wurde er von den Industrie- und Bankenbossen von Anfang an mit ins Boot genommen. Bei jeder neuen Tarifverhandlung holten sich die Kollegen aus den anderen Gewerkschaften erst seinen Segen. Und nun, endlich, hatte auch Professor Paul Walther um eine Audienz gebeten. Kromm hing seinen Gedanken nach, während er zum *Sonnenhof* in Königstein fuhr, wo sie sich zum Mittagessen verabredet hatten. Mit Absicht hatte er ihn warten lassen, damit von vornherein klar war, wer die Regeln dieses Spiels bestimmte.

»Professor Walther, was verschaffte mir die Ehre dieses Treffens?«, grüßte Georg Kromm, als er im Wintergarten an den separaten Tisch des Professors trat. Eine gewisse Überheblichkeit in seiner Stimme wollte er nicht verbergen. Sie können noch so viel Geld besitzen, Professor, an die Macht, die ich habe, kommen Sie nicht einmal ansatzweise heran, frohlockte er. Kommen Sie schon, sagen Sie mir, in welcher Angelegenheit brauchen Sie meine Hilfe? Es wird teuer, eine Hand wäscht die andere, das ist Ihnen doch wohl klar, oder?

»Danke, ich möchte nur einen trockenen Rotwein, am besten der Hauwein. Und ein wenig Weißbrot und Butter, das wäre alles«, sagte Professor Walther kühl zu dem Ober, der ihnen die Speisekarten reichte und zur Empfehlung des Hauses übergehen wollte. Doch er ließ die Herren umgehend allein, da auch der andere zustimmend mit dem Kopf genickt hatte.

»Ich habe in einer Stunde einen weiteren Termin, deswegen möchte ich gar nicht lange um den heißen Brei herumreden«, ging Professor Walther in die Offensive und reichte dem verdutzten Georg Kromm einen schmalen Ordner. »Machen wir es kurz, in der Mappe werden Sie folgende Inhalte finden: Kopien sämtlicher Konto- und Depotauszüge Ihrer persönlichen Konten in der Schweiz und in Luxemburg. Zu vielen Umsätzen habe ich Vermerke gemacht, zum Beispiel wenn Wertpapierkäufe einige Tage vor Unternehmensmeldungen getätigt wurden. Diese Nachrichten mit Datum sind in Kopie ebenfalls in der Mappe. Insgesamt konnte ich achtundzwanzig Insidergeschäfte in den letzten vier Jahren finden, die sich auf einen Nettogewinn von über drei Millionen Euro summiert haben. Aber das ist nicht alles. Dummerweise haben Sie über dieselben Konten auch die Geschäfte Ihrer Schweizer Firma Handros in Graubünden laufen lassen, die in fast allen Immobiliengeschäften der Gewerkschaften als Vermittler auftrat. Kopien der Gründungsunterlagen von Handros und der Vermittlungsaufträge sind auch in den Unterlagen. Die äußerst großzügigen Provisionseinnahmen belaufen sich auf insgesamt sechs Komma zwei Millionen Euro. Soll ich fortfahren, Herr Kromm?«

»Woher haben Sie …!«, stotterte ein völlig überrumpelter Kromm. Beim Anblick der Unterlagen wechselte seine Gesichtsfarbe ständig zwischen Leichenblässe und Schamröte, und darüber hinaus verlor er zeitweilig die Kontrolle über seine Sprache.

»Woher ich diese Informationen habe? Ganz einfach. Unsere Staatsanwaltschaft macht leider den großen Fehler, dass sie versucht, auf politischem Wege an die Unterlagen von vermeintlichen Steuersündern zu kommen. Sinnlos und viel zu langwierig. Einfacher ist es, sich einen kleinen Bankangestellten oder Beamten zu kaufen, denn jeder Mensch hat irgendwo seine Schmerzgrenze. Wollen Sie wissen, was mich diese Informationen gekostet haben? Dreihunderttausend Schweizer Franken. Ein Pappenstiel im Vergleich zum eigentlichen Wert dieser Unterlagen.«

»Damit kommen Sie nicht durch, Professor. Sie wollen Krieg, den sollen Sie bekommen. Wenn ich untergehe, dann nicht alleine, das schwöre ich Ihnen!«, polterte Kromm los, der seine Fassung wiedergewonnen hatte. Zu viele Kämpfe hatte er auf dem steinigen Weg an die Gewerkschaftsspitze austragen müssen, um jetzt klein beizugeben. Angriff war die beste Verteidigung. Was wollte Professor Walther überhaupt von ihm? Was für einen Nutzen zog der Professor aus dieser Situation? Warum war er nur so unvorsichtig gewesen und hatte seine Spuren nicht besser verwischt?

»Herr Kromm, wir sind doch beide keine blinden Idealisten!«, antwortete Professor Walther schroff und abweisend. »Es ging doch schon immer nur um die Ausübung und den Besitz von Macht, oder etwa nicht? Wie viele Betriebe haben Sie lieber Konkurs gehen lassen, als auch nur einen Millimeter von Ihrem Standpunkt abzuweichen? Ihnen ist doch ganz genau bewusst, dass die Zahl der Arbeitsplätze immer erst dann ansteigt, wenn es maßvolle Lohnrunden oder Lohnerhöhungen unterhalb der Produktivitätssteigerung gibt. Also erzählen Sie mir keine Kriegs- oder Untergangsparolen. Ihnen geht es doch einzig und allein nur um Ihren ganz persönliche Vorteil, den Sie hinter der ergreifenden Maske des leidenden Arbeiters verstecken!«

»Was wollen Sie von mir?«, presste ein sichtlich angeschlagener Kromm zwischen den Zähnen hervor.

»Es werden bald einige Dinge passieren, und ich will, dass Sie Ihre Reihen zurückhalten und ruhig stellen!«, fixierte Professor Walther Kromm mit kalten Augen.

»Was für ‚Dinge'?«, fragte Kromm in einem Anflug von Unsicherheit, da er merkte, dass ihm die Felle komplett davon geschwommen waren.

»Das, Herr Kromm, muss Sie nicht interessieren! Sie werden es schon früh genug merken, und dann werden Sie sich an dieses Gespräch erinnern. Ich werde Sie weiter beobachten lassen! Wenn ich nur ansatzweise feststelle, dass ein Wort von dem, was wir hier besprochen haben, durchsickert, oder wenn ich merke, dass Sie Ihren Einfluss gegen mich geltend machen wollen, dann kommen diese Unterlagen sofort an die Öffentlichkeit! Das Ergebnis können Sie sich, glaube ich, selber ausmalen. Steuerhinterziehung, Insidergeschäfte, schwerer Betrug und so weiter. Das wäre nicht nur Ihr berufliches Ende. Sie würden auch für einige Jahre die juristischen Folgen zu spüren bekommen. Die Alternative lautet, sich ruhig zu verhalten und die

Gewerkschaften zurückpfeifen, wenn der besagte Zeitpunkt gekommen ist. Dann wird nie jemand etwas von dem hier erfahren, und Sie werden einen ruhigen und durchaus abgesicherten Lebensabend verbringen können, so wie Ihr beeindruckender Kontostand aussieht!«

»Das ist Erpressung, Professor Walther. Das werde ich mir nicht bieten lassen! Hier ist das letzte Wort noch nicht gesprochen!«, schnaubte Georg Kromm, der innerlich wegen seiner Ohnmacht kochte. Kromm stand auf, verließ grußlos und mit hochrotem Kopf das Lokal und ließ einen leicht schmunzelnden Professor zurück.

Beide wussten, dass die endgültige Entscheidung bereits gefallen war.

Endlich kam sie, die Polizeistreife. Ein bisschen spät heute. Wohl einer Oma noch über die Straße geholfen, dachte Kurt Diller. Zehntausend Euro hatte er für diesen Auftrag bekommen. Für etwas, was er mit Vorliebe auch umsonst gemacht hätte: kapitalistische Bullenschweine abknallen.

Die Informationen, die er erhalten hatte, waren richtig gewesen. Jede Nacht um zwei wurde die geschlossene Tankstelle an der nördlichen Ausfahrtstraße von Weimar von einer Streife kontrolliert.

Er hatte seinen alten grauweißen Mercedes Diesel, Baujahr 78, provokativ links neben der Tankstellengarage geparkt und, um auch mit Sicherheit aufzufallen, das Nummernschild abmontiert und stattdessen ein rotes Ami-Schild angeschraubt. Auf diesem stand in weißen Buchstaben ‚HATE', und für ganz Dumme hatte er noch ein braunes Hakenkreuz an die Fahrertür seines gelben Wagens gesprüht.

Als ‚tickende Zeitbomben' wurden Männer wie er von der Presse bezeichnet. Aber was wussten die schon. Die rechten Gruppierungen waren inzwischen nahezu perfekt organisiert. Die vierundzwanzig Untergruppen mit Namen wie *Deutsche Bruderschaft, Arische Wikinger, Nationaler Widerstand* oder *Blut&Ehre* wurden alle von einer zentralen Stelle aus geführt und zusammengehalten. Diese hatte keine offizielle Bezeichnung, aber sie hatte ein Gesicht und einen Namen: Kay Staucher. Er hatte das Unmögliche möglich gemacht und in den letzten fünf Jahren alle Splittergruppen an einen Tisch bekommen, sie zusammengeführt und auf ein gemeinsames Ziel eingeschworen – erst Bürgerkrieg, dann Machtübernahme. Aber der Weg bis dahin war lang, hatte er ihnen klargemacht. Erst musste ein geeigneter ‚Werwolfskader' herangebildet, das kapitalistische Judensystem zerschlgen und der bewaffnete Kampf organisiert werden. Die Mutigsten von ihnen schickte er zum echten Nahkampferlebnis nach Bosnien. Die Besten erhielten in den Bergen von Nevada, bei der ‚White Aryan Combat', der gefürchtetsten Neonazi-Organisation in den USA, eine Ausbildung im Guerillakampf, im Rohrbombenbauen und im Umgang jeglicher Art von Waffen. Kay Staucher war ein Genie. Er hatte alle Gruppenführer und Hauptquartiere mit modernster Computertechnik über das Internet vernetzt, und er musste über unglaubliche Quellen verfügen, denn er hatte sie immer lange im Voraus vor Übergriffen des Verfassungsschutzes gewarnt. Und das Wichtigste war, dass er über sehr tiefe Taschen zu verfügen schien. Daher nannten sie Staucher intern ‚Arisches Geld'.

Laut dröhnte die Musik der Gruppe *Sturmgewehr* in seinem Auto, als der Polizeiwagen hinter ihm hielt. Er sah im Rückspiegel, wie der Beifahrer Meldung an die Zentrale über das machte, was sie hier vorgefunden hatten. Sehr schön, und nun steigt bitte aus, einer nach dem anderen, ging es Kurt durch den Kopf, während er so tat, als hätte er sie noch nicht bemerkt. Jetzt stellten sie die Polizeilichter an und sagten irgendetwas durch das Mikrophon. Keine Chance. Wie völlig betrunken oder zugekifft, bewegte er seinen Kopf im harten, aggressiven Rhythmus der Musik, beobachtete aber durch seine Sonnenbrille genau den Rückspiegel. Beide Wagentüren öffneten sich, aber einer blieb in der Tür stehen mit einem Bein noch im Auto. Auch daran hatte er gedacht und legte den Finger um den Abzug seiner Pumpgun, die auf seinem Schoß lag und von seiner Jacke verdeckt war. Der Fahrer des Streifenwagens hatte fast die Wagentür erreicht und vorher noch fest mit der Hand auf das Dach des alten Autos geschlagen. Jetzt!

Polizeiobermeister Krimm hasste diesen Job. Er konnte die Jugendlichen ja verstehen, die mit ihren hoch frisierten VW Golfs landauf und landab donnerten, da ihnen im Umkreis von fünfzig Kilometer weder eine Disko, eine Jugendkneipe oder sonst irgendwas geboten wurde, was die Jugendlichen von der Straße holen konnte. Das Auto wurde so zwangsläufig zum einzigen Inhalt ihrer Freizeit, und Parkplätze, Bushaltestellen oder eben Tankstellen wurden zum Treffpunkt. Aber das hier, das ging nun doch zu weit. Wahrscheinlich war der Junge sturzbetrunken, und sie mussten ihn für diese Nacht in Gewahrsam nehmen. Wahrscheinlich würde er ihnen auch noch ihren Wagen voll kotzen. Scheiße, ich hasse diesen Job, ich bin zu alt für so was, dachte Krimm.

Fünf Sekunden später war Krimm tot. In der Brust getroffen von einem Brenneke-Geschoss, das Jäger normalerweise benutzen, um Wildschweine zu erlegen, brach er zusammen.

»Fass Rambo«, schrie Kurt Diller den Pitbullterrier an, der scheinbar schlafend auf dem Beifahrersitz gelegen hatte. Dieser schoss wie von einer Tarantel gestochen durch das offene Beifahrerfenster und ehe der andere Polizist überhaupt reagieren konnte, hatte der Pitbull ihn schon angesprungen und sich in seinen linken Unterarm verbissen.

Kurt Diller lud in Ruhe sein Vorderschaftrepetiergewehr nach, als er sah, wie sein Hund den Bullen zu Boden gerungen hatte, stieg aus dem Auto und ging auf den Polizeiwagen zu. Zehntausend Euro für so viel Spaß, kein Vergleich zu Bosnien, grinste Kurt in sich hinein.

Scheiße, Scheiße, Scheiße! Verzweifelt versuchte sich Stefan Nolte gegen die aufkommende Panik zu wehren. Der Kampfhund hat bis auf den Knochen durchgebissen. Ruhig bleiben, haben sie dir beigebracht. Aber keiner hatte je von einer Situation gesprochen, wo gerade dein Partner abgeknallt worden war und gleichzeitig eine Bestie deinen Arm zerfetzte. Wo war der Typ aus dem Auto? Oh nein, er kommt hierher. Er wird doch nicht....! Ruhig, Stefan, ruhig. Beweg dich langsam, damit der

Hund sich nicht noch mehr verbeißt. Auf der rechten Seite hängt dein Pistolenhalfter. Langsam, Stefan, ganz langsam.

Als Kurt Diller den Polizeiwagen umrundete und den Polizisten vor sich am Boden liegen sah, blieb er plötzlich wie angewurzelt stehen. Ungläubig schaute er auf die zwei Einschusslöcher in seiner Brust, die sich rot zu verfärben begannen. Erst dann schallten die Schüsse in seinen Ohren nach. Das Grinsen wich einer verzerrten Fratze des Entsetzens, als er lautlos erst auf die Knie sackte und dann nach vorne kippte. Den dritten Schuss und das anschließende kurze Gewinsel hörte er schon gar nicht mehr.

Das ist nie passiert, das ist nur ein böser Traum, waren die letzten Gedanken von Stefan Nolte, der noch einen vierten Schuss in diese sterbende, aber immer noch zubeißende Bestie jagte, bevor er sein Bewusstsein verlor.

Kapitel XX

Teamarbeit

Daniela und Christoph Mulder landeten pünktlich morgens um acht Uhr dreißig am Frankfurter Flughafen. Klaus hatte das Gäste-Cottage am See im Park der Villa Benz für die beiden schon herrichten lassen, da sie trotz erster Klasse nach einem zwölfstündigen Flug ziemlich erschöpft sein würden.

Am Abend hatte Klaus ein Barbecue geplant, zu dem er auch Ulf Bauer, Peter Dekker, Vanessa Von Stappen und Kristine eingeladen hatte.

Als die Mulders während der Vorbereitungen zum Grillen zu den anderen auf der Terrasse stießen, sahen sie schon wesentlich erholter aus und schienen sich bereits ein wenig akklimatisiert zu haben.

»Was für eine herrliche Gegend, und erst diese Luft! Überhaupt kein Vergleich zu dem Smog in Los Angeles«, rief Christoph Mulder aus, als er mit seiner Frau an Klaus herantrat.

»Ja, mein Großvater, der dieses Anwesen erbaut hat, wusste schon, was gut ist. Freut mich, dass es euch gefällt.«

Klaus wandte sich an die anderen.

»Darf ich kurz vorstellen, das sind Daniela und Christoph Mulder, und das ist die Seele des Hauses, Margret Twedd. Ihren Mann Edward habt ihr ja schon kennen gelernt, als er euch heute Morgen vom Flughafen abholte.«

Margret ließ es sich nicht nehmen, einen höflichen Knicks anzudeuten, was Christoph mit einem Handkuss beantwortete, der Margret wie ein verlegenes Schulmädchen auf der Stelle erröten ließ. Ob Familie, Freunde oder Angestellte, gutes Benehmen ziemt sich in jeder Gesellschaft. Damit hatte Christoph bei Margret ein Stein im Brett, lächelte Klaus in sich hinein.

»Vanessa Von Stappen«, ließ es sich Vanessa nicht nehmen, sich in ihrer direkten und einnehmenden Art selbst vorzustellen. Klaus hatte ihr von Danielas Schwierigkeiten mit dem amerikanischen Sozialleben erzählt und sie innigst gebeten, Daniela doch unter ihre Fittiche zu nehmen, was Vanessa sich nicht zweimal sagen lassen musste.

»Kristine Scoberg.«

Ein freundliches und auch wissendes Lächeln wurde zwischen Daniela und Kristine ausgetauscht, als die Damen sich die Hand reichten.

»Und zu guter Letzt, Ulf Bauer, Generalbevollmächtigter des Bankhauses Steiner, Anleihenspezialist, und nebenbei mein ältester und bester Freund. Und Peter Dekker, ein wahres Computergenie, den ich noch aus alten Kravis & Young-Zeiten kenne. Mit ihm steht und fällt unser Vorhaben auf der technischen Seite.«

Während Ulf und Christoph sich die Hände reichten und jeder versuchte, durch die Stärke des Händedrucks und einen festen Blick in die Augen das Gegenüber abzuschätzen, schaute Peter Dekker auf den Boden, errötete leicht und murmelte nur ein schüchternes ‚Hallo'.

Insgesamt lief die Vorstellung doch besser, als Klaus vorher insgeheim befürchtet hatte. Vanessa und Daniela waren schon bald in ein Gespräch vertieft, wahrscheinlich über irgendeine Vernissage, die sie beide unbedingt besuchen sollten. Auch das gegenseitige Abschätzen zwischen Ulf und Christoph schien positiv verlaufen zu sein, wenn man die Körpersprache der beiden richtig deutete. Warum sollte es auch nicht so sein? Waren sie nicht alle von ihrer Art her freiheitsliebend, zielstrebig, offen und vor allem tolerant? Tolerant deswegen, weil jeder von ihnen seine eigenen schlechten Seiten und Macken kannte und mit ihnen umgehen konnte?

Die Sonne verschwand langsam hinter den Baumkronen, dennoch war es immer noch angenehm warm. Sie saßen im Kreis auf den komfortablen, mit großen Kissen gepolsterten Bastmöbeln, die Klaus und Edward am Nachmittag aus dem Wintergarten auf die Terrasse getragen hatten.

Margret hatte es sich nicht nehmen lassen, sie mit köstlichen Cheeseburgern, Salaten, Dips und Zuspeisen jeglicher Art so zu verköstigen, dass alle ein sehr stark ausgeprägtes Sättigungsgefühl verspürten. Kaum einer war noch zu irgendeiner Bewegung fähig.

»Aber ich muss zugeben, ich habe mir diese Idee geklaut. Aus der Filmbranche in Amerika. George Lucas baute für seinen Film *Jäger des verlorenen Schatzes* eine eigene kleine Stadt für sein Team weit außerhalb von Hollywood und Los Angeles. Lucas hatte erkannt, dass vor allem die hochintelligenten Spezialisten, die sich ihre Jobs aussuchen konnten, es leid waren, jeden Morgen im Stau zu stehen, in Anzug und Krawatte bei der Arbeit zu erscheinen oder ihr Dasein von acht bis fünf in einem Bürohochhaus zu fristen. Seine Crew war begeistert und dankte es ihm mit herausragenden Leistungen. Das gleiche Konzept versuche ich nun hier umzusetzen. Arbeit verbunden mit einer hohen Lebensqualität«, schloss Klaus Steiner die Darstellung seiner Pläne mit und um das Bankhaus Steiner.

»Du meinst, obwohl die Firma in der Schweiz ansässig ist, werdet ihr alle Aktivitäten von hier aus machen können? Und das soll keiner merken?«, fragte Vanessa.

»Richtig. Die Welt der Computer- und Kommunikationstechnik hat sich in den letzten Jahren sehr verändert. Es ist heute möglich, dass jemand die Züricher Nummer wählt und das Gespräch hierher umgeleitet wird, ohne dass es der Anrufer merkt. Du kannst heute mit Computern, egal wo sie stehen, jegliche gewünschte Informationsquellen im Internet anzapfen. Oder real-time-Kurse und Nachrichten von allen Börsen erhalten, sei es von New York, Chicago, Tokio, Hongkong, London, Zürich oder Frankfurt. Selbst der Wertpapierhandel läuft inzwischen zum Großteil über Computer«, schaltete sich Peter Dekker ein.

»Und du hast das Stallgebäude dort drüben komplett für diese Zwecke umbauen lassen?«, fragte Christoph Mulder und deutete mit der Hand auf das alte Fachwerkhaus, keine fünfzig Meter von der Villa Benz entfernt.

»Nicht ganz, mein Vater hatte schon damit begonnen, es als zusätzliche Wohneinheit zu nutzen. Ich habe die Räume nur ein wenig umgestalten, ausbauen und einrichten lassen. Es gibt jetzt neben dem großen Handelsraum ein extra Fernseh- und Schlafzimmer, einen Konferenzraum und eine große Wohnküche. Ich habe einen kleinen Fitnessraum mit Sauna und Whirlpool einbauen lassen und eine Bibliothek, die groß genug war, dass neben der Ledercouch und Sesseln noch Platz für einen Billardtisch war. Es gibt einen Kopierraum und, nicht zu vergessen, eine große Bastelstube!«

»Eine Bastelstube?«, fragte Kristine, die ihre Beine über seinen Schoß gelegt hatte.

»Das hatte ich früher in fast jeder meiner Wohnungen. Ein Zimmer nur zum Ausbreiten. Stell dir vor, du arbeitest an einem komplexen Thema, zu dem du Dutzende von Büchern lesen musst, Ideen zusammenträgst, Zeichnungen erstellst und Gedankensprünge festhalten willst. Dieser Vorgang kann Wochen, ja Monate dauern. Und jedes Mal sortierst du abends alles zusammen, um es am nächsten Tag wieder neu auszupacken. Das war nichts für mich, und so richtete ich mir jedes Mal dieses kreative Zimmer ein, was sich als sehr nützlich erwies.«

»Keine schlechte Idee. Wie weit sind die Renovierungsarbeiten?«, fragte Christoph Mulder.

»Die Renovierung ist so weit abgeschlossen. Was noch fehlt sind die Händlertische. Die kommen am Montag, versicherte mir Mark Tram, das ist der Innenarchitekt. Am Dienstag beginnt das ‚technische Tohuwabohu', wie ich es nenne, das liegt aber bei Peter Dekker in den besten Händen. Leute von der Telekom werden die ISDN-Leitungen verlegen. Reuters, Bloomberg und Skynet werden angeschlossen, und Peter und sein Team kümmern sich um den Aufbau der Handelsplattform und die Installation der Rechner und Software. In der Zwischenzeit kümmere ich mich noch um einige organisatorische Dinge. Und dann, ja, dann wird's ernst.«

»Wie viel Personal ist eingeplant?«, fragte Christoph weiter.

»Fünf oder sechs Aushilfskräfte, die uns von einer Zeitarbeitsfirma zur Verfügung gestellt werden. Vier Studenten aus dem Arbeitskreis ‚Börse' der TU-Darmstadt, die regelmäßig kommen werden. Ulf hat den Kontakt zu dem verantwortlichen Professor hergestellt, der sich sehr interessiert daran zeigte, wenn sich seine Studenten auch im praktischen Leben mit den Finanzmärkten beschäftigen würden. Und für unsere Tausende von Systemtests, die vor uns liegen, können wir jede Hand gut gebrauchen. Zwei junge Händler aus dem Bankhaus Steiner, die ihr eifrigstes Interesse bekundet haben. Peter Dekker und sein Team, insgesamt auch vier Leute. Ulf natürlich, im Rahmen des Möglichen, da dem Bankhaus auch sonst einige Veränderungen bevorstehen, die seine Zeit sehr in Anspruch nehmen werden. Und du, wenn du willst.«

Christoph Mulder schaute zu seiner Frau hinüber, die in einem angeregten Gespräch mit Vanessa vertieft war. Lange hatte er sie nicht mehr so glücklich gesehen, und noch länger war es her, dass er sie das letzte Mal so herzhaft hatte lachen hören. Aber auch ihm gefiel diese Idee. Die Vorstellung, hier etwas Einmaliges aufzubauen, etwas, das die Finanzwelt in dieser Form noch nicht gesehen hatte. Was konnte schon passieren? Die Verbindungen, die er sich in Kalifornien aufgebaut hatte, konnte er problemlos wieder erneuern, wenn dieses Unternehmen scheitern sollte. Und einige ausgewählte Kunden, wenn sie es wollten, konnte er problemlos weiterhin aus diesem High-Tech-Zentrum, das hier entstand, bedienen und beraten. Eigentlich sogar noch besser als vorher. Die Umgebung war einmalig, die Arbeitsbedingungen phänomenal und die rechtlichen Strukturen waren sauber ausgearbeitet. Und um seinen Lebensabend brauchte er sich auch keine Gedanken mehr zu machen, wenn er auch nur annähernd die Leistung brachte, die er von sich selbst erwartete.

Daniela Mulder schien den Blick ihres Mannes auf sich zu spüren und sah zu ihm herüber. Als könnte sie seine Gedanken lesen, nickte sie nur leicht mit dem Kopf und konzentrierte sich dann wieder auf Vanessa, die ihr von dem kurz bevorstehenden Anne-Sophie-Mutter-Konzert erzählte.

»Schau dir diese Frau an. Kann ihr jemand widerstehen? Ich jedenfalls nicht. Ich bin ihr willenloser Sklave geworden in zehn

Jahren Eheleben«, lachte Christoph und handelte sich dafür von seiner Frau, die seinen Ausspruch sehr wohl mitbekommen hatte, einen liebevollen Boxhieb in die Seite ein.

»Grundsätzlich sind wir uns einig, Klaus. Ich werde am Montag mit zu deinen Frankfurter Anwälten gehen und die entsprechenden Verträge unterschreiben«, sagte Christoph Mulder.

»Wollt ihr euch etwa eine neue Bleibe hier suchen?«, fragte Vanessa, die scheinbar in jeder Unterhaltung mit einem Ohr zuhörte, um das Wesentliche ja nicht zu verpassen.

»Klaus hatte uns angeboten, dass uns neben dem wundervollen Cottage auch die Villa frei zur Verfügung stehen würde. Aber ich denke, dass ein eigenes Heim der Dame zu meiner Rechten am liebsten wäre«, schielte Christoph Mulder zu seiner Frau, einen weiteren Boxhieb aus ihrer Richtung erwartend.

»Ich könnte euch vielleicht dabei behilflich sein«, sagte Vanessa. Könnte behilflich sein, bedeutete bei Vanessa, dass die Sache so gut wie gemanagt war, dachte sich Klaus amüsiert.

»Ich habe ein Apartmenthaus in Kronberg, ganz in der Nähe des Golfplatzes. Vier Stockwerke, vier Parteien. Die Dachwohnung wird ganz zufällig frei. Einhundertneunzig Quadratmeter, fünf Zimmer, große Dachterrasse mit Blick über das ganze Rhein-Main-Gebiet, zwei Bäder. Hohe, teilweise sehr hohe Decken, da die Wohnung unter dem Dach liegt, Tiefgarage, Eingang zur Wohnung durch einen separaten Lift. Wäsche- und Putzservice gehören natürlich genauso dazu wie ein Portier und Hausmeister. Und über die Miete werden wir uns schon einig, da werde ich euch bei eurem Neuanfang im schönen Taunus sicherlich keine Steine in den Weg legen. Na, was haltet ihr davon?«

Die Mulders schauten sich an. War heute Weihnachten, oder was?

Kapitel XXI

Im Inneren des Kreises

Die Grundlagen für das Wirtschaftswunder in Amerika entstanden während der Regierungszeit eines der umstrittensten Präsidenten des Landes, Ronald Reagan.

Der erzkonservative Politiker setzte Anfang der achtziger Jahre Kapitalismus pur gegen die Wärme des Wohlfahrtsstaates. Er trieb die kränkelnde US-Wirtschaft durch eine erbarmungslose Wettbewerbskur. Er brach den Widerstand der Gewerkschaften und drückte sie in eine Krise, von der sie sich bis heute nicht erholt haben. Reagan zerschlug die Monopole von Telefongesellschaften und Energieversorgern, steckte Milliarden in die Rüstung und förderte damit die Forschung und die Computerindustrie. Darüber hinaus senkte er radikal die Steuern.

Reagans kompromisslose Kur begünstigte den Wandel der USA zu einer hochflexiblen Dienstleistungswirtschaft. Den Rest erledigte die Wall Street, die Firmen und Unternehmensgründer schnell und unkompliziert mit Kapital versorgte. Es entstand ein Gründerboom ohnegleichen. Entrepreneure, ausgestattet mit so genanntem Venture-Capital, Wagniskapital, wurden zum Vorbild einer ganzen Generation. Die meisten jungen Amerikaner träumen heute nicht mehr von einer Karriere bei IBM oder General Motors, sondern vom Start ihrer eigenen Firma. Steven Jobs oder Bill Gates wurden zu ihren Idolen.

Er war kein Ronald Reagan, das wusste er, zumindest war er vorher nicht Schauspieler gewesen. So eine Karriere war wirklich nur in Amerika möglich, sinnierte Reinhard Folkinger während einer langweiligen Bundestagssitzung. Aber der ‚Netzwerk' hatte ihn als seine Galionsfigur ausgesucht, und das aus gutem Grund.

Die deutsche Politik brauchte heute mehr denn je ein bisschen Showbusiness, das ein wenig Farbe in die tristen Graureiher in Berlin brachte. Denn wenn ein Volk im Pessimismus versank, brauchte der Staat einen Mann an der Spitze, der Zuversicht ausstrahlte. Wenn die Bürger unter der Steuerbelastung zusammenzubrechen drohten, dann brauchten sie einen, der ihnen die Leichtigkeit des Lebens wenigstens vorspielte. Und wenn die Menschen nicht mehr an Wandel und an die Zukunft glaubten, dann suchten sie einen wie ihn, der den Glauben an das Positive predigte.

Reinhard Folkinger wusste um seine Medienwirksamkeit, die er vor allem seiner Größe von knapp über einmeterneunzig und seiner stattlichen Figur, die er seit seinen aktiven Leistungssportzeiten immer beibehalten hatte, zu verdanken hatte. Seine asketischen Gesichtszüge, sein fast schwarzes Haar mit den ergrauten Schläfen und der antrainierte stechende Blick aus seinen blauen Augen waren fast schon zu perfekt für die Kamera. Showbusiness, that's all it is.

Seine Konkurrenten warfen ihm Konturenlosigkeit und Schwammigkeit in seinen Standpunkten vor, und er musste ihnen sogar Recht geben. Er wollte an die Macht, das war alles, was für ihn zählte. Kein Parteiprogramm, keine Detailstandpunkte, keine traditionellen Wurzeln, keine parteilichen Parolen, all das interessierte ihn nicht. Ganz nach oben kommen! Egal was es kostete, egal durch wen, egal mit welchem Programm. Er hatte es fast schon geschafft, aber vor und um ihn herum saßen zu viele altgediente Parteibonzen, die es nie zulassen würden, dass ein zweiundvierzigjähriger Jungspund ihnen ihr Revier streitig machen würde. Er saß fest, trotz guter Umfrageergebnisse in der Bevölkerung, trotz des Wissens der Partei um seine Popularität. Die ganze Politlandschaft war in einer Bewegungslosigkeit erstarrt, in der jeder nur noch um seine eigenen Pfründe kämpfte und ein gemeinsames Ziel nicht mehr erkennbar war.

Er hatte die einmalige Chance erkannt, die ihm von Professor Walther bei einem Abendessen vor rund einem Jahr angeboten worden war. Unermüdlich zog er seitdem durch die Lande, von einer Versammlung zur nächsten Veranstaltung, von einem Fernsehauftritt zum nächsten Interview, und proklamierte die Ansätze des Netzwerkes. Vorsichtig am Anfang, zuerst nur durch Hinweise auf Missstände und Zusammenhänge. Bald darauf konnten ihm seine Neider auch keine Konturenlosigkeit mehr vorwerfen, denn er begann auf Rückfragen detaillierte und profunde Antworten zu geben.

Der Professor hatte ihn vorgewarnt, dass er sich mit dieser Position auch eine Menge Feinde machen würde, vor allem in den Reihen gestandener Parteimitglieder, bei den Gewerkschaften und in der alteingesessenen Industrie. Das war auch prompt eingetreten, aber sein Ansehen und seine Anhängerschaft bei den Politikern seiner Generation und beim Nachwuchs, nicht nur innerhalb der eigenen Partei, wuchsen überproportional und stärkten seine Position. Er wurde zum gefragtesten Redner aus Berlin bei Wirtschaftskongressen, und neue Höchstwerte bei den Umfrageergebnissen zeigten ihm, dass er das Herz der Massen getroffen und das Volk hinter sich hatte.

Nun, so hatte ihm Professor Walther eröffnet, würde er Eintritt finden in den engsten Führungszirkel des Kreises, da ein Gründungsmitglied kürzlich verstorben sei. Damit wollte man ihm zeigen, welch gewichtige Rolle er bei den kommenden Veränderungen innehaben würde.

Die Macht! Er war fast am Ziel. Jetzt fehlte nur noch der Funke, der dieses trockene Pulver endlich zum Explodieren brachte.

»Der Spitzensteuersatz soll wirklich nur bei dreißig Prozent liegen? Und das rechnet sich?«, fragte Reinhard Folkinger ein bisschen ungläubig, als er von seinen Notizen aufblickte. Da die Unterlagen nach Anweisung von Professor Walther die Büroräume aus Sicherheitsgründen nicht verlassen durften, hatte er die letzten drei Tage fast komplett bei Future Communications im Messeturm verbracht, um sämtliche Berichte der Arbeitskreise durchzuarbeiten.

Sie hatten sich im Konferenzraum versammelt. Seine erste Teilnahme im Innern des Kreises. Und die wollte er unbedingt dazu nutzen, noch einige offene Fragen beantwortet zu bekommen, die sich aus dem Material der Arbeitsgruppen ergeben hatten.

Reinhard Folkinger musste zugeben, dass er mehr als überrascht war, als Professor Walther ihm die anderen fünf alteingesessenen Mitglieder vorstellte. Die positive Umtriebigkeit von Doktor Johann von Ernst, Vorstandsvorsitzende von Siemens, war ihm schon länger aufgefallen, Karl Ritter aber hätte er nie hier erwartet. Obwohl, wenn er es sich richtig überlegte, war die Deutsche Landesbank durch seine Hand eine erste Adresse im internationalen Finanzmarkt geworden. Robert Schönbrunn kannte er nur durch ein paar Presseartikel. Schwäbischer Immobilienmakler, schwerreicher Investor im Bereich Wagniskapital für junge Unternehmer, sein Vermögen wurde auf über zwei Milliarden Euro geschätzt. Mit Ferdinand Stürmer, Vorstandsmitglied von Volkswagen und Erbe eines der ältesten und größten Familienvermögen in der deutschen Nachkriegszeit, schloss sich der Kreis des Industrie- und Geldadels. Aber die größte Überraschung des Abends war Doktor Wolfgang Lindstedt, seines Zeichens deutscher Außenminister und zudem in der Vergangenheit einer seiner größten Kritiker. ‚Ein guter Diamant muss erst geschliffen werden‘ hatte Lindstedt ihm lachend die Hand geschüttelt, als Reinhard Folkinger die Verblüffung im Gesicht anzusehen war.

»Es wird in Zukunft nur noch ein dreistufiges Steuersystem geben, achtzehn, vierundzwanzig und dreißig Prozent. Die Arbeitsgruppe ‚Steuern‘ hat die einige tausend Seiten umfassenden Steuergesetze auf knappe zweihundert zusammengestrichen. Es wird kaum noch Ausnahmen geben, jeder zahlt das Gleiche und keiner wird mehr eine Steuererklärung machen müssen, die so oder so niemand mehr versteht. Einfach ausgedrückt, auf der einen Seite eine radikale Senkung der Steuersätze und Vereinfachung der Besteuerung, auf der anderen Seite eine Ausweitung der Steuerbasis durch die Streichung von Tausenden von Ausnahmen und Schlupflöchern. Meine volkswirtschaftliche Abteilung hat dieses Modell durchgerechnet und das Ergebnis war eine neutrale Einnahmensituation, wobei die zu erwartenden positiven Effekte wie die Zunahme der Steuerehrlichkeit oder Investitionssteigerungen durch die Wirtschaft nicht mit eingerechnet wurden«, erläuterte Karl Ritter.

»Und die Kapitalertragssteuer wollen wir tatsächlich komplett abschaffen?«, fragte Folkinger skeptisch.

»Ja und nein«, sprach Ritter geduldig weiter, der sich darüber freute, dass sich der ‚Neue' scheinbar intensiv mit der Thematik auseinander gesetzt hatte. »Ja, es wird keine Kapitalertragssteuer in dem Sinne mehr geben. Erträge aus festverzinslichen Wertpapieren, Dividendenerträge aus Aktien oder Ausschüttungen von Investmentfonds werden in Zukunft nicht mehr durch dieses komplizierte und aufwendige System von Steuergutschriften, Verlustanrechnungen, Freibeträgen oder diversen Freistellungsanträgen versteuert, sondern es gibt nur noch eine einzige Steuer. Die neue Kapitalertragssteuer, angesetzt mit dem mittleren Steuersatz, wird jetzt direkt von den Banken einbehalten und abgeführt, das war's. Hierfür habe ich ein ‚Okay' vom Vorsitzenden des deutschen Bankenverbandes, weil der administrative Aufwand bei den Banken dadurch wesentlich vereinfacht wird. Auch für die Kapitalanleger ist das nun interessanter, da sich die hohen Verwaltungs- und Depotgebühren im Ausland im Vergleich zu den nun anfallenden Steuern in Deutschland kaum mehr rechnen. Besonders wenn man noch zusätzlich der Gefahr eines Steuerstrafverfahrens ausgesetzt ist. Das gleiche Prinzip, nämlich die Ausweitung der Steuerbasis, mit Sicherheit zu erwartende Milliardenrückflüsse aus dem Ausland, zusätzliche Erfassung von Kapitalerträgen, die bisher im Steuerwirrwarr verloren gegangen sind, fügen sich zu einem einnahmenneutralen Ergebnis zusammen. Als zusätzliches Bonbon für die Anleger werden in Zukunft die Kursgewinne nicht mehr besteuert, da die Kosten für den administrativen Aufwand größer sind als die Erträge. Das wird einen riesigen Liquiditätsschub für das Aktiengeschäft bedeuten. Die Börse wird noch attraktiver für Firmen, die Kapital suchen, und dann wird es wieder steuerlich für uns interessant. Haben Sie die Zusammenhänge verstanden?«

»Mit dem neuen Erbschaftssteuergesetz schaffen wir aber beinahe kommunistische Verhältnisse! Das bewegt sich ja fast am Rande der Enteignung«, bohrte Reinhard Folkinger weiter.

»Das mag auf den ersten Blick so aussehen, aber dem ist nicht so«, antwortete diesmal Robert Schönbrunn, der Immobilienmakler.

»Durch die hohe Freibetragsgrenze von fünfhunderttausend Euro wird auf keinen Fall das Haus der Oma weggepfändet. Dass die Erbschaft, die in der Gesamtsumme dann über diese Freibetragsgrenze hinausgeht, mit einheitlich sechzig Prozent besteuert wird, das nennen wir Chancengleichheit beim Start für jeden. Aber ihre Befürchtung ist berechtigt, deshalb wird es zwei Möglichkeiten geben, diese Steuer zu verhindern. Für Erben, die ein Unternehmen übertragen bekommen, oder Erben eines großen Privatvermögens, die eine Firma mit diesem Kapital gründen möchten, gibt es die Möglichkeit, einen detaillierten Businessplan einzureichen. In diesem legen sie dar, wie sie das geerbte Vermögen sinnvoll investieren, Arbeitsplätze schaffen oder zukunftsträchtige Geschäftsfelder besetzen. Wird die Planung innerhalb der nächsten drei bis fünf Jahre, je nach Größe des Unternehmens, eingehalten, verfällt die Erbschaftssteuer. Die positiven Auswirkungen auf den Arbeitsmarkt und die damit verbundenen zusätzlichen Steuereinnahmen sind wiederum höher als der Ertrag durch die originäre Steuerschuld. Die zweite Möglichkeit haben wir aus den USA übernommen. Erben großer Vermögen haben die Alternative, eine Stiftung zu gründen, in die sie das Kapital unversteuert einbringen können. Die Zwecke der Stiftung sind festgelegt. Die Mittel können in den Forschungsbereich investiert, es können private Universitäten, Krankenhäuser, Schulen oder Kindergärten gefördert, junge Unternehmen durch Wagniskapital finanziert oder der musische Bereich unterstützt werden.«

»Was verstehen Sie unter dem musischen Bereich?«, hakte Reinhard Folkinger nach, dem die Logik der Argumentation langsam einleuchtete.

»Den Begriff haben wir ziemlich weit gefasst. Es handelt sich nicht nur um die Förderung von privaten Museen, von Musik oder jungen Künstlern. Klaus Winter, unser ‚Grüner' aus der Arbeitsgruppe Politik hatte die wunderbare Idee gehabt, auch Kinderspielplätze, Parkanlagen, Waldbereiche oder Seen in die Hände von Stiftungen zu geben, mit der Auflage, dass die Stiftungen diese Bereiche ökologisch schützen, pflegen und der Öffentlichkeit zugänglich machen müssen.«

»Rechnet sich das denn überhaupt für alle?«

»Ich nenne Ihnen mal eine Zahl. In den nächsten vier Jahren wird ein Vermögen bundesweit vererbt, das sich auf eine Billionen Euro summiert. Eine Billionen Euro! Knapp die Hälfte davon in Form von Geldvermögen. Ja, es rechnet sich für uns. Aber auch für die Erben dieser Vermögen. Nochmals: Eine sehr hohe Freigrenze, die ihnen ein sehr gutes Start- oder Lebenspolster bietet. Und danach wissen die Erben, dass sie entweder direkt oder indirekt über die Stiftung zum Beispiel neue Arbeitsplätze schaffen, was der Allgemeinheit und damit auch ihnen zugute kommt. Oder sie kommen in ein Krankenhaus, und erleben, dass dies bestens ausgerüstet ist. Oder ihre Kinder können endlich in einem Sandkasten im Park spielen, in dem keine Drogenspritzen vergraben sind. Es ist die psychologische Variante, weshalb dieses Modell funktionieren und sehr positive Auswirkungen auf alle möglichen Bereiche der Allgemeinheit haben wird.«

Dem war nichts mehr hinzuzufügen, dachte sich Reinhard Folkinger und wechselte das Thema.

»Warum wollen wir die Wehrpflicht abschaffen? Und was machen wir mit den Zivildienstleistenden? Wenn die wegfallen, bricht unser Pflegesystem zusammen!?«

»Herr Folkinger, wir können noch die nächsten zwei Wochen damit verbringen, Ihre Fragen zu beantworten, Ungereimtheiten zu diskutieren oder uns über Grundsätzlichkeiten die Köpfe einhauen«, unterbrach ihn Doktor Ferdinand Stürmer unsanft. »Ich habe das Gefühl, dass Sie, genauso wie fast alle anderen Politköpfe, immer noch nicht ganz verstanden haben, worum es hier geht! Natürlich brauchten wir auch viele Detailinformationen zu den Eckpunkten unseres Vorhabens, deswegen haben wir auch die Arbeitskreise zusammengerufen. Aber letztendlich ist das

,Große Bild' entscheidend und in dem stehen diese Eckpunkte nicht mehr isoliert da, sondern gehen fließend ineinander über. Ein Beispiel. Wir werden das deutsche Umlagesystem in ein komplexes, hybrides Rentenmodell umbauen, kapitalgedeckt auf der einen Seite, Grundrente auf der anderen. Kapitalgedeckte Renten bedeuten gleichzeitig, dass die Realwirtschaft mit einem steten Strom langfristig angelegter Spargelder versorgt wird. Das ist positiv, während die Grundrente aus Steuergeldern, also von der Allgemeinheit, getragen werden soll, was eher negativ zu bewerten ist. Also, wo könnten die benötigten Gelder herkommen? Drastische Streichung von Subventionen für nicht mehr zukunftsträchtige Wirtschaftszweige ist die eine Alternative. Aber durch die Subventionskürzungen und die radikale Schrumpfkur der Staatsbürokratie kommt es zu gewaltigen demographischen Arbeitsmarktverschiebungen. Heißt das Massenarbeitslosigkeit? Subventions- und Stellenabbau im öffentlichen Dienst passiert nicht von heute auf morgen, das ist klar. Aber wir können mit gutem Gewissen Amerika zum Vorbild nehmen, das innerhalb von einigen Jahren über vierzig Millionen Arbeitsplätze in alten, nicht mehr wettbewerbsfähigen Industrien abgebaut und über sechzig Millionen neue in Zukunftsindustrien geschaffen hat! Keiner von uns kann heute genau abschätzen, mit welchen Summen ausländische Firmen in Deutschland durch die radikale Steuer- und Lohnkostensenkung neu investieren und dadurch Arbeitsplätze schaffen werden. Wer weiß schon, was sich junge, kreative Köpfe einfallen lassen, wenn es kein Ladenschlussgesetz mehr gibt? Vielleicht ein Lebensmittelladen, der nur von Mitternacht bis sechs Uhr morgens geöffnet ist? Verstehen Sie, worauf ich hinauswill?« beendete schnaufend ein sichtlich erregter Ferdinand Stürmer seinen Monolog.

»Ich glaube schon«, antwortete Folkinger ein wenig eingeschüchtert. Aber warum machte er sich überhaupt Gedanken. Der ,Kreis' wollte ihn an der Spitze haben, und das war alles ,was für ihn zählte.

»Das Problem unserer Kollegen war und ist es noch heute, dass sie versuchen, die Einzelteile des Gesamtbildes ganz separat zu behandeln, statt die Zusammenhänge zu verstehen und Synergien konsequent ausnutzen«, versuchte Wolfgang Lindstedt zu helfen.

»Herr Folkinger«, schaltete sich Professor Walther zum ersten Mal an diesem Abend in die Diskussion ein. »Das, was wir vorhaben, wird sicher einigen Leuten wehtun! Wir werden vielen Menschen ganz gewaltig auf die Füße treten, und es wird an vielen, vielen Ecken knirschen. Es wird immer noch welche geben, die sich ungerecht behandelt fühlen. Andere, die uns Ausländerfeindlichkeit unterstellen werden, weil wir Deutschland zu einem Einwanderungsland mit ‚Greencards' umwandeln wollen. Oder wieder andere, die wirklich Haus und Hof verlieren, weil sie ihre Existenz zum Beispiel in der hochsubventionierten Landwirtschaft aufgebaut haben. Aber was ist die Alternative, frage ich Sie? Wer ist wirklich schuld daran, dass der Landwirt um sein Lebenswerk gebracht wird. Die Wurzel des Übels reicht doch schon Jahrzehnte zurück. Wenn in fünf bis zehn Jahren die jetzige Politikergeneration abtreten wird, hinterlässt sie einen Karren, der so tief im Dreck steckt, dass die zukünftige Generation sich nie wieder davon erholen wird. Und das ist der Punkt. Wir müssen an die Zukunft denken, und mit der Vergangenheit komplett brechen. Kennen Sie die Geschichte von dem Feldherrn, der, nachdem seine Truppen auf feindlichem Boden gelandet sind, alle Schiffe verbrennen ließ und ihnen zurief: ‚Jetzt haben wir keine andere Wahl mehr als zu siegen – oder zu sterben'. Und das ist unser psychologischer Vorteil! Das deutsche Volk schreit förmlich nach Veränderungen irgendeiner Art. Sehen Sie sich doch die rechte Szene an. Meinen Sie, die Menschen wollen tatsächlich in diese Richtung gehen? Aber es fehlt an ernst zu nehmenden Alternativen! Durch unsere Arbeitsgruppen und die Überzeugungsarbeit innerhalb der Parteien haben wir auch die politische zweite Ebene und den Nachwuchs zum Großteil hinter unseren Veränderungsplänen. Die Wirtschaft ohnehin. Wer uns noch im Weg steht, ist die jetzige Führungsebene.«

»Und wie wollen wir die zum Abtreten zwingen?«, fragte Folkinger.

Professor Walther schaute in die Runde. Waren sie bereit für das, was er ihnen jetzt eröffnen würde? Aber er hatte keine Zeit mehr. Die Dosis seiner Schmerzmittel musste er bereits alle zwei bis drei Tage erhöhen. Es war an der Zeit, die Schiffe endlich zu verbrennen.

Zwei Wochen hatte Dirk Markowitz versucht, Kristine Scoberg zu einem Treffen zu überreden, und schließlich hatte sie nach langem Zögern eingewilligt.

Es war kurz nach acht Uhr abends, und er wartete nun schon über zwanzig Minuten im *Diesseits*, einer In-Kneipe in Frankfurt-Bockenheim. Dirk Markowitz hatte den hinteren linken Tisch an der Fensterfront reservieren lassen, damit sie ungestört reden konnten. Endlich sah er sie das Bistro betreten. Er stand auf, um sie mit einem Kuss auf ihre linke und rechte Wange zu begrüßen, und bot ihr seinen Platz auf der Sitzbank an, denn er wusste noch, wie sehr sie es hasste, mit dem Rücken zum Lokal zu sitzen.

»Tut mir Leid, dass ich zu spät bin. Ich bin noch von einem Arbeitskollegen aufgehalten worden«, sagte Kristine und musste an das lustige Telefonat mit Klaus denken, das gar nicht enden wollte.

»Du siehst ganz wundervoll aus«, versuchte Dirk Markowitz das Gespräch in den Gang zu bringen.

»Mir geht es auch hervorragend«, antwortete Kristine, die immer noch nicht verstand, warum Dirk unbedingt auf dieses Treffen gedrängt hatte. Was gab es noch zu sagen? Ihre Beziehung war mit hundertprozentiger Sicherheit vorbei. Das hatte sie ihm schon vor zwei Jahren erklärt. Und jetzt war dieses Thema durch Klaus so oder so erledigt.

»Du fragst dich bestimmt, weshalb ich dich unbedingt sehen musste. Aber ich brauche dringend deinen Rat in einer bestimmten Angelegenheit, und du bist die Einzige, der ich vertraue und an die ich mich wenden kann«, fing Dirk an zu erzählen. Was soll ich ihr sagen? Wie viel darf ich preisgeben? Aber was könnte Kristine schon mit den Informationen anfangen? Es würde ihr so oder so keiner glauben, denn sie könnte ja nichts beweisen.

Er brauchte aber jetzt jemanden, mit dem er über seine Erlebnisse der letzten zwei Jahre reden konnte. Jemanden, der ihn kannte, jemanden, auf dessen weisen Rat er immer zählen konnte. Ralf Hintermann hatte es einfach, denn er konnte mit seiner Frau jede Kleinigkeit besprechen und wusste ihre volle Unterstützung hinter sich. Aber er, er hatte niemanden. Bis heute Abend, hoffte er.

»Was für ein Problem hast du, Dirk? So in dich gekehrt kenne ich dich gar nicht«, fragte Kristine Scoberg verwundert.

»Seit zwei Jahren arbeite ich in einer Firma hier in Frankfurt namens Future Communications. Das Gehalt ist gut, zweihundertfünfzigtausend im letzten Jahr«, begann Dirk das Gespräch. Vielleicht konnte er sie ja ein wenig beeindrucken. Gut für das männliche Ego.

»Schön für dich, aber worauf willst du hinaus?«, wunderte sich Kristine weiter, die nicht im mindesten beeindruckt war.

»Sagt dir der Name Professor Paul Walther etwas?«, fragte Dirk unsicher.

»Natürlich. Ich hatte sogar auf einer Party meiner Tante Vanessa das Vergnügen, kurz ein paar Worte mit ihm zu sprechen. Ich war beeindruckt von seinen musischen Kenntnissen. Wir standen gerade vor einem Gemälde von Rembrandt und er erzählte ein paar Anekdoten aus dem Leben des Rembrand Harmensz van Rijn. Er wirkte jedoch äußerst distanziert und unnahbar.«

Sollte er es wirklich wagen? Aber genau deswegen hatte er sich doch mit ihr getroffen, oder? Schließlich begann Dirk Markowitz von den letzten zwei Jahren zu erzählen. Wie und zu welchem Zweck er und Ralf Hintermann von Professor Walther angestellt worden waren. Er schilderte die Vorgänge, an denen sie arbeiteten. Er sprach über die verschiedenen Arbeitsgruppen und deren Aufgaben. Er versuchte ihr zumindest Teile des ‚großen Bildes' darzustellen, und er gestand ihr seine Ängste, die ihn jetzt befallen hatten, da sich die Ereignisse zuspitzten.

Drei Stunden später, als Dirk Markowitz Kristine vor ihrer Wohnung im Westend abgesetzt hatte, war er froh, dass er endlich mit jemandem geredet hatte, vieles endlich herausgelassen hatte. Obwohl Kristine an diesem Abend, bis auf ein paar Detailfragen, kaum etwas gesagt, geschweige denn ihm einen Rat gegeben hatte. Fassungslos, ja genau, sie hatte ihm fassungslos den ganzen Abend gegenüber gesessen, überlegte sich Dirk Markowitz. Aber machten einen die Geschichte, die Pläne, die Auswirkungen nicht genau das? Fassungslos!

Kapitel XXII

Caruso

Er war ein Ehrenmann. Dort, wo er herkam, stellte man nicht die Frage, ob man zur Cosa Nostra wollte. Wer die Chance erhielt, ein Ehrenmann zu werden, der küsste aus Dankbarkeit die Erde. In seinem Heimatort San Cristoforo, im Bauch der Altstadt von Catania, wurde niemand Arzt oder Anwalt. Und zu Geld, Macht und Einfluss kam man nur durch Beziehungen, Gefallen und Gefälligkeiten.

‚Piu spine che rose', es würde ein Weg mit mehr Dornen als Rosenblüten sein, warnte ihn sein Vater, als er sich entschied, ein Ehrenmann zu werden. Aber was wusste sein Vater schon, der sein Leben lang nur ein einfacher Gemüsehändler gewesen war. Die ‚Familia' begehrte ihn, weil er eine seltene Kaltschnäuzigkeit für einen damals Achtzehnjährigen bei diversen Bank- und Raubüberfällen bewiesen hatte, gepaart mit einer unglaublichen Treffsicherheit. Er wollte sich Versace-Anzüge, Goldschmuck und einen BMW kaufen. Wie hätte er sich das im Gemüseladen seines Vaters erarbeiten können?

‚Nur durch mein Blut komme ich zur ‚Familia', nur durch mein Blut verlasse ich sie', sprach ihm bei der Initiation sein Padrino vor und stach mit der Nadel einer Goldbrosche in seinen rechten Zeigefinger, den Schussfinger, während er den Satz wiederholte, und ließ das Blut auf das Bild der heiligen Agatha tropfen.

Am Morgen danach hatte die Arbeit als jüngster Ehrenmann der Provinz begonnen. Er lernte, seriös und respektvoll aufzutreten, nicht mehr mit den Fingern nach dem Ober zu schnipsen, keine modische Diskokleidung zu tragen, nicht laut, arrogant oder gar frech zu sein, keinen Streit anzuzetteln und keine unnötigen Machtdemonstrationen zu provozieren. Den geschniegelten Mafioso mit Borsalino-Hut, Maschinengewehr und dem schiebenden, breitbeinigen Gang gab es schon immer nur im Film.

Eingeschnürt in ein Korsett aus ungeschriebenen Gesetzen, Zeremonien und Konventionen war er zu einem Soldaten der Cosa Nostra geworden, durfte sich aber weder als solcher zu erkennen geben, noch an einen anderen ihm nur entfernt bekannten Ehrenmann herantreten. ‚E a stissa cosa', musste ein Dritter die beiden vorstellen, ‚er ist dieselbe Sache'. Erst dann küssten sie sich und vertrauten einander Informationen an. Bedingungsloser Gehorsam gegenüber dem Capodecina, dem Oberhaupt einer Soldatengruppe, war das wichtigste der vielen Gebote. Immer das gegebene Wort zu halten, weil die Cosa Nostra nur so funktionierte, der Ehefrau treu zu bleiben, weil Geliebte potentielle Verräterinnen waren, oder immer die Wahrheit zu sagen, um keine Missverständnisse innerhalb der ‚Familia' zu schaffen.

Er konnte sich noch genau an den Abend erinnern, als er in Palermo in einem edlen Nachtklub am Meer saß und der Kellner ihm diskret eine Flasche *Moet&Chandon* servierte. Da wusste Marcello Caruso, dass er nach all den Lektionen und Mutproben am Ziel angekommen war. Er hatte den Champagner nicht bestellt, er war als Ehrenmann erkannt worden.

Das Denken hörte auf, als er ins Auto eingestiegen war. Er küsste sein Heiligenbild und vergaß sofort, dass es einen Gott gab, denn wenn man töten musste, dann gab es nur noch das Ziel, die Arbeit, die man hochkonzentriert und exakt erledigen musste. Es war alles eine Frage von Sekunden.

Vierundsechzig Leute hatte Marcello Caruso als Ehrenmann ermordet. Immer mit System, da er nie etwas dem Zufall überlassen wollte.

Tagelang studierte er einen Fall, beobachtete sein Ziel, dessen Gewohnheiten, wann es zum Friseur oder zum Sport ging, an welchen Abenden es welche Bars aufsuchte und wann es nach Hause aufbrach.

Sein Markenzeichen für Auftragsmorde aus nächster Nähe war eine Desert Eagle, Kaliber .357, eine Pistole aus den Reihen israelischer Spezialeinheiten mit großer Durchschlagskraft. Zwar war sie eine wuchtige und klobige Waffe und nur schwer zu bedienen, aber unter Verwendung entsprechend laborierter Munition, gepaart mit seinen Talenten, war sie für ihn die perfekte Faustfeuerwaffe. Sollte es wie Selbstmord aussehen, benutzte er alte, möglichst verrostete Berettas, Kaliber .32, die er am Tatort zurücklassen konnte. War das Opfer ein Entfernungsziel, kam es auf die Beweglichkeit an. Mit seinem Barrett Light Fifty, einer amerikanischen Präzisionswaffe, hatte er schon Ziele aus zweitausend Meter getroffen, nur war sie mit ihren knappen fünfzehn Kilogramm Gewicht relativ unhandlich. Ansonsten nutzte er eine weitere israelische Waffe: das Galil-Scharfschützengewehr. Mit sechs Kilogramm war es erheblich leichter, aber schon bei dreihundert Meter und einem Streukreisdurchmesser von zwölf Millimeter auch wesentlich ungenauer. Eine Kalaschnikow AK47 nahm er nur bei besonderen Aufträgen, für herausragende Persönlichkeiten und um ein Zeichen zu setzen, denn in Sizilien besaß nur die Cosa Nostra Kalaschnikows.

Nur eines war nie so richtig sein Fall gewesen: die ‚Lupara bianca‘, die weiße Schrotflinte, der Mord ohne Leiche. Das Opfer wurde getötet, und dann entweder in Säure aufgelöst, einbetoniert oder mit Steinen beschwert im Meer versenkt, um keine Spuren für die Ermittler zu hinterlassen.

Aber er wollte Spuren hinterlassen. Denn jeder präzise und reibungslose Mord nährte seinen Ruhm als ‚Assessini‘, wie die ‚Familia‘ ihn liebevoll nannte.

Mitleid für seine Opfer hatte er nie empfunden. Auftragsmorde hatten für ihn eine reinigende Funktion, und er sah sich eher als Sanitäter, der die Gesellschaft von Entarteten säuberte. Das Gewissen hatte Gott nur für Frauen und Memmen geschaffen. Für Mitleid war kein Platz, wenn man wusste, dass man ebenso tot daliegen konnte. Dazu hatte Marcello Caruso selbst schon zu oft dem Tod ins Antlitz geschaut.

Ein ‚Pentini‘, ein Reuiger, ein Verstoßener, hatte das

‚Omerta', das Schweigegebot gebrochen und die ‚Familia' bei der Staatsanwaltschaft verraten.

An einem nasskalten Dezemberabend vor vier Jahren wurde das Lagerhaus im Hafen von Trapani, in dem sie gerade eine beträchtliche Waffenladung umschlugen, von der Polizei umstellt. Es kam zu einem langen Feuergefecht, und nur ein dummer Querschläger setzte ihrer Überlegenheit, sie saßen ja auf einem unerschöpflichen Berg von Waffen, ein jähes Ende. Dieser Schuss ließ eine Munitionskiste explodieren, was eine katastrophale Kettenreaktion in Gang setzte. Man schätzte, dass sechsundvierzig Männer in dieser Nacht starben, da entweder gar keine oder nur noch Einzelteile der meisten Toten aufzufinden waren.

Er hatte Glück gehabt. Zu dem Zeitpunkt, als die Polizei eintraf, war er auf der Toilette im hinteren Teil des Gebäudes, der keine Ausgänge hatte. Deshalb wurde diese Seite auch nur von zwei Carabinieris bewacht, die er mit zwei schnellen Schüssen in den Kopf aus dem vergitterten Toilettenfenster niederstrecken konnte. Von draußen konnte er seinen Freunden besser helfen, hatte er sich gedacht, als er nach mehreren Versuchen endlich das Gitter herausgetreten hatte. Aber noch bevor er eingreifen konnte, flog die Lagerhalle auch schon in die Luft.

Fast die ganze ‚Familia' war ums Leben gekommen, auch das Oberhaupt Onkel Juri, der eigentlich nur selten bei Handlangergeschäften zugegen war und nur wegen der Größe der Transaktion an diesem Abend eine Ausnahme gemacht hatte. Auch sein Name wurde unter den Toten aufgeführt. Was sollte er jetzt tun? Zu einer rivalisierenden ‚Familia' überwechseln? Sie hätten ihn nur ausgehorcht und irgendwann als Leiche von sich gestoßen.

Marcello Caruso entschied sich, mit seiner Frau und seinen zwei Kindern Sizilien zu verlassen, da sie ohne den Schutz der ‚Familia' kaum eine Überlebenschance hatten. Und so zogen sie zu den Schwiegereltern nach Norditalien, wo diese in Diano Marina eine große Pizzeria hauptsächlich für Sommer-Touristen betrieben.

Was aber überlebt hatte, war sein Ruf als Assessini, als einer der zuverlässigsten und treffsichersten Auftragsmörder in Italien. Und so baute er einen Schutzwall von Informanten um sich herum auf. Jeder Auftrag kam von einem Bekannten, der einen Freund kannte, der wiederum einen Onkel hatte, dessen Stiefbruder jemanden wusste, der einen Gefallen brauchte. Er war teuer, und er nahm nicht jeden Auftrag an, und nur sehr wenige kannten seine wahre Identität, geschweige denn die Telefonnummer der Pizzeria in Diano.

Doktor Hans Arnold hatte vor nichts Angst. Das Einzige, was ihm momentan wirklich Furcht einflößen würde, wäre, wenn seine Kunden ihre Zuversicht und seine Bank ihre Glaubwürdigkeit verlieren würden.

Nachdem er vor zwei Jahren zum Vorstandssprecher der Deutschen Bank ernannt worden war, krempelte er den Konzern komplett um und baute eine der modernsten Universalbanken weltweit auf. Auf diesem Wege bewies der eloquente Kapitalmarktexperte, der sich dem Aktiengeschäft schon widmete, als es in Deutschland noch anrüchig war, dass er kein weicher Musikliebhaber mit guten Umgangsformen war, sondern auch ungemein hart durchgreifen konnte.

Durch eine komplette Neuorganisation im Geld- und Wertpapierhandel, der sich in Zukunft nur noch auf fünf internationale Handelszentren konzentriert – im Gegensatz zu achtunddreißig Börsenvertretungen vorher –, hatte er sich viele Feinde in den Reihen älterer, angestammter Händler und vor allem bei der Gewerkschaft gemacht. Denn die gesamte Umstrukturierung sowie die Errichtung des High-Tech-Handelsraumes in Frankfurt hatten nicht nur innerhalb des Investmentbankings Tausende von Stellen gekostet.

Den Umgang mit widerstrebenden Kräften kannte er aber noch bestens aus den Zeiten als Aufsichtsratsvorsitzender der Deutschen Börse, in der er die Computerisierung des Handels gegen den Widerstand der örtlichen Makler durchdrückte.

Aber den deutlichsten Rückstand hatte die Bank weiterhin in der Vermögensverwaltung im internationalen Vergleich nachzuholen. Selbst am deutschen Markt machten ihr kleine Privatadressen wie das Bankhaus Sal. Oppenheim oder Steiner & Pring das Leben schwer. Auch in der Summe der Anlagevermögen, aber vor allem in der Performance oder in der namentlichen Qualität der Kunden hinkte die Bank hinterher.

Seine Kraft schöpfte Hans Arnold aus vertrauten Ritualen. Seit Jahrzehnten joggte er jeden Morgen um halb sieben eine kleine Runde durch den Kronberger Stadtpark, stets betrat er um halb acht die Bank und verließ sie frühestens um neun Uhr abends. Ausnahmen gab es nur bei auswärtigen Geschäftsterminen. Und regelmäßig traf er sich mit seinem alten Freund Doktor Leonard Kaufmann, dem Chef der Deutschen Börse, auf ein gutes Glas Wein im *Frankfurter Haus* in Neu-Isenburg. Jeden Freitag um sechs.

Klaus streichelte den nackten Körper von Kristine. Schweißperlen zogen sich im Mondlicht glitzernd über ihre Haut. Zärtlich fuhr er mit seinem Handrücken über ihre weiblichen Konturen, ihren schlanken Bauch, ihre wohlgeformten Brüste bis zu ihrem Hals und begann ihn zärtlich zu umspielen. Er hatte noch nie eine so samtweiche und warme Haut gespürt. Normalerweise waren ihr Hals und die Ohren ihre erogensten Zonen, und er liebte den Anblick, wenn sich ihre feinen Körperhärchen zu einer leichten Gänsehaut aufrichteten, sobald er sie streichelte. Nicht so in dieser Nacht.

»Wo bist du mit deinen Gedanken?«, fragte er leise.

»Oh, tut mir Leid.«

Sie küsste ihn zärtlich auf den Mund.

»Mir geht nur dieses merkwürdige Gespräch mit Dirk gestern Abend nicht aus dem Kopf.«

»Willst du darüber reden?«

»Eigentlich schon. Auf der anderen Seite musste ich ihm versprechen, niemandem davon zu erzählen«, seufzte Kristine und schaute an die Decke.

»Ich bin nicht niemand. Falls du doch darüber sprechen möchtest, ich bin für dich da.«

»Ich muss sogar. Aber nicht jetzt, nicht heute. Lass uns die letzten Stunden noch genießen«, murmelte sie, als sie sich wieder an ihn kuschelte. Warum musste sie auch ausgerechnet jetzt, morgen schon, für eine Woche nach New York? Sie wollte mit Klaus in Ruhe über diese seltsame Unterhaltung mit Dirk reden, nicht zwischen Tür und Angel, dafür war es zu schwerwiegend. Außerdem hatte es Zeit, denn was konnte sich schon in einer Woche verändern?

»Aber eins kann ich dir mit Sicherheit sagen. Es hatte nichts mit mir und Dirk zu tun. Auf dieses Thema sind wir erst gar nicht gekommen. Außerdem hätte er ohnehin keine Chance mehr«, rang sie ihn lachend auf den Rücken und setzte sich auf ihn. Wie sie seinen Körper liebte. Womit hatten sie nur dieses Glück verdient?

»Wie war das noch mit genießen?«, fragte Klaus schelmisch.

»Du weißt, immer nur an Weihnachten und zu Ostern«, grinste Kristine zurück.

»Ich liebe diese vielen Feiertage im Jahr«, hauchte er, als ihr geschmeidiger Körper von seiner Brust über seinen Bauch immer tiefer glitt.

Kapitel XXIII

Gurus

Sie nannten sie die Börsenfee. Und sie war nicht umsonst seit drei Jahren der Guru für Analysten, Fondsmanager, Aktienhändler und Spekulanten weltweit, denn sie hatte jedes neue Rekordhoch an den Aktienmärkten stets korrekt vorhergesagt.

Obwohl Daniela Isenberg im Gegensatz zu vielen Kollegen ein unspektakuläres Auftreten bevorzugte, war sie derzeit die einflussreichste Stimme in der zu glamourösen Eskapaden neigenden New Yorker Finanzwelt. Schon bevor die Börsen ihre Pforten öffneten, waren gewöhnlich die Entscheidungen über Kauf oder Verkauf längst gefallen. Denn sie hatte, bevor sie mit der U-Bahn ins Büro fuhr, schon etliche Telefonkonferenzen mit Börsenprofis oder Analysten weltweit hinter sich, in denen sie Stellung nahm zu den aktuellsten Tagesereignissen wie Arbeitslosenzahlen, Wirtschaftsmeldungen oder interessanten Unternehmensanalysen.

Daniela Isenbergs Ruf reichte jedoch weit über die Kreise der Investmentprofis hinaus. Deshalb hatten sich ihre Einschätzungen und Prognosen eine Stunde später, wenn sie ihre Büroräume bei Salomon Smith Barney betrat, bereits millionenfach über die Medien verbreitet.

Geschürt vom wachsenden Interesse privater Anleger, nicht nur in Amerika, sondern auch in Europa, machten die Massenmedien die Börse immer häufiger zum Thema. Experten wie Daniela Isenberg, die vorher nur Insidern bekannt waren, wurden zu öffentlichen Superstars, und Millionen von Anlegern weltweit folgten ihnen wie einst die Griechen dem Orakel von Delphi. Diese Gurus traten fast täglich im Fernsehen auf und sie wurden unablässig in Zeitungsberichten und Magazinen zitiert. Die Börsengemeinschaft pilgerte in Scharen zu den Veranstaltungen, auf denen die Hohepriester ihre Investmentweisheiten predigten. Und je bekannter sie waren, umso größer war ihr Einfluss.

Warren Buffett, der Chef von Berkshire Hathaway, einer der erfolgreichsten Beteiligungsgesellschaften der letzten Jahrzehnte, deren Aktien die teuersten der Welt waren, war nicht nur nach Bill Gates der zweitreichste Mann der Welt, sondern seine Investmentschriften wurden analysiert wie die Bibel. Tausende von Brokern, und damit auch ihre Kunden, kopierten täglich seine Anlagestrategien. Seit Georg Soros 1992 die Bank von England knackte, war er aus den Reihen der Top-Gurus nicht mehr wegzudenken. Und auch Daniela Isenberg gehörte in diesen handverlesenen Kreis, seitdem das Wall Street Journal sie zur ‚Königin der Haussiers' ernannt hatte.

Was sie aber an diesem Morgen beschäftigte, waren keine volkswirtschaftlichen Berichte, keine Unternehmenszahlen oder Strategiepläne für den asiatischen Markt. Es war ein simples Blatt Papier, das an ihrer Haustür geklebt hatte. Es kamen ihr entfernt Erinnerungen an ein Telefonat mit Marc Colby hoch. Marc war ein alter Studienkollege aus Berkley, der nun einen englischen Deutschland-Fonds leitete. Er war vor ein paar Wochen nach einem Besuch eines Investitionsobjektes in der Nähe von Leipzig von Neonazis krankenhausreif geschlagen worden.

Sie schüttelte diesen Gedanken ab und drückte auf den Knopf zur Gegensprechanlage ihrer Assistentin.

»Isabell, könnten Sie bitte von unseren Analysten sämtliche Unterlagen über Deutschland zusammentragen. Mich interessiert vor allem die innenpolitische Lage, die letzten Berichte über die neonazistische Szene und, wenn möglich, auch Berichte über deren Auswirkung auf ausländische Investitionen. Danke.«

Sie las den Zettel erneut.

Keep your fuckin' jewish money out of Germany, bitch!

Keine Unterschrift, keine ‚Wenn-dann'-Forderung, sie zuckt mit den Schultern und ließ das Blatt in der Schublade verschwinden.

Als Daniela Isenberg sie aus der Leitung geworfen hatte, erhob sich Isabell Ross von ihrem Stuhl und ging in Richtung Ausgang.

»Wenn mich jemand suchen sollte, ich gehe kurz vor das Bürogebäude eine Zigarette rauchen«, sagte sie zu den anderen fünf aus dem Stab um Daniela Isenberg, mit denen sie sich das Büro teilte.

Immer eine gute Ausrede, dachte sie, auch wenn es meistens ziemlich lästig war, dass sie dafür jedes Mal aus dem zweiundvierzigsten Stock bis hinunter auf die Straße fahren musste. Vor dem Gebäude nahm sie ihr Handy und wählte eine bestimmte Nummer, die sie nicht einprogrammiert hatte.

»Newton«, tönte es aus der Leitung.

»Hi, hier ist Isabell. Ich hab was für dich. Drei Stichworte. Deutschland, Neonazis, ausländische Investitionen. Du schuldest mir ein weiteres Abendessen, insgesamt sind wir jetzt bei zwölf. Ciao!«, sprach Isabell nur kurz ins Telefon, denn man wusste nie, wer vielleicht mithören könnte. Der SEC, dem amerikanischen Aufsichtsamt für Wertpapierhandel, war alles zuzutrauen. Und das Letzte, was sie wollte, war eine Anklage wegen Weitergabe von möglichen kursrelevanten Insiderinformationen. Alles, was sie wollte, war eine weitere Nacht mit Joe Newton, einem Journalisten beim *Wall Street Journal*, der nicht nur fantastisch schreiben konnte.

Es war nur ein kleiner Bericht, der am Montag auf der ersten Seite des Wirtschaftsteils im Wall Street Journal in New York erschien. In ihm stand auch nicht viel mehr, als dass aus einer sicheren Quelle zu erfahren war, dass die Analysten im Hause Salomon Smith Barney an einer Studie über Deutschland arbeiteten, die die innenpolitischen Verhältnisse durchleuchtete, in Verbindung mit den zunehmenden gewalttätigen Übergriffen von Neonazis auf Ausländer und deren Auswirkung auf internationale Investitionen in Deutschland.

Joe Newton war gut genug, um bei seinen Recherchen auf die Verbindung zwischen Marc Colby und Daniela Isenberg zu stoßen, die zusammen in San Francisco studiert hatten. Es folgte eine kurze Darstellung der Ereignisse von Leipzig, und jeder Leser konnte nun zwischen den Zeilen entnehmen, dass Daniela Isenberg Deutschland und sein gesamtes Umfeld für ‚bedenklich' hielt. Und es war zu erwarten, dass sie bei dem nächsten bedeutenden Vorfall Deutschland als zu riskant oder sogar zum Verkauf herunterstufen würde.

Dieser kurze Abschnitt genügte, um den Deutschen Aktienindex an diesem Nachmittag um hundert Punkte fallen zu lassen.

Kapitel XXIV

Anschlag

Nahezu jeder, der sich einmal verirrt hatte, von der Zivilisation abgeschnitten oder ganz alleine und isoliert auf sich gestellt war, kannte diese Furcht. Die Furcht vor dem Unbekannten. Die Furcht vor Schmerz oder Unbequemlichkeit. Und die Furcht vor sich selbst und den eigenen Schwächen. Aber unter solchen Umständen konnte Furcht nicht nur normal sein, sondern auch sehr hilfreich. Denn Furcht schärft die Sinne und stimmt den Geist auf mögliche Gefahren und Risiken ein. Furcht war das natürliche Ansteigen des Adrenalinspiegels, das bei allen Säugetieren vorkam und als Verteidigungsmechanismus gegen Gefahren oder Unbekanntes fungierte.

Aber Furcht musste eingegrenzt und in die richtigen Kanäle gelenkt werden, ansonsten entstand Panik. Und Panik war die schlimmste Reaktion in einer Gefahren- und Überlebenssituation. Es wurde Energie vergeudet, das rationale Denken wurde beeinträchtigt oder sogar zunichte gemacht. Panik führte zu Selbstzweifeln, Hoffnungslosigkeit und unkontrolliertem Fehlverhalten und machte jede überlegte Ausführung eines Vorhabens unmöglich.

Natürlich hatte er Furcht, dachte sich Marcello Caruso, wenn er diesem Gefühl einen Namen geben sollte, das ihn jedes Mal erfasste, bevor er einem Opfer gegenübertrat oder es im Fadenkreuz seines Zielfernrohres hatte. Die Nackenhaare und die Härchen an seinen Armen stellten sich auf. Jede Zelle war mit Adrenalin voll gepumpt und seine Sinne potenzierten seine Wahrnehmungsfähigkeit. Er hörte besser, er sah besser und was noch wichtiger war, er fühlte besser. Den Druckpunkt beim

Schuss spürte er auf den Millimeter genau, die Pistole verschmolz mit seiner Hand, und mit dem Messer wurde er eine Einheit.

So wie letzte Woche, als er diesen Abschaum von Albaner von der Straße entfernt hatte. Seine Tarnung war perfekt gewesen. Als heruntergekommener, nach Alkohol stinkender Penner verkleidet, war er an sein ahnungsloses Opfer herangetreten, das der dahinschlurfenden, verwahrlosten Gestalt nachts um drei inmitten des Frankfurter Bahnhofviertels keinerlei Aufmerksamkeit schenkte.

Fest hatte er ihn an sich gezogen, als er dem Albaner das Messer in den Bauch rammte, der vor Überraschung zu keinem Abwehr- oder Hilfeschrei mehr fähig war. ‚Für die weiße Frau' hatte er ihm ins Ohr geflüstert, als er das Messer langsam, sehr langsam Richtung Herz zog. Magen, Leber, Lunge, alles wurde von der scharfen Klinge zerschnitten, das Herz aber ritzte er nur leicht an, damit der Todeskampf und die Qualen noch lange andauern würde. ‚Für die weiße Frau' hatte er wiederholt und nach einer Weile in den Augen seines leidenden Opfers ein Flackern der Erkenntnis gesehen.

Er dachte an Gott, um die Anspannung davor zu nutzen, denn Marcello Caruso war ein sehr gläubiger Mensch. In seinen Gedanken hatte das Schicksal, Gott, ihn zu seinen Opfern geführt. Gott war der Richter und er nur sein Lakai, der ihm diente und der von ihm geschickt worden war, um die Schwachen und Verdorbenen zu eliminieren, damit das Gute überleben konnte. Und wenn Gott einen Auftrag gab, dann hinterfragte man ihn nicht. Man führte ihn aus.

Der Tag war so ruhig gewesen, dass sie sich an diesem Freitag schon um fünf Uhr im *Frankfurter Haus* trafen.

»Nutzen wir die letzte Gelegenheit, bei diesem schönen Wetter noch mal draußen zu sitzen«, begrüßte Doktor Hans Arnold seinen Weggefährten aus der Zeit bei J.P. Morgan. Dort hatten sie beide gemeinsam ihre Investmentkarriere begonnen.

»Von mir aus gerne«, antwortete Leonard Kaufmann von unten hinauf, denn er war mit seiner Größe von einszweiundsechzig einen guten Kopf kleiner als Hans Arnold, obwohl Kaufmann das in der Breite wieder wettmachte.

Der Ober kam ihnen entgegengeeilt und führte seine wichtigsten Stammgäste an ihren reservierten Tisch in die Mitte des Biergartens.

Die zweite Methode von Marcello Caruso, seine Gefühle zu kontrollieren, war, jedes kleinste Detail im Voraus durchgeplant zu haben. Bei diesem Fall war ihm viel Vorarbeit abgenommen worden. Er war nicht nur auf den idealen Ort und den regelmäßigen Habitus seiner Opfer hingewiesen worden. Von der Wohnung, die ihm zur Verfügung gestellt worden war, konnte er das ganze Lokal beobachten. Die Entfernung betrug zwar über achthundert Meter zum Ziel, aber das war ihm sogar ganz recht.

Trotzdem hatte es eine Weile gedauert, bis alle Vorbereitungen abgeschlossen waren. Dem Vermieter hatte er sich im breitesten Texas-Slang als Greg Smith mit einem gefälschten Ausweis vorgestellt. Flugbegleiter bei American Airlines, so dass sein Verschwinden erst mal eine Weile nicht auffallen würde. Sein nicht sehr stark ausgeprägtes, südländisches Aussehen hatte er mit wasserstoffblond gefärbten, kurz geschorenen Haaren und blauen Kontaktlinsen verändert und sich zusätzlich noch ein deutlich sichtbares Südstaatenflagge-Tattoo auf den rechten Unterarm geklebt, das sich nach einigen Tagen wieder abwaschen ließ. Er hatte beim Wetteramt in Offenbach angerufen, um auch sicher zu sein, dass es an diesem Freitag im frühen September auf gar keinen Fall regnen oder kühl sein würde. Sein Wagen stand unten auf der Hauptstraße fast vor dem Wohngebäude. Er hatte ihn vor einer Stunde noch einmal gestartet, um sich seiner Fahrtüchtigkeit zu versichern. Gestern Nacht hatte er zwei Kilometer weiter in einer Nebenstraße den zweiten Wagen, einen Mietwagen, für den Fahrzeugwechsel abgestellt, falls sich irgendjemand sein Nummernschild notiert hatte. Denn es war zu erwarten, dass bald innerhalb von zehn bis fünfzehn Minuten überall Straßensperren sein würden. Jedem dummen, kleinen Zufall musste er aus dem Weg gehen. Im Kofferraum des zweiten Wagens waren auch die Flugtickets für die Neunzehn-Uhrdreißig-Maschine nach London, eine schwarze Perücke und neue Papiere, die ihn als Roaldo Curtez auswiesen, kubanischer Diplomat, für den Fall von verstärkten Sicherheitskontrollen am Flughafen. In London würde er wieder eine andere Identität annehmen und zurück nach Mailand fliegen. Dann hieß es nur noch warten, bis sich die Wogen geglättet hatten.

Marcello Caruso schaute durch das Zielfernrohr, das mit einer leistungsstarken, zehnfachen Vergrößerung arbeitete. Optimal, dachte er sich. Beide sitzen so da, wie es ihm gesagt worden war und wie er es selbst letzte Woche beobachten konnte. Gleicher Tisch, der Kleine mit dem Rücken zu ihm, der Kopf des Größeren dadurch deutlich sichtbar. Er hatte noch improvisieren müssen, da die Waffe wegen ihres hohen Gewichtes nicht aus dem Stehen abzufeuern war, so dass er sich einen soliden, hohen runden Bartisch aus Gusseisen gekauft hatte, auf dessen Marmortischplatte er das schwere Präzisionsgewehr stabil und in der richtigen Höhe abstützen konnte.

Er drückte seine Barrett Light Fifty fest an die rechte Schulter, suchte mit dem Fadenkreuz den optimalen Punkt für seine zwei geplanten Schüsse. Er simulierte einige Male die Millimeterbewegung zwischen den zwei Zielen, suchte und fühlte den Druckpunkt.

Es war Gottes Wille. Marcello Caruso zog im Abstand von Sekunden zweimal durch.

Die letzten vier Wochen waren mehr als turbulent gewesen. Zwar hatte der Umzug der Mulders von Kalifornien nach Kronberg reibungslos funktioniert, aber bei dem Aufbau des neuen Handelsraumes war es doch zu einigen Schwierigkeiten gekommen. Vor allem die Firma Skynet bereitete ihnen große Probleme, da sich sowohl die Auslieferung der Analyse-Software verzögert hatte, und Skynet besaß nun mal mit der ‚Powertrade‘ die beste Software am Markt, als auch Autorisationsprobleme bei der Freigabe der Kurse und Nachrichten auftraten. Zwar hatte der Vertriebschef von Skynet mit viel Gerede versucht, sie hinzuhalten, aber mit ein wenig Druck hatten sie wenigstens die Analyse-Software schon vorab erhalten.

Ansonsten hatten Peter Dekker und seine drei Computergenies eine fast unmögliche Arbeit geleistet. Vierundzwanzig Arbeitsplätze mit jeweils zwei Bildschirmen waren voll funktionsfähig. Die Kursinformationen und Nachrichten von Reuters und Bloomberg liefen problemlos durch einen der UNIX-Server, der gleichzeitig die Kurse in der integrierten Datenbank abspeicherte. Diese Datenbank hatten sie zusätzlich mit extern gekauften Kurshistorien geladen, so dass sie genug ‚Nahrung' für ihre Handelssystemtests hatten.

»Ich brauche ein Programm, Peter, das Folgendes für mich macht. Auf der einen Seite habe ich ungefähr hundert verschiedene Handelssysteme. Daraus wählt mir dieses Programm die zehn erfolgreichsten heraus und zeigt mir entsprechend meine Handelssignale an. Anders als bei neuronalen Netzen, die ständig sich selbst wieder und wieder neu kontrollieren, möchte ich nun aber, dass dieses Programm nur im Rhythmus von drei Monaten oder aber beim Auftreten von Extremsituationen alle einhundert Tests erneut durchführt. Ist das möglich? Ich bin nämlich der Meinung, dass ein bestehendes Handelssystem auch ein bisschen leben muss, um erfolgreich zu sein, statt andauernd verändert zu werden«, fragte Christoph Mulder Peter Dekker, als er in die Bierkiste griff, die in der Mitte stand, und für jeden eine Flasche *Becks* holte.

Sie können es einfach nicht lassen, schmunzelte Klaus in sich hinein.

»Prinzipiell schon. Aber vorrangig müssen wir erst die Probleme bei der Ausfilterung der fehlerhaften Daten beheben. Auch die ‚Powertrade'-Software hat noch ein paar Stabilitätsschwierigkeiten, die wir mit einem parallel arbeitenden Workstationnetz zu beheben gedenken, falls uns eins mal ausfallen sollte. Aber danach, jederzeit«, antwortete Peter Dekker. »An welche Art von Optimierungsalgorithmen hast du denn gedacht?«

Während Peter und Christoph sich weiter in die Tiefen der Technischen Analyse begaben, schweifte Klaus mit seinen Gedanken ab. Vor etwas mehr als zwei Wochen hatten sie mit den ersten Tests für ihre Handelssysteme begonnen, und vor drei Tagen waren sie erste größere Positionen für das Portfolio des

Deutschen Aktienindex eingegangen. Sie hatten mehrere hundert Terminkontrakte verkauft mit der Erwartung, dass der Index weiter nachgeben würde. Seitdem war die Position schon weit ins Plus gelaufen. An diesem Freitagspätnachmittag war der Markt so bewegungslos, dass sie sich alle eine Auszeit nahmen und sich in die Gartenstühle vor dem ehemaligen Stallgebäude setzten, an einem der wahrscheinlich letzten wirklich schönen und warmen Tage im September.

Er hasste Wespen. Eigentlich war es Blödsinn, sich vor diesen kleinen Dingern zu fürchten. Spinnen, Schlangen, Würmer machten ihm nichts aus. Aber Wespen geschweige denn Hornissen, mit denen hatte er schon ein Problem, als er noch ein kleines Kind war. Dabei konnte er sich an kein negatives Insektenerlebnis erinnern, was diese Phobie begründen könnte. Hans Arnold machte eine ruckartige Kopfbewegung, als er das fiese Summen einer Wespe an seinem Ohr vernahm.

Plop! Ein stechender Schmerz. Das konnte keine Wespe sein, waren die letzten Gedanken, nachdem eine unsichtbare Hand ihn von der Bank riss. Entfernt hörte er lautes Geschrei, noch zwei Stiche. Um ihn wurde es schwarz, tiefschwarz und er schien in einen unendlichen Abgrund zu fallen.

Insgesamt hätte es nicht besser kommen können, dachte sich Klaus, als er die letzten Tage und Wochen Revue passieren ließ.

Die Beziehung mit Kristine war zu einem festen Bestandteil in seinem Leben geworden, und er wollte diese wundervolle Frau auch nicht mehr missen. Morgen früh kam sie endlich aus New York zurück, wo sie eine Woche beruflich on tour war, aber umso schöner gestaltete sich auch jeweils das Wiedersehen nach einer so langen Zeit.

Auch die Veränderungen innerhalb des Bankhauses Steiner nahmen langsam Formen an. Zu langsam für seinen Geschmack. Aber bei den erforderlichen personellen Veränderungen und Entlassungen musste man immer mit dem Widerstand eines gewerkschaftlich organisierten Betriebsrates rechnen, bei dem er manchmal das Gefühl hatte, dass die lieber die ganze

Bank untergehen lassen, als dass sie einen Millimeter von ihren Paragraphen und Rechten abweichen würden. Aber Ulf Bauer leistete hier geduldige und sehr effektive Überzeugungsarbeit. Und auch Dieter Pring hatte sich bisher an alle Abmachungen gehalten.

Seit der Beerdigung seiner Mutter hatte er nie wieder etwas von Professor Walther gehört. Und auch sonst war ihm nichts aufgefallen, was auf die Absichten hinwies, von denen ihm der Professor an jenem Tag erzählt hatte.

Unsanft wurden sie alle aus ihren Gesprächen und Gedanken gerissen, da einer der Studenten aus Darmstadt die Tür fast aus den Angeln riss, als er aus dem Handelsraum stolperte.

»Es kam gerade über den Ticker. Es gab einen Mordanschlag auf den Chef der Deutschen Börse und der Deutschen Bank. Vermutlich beide tot«, rief er völlig entsetzt.

Kapitel XXV

Spekulationen

Als Klaus Steiner Kristine am Samstagmorgen in der Ankunftshalle B des Frankfurter Flughafens abholte, fiel die Begrüßung weniger freudig aus, als es sich beide noch vor zwölf Stunden vorgestellt hatten.

Kristine Scoberg hatte noch gestern Mittag in New York die Nachricht von dem Anschlag auf ihren obersten Chef, Doktor Hans Arnold, und den Vorstand der Deutschen Börse, Doktor Leonard Kaufmann, erfahren. Erst als Gerücht über den Ticker von Bloomberg, dann mit Sicherheit, als ihr Chef Santiago Diaz sie aus Frankfurt anrief.

Der Dow-Jones-Index hatte unter geringen Umsätzen ein bisschen schwächer geschlossen, da niemand in der amerikanischen Finanzwelt so recht wusste, was diese Nachricht für Auswirkungen haben könnte. Würde es einfach so weitergehen wie damals nach dem Bombenanschlag auf Alfred Herrhausen? Wenn herauskam, dass vielleicht wieder Neonazis dahinter steckten, würden die Deutschen beginnen, sich einzuigeln? Oder sogar weltweit Kapital abziehen? Keiner wusste es und keiner verspürte Lust, zu handeln. So entschied man sich, bis Montag zu warten, wenn mehr Informationen und Nachrichten vorhanden waren. Auf jeden Fall sollte man aber sicherheitshalber ein paar Positionen in Deutschland abbauen.

»Weißt du schon Genaueres?«, fragte Kristine Klaus nach einer kurzen Umarmung.

»Nichts. Alles nur Gerüchte. Beide sind sofort in die Uniklinik eingeliefert worden, und seitdem herrscht absolute Nachrichtensperre«, antwortete Klaus und nahm ihre Koffer. Mein

Gott, sah sie müde aus, dachte er sich. Sie hatte bestimmt die letzten sechsunddreißig Stunden nicht geschlafen.

»Komm, lass uns schnell hier verschwinden. Du gehörst ins Bett!«

»Ich bin zwar hundemüde, aber ich kann einfach nicht. Außerdem müssen wir dringend reden. Ich glaube, das alles, dieser Anschlag, hängt irgendwie mit dem Gespräch zusammen, das ich letzte Woche mit Dirk Markowitz geführt habe«, antwortete Kristine sichtlich aufgewühlt.

»Zum Reden werden wir noch genug Zeit haben, aber erst einmal musst du eine Mütze voll Schlaf bekommen, vorher macht das keinen Sinn, okay?«, sagte Klaus mit einer sorgenvollen Bestimmtheit, gegen die sie auch gar nicht weiter argumentieren wollte.

Eine Stunde später lag sie im Bett von Klaus. Die friedlichen Wald- und Tiergeräusche, die durch das angelehnte Fenster drangen, lösten ihre sorgenvollen Gedanken im Nu auf, und sie schlief in dem Augenblick ein, als ihr Kopf das Kissen berührte.

Es war nur eine kurze Meldung ohne Angaben von Details.

Doktor Leonard Kaufmann, Vorstand der Deutschen Börse, erlag seiner Kopfverletzung noch am Ort des Geschehens. Der Tod war sofort eingetreten. Doktor Hans Arnold dagegen, Vorstandsvorsitzender der Deutschen Bank, hatte den Anschlag überlebt, obwohl sein Zustand immer noch sehr kritisch war. Eine Kugel hatte den Kopf nur gestreift, zwei weitere Schüsse hatten das Herz um wenige Zentimeter verfehlt. Nach einer dreistündigen Operation konnten die Ärzte den Zustand des Patienten stabilisieren. Aber sie konnten noch keine Aussage treffen, inwiefern die Kopfwunde Auswirkungen auf das Gehirn haben und wann er wieder aus dem Koma erwachen würde.

Diese Nachricht lief am Samstagmittag über sämtliche Fernsehstationen und Radiokanäle. Über die Sender wurden Aufnahmen des Tatortes gezeigt, und Reporter sprachen mit der Polizei, mit Terror-Spezialisten und auch mit hohen Bankiers über die möglichen Hintergründe des Anschlages. Wie immer wurden die wildesten Spekulationen und die wüstesten Theorien aufgestellt. Islamische Terroristen waren immer ein dankbares Opfer, und seit neuestem musste auch die russische Mafia als möglicher Täter ihren Kopf hinhalten.

Die Polizei hatte schnell die Wohnung ausfindig gemacht, von wo aus die Schüsse abgegeben worden waren, und sogar die Tatwaffe gefunden. Ansonsten nichts. Keine Patronenhülsen, die Seriennummer des Scharfschützengewehrs war abgefeilt worden, und vermutlich hatte der Täter ständig medizinische Einweg-Plastikhandschuhe getragen, da nirgends in der Wohnung Fingerabdrücke gefunden werden konnten. Auch die sofortige Einleitung einer Ringfahndung, Straßensperren und die Erhöhung der Sicherheitskontrollen am Frankfurter Hauptbahnhof und am Flughafen hatten nichts ergeben. Der Vermieter berichtete von einem Amerikaner, der die Wohnung angemietet hatte. Doch die Kontrollen konnten keinen blonden US-Bürger mit einem Tattoo einer Südstaaten-Flagge auf dem Arm ausfindig machen.

Hervorragend, aber nicht ganz perfekt, ging es Professor Walther durch den Kopf, als er an seinem Wohnzimmerfenster stand und auf die Skyline von Frankfurt schaute. Im Hintergrund lief der Fernseher. Jede halbe Stunde wurden die neuesten Berichte über das Attentat und den Zustand von Doktor Arnold gebracht. Und wahrscheinlich ärgerte sich Marcello Caruso mehr über diese Nachricht als er, denn das erste Mal hatte er einen Auftrag nicht hundertprozentig erfüllt. Was seinem Ruf als perfekter Assessini schaden könnte, denn weltweit würden die ‚richtigen' Leute Carusos Handschrift hinter diesem Anschlag erkennen.

Aber es reichte für Professor Walthers Zwecke. Ein weiterer wichtiger Mosaikstein war an seinen Platz gekommen.

Sie saßen still und schweigend beim Abendessen, jeder tief in Gedanken versunken.

»Was denkst du?«, fragte Klaus, der lustlos in seinem Essen herumstocherte.

»Ehrlich gesagt, meine Gedanken drehen sich immer noch im Kreise«, antwortete Kristine, die das inzwischen kalte Filet noch gar nicht angerührt hatte.

»Ich denke, es ist Blödsinn, was im Fernsehen berichtet wird.

Erst sollten es islamische Terroristen gewesen sein, und nun kam jemand mit der abstrusen Idee, dass vielleicht sogar deutsche Neonazis dahinter stecken könnten! Nur weil einer von denen vor ein paar Wochen schon einmal einen Anschlag auf den Fondsmanager Marc Colby verübt hatte. Aber unsere Theorie ist ja noch verrückter und vor allem nicht beweisbar.«

Kristine schüttelte ihren Kopf und ließ resigniert die Schultern sinken. Zwar hatte sie ganz hervorragend geschlafen und fühlte sich nun körperlich und geistig fit, was ihr aber in der Ausweglosigkeit ihrer Gedankengänge wenig half.

»Fangen wir noch mal von vorne an«, versuchte es Klaus erneut.

»Dir erzählt Dirk Markowitz über das Projekt, in dessen Mittelpunkt seine Firma Future Communications und Professor Walther stehen. Er gab zwar nicht viele Details heraus, aber doch so viel, dass Sinn und Zweck dieses Projektes die Herbeiführung gewaltiger Veränderungen in Deutschland ist. Als er mit dir sprach, hatte er die Befürchtung, dass aus dem, was bis dahin ein intellektuelles Schachspiel war, nun bald bitterer Ernst werden könnte. Auf der Beerdigungsfeier meiner Mutter führte ich mit Professor Walther ein Gespräch, das die Worte von Markowitz untermauert. Er erwähnte eine Vereinigung, deren Ziel die Gestaltung der Zukunft ist. Auch er sprach von baldigen Veränderungen und, jetzt kommen wir auf den Punkt, er machte auch deutlich, dass dieser ‚Kreis' vor Mord nicht zurückschrecken würden, wenn er seinem Zwecke dienlich ist.«

»Ganz genau! Deshalb bin ich mir sicher, dass wir Recht haben. Dies war ein zielgenauer, lange im Voraus geplanter Anschlag! Beauftragt durch den ‚Kreis' oder sogar durch Professor Walther selbst. Nur warum? Warum Kaufmann und Arnold? Standen sie im Weg? Haben sie sich gegen die Veränderungen gesperrt? Und wann sollen diese Veränderungen eintreten? Will dieser ‚Kreis' vielleicht sämtliche einflussreichen Personen, die sich gegen sie stellen, umbringen lassen? So viele Fragen, und ich weiß einfach nicht, wo wir ansetzen könnten«, seufzte Kristine, die es hasste, keine Antworten zu bekommen. »Und was noch schlimmer ist: Wir können nichts von dem irgendwie beweisen.

Die Polizei würde uns für absolut verrückt halten, wenn wir ihnen erzählen würden, dass Professor Paul Walther, einer der zehn reichsten Männer Deutschlands, vorhat, das Land ins Chaos zu werfen. Wir haben keine Beweise, wir haben keine Motive, wir haben nur unsere eigene Theorien.«

Sie wussten beide, dass sie das verbleibende Wochenende damit zubringen würden, nach Zusammenhängen, möglichen Erklärungen und Lösungen zu suchen. Und sie wussten auch, dass sie am Ende nicht viel schlauer sein würden als jetzt.

Längst galten die Herren der Investmentfonds als die heimlichen Herrscher der Aktienmärkte. Sie wurden als Wohltäter verehrt, weil es wie ein Gütesiegel wirkte, wenn sie ihr Kapital in bestimmte Werte oder Märkte investierten. Zugleich aber waren sie gefürchtet, weil sie sprunghaft und närrisch sein konnten wie eine Herde Affen. Und manchmal wurden sie sogar gehasst, weil sie ihr Geld in wenigen Augenblicken wieder abziehen konnten.

Sein Vater war vor dem Krieg von Bremen nach New Orleans emigriert, wo er ein Schuhgeschäft führte. Als er starb, tingelte sein Sohn durch die Bars der Nachbarschaft und war bald eine feste Größe in der örtlichen Unterwelt. Michael Kretschmer handelte mit allem, was von einer Hand zur anderen wechseln konnte – Drogen, Waffen, Frauen.

1984 flogen zwei Kugeln nur Millimeter an seinem Kopf vorbei, während sein bester Freund in dem Feuergefecht mit der Polizei tödlich verletzt wurde. Der Horror und der grauenvolle Ausdruck in den Augen seines sterbenden Partners verfolgten ihn noch heute im Schlaf. Damals beschloss er, sein Leben zu ändern. Er kaufte sich für zehntausend Dollar eine neue Identität, änderte seinen Namen von Michael Kretschmer in Mike Dalton und verschwand spurlos. Ein Jahr später tauchte er als Laufbursche für Merrill Lynch auf dem Parkett der New Yorker Börse wieder auf, die in der Börsenhausse 1986 um jeden Mann froh war, der einigermaßen Geschäftssinn hatte und auch noch zwei Sprachen beherrschte. Seine Tüchtigkeit und sein Ehrgeiz fielen schnell auf. Er durfte das interne Trainee-Programm für den Aktienhandel absolvieren, obwohl er keinen Studienabschluss vorweisen konnte. Zwei Jahre später entschied er sich, die Fronten zu wechseln, und ließ sich von Mightelity abwerben, einer großen amerikanischen Fondsgesellschaft. Als er vor zehn Jahren zu Beginn seiner Karriere mit knappen sechzig Millionen seinen ersten kleinen Fonds anvertraut bekam, hätte ihn der Börsencrash 1987 beinahe gleich am Anfang Kopf und Kragen gekostet. Aber seit damals hat sich vieles verändert.

Fünfundsiebzig Milliarden Dollar, fast das Bruttoinlandsprodukt von Kolumbien oder der Jahresumsatz von IBM, hatten Hunderttausende von Anlegern, Zahnärzten, Lehrern, Rechtsanwälten und kleinen gierigen Spekulanten, in nun drei Dutzend von ihm und seinem Team verwaltete Mightelity-Fonds eingezahlt. Seine Fonds waren spezialisiert auf internationale Märkte mit hohem Risiko. Nicht die verstaubte Wall Street, nicht träge DaimlerChrysler-Aktien oder schlappe italienische Staatsanleihen. Brasilien, Thailand, Süd-Korea oder Afrika hießen die Länder, durch die er dreihundert Tage im Jahr unterwegs war. Er stiefelte durch Goldminen in Südafrika, traf Teppichhändler in der Türkei oder besuchte die vorzimmergroße Börse in Ghana, immer auf der Suche nach neuen, zwar riskanten, aber überproportional ertragreichen Investments.

Monat für Monat vergrößerte sich das Anlagevolumen seiner Fonds um weitere dreihundert Millionen Dollar, die ihm von neuen Anlegern zur Verfügung gestellt wurden, damit sie bald ihre Luxus-Kreuzfahrt durch die Südsee buchen konnten.

Daher liebte er es, wenn die Kurse hin und wieder absackten. ‚Kaufen, wenn das Blut auf der Straße schwimmt – und wenn es dein eigenes ist', das war seine Handelsphilosophie. Trotzdem war er im Markt dafür bekannt, dass er eine Nase dafür hatte, zu welchem Zeitpunkt er seine Investments wieder abziehen musste.

Diese ‚Nase' bewahrte seine Fonds vor Unheil in der Mexiko-Krise 1994 und 1998 vor größeren Verlusten in Asien und Russland.

Aber die Gelder mussten wieder neu angelegt werden und auf dem ‚alten Kontinent' hatte Mike Dalton einen Markt gefunden, der seinen Ansprüchen entsprach. Hohes Risiko, einigermaßen liquide, aufstrebend, zukunftsträchtig, trotzdem noch klein und dadurch leicht manipulierbar. Der ‚Neue Markt' in Deutschland war ein eigenständiges Marktsegment, das für die Kapitalbeschaffung von Unternehmen geschaffen wurde, die in zukunftsträchtigen Geschäftsfeldern operierten. Seitdem hatten seine Fonds zehn Milliarden Euro in den Neuen Markt investiert, und andere Fondsmanager und Spekulanten, die seine Investmententscheidungen stets verfolgten und nachahmten, hatten sich an seine Orders gehängt und für ein unglaubliches Kurs-Feuerwerk gesorgt. Teilweise lag die Performance der Aktien in seinem Portfolio bei über tausend Prozent und im Durchschnitt bei dreihundertachtzig.

Mike Dalton überlegte sich, ob er nicht einen Großteil der Positionen wieder verkaufen sollte, denn seine Nase juckte ein wenig. Außerdem war es ein guter Zeitpunkt, denn Massen von Kleinanlegern hatten dieses Marktsegment ebenfalls entdeckt. Die jüngste Überschrift in der *Bild*-Zeitung ‚Hausse an der Börse. Jeder wird reich!' war ein sicheres Zeichen dafür, dass der Kursanstieg bald vorbei sein würde. Das Geld wechselte von den starken in die schwachen Hände, nennen das die Börsenprofis.

»Mike Dalton.«

»Mister Dalton. Paul Walther. Professor Paul Walther. Sie haben meinen Namen vielleicht schon gehört?«

»Wer kennt nicht den berühmten deutschen Investor Paul Walther, der niemanden in seine Anlagegeheimnisse einweiht und seit Jahren fast jedes Interview verweigert? Wie komme ich zu dieser späten Stunde zu dieser Ehre?«, fragte ein ziemlich verdutzter Mike Dalton, der schon im Bett gelegen hatte. Halb ein Uhr nachts in New York, das hieße sechs Uhr dreißig am Montagmorgen in Deutschland.

»Es ist nur eine Kleinigkeit, Mister Dalton, da ich aus sicherer Quelle erfahren habe, dass Sie über einen langsamen Ausstieg aus dem Neuen Markt in Deutschland nachdenken.«

»Von was für einer Kleinigkeit reden wir hier, Professor Walther?«, antwortete ein nunmehr völlig verblüffter Dalton, denn seine Gedankengänge hatte er nur sehr wenigen langjährigen Vertrauten und seinen Assistenten mitgeteilt. Er wusste genau um die signifikanten Auswirkungen von Gerüchten, dass sich seine Mightelity-Fonds möglicherweise aus bestimmten Marktsegmenten zurückziehen könnten.

»Ich möchte mit Ihnen über den Ablauf sprechen, da dies für mich immens wichtig ist.«

Spinnt dieser Mann? Wer sagte einem Mike Dalton schon, was er zu tun hatte? Garantiert niemand außer Mike Dalton selbst. Auch kein Professor Walther, mochte er noch so berühmt sein.

»Professor Walther, ich glaube hier liegt ein kleiner Irrtum vor. Ja, Sie haben Recht, dass ich der Meinung bin, dass sich meine Fonds langsam, aber sicher aus diesem deutschen Marktbereich zurückziehen sollten. Woher auch immer Sie diese Informationen haben. Aber ich habe mir noch nie von irgendjemand in meine Anlageentscheidungen hineinreden lassen! Und ich bin damit die letzten zehn Jahre auch sehr gut gefahren, wie Sie ja wissen dürften«, sagte Mike Dalton kühl.

»Ich möchte Ihnen auch nicht vorschreiben, wie Sie Ihr Geschäft zu betreiben haben, aber in diesem Fall möchte ich gerne Ihre Aktivitäten mit Ihnen ein bisschen diskutieren«, erwiderte Professor Walther unbeeindruckt. »Es wird auch nicht zu Ihrem Nachteil sein, ganz im Gegenteil. Worüber wir beide uns unterhalten sollten, wird für Sie ein äußerst lukratives Geschäft bedeuten, Herr...Michael Kretschmer!«

Seit 1984 hatte er diesen Namen nicht mehr gehört. Mike Dalton schluckte heftig. Seine Vergangenheit hatte er tief in sich vergraben. Bilder aus seinem vergangenen Leben stiegen langsam in ihm auf. Der Handel mit Drogen, der Mord an zwei kleinen Dealern, die ihn übers Ohr hauen wollten, die üblen Missetaten an den Frauen.

Er hatte lange Zeit mit der Angst gelebt, dass irgendwann einmal die volle Wahrheit ans Tageslicht kommen würde. Aber durch jeden Tag, der verstrich, wuchs die Sicherheit mit seiner neuen Identität. Mit den Jahren war er auch in seinem Unterbewusstsein ganz zu Mike Dalton geworden. Fast. Bis vor wenigen Minuten! Er würde alles verlieren, was er sich aufgebaut hatte, schoss es ihm durch den Kopf. Seine wundervolle Frau Emily, seine Zwillingssöhne Lucca und Henry, sein Haus auf Long Island, sein Apartment in New York, seinen Beruf, den er über alles liebte, und seine Zukunft. Einfach alles.

»Ich denke, es ist sinnlos, Sie zu fragen, woher Sie diese Informationen über mich haben?«, krächzte Mike Dalton.

»Ich habe noch nie den Ursprung meines Wissens preisgegeben«, sagte Professor Walther, der in Ruhe die Reaktion von Dalton abgewartet hatte. »Aber mein Ziel ist es eigentlich nicht, diese Informationen gegen Sie zu verwenden, Mister Dalton. Und ich verspreche Ihnen, dass ich nur im äußersten Notfall Details über Ihre Vergangenheit preisgeben werde. Das Einzige, was ich möchte, ist, mit Ihnen in Ruhe über Ihren Ausstieg aus Deutschland zu sprechen. Was halten Sie von diesem Vorschlag?«

»Und das ist wirklich alles, was Sie verlangen?«, fragte Mike Dalton gepresst.

Er musste endlich mit Emily darüber reden, sie musste ihn verstehen. Er musste die Zukunft seiner Familie absichern und durfte seine Vergangenheit nicht weiter verdrängen und verschweigen. Nicht vor den Menschen, die er liebte. Wie leicht und wie schnell alles vorbei sein konnte, dachte Mike Dalton, nachdem er seine Gefühlswelt wieder einigermaßen unter Kontrolle hatte.

Ihm blieb keine andere Möglichkeit, als diesen verbrannten Olivenzweig des Professors anzunehmen. Außerdem hatte Walther ja auch noch von einem lukrativen Geschäft gesprochen.

Kapitel XXVI

Geräuschkulisse

Im Börsenfieber der vergangenen Monate, das den Deutschen Aktienindex in ungeahnte Höhen getrieben hatte, wurden die Stimmen der Analysten gehört wie noch nie zuvor. Aus den früher über staubtrockenen Zahlenreihen brütenden Bankern waren brillante Selbstdarsteller geworden, von denen sich die Märkte Wahrheiten über die Zukunft erhofften. Noch nie war ihren Prognosen so viel Aufmerksamkeit geschenkt worden.

Manchmal verspürte er ein Gefühl der Macht, wenn selbst Aktienschwergewichte wie DaimlerChrysler durch seine Empfehlungen zum Spielball wurden. Fünf Prozent Kursgewinn innerhalb von zwei Stunden, nachdem er heute Morgen die Aktie heraufgestuft hatte, dachte sich Thomas Bruckheimer, während er sich das Bitten eines Kunden um die neuesten Analyseergebnisse von SAP am Telefon anhörte. Bei kleinen Werten konnte der Kurs auch schon mal um zehn bis zwanzig Prozent steigen.

Er war der Star der deutschen Analystenszene, bekannt wie ein bunter Hund, nicht nur am Markt, sondern auch im Frankfurter Nachtleben. Trotzdem waren es immer noch die britisch oder amerikanisch dominierten Häuser, die den Researchbereich beherrschten. Allein die Nachricht, dass ein Haus wie Goldmann Sachs oder Merrill Lynch an einer Studie über eine Aktie arbeitete, konnte den Kurs nach oben treiben. Und kam es zu einer konkreten Kaufempfehlung, hängten sich Legionen von Aktienverkäufern auf der ganzen Welt ans Telefon und verkauften den Wert an ihre Kunden.

Sich zu weit aus der Deckung zu wagen war auf jeden Fall riskant. Lag man mit allen anderen zusammen falsch, dann war es Schicksal. Lag man mit einer deutlich ausgesprochenen Meinung aber allein gegen die Mehrheit schief, dann konnte man in Zukunft Kartoffeln anbauen.

Und nun hatte Thomas Bruckheimer das Problem, dass er vielleicht wirklich bald Kartoffelfarmer werden würde. Die Sache war jedenfalls heiß. Wenigstens würde er sich einen exquisiten Ort dafür aussuchen und leisten können.

Thomas Bruckheimer war an diesem Montagmorgen wie meist einer der Ersten im Büro. Natürlich wurden die Schlagzeilen weiterhin von dem Mordanschlag auf Doktor Kaufmann und seinen eigenen obersten Chef Doktor Arnold bestimmt.

Es würde ein Leichtes für ihn sein, allein mit diesem Argument einige Verkaufsempfehlungen auszusprechen, so wie es von sehr hoher Stelle von ihm gewünscht worden war. Er hatte sich seinen Namen als ‚Story-Verkäufer' im Sommer 1998 gemacht, nachdem er als einer der ganz wenigen Analysten in Deutschland bei den Internet-Werten wie AOL auf die signifikante Diskrepanz zwischen den Kursgewinnen und der fundamentalen Realität hinwies. Tatsächlich brachen die Kurse kurze Zeit später um fast fünfzig Prozent ein.

Dass er seine Meinung später wieder änderte, und AOL wieder zum Kauf empfahl, da das Internet der Zukunftsmarkt schlechthin war, das interessierte in dem schnelllebigen Geschäft niemanden. Günstige Kaufkurse nach dem übertriebenen Kursrutsch, hatte er es genannt. Natürlich können Sie ohne AOL im Depot leben, aber Sie werden es in Zukunft nicht mehr wollen, war sein aus der AOL-Werbung umfunktionierter Verkaufsslogan. Inzwischen notierten die meisten Internet-Werte wieder auf den alten hohen Niveaus.

Wenn ihn heute jemand nach seiner Meinung über die Deutsche Bank-Aktie fragen würde, dürfte er zwar Gründen keine direkte Verkaufsempfehlung geben. Trotzdem könnte er durchblicken lassen, dass die Konzernveränderungen, die sich in den letzten Jahren sehr positiv auf den Aktienkurs ausgewirkt hatten, nicht unbedingt von dem neuen Vorstandskandidaten weiter getragen werden würden.

Eine weitere gute Story, die er verkaufen konnte, war SAP. Die Walldorfer hatten die Zukunft verpasst. Der Internet-Zug war bereits abgefahren und der Kuchen verteilt. Zwar waren die Auftragsbücher noch voll. Doch die Anschlussaufträge wurden immer spärlicher. Sein nächstes Opfer würde die Deutsche Lufthansa sein. Denn noch hatte der Markt nicht antizipiert, dass die internationalen Kartellämter verstärkt an der Zerschlagung der jüngst geschlossenen Allianzen mehrerer Luftfahrtgesellschaften untereinander arbeiteten. Bei der Lufthansa, auch ein Titel aus dem DAX, würden Verluste in der Höhe von mehreren hundert Millionen entstehen, falls dies geschehen würde. Auch die Erfolgsgeschichten der Großchemie durch Aufkäufe oder Zusammenschlüsse mit amerikanischen Unternehmen klangen besser, als sie wirklich waren. Denn in den wirklich zukünftig ertragreichen Geschäftsfeldern wie die Krebs- und Aids-Forschung und der daraus resultierenden Herstellung von Behandlungsmethoden und Medikamenten hinkten sie weiterhin um Jahre hinterher.

Es gibt viel zu tun, packen wir es an, dachte sich Thomas Bruckheimer, als er zum Telefonhörer griff, um seine ersten Kontakte anzurufen. Warum er diesen Auftrag ausführen sollte, hatte man ihm nicht gesagt. Es war eine ausdrückliche Aufforderung eines sehr alten Freundes der Familie gewesen, der ihn bei einem gemeinsamen Abendessen zur Seite genommen und ihn um diesen Gefallen gebeten hatte. Zu viel hatte er ihm zu verdanken und zu oft hatte dieser ihn früher mit guten Tipps und Informationen versorgt, als dass er ihm jetzt diesen Wunsch hätte abschlagen können. Er hoffte nur, dass sein Patenonkel auch wusste, was er da verlangte. Trotzdem fragte er sich ständig, was der deutsche Außenminister Doktor Wolfgang Lindstedt eigentlich mit der Börse am Hut hatte?

Das große Problem automatischer Handelssysteme war, dass sie sich in sich selbst bestätigen konnten. Schwergewichte im DAX wie die Aktien der Telekom, von SAP, DaimlerChrysler, der Deutschen Bank oder Bayer veränderten den Index durch ihre Kursbewegung mehr als kleinere Werte.

Kam es nun in einem dieser Schwergewichte zu einer Kursabschwächung, konnte dies ein Handelssystem nach dem anderen anstoßen und weitere Verkaufssignale auslösen. Das war vergleichbar mit dem berühmten kleinen Stein, den man ins Wasser warf und der immer größere Kreise zog. Denn nicht nur die Aktie selbst war betroffen, sondern zusätzlich wurde das ganze Umfeld in Mitleidenschaft gezogen. Mit Sicherheit der Index, in dem die Aktie vertreten war, aber auch Werte aus der gleichen Branche, die meist mit einiger Verzögerung dem ‚Vorbild' folgten. Kam noch ein zweites oder drittes Schwergewicht ins Trudeln, dann bedeutete das, einen Felsbrocken ins Wasser zu werfen.

Auch die Handelssysteme von Klaus Steiner und seinem Team schlugen am Montagvormittag Alarm und generierten reihenweise Verkaufssignale für den deutschen Aktienmarkt. Natürlich hatten sie sich in ihrer regelmäßigen Morgensitzung auf eine Veränderung des psychologischen Sentiments und bevorstehende Unsicherheiten am Markt aufgrund des Attentats vom Freitag eingestellt. Aber dass die Signale in dieser Häufigkeit für eine derart große Anzahl von Aktien auftraten, machte sie doch allesamt stutzig. Trotzdem hieß das oberste Gebot für ein erfolgreiches Handelssystem: ausführen!

Denn die statistische Erfolgswahrscheinlichkeit konnte nur dann Bestand haben, wenn man sich strikt an die Signale der Systeme hielt. Trotzdem war ihm nicht ganz wohl, als er die Verkaufsaufträge an das Bankhaus Steiner & Pring durchgab.

»Guten Tag, meine Damen und Herren. Auf dem Börsenparkett herrscht immer noch der gleiche Geräuschpegel und die gleichen hektischen Aktivitäten wie in den vergangenen Stunden«, berichtete mit erhobener Stimme ein sichtlich erregter Frank Faber des Senders *n-tv* live von der Börse in Frankfurt. »Der Mordanschlag auf Doktor Leonard Kaufmann und Doktor Hans Arnold scheint auf die Marktteilnehmer doch mehr Eindruck gemacht zu haben, als vorher allgemein angenommen wurde. Aber es sind nicht nur die Schwergewichte Deutsche Bank, das war zu erwarten, oder DaimlerChrysler, die den Markt in diese Talfahrt reißen. Auch kleinere Werte wie die Lufthansa haben bereits fast acht Prozent im Vergleich zu ihrem Schlusskurs am Freitag verloren. Es kamen plötzlich Gerüchte am Markt auf, dass das Europäische Kartellamt plant, die Luftfahrtallianzen aufzulösen. Dadurch würden der Deutschen Lufthansa weltweit Verluste in Millionenhöhe entstehen. Zu beobachten waren zudem einige größere Verkaufsaufträge durch amerikanische Fondsgesellschaften. Nachdem der DAX in der letzten Woche schon erste Schwächen signalisierte, hat er heute erstmals seit Monaten die psychologisch wichtige Marke von 11.000 Punkten nach unten durchbrochen. Dies bedeutet ein Minus von jetzt über fünfhundertfünfzig Punkten!«

Frank Fabian holte kurz Luft, während die Kamera den Tagesverlauf des DAX auf der Anzeigetafel einfing. Dort war eine scharf abwärts gerichtete Linie zu erkennen. »Erhöhte Umsätze waren heute auch im Neuen Markt festzustellen, obwohl kein spezieller Wert, sondern scheinbar das gesamte Segment betroffen zu sein scheint. Inzwischen haben sich aber die allgemeinen Kursentwicklungen im elektronischen Handel ein wenig beruhigt und alle warten nun auf die Eröffnung der Wall Street. Es wird bestimmt noch weiterhin ein turbulenter Tag bleiben, meine Damen und Herren. Aber sollten Sie ein regelmäßiger Beobachter der Börse sein, dann wissen Sie ja, dass wir des Öfteren übertriebene Reaktionen auf schlechte Nachrichten in der Vergangenheit gesehen haben. Und morgen wird die Welt schon wieder besser aussehen.«

Kapitel XXVII

Überlastet

John Kruzinger hatte ihn, Tim Beck, gewählt, um es dieser Kapitalistenschlampe so richtig zu zeigen. Er war nicht ausgesucht worden, weil er deutsche Vorfahren hatte. Nein, sondern weil er der Beste und Verlässlichste war, hatte John ihm gesagt. Wir müssen endlich anfangen, die Initiative zu übernehmen, öffentliche Exempel statuieren, hatte er gesagt. Was immer er damit auch meinte.

Es musste wie die Tat eines Einzelgängers aussehen, hatte John ihm erklärt. Es durfte keine Verbindung zu der ‚White Aryan Combat' gezogen werden. Und deshalb hatte er ihn damals für einige Zeit nach Deutschland geschickt, wo er sich im Kampf beweisen durfte. Lächelnd erinnerte er sich an den Abend, als sie diesen Nigger von der Straße gedrängt und verprügelt hatten. Und jetzt war er wieder in Amerika und er war stolz, dass John ihm diese verantwortungsvolle Aufgabe übertrug. Nur ihm! – hatte er gesagt.

Beck wartete schon seit einer Stunde auf diese jüdische Hure. Da, ihre Tür öffnete sich! Nicht vergessen, die Polizei anzurufen, denn es soll in die Presse kommen, hatte John gesagt. Er kam in die Presse! John würde stolz auf ihn sein, auch sein deutsches Vaterland und sein amerikanisches Heimatland, alle würden sie stolz auf ihn sein, und dafür war er bereit, viel zu riskieren.

Tim Beck nahm sein Handy, wählte die Nummer der Polizei, meldete einen bewaffneten Überfall und legte sofort wieder auf. Zwei Minuten, vielleicht drei höchstens, dachte er sich, als er auf die Frau zueilte, die die Treppenstufen ihres Hauses hinunterkam.

»Frau Isenberg?«, sprach er sie an.

»Ja?«, fragte Daniela Isenberg ein wenig erschrocken über die hünenhafte Gestalt in dem heruntergekommenen Lederoutfit, die sie sofort an einen Wikinger aus einem drittklassigen Hollywoodfilm erinnerte. Fehlte nur noch das Bärenfell, war ihr letzter Gedanke, bevor sie durch einen mächtigen Faustschlag auf ihre Nase, die sofort gebrochen war, zu Boden ging.

»Du jüdische Kapitalistenschlampe, ihr sollt endlich aus Deutschland verschwinden. Wir brauchen euer dreckiges Geld nicht. Haut ab aus Deutschland, hast du verstanden?«

Tim Beck kniete sich über die stark blutende Daniela Isenberg, packte die vor Schmerzen stöhnende Frau am Kragen und schüttelte sie.

»Hast du verstanden?«, brüllte er sie an und schlug ihr mit dem Handrücken mehrmals ins Gesicht.

Daniela Isenberg brachte nur wenig Gegenwehr auf. Blut füllte ihren Mund, krampfhaft versuchte sie, sich nicht zu übergeben. Ihre Gedanken überschlugen sich. Das konnte nicht passieren, das gab es nur im Film, nicht hier, nicht heute. Sie hatte gleich einen wichtigen Termin. Wach auf, das ist nur ein Albtraum, wach endlich auf.

Sie bekam keine Luft mehr. Irgendetwas verklebte ihre Nase, irgendetwas befand sich in ihrem Mund. Verzweifelt spuckte sie Blut, als sie versuchte, Luft zu holen.

»Ihr sollt euer verdammtes Moos behalten und uns, das neue Deutschland, in Ruhe lassen. Und du, du bist die Oberhure und wirst dafür sorgen, dass das auch geschieht, sonst besuchen wir dich wieder. Hast du verstanden? Wir kriegen dich, du kannst dich nicht verstecken, also hör besser genau zu. Hast du verstanden?«, schrie Tim Beck wild vor Erregung. Speichel spritzte in Danielas Gesicht.

Eine Menge hatte sich gebildet, die aus sicherer Entfernung dem Geschehen fassungslos zuschaute. Schließlich löste sich ein Passant, um Daniela zu Hilfe zu kommen. Tim Beck sah diese Bewegung im Augenwinkel, zog sofort seinen Colt aus der Jackentasche und gab einen Schuss in die Luft ab.

»Keinen Schritt weiter, Mister! Das ist nur eine Sache zwischen meinem deutschen Vaterland und dieser Hure hier!«, rief er dem nun stocksteifen Mann und der zurückweichenden Menge zu. Polizeisirenen! Na endlich, wurde ja auch langsam Zeit, dachte Tim triumphierend. Aus den Augenwinkeln sah er die Blitzlichter der Fotoapparate. Sehr gut, ein Presseartikel mit Bildern machte sich immer besser. Aber setzen wir noch einen drauf, ging es ihm durch seinen wirren Kopf.

Tim Beck konnte Daniela gerade noch die Bluse aufreißen und ihr aus ihrem eigenen Blut ein Hakenkreuz auf die nackte Brust malen, bevor sich aus drei Polizeiwagen sechs Pistolenläufe auf ihn richteten und ihn unmissverständlich dazu aufforderten, die Waffe wegzuwerfen und sich zu ergeben.

Wenn John das im Fernsehen sieht, dachte er sich, denn inzwischen war ein Kamerateam von irgendeinem Sender eingetroffen, wird er richtig stolz auf mich sein! Hatte John jedenfalls gesagt. Er drehte sich langsam um und gab einen Schuss in Richtung der Polizeiwagen ab. Für's deutsche Vaterland! Der Sieg ist unser!

Eigentlich war die Arbeit für seine Ansprüche viel zu einfach gewesen. Obwohl Frank Bohrmann für das Design des Virus schon einen gewissen Stolz empfand. In acht Handelsplattformen hatte er ihn persönlich implementieren können, was auch kein Problem gewesen war, da er als Netzwerktechniker von Skynet freien Zutritt in die Handelsräume der Banken hatte.

Ein gefräßiges Wesen, unentdeckt im Nachrichtenspeicher versteckt, nicht auffindbar für Netzwerkadministratoren. Erst einmal ausgelöst, fraß es langsam sämtliche Arbeitsspeicher auf, bis sich auf sämtlichen Computern nichts mehr tat.

Zweihunderttausend Euro in bar hatte er für dieses Werk erhalten. Mit dem strengen Hinweis, am besten im Ausland ein Konto zu eröffnen und das Geld dort erst mal für eine Weile ruhen zu lassen. Diesen Rat würde er auch mit Sicherheit befolgen. Zu neunzig Prozent jedenfalls.

Warum er den Virus in Fremdplattformen einnisten sollte, hatte ihm Professor Walther nicht erklärt. Vielleicht Konkurrenzkampf?

Nur konnte er sich nicht im Entferntesten vorstellen, wie der Virus ausgelöst werden sollte. Der Virus wurde durch eine Nachrichtenmeldung in einem bestimmten Wortlaut angestoßen, die so unmöglich war, dass sie nicht zufällig über den Bildschirm laufen konnte.

Auf der anderen Seite schätzte er Professor Walther nicht als einen Mann ein, der irgendetwas dem Zufall überließ. Diese Erfahrung hatte er schon hinter sich. Vielleicht wurde es eine vorbereitete Falschmeldung. Aber was, wenn dies nicht der Fall wäre?

Nein, so wahnsinnig konnte kein Mensch sein, dachte sich Frank, oder vielleicht doch?

Die Nachricht über den Überfall auf Daniela Isenberg durch einen Neonazi, der dabei von der Polizei erschossen worden war, lief keine zwei Minuten später weltweit über sämtliche Nachrichtenticker. Tausende von Fondsmanagern, Börsenprofis und Spekulanten erinnerten sich an den Artikel im *Wall Street Journal*. Ob Frau Isenberg zu tief gegraben hatte und auf etwas gestoßen war, das die Öffentlichkeit nicht erfahren sollte? Vielleicht war die innenpolitische Lage doch instabiler, als die deutsche Regierung immer versicherte?

Ein Heer von Analysten in den Reihen angelsächsischer Investmenthäuser wurde von ihrem Management mit der Aufgabe betraut, in Deutschland jeden Stein umzudrehen, jeden Kontakt anzurufen, jede Zahl, jeden Presseartikel, der im Archiv zu finden war, zu bewerten und zu beurteilen. Und zwar eher gestern als heute. Gleichzeitig gaben die Banker weitere Verkaufsaufträge für den deutschen Markt auf. Man konnte ja nie wissen.

Der DAX gab um weitere dreihundertachtzig Punkte im nachmittäglichen Handel nach und schloss nur knapp über seinem Tagestief von 10.615 Punkten.

Verkaufsfavorit war weiterhin die Deutsche Bank, nachdem in den Nachrichten gemutmaßt worden war, dass Neonazis auch für den Mordanschlag an Arnold verantwortlich waren.

Später am Tag sahen Millionen von amerikanischen Kleinanlegern die schreckliche Tat dieses deutschen Wahnsinnigen im Fernsehen. Ein Anschlag von einem deutschen Nazi auf eine amerikanische Staatsbürgerin auf amerikanischem Boden? Habe ich deutsche Aktien im Depot? Oder haben meine Fonds deutsche Aktien gekauft?, fragten sie sich. Wenn sie es so wollen. Wir brauchen keine deutschen Aktien! Sollen sie dahin gehen, wo der Pfeffer wächst! In Hunderttausenden von Terminkalendern wurde für den nächsten Tag vorgemerkt, die Bank anzurufen.

Die Deutsche Börse brauchte am Dienstagmorgen eine halbe Stunde, um den Computerhandel zu eröffnen, denn die immensen Verkaufsaufträge überlasteten die Leitungen völlig.

Der Anschlag auf Daniela Isenberg durch einen deutschen Neonazi, kurz nach dem Attentat auf den Vorsitzenden der größten deutschen Bank, hatte nicht nur amerikanische Fondsmanager nervös gemacht, sondern auch andere große Kapitalanleger weltweit. Denn wenn sich die Amerikaner und damit auch die Engländer dazu entschließen würden, sich aus dem deutschen Markt zurückzuziehen, würde dies enorme Auswirkungen auch auf den eigenen Depotwert haben.

Nachdem früh einige massive Verkaufsaufträge quer durch die deutsche Aktienlandschaft von amerikanischen Adressen zu beobachten waren, kam die Stunde der Auguren. Plötzlich wurden ihre Warnungen über ein geringes Wirtschaftswachstum, die hohen Arbeitslosenzahlen und deren verheerenden Auswirkungen auf die volkswirtschaftliche Lage, die Rentenprobleme und das ungerechte Steuersystem wieder gehört, die zu dieser explosiven Situation beigetragen hatten. Einzelne Unternehmensgewinne oder Shareholder-Value-Konzepte zählten nicht mehr, wenn Deutschland in eine politische Krise schlittern würde. Oder war das bereits passiert? Die negativen Zahlen und Fakten sahen auf einmal viel bedrohlicher aus als noch vor einer Woche.

Bei der Eröffnung des Parketthandels in Frankfurt lag der DAX bereits vierhundertzwanzig Punkte unter seinem gestrigen Schlussstand, und die Verkaufswelle schien kein Ende zu nehmen. Zu Dutzenden gab es Minusankündigungen, die anzeigten, dass die Kurse signifikant schwächer eröffnen würden. Und es gab zunehmend Kursaussetzungen bei einzelnen Werten, da keine Käufer gefunden werden konnten.

Besonders schlimm erwischte es die Werte aus dem Neuen Markt, als bekannt wurde, dass sich Mike Dalton und seine Mightelity-Fonds aus diesem Marktsegment verabschieden wollten. Tausende von Fondsmanagern, Bankern und Investoren folgten seinem Beispiel, und schon bald kam der Handel in diesen Aktien zum Erliegen. Die Kurse konnten von den Maklern teilweise nur noch getaxt und mit einem großen ‚B' versehen werden. ‚B' für Brief, nur Verkäufer, keine Käufer.

Die dritte große Verkaufswelle kam am frühen Nachmittag, als wiederum angelsächsische Fonds und Investmenthäuser in diesen schwachen Markt hinein verkaufen mussten, da sie den Auftrag von Millionen ihrer Kleinkunden erhalten hatten, deutsche Papiere aus ihrem Depot oder Fonds zu entfernen. Oder die Anleger hatten bereits ihre Fondsanteile verkauft, von denen sie wussten, dass sie stark in Deutschland investiert waren. Die Fondsmanager kamen dadurch in Liquiditätsschwierigkeiten, da ihre Fonds durch die langjährige Hausse fast vollständig in Aktien engagiert waren. Den Geldforderungen ihrer Kunden konnten sie nur noch durch den Verkauf von großen Aktienpaketen nachkommen.

Erst die einzige positive Nachricht sorgte kurz vor Handelsschluss für ein Auspendeln des brutalen Abwärtstrends. Über den Ticker lief die Meldung, dass Doktor Hans Arnold, Vorstand der Deutschen Bank, aus seinem Koma erwacht und eine vollständige Genesung zu erwarten sei. Der DAX schloss bei 8.967 Punkten, einem Minus von fast sechzehn Prozent.

Zudem wurden die Amerikaner durch erste Gerüchte an der Wall Street abgelenkt, dass japanische Banken damit begonnen hatten, amerikanische Staatsanleihen in einer erstaunlichen Größenordnung zu verkaufen.

Der Journalist Olaf Kuntz hatte die Schlagzeilen seiner Kollegen über den Mordanschlag auf Doktor Arnold und Doktor Kaufmann nicht überbieten können. Aber was er hier in den Händen hielt, das war heißer als heiß! Ein Bote hatte den Umschlag unten beim Torempfang der Frankfurter Tageszeitung abgegeben, Absender unbekannt.

Er wusste schon nicht mehr, wie oft er sich die vergrößerten Fotos angesehen hatte. Kuntz las die unterschriebenen Augenzeugenberichte erneut und ging seinen Artikel noch mal durch. Auf den Fotos war der Mann klar und eindeutig zu erkennen. Die Kinder ebenso. Ihm drehte sich der Magen um, und er schloss die Augen.

Was, wenn die Fotos gefälscht waren? Mit der heutigen Computertechnik war alles möglich. Aber warum sollte jemand auf die abstruse Idee kommen, so etwas zu fälschen und noch drei handschriftliche Augenzeugenberichte beizulegen? Was, wenn die Story wahr wäre und er sie nicht bringen würde? Der anonyme Überbringer hatte ganz klar darauf hingewiesen, dass es morgen schon eine offizielle Pressemitteilung geben würde. Sein Chefredakteur würde ihm den Kopf abreißen, wenn er erfahren würde, dass Kuntz schon vorher von dieser schrecklichen und trotzdem immens auflagensteigernden Information gewusst hatte. Aber wenn es eine Ente war, dann konnte er seinen Beruf an den Nagel hängen. Wenn nicht, dann wäre der diesjährige Sonderbonus für den besten Artikel des Jahres der seine.

Es war Viertel vor zehn. Noch fünfzehn Minuten bis zur Druckabgabe. Die Gier nach dem Geld und die Faszination einer möglichen Sensation behielten die Oberhand. Sollten seine Finanzkollegen heute doch den Anschlag auf Daniela Isenberg von Salomon Smith Barney auf der ersten Seite des Wirtschaftsteils gehabt haben. Er würde morgen ganz vorne auf der Titelseite der Mittwochsausgabe sein! Mit einem ganz speziellen Bild – und seinen Enthüllungen über die Abwege des deutschen Finanzministers Sebastian Goldblum.

Kapitel XXVIII

Headlines

Die Nachricht schlug ein wie eine Bombe.

Viele Wirtschaftsdienste, die ihre Nachrichten auf elektronischem Wege an die Banken und Investmenthäuser verteilten, hatten einen Morgenservice, in dem die interessantesten Schlagzeilen aus den wichtigsten Zeitungen weltweit in Kurzform dargestellt wurden. Dadurch erhielten die Händler einen Überblick über alle marktrelevanten Themen, ohne selbst alle Zeitungen durchgehen zu müssen.

Die dominierende Schlagzeile an diesem frühen Mittwochmorgen war natürlich die der Frankfurter Tageszeitung. Keine andere Zeitung hatte auch nur ansatzweise ähnliche Informationen zu bieten. Kein Fernsehsender hatte das Thema aufgegriffen und kein Nachrichtendienst konnte aktuelle Berichte liefern. Die gesamte Medienwelt war auf dem falschen Fuß erwischt worden.

Der Sonderbonus ist mein, freute sich ein Olaf Kuntz diebisch, der die ganze Nacht nicht geschlafen hatte und schon seit fünf Uhr an seinem Schreibtisch saß. Das Telefon klingelte ununterbrochen, denn seine Reporterkollegen aus den anderen Zeitungshäusern wollten natürlich den Ursprung dieser heißen Informationen und die genaue Uhrzeit der erwähnten offiziellen Presseerklärung wissen. Doch er gab nichts preis. Er müsse selbstverständlich seine Quellen vertraulich behandeln, lautete seine Standardantwort, obwohl er ihnen auch so keine Antwort hätte geben können, denn er wusste ja selbst nicht, woher die Fotos stammten. Sein Chefredakteur hatte ihm mit seinem Rausschmiss gedroht, sollte sich der Bericht als Ente entpuppen, aber auch er war dem Sensationsfieber erlegen.

Kuntz schaute auf seine Uhr. Zehn vor acht. Hoffentlich kam bald diese Presseerklärung, ansonsten würde seine Lunge kollabieren, da er in den letzten Stunden schon seinen gesamten Jahresbedarf an *Camel* ohne Filter verraucht hatte.

Besser hätte es nicht kommen können, dachte sich Thomas Bruckheimer, der keine fünfhundert Meter entfernt in seinem Büro auf den Ticker schaute. Zwar nur reine Spekulationen, keine Beweise bis auf dieses Foto auf der Titelseite und die angeblichen Augenzeugenberichte, die alle gefälscht sein konnten. Aber das war unwichtig für ihn.

Nun hatte er noch mehr Munition für seine Verkaufsargumente. Ich habe es euch doch gesagt, die Storys waren besser als die Realität! Das ist, als ob einzelne Pinselstriche wunderschön sind, aber das gesamte Bild eine einzige Katastrophe darstellt, und wir wollen doch keine Pinselstriche kaufen, oder?, war sein Standardspruch. Der Markt suchte ihn, das wusste er, nachdem ein Licht nach dem anderen in seinem Telefondisplay aufzuleuchten begann. Denn er war der Erste gewesen, der mahnend den Finger erhoben und damit auch noch Recht behalten hatte.

Vielleicht hatte ‚Onkel Wolfgang' doch Recht gehabt, dass alles für ihn gut ausgehen würde, denn Thomas Bruckheimer wurde nun in fast jedem wichtigen Artikel über den deutschen Markt zitiert. Dutzende von Reportern riefen an und wollten ein Interview und seine Meinung zum Markt. Und selbst Research-Kollegen anderer Investmenthäuser riefen bei ihm durch, um ihn über Neuigkeiten auszufragen. Alles eigenes, hartes Research, antwortete er ihnen in väterlichem Ton und erklärte jedem gerne noch zusätzlich seine ‚Boom-Bust'-Theorie.

Etwas beschäftigte Thomas Bruckheimer jedoch. Ging das alles hier noch mit rechten Dingen zu?

Das kann doch nicht mit rechten Dingen zugehen, dachte Klaus Steiner, als er die Schlagzeile der Frankfurter Tageszeitung las. Wie immer war er der Erste im ‚Stall', wie der umgebaute Handelsraum von seinem Team liebevoll getauft worden war, und hatte die verschiedenen Zeitungen durchgesehen.

Was passierte hier? Hatte doch er mit seiner Theorie Recht, dass der Professor versuchte, den Finanzmarkt zu manipulieren und nicht Kristine, die immer noch der Meinung war, dass einflussreiche Persönlichkeiten aus dem öffentlichen Leben beseitigt werden sollten?

Sollten sich diese skandalösen Behauptungen über den deutschen Finanzminister bewahrheiten, würde das auch ihre Vermutung bestätigen? Egal welche ihrer beiden Theorien auch stimmte, vielleicht sogar beide, zu welchem Zweck geschah dies alles? Das Ziel konnte unmöglich Anarchie und Bürgerkrieg, die Zerrüttung der deutschen Volkswirtschaft und die Vernichtung von Milliardenvermögen und Werten sein. Das würde keinen Sinn machen, denn wenn er den ‚Kreis' richtig verstanden hatte, dann waren die Mitglieder alles vermögende, einflussreiche Männer und Frauen, die nie ihre eigene Existenz aufs Spiel setzen würden!

Aber vielleicht hatte Kristine Recht, es ging um Einfluss und Macht. Die Auswirkungen auf den Finanzmarkt waren nur Nebenerscheinungen, die der ‚Kreis' langfristig leicht verschmerzen konnte.

Aber warum machte er sich eigentlich so viele Gedanken? Warum freute er sich nicht an den außergewöhnlich guten Resultaten ihrer Handelssysteme, die immens im Plus lagen? Weil auch sie manipuliert waren?

Tausende von Fondsmanagern und leitende Angestellte aus den Wertpapierhandelsabteilungen wurden aus ihren Betten geholt. In Europa von der Frühschicht und in Amerika von der Nachtschicht, denn in keiner Arbeitsanweisung war zu lesen, wie man auf solch eine Nachricht zu reagieren hatte.

Aber auch das Management wusste keinen Rat, und so herrschte nach einer äußerst schwachen Markteröffnung bei einem DAX-Stand von knapp unter 8.500 Punkten in den nächsten Stunden große Unsicherheit, die sich in geringen Umsätzen, aber umso größeren Kursbewegungen in beide Extreme niederschlug.

Die Dementis aus dem Finanzministerium und die Weigerung zu einer öffentlichen Stellungnahme durch den Finanzminister beruhigten auch nicht gerade die Nerven.

Als bekannt wurde, dass die Staatsanwaltschaft offiziell vom Finanzministerium eingeschaltet worden war, um diesen Fall zu untersuchen, wurde die Unruhe noch größer. Die eine Hälfte der Marktteilnehmer interpretierte dies als ein klares Schuldbekenntnis. Die andere Hälfte als Beweis dafür, dass die Berichte fingiert waren und man nun versuchte, den Urheber dieser Falschinformationen zu finden. Dies hatte einen kräftigen Umsatzschub zur Folge, der aber nur zu noch extremeren Kursausschlägen führte, ohne aber eine eindeutige Richtung vorzugeben.

Als es über Mittag und in den Nachmittag hinein keinerlei Anzeichen für diese ominöse Pressekonferenz gab, auf die die ganze Finanzwelt ungeduldig gewartet hatte, beruhigte sich das Geschäft.

Stabilisierend für den deutschen Aktienmarkt wirkte auch die deutliche Kurserholung der Deutsche Bank-Aktie. Diese profitierte weiter von der positiven Nachricht über den Gesundheitszustand ihres Vorstandssprechers und wurde zusätzlich als sicherer Hafen in diesem allgemeinen Informations-Chaos gesucht.

Überall in der Welt lehnten sich Händler, Fondsmanager, Anleger und Spekulanten zurück und dachten über die letzten Tage von Freitag bis Mittwoch nach. Fast jeden Tag waren sensationelle, neue Nachrichten auf den Tisch gekommen, die die gestrigen überlagert hatten. Wer dachte heute noch an den Anschlag dieses Neonazis auf Daniela Isenberg, geschweige denn an das Attentat vom letzten Freitag? Irgendwie schon verrückt! Aber ihre Reaktionen, ihre Verkäufe waren doch trotzdem gerechtfertigt, oder?

Bevor nun weitere Entscheidungen getroffen wurden, mussten erst einmal die Gedanken gesammelt werden. Die meisten hatten noch nicht einmal Zeit dafür gefunden, das Researchmaterial, die Analyseberichte und Kommentare aus den Fachabteilungen zu sichten, die sich inzwischen meterhoch auf den Schreibtischen stapelten. Vielleicht war ja in diesen Papieren eine logische Erklärung für das zu finden, was im Markt da draußen passierte.

Der DAX schloss an diesem Mittwoch bei dünnen Umsätzen knapp über der charttechnisch wichtigen Marke von achttausend bei 8.015 Punkten.

Kapitel XXIX

Zinsen

Eine Nachricht aus Übersee drängte an diesem Donnerstagmorgen die endlosen Diskussionen über die Geschehnisse der letzten Tage in den Hintergrund.

Japanische Banken hatten in einer konzertierten Aktion Hunderte von Milliarden von US-Staatsanleihen auf dem Markt verkauft. Das Angebot hatte die Nachfrage so weit übertroffen, dass die Kurse schlagartig wegbrachen, und auch als die Federal Reserve selbst als Käufer auftrat, wollte niemand in dieses fallende Messer greifen.

Die Telefonleitungen zwischen New York, Washington und Tokio liefen heiß, ohne dass sich etwas änderte. Die japanischen Politiker wussten von nichts und mussten ohnmächtig mit ansehen, wie das ungeschriebene Gesetz der viel beschworenen Solidarität innerhalb der japanischen Wirtschaft an diesem Tag außer Kraft gesetzt wurde.

Tanaka Yamakatsu, der neue starke Mann der japanischen Finanzwelt, sprach als Interessenvertreter der japanischen Banken von enormen Liquiditätsschwierigkeiten mehrerer großer Institute, unter anderem der zweitgrößten Bank von Japan. Eine unabhängige Prüfungskommission hatte in Vorbereitung auf die schon lange von der Regierung angekündigten Reformen sämtliche Bankbilanzen überprüft und auf internationalen Standard gebracht.

Dabei wurden eklatante Unterbewertungen der Immobilienproblemkredite festgestellt. Zusätzlich waren ‚faule' Kredite durch die Asienkrise unterschlagen und Buchwerte von Aktienpaketen zu hoch angesetzt worden. Um den Zusammenbruch einiger japanischer Großbanken und als Folge den Kollaps nicht nur der japanischen Wirtschaft, sondern auch der japanischen Gesellschaft zu verhindern, waren sie zu dieser Aktion gezwungen worden. Unter diesen Umständen konnten sie keine Rücksicht auf internationale Interessen nehmen.

Hätte die japanische Regierung schon Jahre vorher reagiert, markthemmende Vorschriften, lähmenden Bürokratismus und verkrustete Vertriebssysteme beseitigt, dringend notwendige, von den Banken und der Wirtschaft immer wieder angemahnte Reformen durchgesetzt und den japanischen Markt liberalisiert und geöffnet, dann wäre es zu dieser Notfalloperation nie gekommen.

Aber vielleicht konnten dadurch die eingeschlafenen Bürokraten in Tokio endlich aufgeweckt werden. Vielleicht konnten spätestens jetzt die schon lange vorliegenden Maßnahmepläne zur Reformierung Japans von der Regierung verbindlich umgesetzt und feste Zusagen getroffen werden, so dass Japan auch für ausländisches Kapital wieder interessant und eigene Liquiditätsgeschäfte überflüssig wurden.

Marktteilnehmer und Politiker wussten zwar, dass nun ein gewaltiger Stein ins Rollen gebracht worden war, womit langfristig einige Probleme in Japan gelöst werden konnten, aber der aktuellen Krise am amerikanischen Zinsmarkt half dies wenig.

Trotzdem eröffnete der deutsche Aktienindex ein wenig freundlicher, da die Mehrheit der Händler übereingekommen war, dass die Aneinanderreihung der Hiobsbotschaften der vergangenen Tage scheinbar ein Zufallsprodukt war und man nun wieder zum normalen Tagesgeschäft übergehen konnte.

Außerdem tagte der Rat der Bundesbank heute. Und vielleicht sprach der ja mal ein paar deutliche Worte, dass es um den deutschen Markt gar nicht so schlecht stand, wie es in den letzten Tagen den Anschein hatte.

Doch es gab ein Problem. Wenn die Japaner weiterhin den US-Staatsanleihenmarkt verprügelten, konnte die Federal Reserve nichts anderes tun, als die Zinssätze erhöhen, um das Kapital im Land zu halten oder neu anzuziehen.

Eine Zinserhöhung in Amerika würde aber der Deutschen Bundesbank keinerlei Spielraum lassen, denn die internationalen Finanzmärkte achteten sehr genau auf Reaktionen aus Amerika. Und der deutsche Markt war in keiner stabilen Verfassung.

Keine halbe Stunde nach Eröffnung hatte der DAX seine Anfangsgewinne komplett abgegeben und tendierte schon wieder sehr viel schwächer bei 7.420 Punkten.

Der *Zentralbankrat* war das oberste Organ der Deutschen Bundesbank. Er bestimmte die Währungs- und Kreditpolitik des Hauses und bestand aus dem Präsidenten, dem Vizepräsidenten, den weiteren sechs Mitgliedern des *Direktoriums*, die für die Durchführung der Beschlüsse des Rates zuständig waren, und den neun Präsidenten der Landeszentralbanken. Unter der Aufsicht des Bundesbankpräsidenten tagte der Zentralbankrat gewöhnlich alle zwei Wochen donnerstags in Frankfurt.

Die Deutsche Bundesbank war in ihren Entscheidungen theoretisch unabhängig von Einflüssen der Bundesregierung, und aus den dürren Worten der Bundesbankgesetzestexte erfuhr man wenig darüber, welche Rolle die Notenbank als Träger der deutschen Geldpolitik wirklich spielte. Aber das Gesetz konnte dafür auch nur einen Rahmen abstecken. Denn den enormen Einfluss, den die Bundesbank in der internationalen Finanzwelt hatte, den konnte man nicht in Worte fassen.

Entgegen manch anders lautendem Pressebericht hatte sich der Einflussfaktor der Bundesbank durch die Gründung der EZB, der Europäischen Zentralbank, sogar noch potenziert. Zwar kamen die Meldungen über Zinserhöhungen- oder Senkungen aus dem Frankfurter Eurotower, dem Sitz der EZB. Doch beschlossen und an die EZB empfohlen wurden sie ein paar Kilometer weiter – in Frankfurt-Ginnheim.

Die Macht der neunzehn Männer, die an diesem Donnerstag im Konferenzsaal der Deutschen Bundesbank im dreizehnten Stock zusammengekommen waren, erstreckte sich somit auf die gesamte Geld- und Wirtschaftspolitik Europas.

Jede Entscheidung, die sie trafen, hatte Auswirkungen von unvorstellbaren Dimensionen. Um am Finanzmarkt ein positives Signal zu setzen, wollten sie heute eine Zinssenkung von einem halben Prozentpunkt beschließen und dem Präsidenten der Europäischen Zentralbank empfehlen.

Damit ermöglichten sie den Banken eine billigere Refinanzierung, die diese an ihre Kunden in Form von niedrigeren Hypothekenzinsen für den Hausbau, geringeren Zinszahlungen für Auto- oder Privatkredite oder niedrigeren Kosten für Dispositionskredite weitergeben konnten. Somit hätten die deutschen Haushalte mehr Geld zur Verfügung, um es für Dinge des täglichen Bedarfs oder für den nächsten Urlaub, der eigentlich schon gestrichen war, auszugeben. Und diese erhöhte Kaufkraft käme wiederum der deutschen Wirtschaft zugute.

Auf der anderen Seite aber standen die europäischen Staaten, die ihre Defizite durch die Ausgabe von Schuldverschreibungen deckten, die eine Laufzeit von drei Monaten bis zu dreißig Jahren haben konnten. Eine Zinssenkung würde bedeuten, dass sich die Kosten für die Finanzierung der Defizite reduzieren würden und die Länder somit mehr Geld zur Verfügung hätten, das sie für Investitionen nutzen könnten. Zum Beispiel für billige Staatskredite für Unternehmensgründungen oder gar direkte Aufträge an die Privatwirtschaft.

Letztendlich wurde auch der Aktienmarkt attraktiver, da durch die Zinssenkung die Einnahmen für Anleger aus Staatsanleihen gesunken, auf der anderen Seite die Erträge der Privatwirtschaft aber gestiegen waren. Private und professionelle Investoren gaben bei ihren Brokern Aufträge zum Kauf von Aktien, was andere Teilnehmer nach den ersten Kursanstiegen dazu brachte, ebenfalls in den Markt einzusteigen.

Und diese Auswirkungen in all ihren Facetten, die bis hinab in die Brieftasche des kleinen Mannes reichten und das Leben jedes Einzelnen in ganz Europa beeinflussten, wurden durch eine kleine Gruppe von Leuten hervorgerufen, deren Namen, bis auf den des Präsidenten, in der Öffentlichkeit kaum jemand kannte.

»Herr Dammann, leider sehe ich überhaupt keinen Spielraum für eine Zinssenkung. Ich habe heute Morgen noch mit dem Präsidenten der amerikanischen Notenbank, Jack Mullenberg, gesprochen. Und er warnte mich davor, dass ihm nichts anderes als eine deutliche Zinserhöhung übrig bleiben wird, wenn die japanische Regierung ihre Banken nicht mehr im Zaum halten kann«, sagte der Bundesbankpräsident Doktor Werner zu dem Präsidenten der Hessischen Landesbank, der gleichzeitig auch der deutsche Vertreter innerhalb des Direktoriums der Europäischen Zentralbank war.

Es war halb zwölf und seit einer Stunde tagte der Zentralbankrat. Es waren seitdem lebhafte und hitzige Wortgefechte geführt worden. Noch immer herrschte Unklarheit in der Affäre um den Finanzminister, denn noch hatte die Staatsanwaltschaft keine brauchbaren Beweise für seine Unschuld ans Tageslicht bringen können.

»Außerdem befindet sich Deutschland in einer äußerst sensiblen und heiklen politischen Situation, und wir können nicht einfach so tun, als wenn heile Welt wäre und uns das alles nichts angehen würde«, hakte Doktor Werner noch mal nach.

»Tut mir Leid, Doktor Werner, aber da muss ich Ihnen widersprechen! Gerade jetzt muss die Deutsche Bundesbank ein positives Zeichen setzen. Wir sind die einzige Institution in Deutschland, die noch steht, wenn man so will. Die Deutsche Bank ist angeschlagen, das deutsche Finanzministerium, der internationale Ruf Deutschlands, die deutsche Wirtschaft, der deutsche Finanzmarkt. Alle, bis auf uns! Das müssen wir nutzen. Wir sind die Einzigen, die diesem Sturm noch trotzen, und dadurch potenziert sich jede Maßnahme, die wir treffen. Oder etwa nicht?«, fragte Norbert Dammann.

Da hat Dammann ein gutes Argument, dachte sich Doktor Christian Werner. Die gesamte Finanzwelt wartete heute gespannt auf die Pressekonferenz der Bundesbank um dreizehn Uhr dreißig, und alle in diesem Raum ahnten, dass ihr heutiger Beschluss national und international eine größere Tragweite haben würde als sonst.

Trotzdem gefiel ihm der Gedanke einer Zinssenkung nicht. Vielleicht eine indirekte Zinssenkung im Tender-Zinssatz, die Refinanzierungsquelle der Banken, verbunden mit einem kräftigen Liquiditätsschub, so dass der Markt wieder Nahrung hatte. Das wäre eine Maßnahme, die man auch relativ kurzfristig wieder korrigieren könnte, falls sich die amerikanisch-japanische Krise weiter zuspitzen würde.

Aber eigentlich machte er sich keine großen Sorgen. In seiner langjährigen Zeit im Zentralbankrat war es nicht das erste Mal, dass die Deutsche Bundesbank so exponiert mitten im Kampf der Finanzkräfte stand.

Es war mal wieder der Neue Markt, der für Aufregung sorgte. Kaum hatte der Parketthandel an den Börsenplätzen in Frankfurt und Berlin eröffnet, kamen ohne weitere Vorwarnung gigantische Verkaufsorders, verstreut über sämtliche Aktien dieses Marktsegments. Viele Händler wurden auf dem falschen Fuß erwischt, die sich zwar auf einen leicht schwächeren Markt eingestellt, aber bis zur Pressekonferenz der Bundesbank verhaltene Umsätze erwartet hatten.

Die Preisstellung der Käufer schien für die Verkäufer von keinem Interesse, denn sie wurden in Sekunden bedient. Waschkörbeweise wurden die unlimitierten Verkaufsorders auf den Markt geworfen. Binnen dreißig Minuten hatte der Index für den Neuen Markt über zwanzig Prozent seines Wertes verloren, und die Verkaufswelle nahm kein Ende.

Das Blut muss auf der Straße liegen, und wenn es dein eigenes ist, freute sich Mike Dalton diebisch, als er auf seinen Reuters-Bildschirm schaute. Sämtliche Kurse waren mit roten Pfeilen nach unten markiert. Er selbst war heute früh um vier in die Büros der Mightelity-Fonds in New York gekommen, um die Orderausführungen über seine drei Depotbanken in Deutschland zu überwachen.

Schon die Tage vorher hatte er beobachten können, wie andere Marktteilnehmer nervös wurden, als Mike Dalton erste Verkauforders im Neuen Markt platziert hatte. Zeigte Dalton wieder das richtige Näschen für den Ausstieg, hatten sie sich gefragt und vorsichtshalber auch ein paar Verkäufe getätigt.

Er griff zum Telefon und wählte die erste Nummer auf seiner Liste. Ja, Mike Dalton und seine Mightelity-Fonds würden sich komplett aus dem Neuen Markt zurückziehen. Warum? Junge High-Tech-Unternehmen reagierten sehr sensibel auf wirtschaftspolitische Instabilität, und bei der aktuellen Lage in Deutschland müssten vergangene Zukunftsprognosen über diese Unternehmen umgehend revidiert werden. Vielleicht würde es wieder interessant, wenn sich im deutschen Umfeld etwas ändert, aber bis dahin – raus um jeden Preis!

Und seine Jünger folgten ihm, grinste Mike Dalton in sich hinein, als er keine zwanzig Minuten später das Kursdesaster einzelner Aktienwerte am Bildschirm beobachten konnte, die teilweise Kursverluste von über fünfzig Prozent zu verkraften hatten.

Kapitel XXX

Bären & Bullen

»Stopp! Halt. Hört mal alle her!«, rief Klaus Steiner laut in den Handelsraum.

Ruckartig stieß er sich mit seinem Ledersessel vom Schreibtisch ab und sprang auf, nachdem er das letzte Telefonat beendet hatte. Acht Gesichter schauten erstaunt zu ihm auf.

Was hatte er gesagt? Stopp? Jetzt? Wenn die Märkte so weiter übertrieben, brauchte er sich in einer Woche nie wieder Gedanken um seine Altersversorgung machen, stand deutlich im leicht geröteten Gesicht von Christoph Mulder zu lesen, der diese Panikmärkte schon immer geliebt hatte.

»Christoph, Ulf, Peter. Lasst die Telefone liegen! Ich brauche euch im Konferenzraum!«

Kaum hatte Peter Dekker als Letzter die Tür zum Konferenzraum geschlossen, legte Klaus los.

»Ich hatte eben ein sehr interessantes Gespräch mit dem Sales-Chef von HSBC Trinkaus in Düsseldorf. Er berichtete mir von einem denkwürdigen Anruf heute Morgen. Er ist beauftragt worden, sämtliche Aktienbestände aus dem Neuen Markt zu verkaufen. Unlimitiert, von Mike Dalton persönlich! Denkwürdig deswegen, weil Mike Dalton noch niemals persönlich Aufträge durchgegeben, geschweige denn die Durchführung überwacht hat. Das haben bisher immer seine Händler für ihn getan.«

Klaus holte kurz Luft, um auch seine Gedanken ein wenig zu sammeln.

»Ich denke, der Finanzmarkt wird manipuliert!«

»Manipuliert? Wie meinst du das?«, fragte Ulf erstaunt.

»Überlegt doch mal. Am Freitag dieser Mordanschlag auf

Doktor Arnold und Doktor Kaufmann. Am Montag das Attentat auf Daniela Isenberg durch einen deutschen Neonazi. Am Mittwoch der diskreditierende Presseartikel über die angebliche Affäre des deutschen Finanzministers. Mittwochnacht verkaufen japanische Banken en gros amerikanische Staatsanleihen und bringen dadurch eine gewaltige Unruhe in die Märkte. Und letztendlich verkauft die größte amerikanische Fondsgesellschaft deutsche Aktien – unlimitiert! Alles hat indirekte oder direkte negative Auswirkungen auf den deutschen Finanzmarkt. Und ich glaube nicht an diese Zufälle! Ich diskutiere dieses Thema mit Kristine schon ziemlich lange. Neben den öffentlichen Informationen hatten wir beide ein Erlebnis, das diese Theorie bestätigen könnte.«

Klaus erzählte den dreien in Kurzform von seinem Aufeinandertreffen mit Professor Walther und auch von der Unterhaltung zwischen Kristine und Dirk Markowitz.

»Aber ein einzelner Mann kann unmöglich die milliardenschweren Finanzmärkte manipulieren«, schüttelte Christoph Mulder ungläubig den Kopf.

»Richtig, alleine nicht. Aber mit den richtigen Helfern schon! Wir sprechen hier von einem Mann, der sich mit der Psychologie der Märkte besser auskennt als wir alle vier zusammen. Also, wenn jemand weiß, wie man Finanzmärkte manipulieren kann und wo man die richtigen Hebel anzusetzen hat, dann ist es Professor Walther. Und irgendwie beschleicht mich das bedrückende Gefühl, dass dies erst der Anfang war.«

»Erst der Anfang? Du meinst, es könnte noch wesentlich schlimmer kommen?«

»Denk die Sache doch mal zu Ende, Christoph. Die Amerikaner und die Japaner verzetteln sich nicht nur in einem Handels-, sondern auch in einen Finanzkrieg. Abgesehen von notwendigen Zinserhöhungen durch die Federal Reserve, die wiederum sehr negative Auswirkungen auf die Wall Street und damit auch auf die anderen Aktienbörsen weltweit hätten, käme es mit ziemlicher Sicherheit zu einer Art Finanzprotektionismus der amerikanischen Anleger. Das wiederum würde den Abzug von US-Kapital aus den internationalen Finanzmärkten bedeuten. Und Deutschland wäre am stärksten betroffen, weil wir innenpolitisch momentan am instabilsten sind. Drehen wir das Rad noch weiter! Die Neonazi-Szene in Deutschland eskaliert und es kommt zu dauerhaften, offenen und gewalttätigen Aufständen. Die unbestätigten Gerüchte um den deutschen Finanzminister bewahrheiten sich. Doktor Arnold gesundet nicht, und hinter dem wahrscheinlichen Nachfolger steht die entscheidende Frage, ob er den Anschluss an die Finanz-Weltspitze halten kann. Auf der anderen Seite steht eine Regierung, die ihre Versprechungen auf Steuersenkungen und Reformen noch nicht mal ansatzweise umzusetzen gedenkt. Die wirtschaftliche Lage in Deutschland verschlechtert sich weiter. Noch mehr Arbeitslose, noch mehr soziale Unruhe, noch mehr Belastungen für den normalen Steuerzahler. Und noch weniger ausländisches Kapital oder Investitionen. Genau das ist der Zündstoff, mit dem Professor Walther arbeitet!«

»Und was für ein Motiv sollte er haben? Es bringt ihm doch nichts, wenn er Deutschland in Schutt und Asche legt, einschließlich sich selbst?«, fragte ein nachdenklicher Ulf Bauer. War es vielleicht wirklich möglich? Musste nur jemand die richtigen Knöpfe drücken, um die Finanzmärkte so maßgeblich zu beeinflussen? Aber warum sollte jemand überhaupt auf diese Idee kommen?

»Genau das ist es, was ich dir auch nicht beantworten kann. Ich weiß es nicht«, zuckte Klaus mit den Schultern.

»Aber wenn du nicht einmal ein Motiv hast, dann wird es schwierig sein, zu beweisen, dass Professor Walther dahinter steckt. Es sind doch alles nur Vermutungen. Okay, was dafür spricht, sind die direkten Andeutungen, die er dir oder dieser Markowitz Kristine gegenüber gemacht hat. Aber vielleicht ist dies alles auch nur eine dumme Aneinanderreihung von Zufällen, was in letzter Zeit passiert ist. Oder meinst du nicht?« ,fragte Ulf weiter.

»Jetzt treffen natürlich Logik und Gefühl aufeinander. Ja, ich habe keine logische Erklärung für all das da draußen. Aber mein Gefühl sagt mir, dass ich richtig liege. Ich wollte das mit euch durchdiskutieren für den Fall, dass ich wirklich Recht habe.

Jeder sollte sich schon mal ein paar Gedanken machen, wie wir reagieren könnten. Tut mir den Gefallen, hört euch am Markt um, ob vielleicht noch mehr Ungereimtheiten, Merkwürdigkeiten und Zufälle in den letzten Tagen aufgetreten sind. Das ist alles.«

Jeder hing stumm seinen eigenen Gedanken nach, als sie sich wieder ihrer Sessel im ‚Stall' bemächtigten. Klaus griff gleich zum Telefon. Eine Idee hatte er noch.

Auch im Polizeipräsidium in Frankfurt grassierte das ‚Börsenfieber'. Zwar hatten die Beamten zumeist noch nicht mal einen Computer, aber ein Fernseher tat es in diesem Falle auch. Viele standen mit kreidebleichen Gesichtern davor und sahen ihre ansehnlichen Gewinne der letzten Monate in Sekundenschnelle dahinschwinden. Unter den neun Polizisten vor dem Fernsehgerät, die mehr fluchten als bei so manchem Spiel der deutschen Fußballnationalmannschaft, stand auch Bernd Mayer, der mit dem Geld seiner Frau und seinen eigenen Ersparnissen im letzten Jahr an der Börse mehr verdient hatte als mit seinem regulären Beamtensalär.

»Bernd, Telefon«, rief ein Kollege aus dem angrenzenden Zimmer.

»Geht jetzt nicht. Sag, ich bin nicht da. Scheiße, ich bin bald pleite, wenn das so weitergeht«, fluchte Hauptkommissar Mayer laut zurück.

»Er sagt, dass er deine Stimme schon gehört hat, und außerdem sei es wichtig. Und vielleicht könnte er dir bei deinen Problemen am Finanzmarkt helfen«, erwiderte der Kollege lachend. »Auf Leitung drei.«

»Hauptkommissar Mayer«, knurrte Bernd Mayer missgelaunt in den Hörer.

»Herr Mayer, hier ist Klaus Steiner. Ich weiß nicht, ob Sie sich noch an mich erinnern können?«

»Steiner? Klaus Steiner? Nee, sagt mir nichts«, brummte Mayer unwirsch, dessen Laune sich durch diese Unterbrechung noch verschlechtert hatte.

»Es ging damals um den Mord an Ihrem Partner Kommissar

Lenk. Die Staatsanwaltschaft hatte damals versucht, diesen mit meinem Fall in Verbindung zu bringen. Aber durch Ihre Aussage wurden sämtliche Verdachtsmomente fallen gelassen.«

»Ja richtig, Klaus Steiner, jetzt erinnere ich mich. Der Mord an meinem Partner war von einem Profi ausgeführt worden, und Sie sind alles andere als ein professioneller Killer. Das war der ganze Grund für meine Entlastungsaussage. Anstiftung kam auch nicht in Frage, dazu fehlten Ihnen die Kontakte, wie ich herausfinden konnte. Überhaupt sah mir Ihr ganzer Fall sehr dubios aus! Aber das ist Schmarrn von gestern! Was kann ich für Sie tun?«

»Sagt Ihnen der Name Professor Paul Walther etwas?«, fragte Klaus Steiner.

»Walther? Walther. Professor Walther? Paul Walther«, murmelte Bernd Mayer vor sich hin und versuchte in seinem Gedächtnis den Namen zu finden. Irgendwie kam er ihm bekannt vor.

»Warten Sie einen Augenblick. Ich hole mir kurz mal ein paar Akten, aber ich bin mir nicht ganz sicher. Einen Moment bitte.«

Hier stand es. Hatte ihn sein gutes Namengedächtnis doch nicht verlassen, dachte sich Mayer, nachdem er die Akte Doktor Hermann Gaulke aufgeschlagen hatte. Vermeintlicher Selbstmord. Tatwaffe eine verrostete 7.65mm Beretta. Was damals gegen den Selbstmord gesprochen hatte, obwohl sämtliche Indizien darauf hinwiesen, war die Frage, warum ein Jogger sich um halb sechs Uhr morgens eine Kugel in den Kopf jagen sollte? Bei den Untersuchungen waren sie unter anderem auf Professor Paul Walther gestoßen. Dieser hatte ein paar Jahre zuvor Doktor Gaulke erfolglos auf falsche ärztliche Behandlung und unterlassene Hilfeleistung verklagt. Professor Walther hatte Doktor Gaulke für den Tod seiner ersten Frau verantwortlich gemacht und die Klage durch alle Instanzen gezogen, den Prozess aber letztendlich gegen die geschlossene Ärztegemeinschaft, die nie gegen einen Kollegen aussagen würden, verloren. Das hätte ein mögliches Motiv sein können. Aber die Spur hatte sich in einer Dutzendschaft von Anwälten des Professors verlaufen.

Drei Minuten hing Klaus Steiner in der Warteschleife, bevor Hauptkommissar Mayer sich wieder meldete.

»Ja, der Name ist mir bekannt. Was interessiert Sie an Professor Walther?«, fragte Bernd Mayer neugierig, der eine frische Fährte witterte.

»Wie ich am Telefon schon hören konnte, sind Sie über die ungewöhnlichen Ereignisse am deutschen Aktienmarkt bestens informiert?«

»Bestens informiert? Ich habe vorhin meinen Makler angerufen und das Apartmenthaus in Florida wieder zum Verkauf angeboten. War nur ein Scherz! Aber so gut wie ruiniert bin ich trotzdem«, brummte Mayer und warf einen verstohlenen Blick auf den Fernseher.

»Deswegen rufe ich an. Ich denke, hier handelt es sich um eine groß angelegte Manipulation. Ich wusste nicht, an wen ich mich sonst wenden sollte. Deshalb rufe ich Sie an, weil Sie mich kennen und einschätzen können, dass ich Ihnen keinen Blödsinn erzähle. Aber ich bin mir sicher, dass hinter diesen Machenschaften genau dieser Mann steht: Professor Paul Walther!«

Das war doch leichter gewesen, als er es sich am Anfang vorgestellt hatte. Perfekte Planung nennt man das, lächelte Ulrich Plenk in sich hinein.

Zehn Jahre arbeitete er nun schon bei QDS, und so schien es gar nicht mehr aufzufallen, wenn er ab und zu den Lieferwagen nicht im Depot abstellte, sondern auch mal über Nacht vor seiner eigenen Haustür stehen ließ. Vorsichtshalber hatte er dies schon einige Male ausprobiert, aber der Depotleiter hatte es noch nicht einmal bemerkt.

Sechs Wochen hatten die gesamten Vorbereitungen gedauert. Inzwischen kannte er jedes Gartencenter im ganzen Rhein-Main-Gebiet, wo er Düngemittel nur in Kleinstmengen einkaufte, um keine Aufmerksamkeit zu erregen. Auch die sechshundertfünfzig Liter Dieselkraftstoff hatte er bei über dreißig verschiedenen Tankstellen besorgt. Nur den Rennwagenkraftstoff hatte er nicht auftreiben können, aber die Wirkung des Gemischeswar auch so beeindruckend, wie er bei einem kleinen Feldversuch auf einem verlassenen Acker in der Nähe von Groß-Gerau feststellen konnte.

Einzig und allein der Zünder bereitete ihm ein wenig Bauchschmerzen. Es war ein Zeitschalter, der, einmal aktiviert, nicht mehr auszustellen war. Kay Staucher hatte ihm diesen besorgt. Inklusive Zündschnüre und einer Anleitung, wie der Zünder anzubringen sei und die Behälter untereinander verkabelt werden mussten. Denn es war von Anfang an klar, dass die explosive Mischung auf mehrere kleine Gefäße verteilt und in normalen Kartons versteckt werden musste, für den Fall, dass er unterwegs aufgehalten wurde.

Sechsundzwanzig Pakete, jedes fünfzig Kilogramm schwer und mit einem fingierten Adressaufkleber versehen, befanden sich nun seit der gestrigen Nacht auf seiner Ladefläche. Eintausenddreihundert Kilo des hochexplosiven Gemisches, ein ganz schöner Brocken, ging es Ulrich Plenk durch den Kopf. Über die Auswirkungen, wenn das wirklich hochgehen sollte, wollte er gar nicht nachdenken.

Papiere mit seinem neuen Namen hatte er, die Flugtickets nach San Francisco ebenfalls. Der Fluchtwagen stand bereit, unter seinem QDS-Overall trug er einen neuen Anzug und Perücke und Schnurrbart hatte er eingesteckt. Der Schichtdienst von seinem Freund Karl Stoll, Pförtner bei der Deutschen Bundesbank in Frankfurt-Ginnheim, war auch abgeklärt. Seine Anspannung ließ etwas nach, und seine Nerven beruhigten sich ein wenig.

Ganz ruhig, Ulrich. Bald ist es vorbei, und du kannst endlich ein neues Leben anfangen, dachte sich Plenk, als er vom Frankfurter Nord-West-Kreuz auf die Miquellallee abbog.

Der Vorteil einer eigenen Firma, die Informationen an die Finanzwelt über elektronische Datenleitungen schickt, war, dass er selbst nun Zugriff auf diesen Informationsstrom hatte. Die Nachrichten liefen nicht nur bei ihm zu Hause auf seinen PC. Professor Walther hatte sich von Anfang an mit dem Rechenzentrum von Skynet verkabeln lassen, so dass er von hier aus in der Lage war, eigenhändig geschriebene Schlagzeilen über das Netz an alle Marktteilnehmer zu versenden.

Vier verschiedene Nachrichten hatte er auf diesem Wege über Skynet News schon verschickt: *Amerikanisch-japanische Finanzkrise am Horizont? – Unbestätigte Gerüchte besagen, dass eine deutliche Zinserhöhung in Amerika bevorsteht – Jack Mullenberg sieht ein Ende des US-Wirtschaftswachstums laut interner Quellen aus dem amerikanischen Finanzministerium – Amerikanische Investmentfonds ziehen wegen innenpolitischer Instabilität massiv Kapital aus Deutschland ab.*

Diese Meldungen sorgten zwar für einen verwunderten Anruf des Chefredakteurs von Skynet News, den er mit ein paar Sätzen über angebliche Insiderkontakte im Markt abwürgen konnte, aber sie schürten auch weiterhin die Nervosität am Markt, wie er am Bildschirm beobachten konnte. Über zehn Prozent hatte der DAX seit heute Morgen verloren und stand aktuell nun bei 6.648 Punkten.

Gemächlich lehnte sich Professor Walther in seinen alten, schweren Leder-Ohrensessel zurück und genoss innerlich das Panikszenario. Vor Jahren hatte er in seiner Zeit als ordentlicher Professor an der Universität Frankfurt eine kurze Abhandlung über mögliche Manipulationen des Aktienmarktes durch finanzkräftige Investoren geschrieben. Während dieses Arbeitspapier mathematisch komplex und abstrakt und somit nur einer geringen Zahl von Marktteilnehmern überhaupt verständlich war, so erwies sich die Umsetzung eher als leicht.

Die Umsätze am Aktienmarkt hatten eine regelmäßig wiederkehrende Eigenart. Montagmorgen fanden in den meisten Banken Konferenzen zwischen den Händlern, den Analysten und dem Management statt, um die Wochenstrategie zu diskutieren und festzulegen. Dadurch war zu diesem Zeitpunkt der Umsatz noch sehr schwach, zog aber nach den Meetings stark an. In der Woche waren statistisch gesehen Mittwoch und dann der Freitagnachmittag, wenn einige Händler schon ins Wochenende gegangen waren, weitere umsatzschwache Tage. Das Geschäftsvolumen ließ auch deutlich während der Mittagszeit nach, da deutsche Marktteilnehmer immer noch ausgiebig eine Essensauszeit nahmen. Das waren alles Zeitpunkte, in denen ein finanzkräftiger Manipulator den Markt durch große Kauf- oder Verkaufsorders nachhaltig beeinflussen konnte.

Genau das hatte Professor Walther seit Anfang letzter Woche getan. Schon zur Markteröffnung am Montag früh hatte er begonnen, seine großen privaten Aktienbestände, die er in den letzten Jahren aufgekauft hatte, unlimitiert über verschiedene Banken zu verkaufen. Als die Händler von ihren Montag-Meetings an den Bildschirm zurückkehrten, fanden sie einen ganz anderen Markt vor, als sie erwartet hatten. Dies sorgte von Anfang an für große Unruhe, denn viele hatten innerhalb kürzester Zeit ihr Händlerlimit erreicht und mussten nun auch einige Positionen abbauen, um das Risiko ihrer Bestände zu reduzieren. Die durch seine Verkäufe frei werdende Liquidität nutzte Professor Walther als Sicherheitsleistung für Termingeschäfte und setzte auch den Terminmarkt durch Verkäufe von DAX-Futures, den Terminkontrakt auf den Deutschen Aktienindex, unter Druck. Am Dienstagmittag, Mittwochmittag und -nachmittag, Donnerstagmittag und Freitag nach zwölf Uhr hatte er seine erfolgreichen Attacken fortgesetzt und dem deutschen Aktienmarkt damit eine sehr schwache Woche beschert. Durch das Attentat am Freitagabend letzter Woche war die negative Grundstimmung dann zum Selbstläufer geworden. Seitdem hatte er nicht mehr in das Marktgeschehen eingreifen müssen, denn alles war nach Plan verlaufen.

Und das i-Tüpfelchen sollte kurz bevorstehen, wusste Professor Walther, als er auf seine Uhr schaute. Die Nachricht stand schon versandbereit auf seinem Bildschirm, und er musste nur noch die ‚Enter'-Taste drücken, bevor das wahre Chaos losbrechen würde.

»Guten Tag. Hauptkommissar Mayer, Mordkommission, ich möchte zu Professor Paul Walther«, sagte Bernd Mayer zu dem Portier dieses noblen Altbau-Etablissements in Frankfurt-Sachsenhausen.

Es war wieder sein Gefühl gewesen, das diesem Klaus Steiner diese absolut verrückte Geschichte abgenommen hatte. Vielleicht war ja wirklich etwas daran. Und sei es nur die Hälfte dessen, was Steiner behauptet hatte. Außerdem konnte es wirklich nicht schaden, auch jeder noch so kleinen Spur nachzugehen, die mit den Mordanschlägen auf Doktor Arnold und Doktor Kaufmann zusammenhing. Manchmal waren es genau diese kleinen, dummen Zufälle, die einen solchen Fall plötzlich lösten. Sein Gefühl sagte ihm, dass Steiner richtig liegen könnte.

Hauptkommissar Mayer hatte erst gar nicht den Versuch unternommen, einen Durchsuchungsbefehl, geschweige denn einen Haftbefehl bei der Staatsanwaltschaft zu beantragen. Das hätte viel zu lange gedauert. Und so war er mit seinem Kollegen Ed Strunz als Rückendeckung einfach zur Stadtwohnung des Professors gefahren, nachdem dessen Sekretärin bei Skynet ihm nur widerwillig die Information gegeben hatte.

»Moment, ich melde Sie kurz an«, antwortete ein bleicher Portier, der mit großen Augen den Dienstausweis von Bernd Mayer bestaunte.

»Nein, lassen Sie das. Bitte bringen Sie uns direkt zur Haustüre des Professors, denn es ist von nationaler Bedeutung, dass wir Professor Walther sofort persönlich sprechen.«

»Aber ….«

»Sie verstehen scheinbar nicht. Sie behindern gerade die Ausführung der Staatsgewalt. Wollen Sie dafür ein paar Jährchen riskieren?«

Der Trick war so einfach und alt, aber er funktionierte doch immer wieder.

Schnell wie der Blitz hatte der Hausmeister die Schlüssel ergriffen, war hinter seinem Rezeptionstisch hervorgekommen und in Windeseile zum Aufzug gegangen.

Er sollte mal ein Buch über die dümmsten Vorwände der Polizei schreiben – nationale Sicherheit, Behinderung der Staatsgewalt, ein paar Jährchen in Aussicht – schwups, schon öffnet sich jede Tür, grinste Mayer in sich hinein, als der Portier den Schlüssel leicht zitternd in das Schloss steckte und umdrehte, um den Lift herbeizuholen.

Sein Informant hatte ihm bestätigt, dass die Aufregung in der

Führungsriege der Deutschen Börse groß war. Im Gegensatz zu den Amerikanern, die schon seit Jahren so genannte ‚Circuit Breakers' eingeführt hatten, war eine Regelung über einen kompletten Handelsstopp wie an der Wall Street, falls die Kurse in einer bestimmten Zeit um festgelegte Prozentsätze fallen sollten, in den deutschen Börsenregelwerken nicht vorgesehen.

Um den Handel komplett auszusetzen, war eine einstimmige Entscheidung aller drei Vorstände notwendig. Nun hatte die Deutsche Börse das große Problem, dass seit kurzem mit Doktor Leonard Kaufmann der starke Mann des Vorstandes fehlte, aber noch kein Nachfolger ernannt worden war. Und seine Vorstandskollegen waren von dieser Marktsituation völlig überfordert, da zu ihren Fachgebieten die Bereiche Technik und Wertpapierabwicklung zählten. Keiner wusste, wie er sich verhalten sollte, welche Entscheidungen zu treffen waren und ob überhaupt irgendetwas unternommen werden konnte. Also beließ man besser alles so, wie es war.

Schön, geht auch dieser Plan auf, lächelte Professor Walther in sich hinein, als er den Telefonhörer wieder auflegte. Bald musste es so weit sein. Ein wenig unruhig stand er auf und ging zur Fensterfront. Er konnte das Gebäude von hier aus nicht sehen, aber das musste er auch nicht unbedingt. Hören reichte auch.

Plötzlich klingelte es an seiner Haustür.

»Anna? Egal, wer es ist, lassen Sie niemanden herein! Ich bin nicht zu sprechen und möchte unter keinen Umständen gestört werden«, rief er seinem Hausmädchen zu, das zur Vorbereitung des Mittagessens in der Küche stand, und schloss die Tür zu seinem Büro.

Kapitel XXXI

Rauchwolken

Es war kurz nach halb eins, als Ulrich Plenk den Ginnheimer Fernsehturm passierte und auf die Schranke neben dem Pförtnerhaus vor dem Gelände des Bundesbankgebäudes zufuhr.

Fünf Minuten dürften reichen, dachte er sich, als er die Zeit eingab und den Zünder wieder unter seinem Sitz verstaute. Die Polizisten in ihren Wagen, die bei einer Bundesbanksitzung immer präsent waren, schauten nur kurz von ihrer Zeitung hoch, als er mit seinem QDS-Lieferwagen an ihnen vorbeifuhr.

Eigentlich hatte er damit gerechnet, von Karl einfach durchgewunken zu werden, als er an die Schranke heranfuhr. Er war überrascht, als ein junger Pförtner sich ihm mit erhobener Hand in den Weg stellte.

»Wo ist denn Karl Stoll heute Morgen?«, fragte stotternd Ulrich Plenk durch das offene Fahrerfenster, nachdem der junge Mann an den LKW herangetreten war.

»Der ist gestern mit einem Kreislaufkollaps während seiner Schicht zusammengebrochen. Liegt jetzt in der Uniklinik, und ich musste seinen Dienst heute übernehmen. Es ist Zentralbankratssitzung. Ich darf leider keinen durchlassen. Tut mir Leid. Sie müssen später wiederkommen«, antwortete der unbekannte Pförtner.

Oh nein, und die Uhr lief bereits und er konnte sie nicht mehr stoppen. Wie viel Zeit blieb ihm noch? Warum musste das dem Karl ausgerechnet jetzt passieren? Karl hatte ihn immer durchgewunken. Egal ob Sitzung oder nicht, das war nie ein Problem gewesen. Mist, was sollte er tun? Sollte er einfach Gas geben und die Schranke durchbrechen? Aber er wollte noch nicht sterben. Das war nicht geplant. Für kein Geld der Welt!

»Schauen Sie. Bei Herrn Stoll war das nie ein Problem. Ich fahre nur kurz rauf, gebe das Paket am Empfang ab, und bin in zwei Minuten wieder verschwunden. Ansonsten wirft das mir meinen gesamten Fahrplan durcheinander«, hakte Plenk hektisch nach.

»Warten Sie hier einen Augenblick. Ich frage mal meinen Vorgesetzten«, antwortete der junge Pförtner, der sich verwundert fragte, warum diesem Mann die Schweißperlen auf der Stirn standen. So warm war es doch gar nicht mehr. Irgendwie hatte er ein ungutes Gefühl im Bauch.

Ulrich Plenk sah, wie der Mann mit jemandem im Pförtnerhäuschen diskutierte und dieser den Kopf schüttelte und zum Telefon griff. Seine Nerven lagen blank. Er hielt es keine Sekunde länger mehr aus. Er musste raus hier! Egal wie, einfach nur weg.

Panisch griff er nach der Tasche mit den Fluchtutensilien, die auf dem Beifahrersitz stand, öffnete die Fahrertür, sprang aus dem Wagen und schlich sich gebückt hinten um das Fahrzeug herum, so dass sie ihn aus dem Pförtnerhaus nicht sehen konnten.

Gut, sie schauten gerade nicht zu ihm herüber, dachte Ulrich Plenk verzweifelt und fing an zu sprinten. In fünfzig Meter Entfernung hatte er den alten VW Golf auf dem Parkplatz unter der Straßenüberführung abgestellt. Vielleicht schaffte er es ja. Vielleicht.

Verärgert hob Professor Walther den Kopf, als an seiner Bürotür ein kräftiges Klopfen ertönte, diese unmittelbar danach geöffnet und ein Hüne ins Zimmer trat, den er vorher noch nie gesehen hatte.

»Professor Walther. Hauptkommissar Bernd Mayer. Mordkommission. Tut mir Leid, dass wir uns nicht vorher angemeldet haben, aber die Angelegenheit ist von großer Dringlichkeit.«

Zehn Minuten, ging es dem Professor durch den Kopf, warum nicht einfach zehn Minuten später? Aber daran war jetzt nichts mehr zu ändern.

Unter normalen Umständen hätte er sich nie so sehr die Blöße gegeben, sich nie so weit exponiert! Üblicherweise nutzte er seine Kontakte zu höheren Stellen, Regierungskreise oder Nachrichtendiensten, um gewisse ‚Dinge' erledigen zu lassen. Man fragte um einen kleinen Gefallen oder stellte eine indirekte Frage. Nie war irgendetwas zum Urheber zurückzuverfolgen, nie gab es Beweise, und nie hatte er sich bisher selbst die Hände schmutzig gemacht. Aber diese Angelegenheit war zu wichtig gewesen, um sie in die Hände anderer legen zu können. Nur er selbst war in der Lage, diese Mission zu Ende zu führen. Zu minutiös war jedes Detail geplant, als dass es Dritte hätten erledigen können. Und so war es nur eine Frage der Zeit gewesen, bis sie ihm auf die Spur gekommen waren. Zehn verdammte Minuten, fluchte Professor Walther innerlich.

»Haben Sie irgendeine rechtliche Legitimation für Ihr Eindringen, Herr Mayer?«, fragte Professor Walther reserviert.

»Nein, aber ....«

»Dann muss ich Sie bitten, mein Haus sofort zu verlassen. Das ist Hausfriedensbruch, wie Sie ja wissen dürften. Sie werden noch von meinen Anwälten hören, das versichere ich Ihnen. Einen ‚Guten Tag' wünsche ich Ihnen«, unterbrach Walther Mayer unterkühlt und ließ keinen Raum für weitere Diskussionen.

»Es geht um den Mordanschlag an Doktor Arnold und Doktor Kaufmann. Ich denke schon, dass es Sie interessieren dürfte, dass wir aus zuverlässiger Quelle erfahren haben, dass Sie hinter diesen Anschlägen stehen sollen«, fuhr Bernd Mayer unbeeindruckt fort. Er war schon immer ein guter Pokerspieler gewesen. »Und bevor ich nun mit einer offiziellen Vorladung, geschweige denn sogar einem Haftbefehl hier erscheine, den noch nicht einmal Ihre Anwälte entkräften können, dachte ich mir, unterhalte dich doch erst mal zwanglos mit Professor Walther. Wir könnten die Verdachtsmomente ganz inoffiziell und ohne Papierkram und Schreibarbeit aus dem Weg räumen. Oder was denken Sie, Professor?«, fragte Mayer und schaute dabei Professor Walther direkt in die Augen.

Bingo. Es waren immer die Augen, die die Menschen verrieten. Ein leichtes Wimpernzucken, ein verlegener Augenaufschlag. Volltreffer, sein Gefühl hatte mal wieder Recht gehabt.

Aber nun begann erst die wirklich schwere Arbeit. Nämlich diese harte Nuss zu knacken.

Plötzlich sah Hauptkommissar Bernd Mayer durch die Fensterfront eine gewaltige Rauchwolke in der Nähe des Fernsehturmes aufsteigen, und nur eine Sekunde später erreichte der Schall der Detonation sein Ohr in einer Stärke, dass selbst die Fenster trotz dieser Entfernung vibrierten. Fassungslos und mit geöffnetem Mund standen er und sein Kollege da und schauten ungläubig auf die immer größer werdende Staub- und Rauchwolke. Eine Bombe? Hier in Frankfurt? Das konnte nicht möglich sein. Oder doch? Und wo? Etwa …? Nein, unmöglich.

Im Augenwinkel erfasste Bernd Mayer noch, wie Professor Walther auf die ‚Enter'-Taste an seinem Computer drückte.

Zwanzig Sekunden dauerte die absolute Stille nach der Detonation. Zwanzig Sekunden, in denen jeder dasselbe dachte.

Ein Bombenanschlag auf die Bundesbank? So wie in Oklahoma City! Eine der wichtigsten Institutionen im internationalen Finanzgeschäft, ein Sinnbild für Stabilität, die Verkörperung von Macht und Stärke. Sie war mit einem Schlag ausradiert worden?

Bombenanschlag auf Deutsche Bundesbank. Die Hälfte des Gebäudes zerstört. Verbleib über Mitglieder des Zentralbankrates ungewiss. Ein Bekenneranruf spricht für möglichen neonazistischen Hintergrund, war Sekunden, nachdem jeder in Frankfurt die Explosion gehört hatte, über den Ticker gelaufen. Die Nachricht war so unfassbar, dass keinem auch nur ansatzweise auffiel, dass die Meldung viel zu schnell erschienen war.

Nach der anschließenden Meldung über Skynet News brach in den Handelsräumen und Banken weltweit die Hölle los. Raus aus diesem Markt! Raus aus deutschen Werten, raus aus Deutschland! Verkaufen, verkaufen, verkaufen, egal zu welchem Preis, wurde in Tausende Telefonhörer gebrüllt. Innerhalb von Minuten brach das Geschäft auf dem Börsenparkett unter der Orderflut zusammen. Als im Aktiengeschäft nichts mehr ging, schlugen die Marktteilnehmer auf die Terminkontrakte ein. Innerhalb kürzester Zeit notierte der DAX-Future weit unter dem

DAX-Index, aber eine Arbitrage war in diesem chaotischen Markt nicht möglich. Denn der DAX-Index wurde teilweise nur noch aus getaxten Kursen der dreißig DAX-Aktienwerte errechnet, in denen es vor allem bei den kleineren Werten zu keinen ordentlichen Geschäftsabschlüssen mehr kam.

Aber der Verkaufsdruck ging unvermindert weiter. Alte Gefälligkeiten wurden untereinander eingefordert, Aktienpakete verkaufen zu können. Auch die Amerikaner griffen nun verstärkt ins Marktgeschehen ein, nachdem sie erst mal von ihren europäischen Kollegen so früh am Morgen in Amerika von dieser unvorstellbaren Meldung überzeugt werden mussten.

Bei einem rechnerischen DAX-Stand von 4.820 Punkten hielt die Verkaufswelle kurz an, als Gerüchte aufkamen, dass die Deutsche Bundesbank durch den Bombenanschlag vielleicht doch nicht zerstört worden war.

Geschafft, dachte sich Professor Walther. Genau wie er es geplant hatte. Jahrelange Vorbereitungen auf diesen einen Tag heute, und alles, wirklich jedes kleine Puzzleteilchen hatte sich an den vorhergesehenen Platz gefügt. Perfekt, einfach grandios. Und was jetzt? Da stand dieser Neandertaler von Hauptkommissar vor ihm, und sie schauten sich unnachgiebig in die Augen. Beide wussten, dass Mayer die Zusammenhänge kannte, aber beide wussten auch, dass er nichts beweisen konnte.

Aber sollte er das Risiko eingehen, sich noch verhaften zu lassen, fragte sich Professor Walther. War er nicht am Höhepunkt angekommen? War es nun an der Zeit, zurückzutreten? War jetzt nicht die Zeit gekommen, loszulassen und den ‚Kreis' seinem eigenen Schicksal zu überlassen? Er hatte dafür gesorgt, dass sämtliche Akten von der Privatdetektei im Notfall verschwinden würden. Nur die Unterlagen über die Neonazi-Bewegung, die Akte des Bundeskanzlers und von Georg Kromm, des Gewerkschaftsbosses, befanden sich in den Händen von Reinhard Folkinger. Es gab keinerlei Hinweise auf die Verbindung zwischen ihm und Future Communications, so dass auch das Herzstück ihrer Verbindung weiterleben würde.

Und er wollte endlich seine Ruhe haben. Seine Kondition

war auf dem Tiefpunkt angekommen, da der Körper im Kampf gegen den Krebs sämtliche Reserven verbraucht hatte. Jeder Schritt, jede Bewegung und jede Aktivität fiel ihm immer schwerer. Die Dosis seiner schmerzstillenden Medikamente war inzwischen so hoch, dass sein normalerweise äußerst scharfer Verstand immer öfters wie benebelt war. Und das war für ihn das Schlimmste.

»Setzen Sie sich, Herr Mayer, ich glaube, wir sollten uns unterhalten«, sagte Professor Walther zum Hauptkommissar Mayer und wies mit der Hand auf den Stuhl vor seinem Schreibtisch.

Noch immer sprachlos setzte sich Bernd Mayer wie an Fäden gezogen auf den Stuhl und zuckte reflexartig leicht zusammen, als der Professor die oberste Schublade des Schreibtisches aufzog und mit seiner Hand hineingriff. Er entspannte sich aber gleich wieder, als Walther erst eine und dann noch eine zweite Flasche mit verschiedenfarbigen Pillen herausholte und auf die Tischplatte stellte. Aber Mayers Gesicht verlor schlagartig seine Farbe, als er plötzlich in die Mündung eines Revolvers blickte.

Der Aufschrei und die Flüche aus über tausend Händlerkehlen in acht verschiedenen Großbanken war wahrscheinlich in ganz Frankfurt zu hören.

Minuten, nachdem die Meldung über den Bundesbankanschlag über den Ticker gelaufen war, fingen die Computer plötzlich an zu streiken. Und das bei so einem Markt! Erst liefen die Daten und Kurse mit immer größeren Zeitverzögerungen ein. Und schließlich bewegte sich gar nichts mehr. Nichts, gar nichts, keine Nachrichten, keine Börsenkurse, noch nicht einmal Inhouse-Informationen oder andere Softwareprogramme konnten aufgerufen werden.

Der implementierte Virus von Ralf Bohrmann hatte erfolgreich die acht Handelsplattformen komplett lahm gelegt. Und es würde einige Tage und Nächte dauern, bis dieser Schaden wieder repariert sein würde.

Hunderte von Händen griffen zum Telefonhörer, um die Kursregulierungsstelle der Deutschen Terminbörse anzurufen, über die man in Notfällen auch Geschäfte tätigen konnte. Aber das Chaos war vorprogrammiert. Die Deutsche Börse konnte vielleicht für zwei oder auch drei Banken gleichzeitig geringes Umsatzvolumen und Handelsaufträge übernehmen, da es immer wieder in den Banken zu technischen Umstellungen kam, so dass die Händler nicht auf ihre eigenen Handelsbildschirme zurückgreifen konnten. Aber acht große Banken gleichzeitig bedienen? Das war bei diesem Markt ein schlichtweg unmögliches Unterfangen.

»Machen Sie keinen Blödsinn, Professor Walther! Das bringt doch nichts«, krächzte Bernd Mayer. Seine Zunge klebte ihm fest am Gaumen. Zwar hatte er in seiner zehnjährigen Laufbahn als Polizist schon viel erlebt und auch schon mehrere Schießereien hinter sich. Aber so direkt, mit einer Waffe auf seinen Kopf gerichtet, war sein Leben noch nie bedroht worden. Alle hatten ihm gesagt, dass sich in so einer Situation das vergangene Leben wie ein Film im Kopf abspielen würde, aber er fühlte gar nichts. Eine gähnende Leere breitete sich in ihm aus. Nur sein Herz schien überdimensional laut zu schlagen.

»Was habe ich schon zu verlieren, Herr Mayer. Wie Sie schon sagten, Sie und Ihr Kollege sind inoffiziell hier. Und wahrscheinlich weiß niemand sonst, dass Sie mir gerade einen Besuch abstatten. Bis man Sie finden würde, wäre ich längst über alle Berge. Also, geben Sie mir einen vernünftigen Grund, warum ich nicht abdrücken und stattdessen den Rest meiner Zeit im Gefängnis verbringen sollte?«, fragte Professor Walther mit kalter Stimme.

»Weil Sie selbst kein Mörder sind. Sie gehen über Leichen, wenn es Ihren Zwecken, welche immer es sein mögen, dienlich ist. Aber mein Name steht nicht auf Ihrer Abschussliste«, pokerte Mayer um sein Leben.

Gut erkannt, das musste er diesem Neandertaler lassen. Aber das Spiel war nun vorbei. Es war an der Zeit, die Spuren zu verwischen und dem Schicksal wieder freien Lauf zu lassen.

Professor Paul Walther drehte die kleine Beretta, steckte den Lauf der Pistole nach schräg oben in seinen Mund und drückte ab.

Die Meldung, die eigentlich die Finanzmärkte hätte beruhigen können, ließ eine Stunde auf sich warten.

Bombenanschlag auf Bundesbank. Starke Gebäudeschäden. Zentralbankrat und Bundesbankpräsident unversehrt. Zwölf Tote durch die Detonation des Sprengkörpers. Unter den Toten auch der vermeintliche Attentäter. Keinerlei Hinweise auf neonazistische Beweggründe.

Sie kam fast zeitgleich über Reuters und Bloomberg, aber die Panik war schon zum Selbstläufer geworden. Zwar lockte die Nachricht einige mutige Käufer hervor, aber nachdem ihnen die Papiere fast schon nachgeworfen wurden, versiegten auch diese Quellen, die möglicherweise auf den Markt hätten stabilisierend wirken können. Die meisten Händler waren noch zu jung und unerfahren, um mit diesem immensen Druck fertig zu werden und kühl und überlegt auf die neue Situation zu reagieren. Kaum einer von ihnen hatte den 19. Oktober 1987 erlebt, einige wenige den 16. Oktober 1989, und das Gedächtnis des Menschen war zu kurzfristig orientiert, um aus den letzten Tagen des Septembers 1990 oder 1998 eine Lehre ziehen zu können. Wie die Lemminge stürzten sie sich in den Abgrund und versuchten weiter zu verkaufen, obwohl weit und breit kein Käufer mehr zu finden war.

Hunderte Händler konnten überhaupt nicht mehr eingreifen, weil ihre Handelsplattform lahm gelegt worden war. Und andere saßen nur noch vor dem Bildschirm, wie das Kaninchen vor der Schlange, und waren zu keiner Regung und keinem konstruktiven Gedanken mehr fähig.

Um fünfzehn Uhr endlich zog die Deutsche Börse die Notbremse und stellte den Handel komplett ein. Ob rechtlich wirksam oder nicht spielte jetzt keine Rolle mehr. Als letzte Amtshandlung errechnete sie für den DAX einen Schlussstand von 4.088 Punkten.

In vielen Handelsräumen wurde vor Wut gegen Türen getreten, Kaffeebecher wurden an Wände geworfen, und das Rauchverbot war schon lange aufgehoben worden. Manche verkrochen sich unter ihrem Schreibtisch und wollten nur noch vergessen. Und vor allem den Jüngeren standen Tränen des Entsetzens in den Augen.

Danach herrschte in der Finanzmetropole nur noch die unheimliche Stille eines fassungslosen Schweigens.

Kapitel XXXII

Erste Reaktionen

»Klaus Steiner.«

»Hier ist Kommissar Mayer, endlich erreiche ich Sie! War ständig besetzt bei Ihnen.«

»Sie möchten lieber nicht wissen, was hier los war in den letzten zwei Stunden«, antwortete Klaus.

»Ich kann es mir ungefähr vorstellen, nachdem mir meine Kollegen am Telefon von dem Bombenanschlag auf die Bundesbank erzählt haben. Einfach unfassbar. Aber was anderes. Ich weiß nicht, ob Ihnen das hilft, aber Ihre Theorie über Professor Walther hat sich bewahrheitet. Nur leider wissen wir immer noch nicht, warum! Und werden es wohl auch nie erfahren, da er nicht mehr unter uns weilt. Selbstmord. Schuss in den Kopf. Riesige Schweinerei, selbst mein Kollege war am Kotzen«, versuchte Bernd Mayer mit den Ereignissen auf seine Weise fertig zu werden.

»Oh, mein Gott, nein. Er war der Einzige, der ...! Trotzdem danke für die Information, Herr Mayer«, antwortete Klaus Steiner fassungslos und ausgelaugt, an dem dieser Tag auch nicht spurlos vorbeigegangen war. Zwar hatten ihre Short-Positionen gigantische Gewinne produziert, aber so richtig freuen konnte sich keiner von ihnen, da sie alle wussten, dass dies nicht mit rechten Dingen zugegangen war. Als die erste Meldung über den Bundesbankanschlag kam, hatten sie sofort den aktiven Handel eingestellt. Klaus und Ulf hatten noch versucht, in den Terminmärkten die Bestände des Bankhauses Steiner & Pring abzusichern. Doch danach hatten sie nur noch vor den Bildschirmen gesessen und entgeistert den Untergang des deutschen Finanzmarktes beobachtet, ohne etwas dagegen tun zu können.

Das Telefon klingelte laut und ausdauernd, bevor sich der Polizist bequemte, den Hörer abzunehmen.

»Struuunz!«, bellte er ins Telefon, aber bekam keine Antwort.

»Hier spricht Oberwachtmeister Strunz des 13. Polizeireviers in Frankfurt. Wer ist da bitte? Hallo? Hallooo!«

Ein Klicken in der Leitung beendete die Konversationsbemühungen von Ed Strunz, der die Spurensicherung in der Wohnung von Professor Walther überwachte.

Was war passiert, fragte sich Reinhard Folkinger, nachdem er seine Verblüffung überwunden hatte, dass die Polizei und nicht Professor Walther am Telefon war. Hoffentlich konnten sie nicht seine Nummer zurückverfolgen. Irgendetwas war schief gelaufen, aber was? Jedenfalls hatte dies nichts Gutes zu bedeuten, das war klar.

Als Nächstes rief er im Büro von Future Communications an und erreichte Ralf Hintermann. Nein, sie hatten auch nichts mehr von Professor Walther gehört. Aber sie waren auf so einen Notfall vorbereitet. Nein, niemand konnte eine Verbindung zwischen dem Professor und der ‚Firma' herstellen. Nein, der Professor hatte keinerlei Hinweise oder belastendes Material und Beweisstücke in seiner Privatwohnung.

Hatte Folkinger nicht alle Informationen, die er benötigte? Hatte er nicht die Ereignisse an diesem Tag mitverfolgt? Dann müsste er doch wissen, dass sein Startschuss jetzt erfolgt war.

In einem kleinen Büro hoch über Frankfurt saß einsam ein Mann und schaute nachdenklich aus dem Fenster, als der Summer seiner Sprechanlage erklang.

»Ja?«

»Ich weiß, ich sollte Sie nicht stören. Aber ich habe einen Herrn Steiner in der Leitung, der sich einfach nicht abwimmeln lässt. Er sagte, Sie würden dieses Gespräch auf jeden Fall entgegennehmen wollen«, sagte seine Sekretärin mit einem entschuldigenden Unterton.

»Das ist okay. Stellen Sie bitte durch.«

Was Hans Burmester in der nächsten halben Stunde am

Telefon erfuhr, konnte der Geschäftsführer der DIT-Investmentfonds kaum fassen. Ungläubig konnte er minutenlang kaum einen klaren Gedanken formulieren.

»Ja, es ist möglich«, rang Hans Burmester nach einer Weile um seine Fassung. »Eine gigantische Manipulation, die in einem genialen Gehirn entstanden sein muss. Und eine noch akribischere Vorbereitung über Jahre hinweg sowie eine minutiöse Planung; dann wäre so etwas wie heute vielleicht möglich.«

»Die Frage, die mich fast in den Wahnsinn treibt: Warum das Ganze? Ich kann mir nicht im Entferntesten die Beweggründe dieses ominösen ‚Kreises' erklären«, beendete Klaus die Darstellung der Ereignisse der letzten Tage.

»Das ist der falsche Ansatz, Klaus. Wahrscheinlich werden wir nie das ‚Warum' erfahren, da der Einzige, der die Antwort wüsste, nicht mehr lebt. Also beschäftigen wir uns doch besser mit den Dingen, die uns helfen könnten, wenigstens einen Teil des angerichteten Schadens irgendwie wieder geradezubiegen.«

»Und was meinst du konkret?«

»Zwei Dinge, die wir auf alle Fälle erledigen sollten, wären einmal Sebastian Goldblum in unsere Vermutungen einzuweihen. Ich kenne ihn persönlich aus alten Studienzeiten, und vielleicht hilft es ihm bei seinen eigenen Bemühungen weiter, die fingierten Vorwürfe gegen ihn zu entkräften. Möglicherweise kann er noch an manch anderem Rad drehen. Und zweitens müssen wir so schnell wie möglich eine Telefonkonferenz mit allen wichtigen Entscheidungsträgern in den Banken zu Stande bringen. Wie schnell könntest du hier sein?«

»Halbe Stunde.«

»Dann bis gleich.«

Folkinger, ging es Sebastian Goldblum durch den Kopf, als er das zutiefst ernüchternde Gespräch mit Hans Burmester und Klaus Steiner beendet hatte. Es machte Sinn, sehr viel Sinn sogar! Dieser Reinhard Folkinger hatte sich auf wundersame Weise innerhalb eines Jahres von einem Provinzpolitiker mit Charme zum charakterfesten, schlagkräftigen Star der deutschen Politszene gemausert. Nur er konnte dahinter stecken, beziehungsweise dieser Professor Walther. Denn dazu kannte er Folkinger schon zu lange, um nicht zu wissen, dass die zwar manchmal etwas radikalen, aber durchaus logischen und nachvollziehbaren Argumente nicht unbedingt aus seiner Feder stammten. Das würde alles einen Sinn ergeben.

Doch ja, er hatte eine Erklärung für das ‚Warum'. Folkinger wollte an die Macht, um jeden Preis. Und auf diesem Wege war auch er zur Zielscheibe geworden. Aber wie wollte Folkinger Deutschland aus diesem Schlamassel ziehen, das sich in der letzten Woche und besonders heute ereignet hat?

Milliardenvermögen waren mit einem Schlag vernichtet worden. Unternehmen standen vor der Pleite. Der Rutsch der Volkswirtschaft in eine Rezession wie 1929 schien unabwendbar. Dazu noch die innenpolitischen Unruhen in Ost-Deutschland und ein zerstörter Finanzmarkt, in den die Welt kein Vertrauen mehr hatte. Selbst die mächtige Deutsche Bundesbank hatte durch den Bombenanschlag ihren psychologisch wichtigen ‚Unbesiegbarkeits'-Nimbus verloren.

Sebastian Goldblum griff zum Telefon und wählte eine Nummer. Es gab nur einen Weg, dies herauszufinden.

»Ich kann doch nicht einfach zu Karl Ruprath, unserem Bundeskanzler gehen und sagen: Karl, du bist zu unfähig, tritt besser zurück, bevor Deutschland in eine ähnlich schlimme Situation gerät wie 1929! Das Land braucht neue, frische Kräfte, um diese Krise zu bewältigen. Und radikale Änderungen. Und eine wird sein, dass du und einige deiner altgedienten Sesselpupser sofort zurücktreten, damit unsere Leute und ich das Ruder in die Hand nehmen und Deutschland wieder auf Kurs bringen. Das kann ich doch nicht machen«, sagte ein nervöser Reinhard Folkinger, dem plötzlich durch die direkte Konfrontation mit der harten Realität die Nerven flatterten.

»Doch, genau so werden wir es machen. Diesen Augenblick haben wir jahrelang vorbereitet. Wir haben dich systematisch aufgebaut, damit du genau das tust. Damit wir gemeinsam genau das tun. Jetzt oder nie! Außerdem denkst du wirklich, dass der Flattermann und seine zerstrittenen Parteigenossen dieses Chaos dort draußen wieder in den Griff bekommen könnten?«, fragte Doktor Wolfgang Lindstedt geduldig, aber bestimmt.

Seit einer Stunde schon saß er mit Reinhard Folkinger zusammen in seinem Büro im Außenministerium. Auch für sie hatte es in den letzten Tagen einige Überraschungen gegeben. Zwar hatten sie mit Widerwillen dem Attentat auf Daniela Isenberg zugestimmt, aber in die anderen Pläne von Professor Walther waren sie nicht eingeweiht.

»Herr Goldblum auf Leitung eins. Dringend!«, ertönte plötzlich die Stimme der Sekretärin aus der Gegensprechanlage.

Beide schauten sich verdutzt an. Stimmt, da war ja noch etwas offen.

»Sebastian, hier ist Wolfgang. Was kann ich für dich tun? Neuigkeiten in deiner dummen Angelegenheit?«, fragte Doktor Lindstedt unschuldig.

»Komm mir nicht mit diesem Blabla. Sag mir, dass Reinhard Folkinger bei dir ist?«, schnauzte Sebastian Goldblum durch die Leitung.

»Ja«, antwortete Lindstedt kurz und konsterniert über den barschen Ton von Sebastian Goldblum.

»Schön, dann drück mal auf Lautsprecher. Seit einer halben Stunde weiß ich über euer Komplott Bescheid. Ich gebe euch nur vier Stichpunkte: Professor Walther, Finanzmarktmanipulationen, Attentat auf Arnold und Kaufmann und der Bombenanschlag auf die Bundesbank. Reicht das?«

»Und?«, stieß ein kreidebleicher Folkinger laut hervor.

»Wir sollten uns unterhalten. Jetzt. Am besten sofort. Ich bin in dreißig Minuten bei euch«, antwortete Goldblum kühl und legte auf. Sollten sie ruhig noch ein bisschen schmoren. Das war nichts im Vergleich zu dem, was er in den letzten zwei Tagen mitgemacht hatte.

Klaus Steiner hatte noch nie eine Telefonkonferenz mit neununddreißig Menschen gleichzeitig geführt und musste bald feststellen, dass dies ein hoffnungsloses Unterfangen war.

Immerhin hatten Hans Burmester und er es geschafft, in den meisten Köpfen die Vorstellung einzupflanzen, dass es sich hier wirklich um eine großangelegte Manipulation handeln könnte. Nachdem Klaus in Ansätzen die Eckpunkte der gewollten Vorgänge dargestellt hatte, brach ein heilloses Durcheinander aus. Kein Bankier, erst recht nicht in einer hohen Stellung, wollte natürlich zugeben, dass er einer Manipulation erlegen war.

»Meine Damen und Herren«, unterbrach Klaus Steiner die unkonstruktiven Diskussionen nach etwa fünf Minuten schroff. »Das führt doch zu nichts. Lassen Sie mich zwei Vorschläge machen. Erstens: Wir sollten unbedingt für morgen früh ein Treffen arrangieren. Wir werden ihnen dann noch einmal und in allen Details, soweit sie uns vorliegen, die Geschehnisse und deren Zusammenhänge und Auswirkungen darstellen. Dort können wir dann wesentlich konstruktiver gemeinsam Lösungsmöglichkeiten erarbeiten, denn bis dahin hat jeder von Ihnen auch erst einmal eine Nacht darüber geschlafen. Hat jemand einen Vorschlag, wo wir uns versammeln könnten?«

»Hermann-Josef-Abs-Saal bei uns im Haus«, rief eine tiefe Stimme wie aus der Pistole geschossen, bevor noch jemand anders etwas einwerfen konnte.

»Danke, Herr Meinert. Also, sind Sie alle mit dem Vorschlag einverstanden, dass wir uns morgen früh um neun Uhr bei der Eurohyp treffen?«

Zustimmendes Gemurmel in den Telefonleitungen bestätigte den Vorschlag.

»Sie sprachen noch von einem zweiten Vorschlag, Herr Steiner«, sagte eine junge Frauenstimme, die er nicht einzuordnen wusste.

»Richtig. Ich denke, dass wir alle, die Banken, die Fonds, die Börse, aber auch die Anleger erst einmal dringend eine Verschnaufpause nötig haben. Deshalb richtet sich diese Frage an den Vorstand der Deutschen Börse, Herrn Xander.«

Klaus Steiner holte kurz Luft. Er wusste, dass jetzt gleich eine Protestwelle auf ihn zukommen würde, da einige von den Diskussionsteilnehmern sich am liebsten gewünscht hätten, dass die Börse überhaupt nicht zugemacht hätte. »Wir sollten den Handel morgen weiterhin aussetzen. Ist das möglich, Herr Xander?«

Kapitel XXXIII

Möglichkeiten

Sebastian Goldblum hatte Doktor Lindstedt und Reinhard Folkinger fast fünfundvierzig Minuten in der Ungewissheit warten lassen, was er vielleicht wissen und ob er in der Lage sein könnte, ihre Pläne zu durchkreuzen.

»Reden wir nicht lange um den heißen Brei herum«, sagte Goldblum, nachdem er das Büro von Doktor Lindstedt betreten und in dem ihm angebotenen Sessel Platz genommen hatte.

»Ich habe vor knapp zwei Stunden eine sehr interessante Unterredung mit zwei Herren aus dem Finanzmetier geführt, die mich über die Zusammenhänge der Vorgänge in den letzten Tagen eingeweiht haben. Ich weiß, dass Professor Paul Walther alle Fäden in der Hand hielt. Ich weiß, dass auch ich ein Opfer für seine Zwecke war. Ich weiß über den ‚Kreis' Bescheid, und ich kann mir denken, was sein Ziel ist. Ich weiß, dass ihr beide ebenso eure Finger im Spiel habt, und kenne eure Motive. Was ich nicht weiß, ist, wie es weitergehen soll.«

Fest und bestimmt hatte er kurz und knapp seine Argumente vorgetragen, ohne auch nur die Möglichkeit offen zu lassen, dass vielleicht Folkinger und Lindstedt nichts mit dieser Sache zu tun haben könnten. Sämtliche Indizien sprachen eindeutig dafür, und Angriff war schon immer die beste Verteidigung.

Die Blicke, die die beiden austauschten, sprachen zudem Bände.

»Nehmen wir einfach mal theoretisch an, dem wäre so. Was gedenkst du mit diesen Informationen zu tun?«, fragte Doktor Lindstedt vorsichtig.

»Es kommt drauf an, wie wir uns einigen können. Reden wir

doch Tacheles. Euer Ziel ist, die Macht in Deutschland an euch zu reißen. Und ich bin mir sicher, dass hinter diesem Komplott nicht nur Professor Walther und ihr beide steckt. Dazu ist das Vorhaben zu gigantisch. Ob der von euch gewählte Weg, dieses Chaos hier anzurichten, der richtige war, kann und möchte ich jetzt nicht beurteilen. Fakt ist, dass wir nun vor einer Herausforderung stehen, die, und das ist nicht nur meine Meinung, von unserer jetzigen Regierung nicht bewältigt werden kann.«

Lange hatte Goldblum sämtliche Möglichkeiten gedanklich durchgespielt und kam letztendlich nur auf eine Lösungsalternative. Denn wenn er auch nur ansatzweise verstanden hatte, was diese Gruppe beabsichtigt, dann wollte er unter allen Umständen an den kommenden Veränderungen partizipieren.

»Im Prinzip gibt es nun zwei Möglichkeiten. Entweder ich gehe zu Ruprath, kläre ihn über die Vorfälle der vergangenen Tagen auf und hoffe, dass er das mit seiner alten Mannschaft wieder irgendwie geradebiegt. Was das für euch bedeuten würde, könnt ihr euch ja selber ausrechnen. Oder, jetzt kommen wir zu dem Punkt, den ich persönlich bevorzuge, ihr weiht mich in alle Details eurer Pläne und Vorhaben ein und erklärt mir, wie es weitergehen soll. Aber nur unter der Prämisse, dass ich weiterhin dabei bin.«

Es entstand eine lange, unangenehme Stille, nachdem Goldblum seine Forderungen in den Raum geworfen hatte. Weder Folkinger noch Lindstedt hatten sich darauf vorbereitet, dass diese gänzlich neue Situation auftreten könnte.

»Aber du giltst als treuer Vasall Rupraths. Warum solltest du ihm plötzlich in den Rücken fallen wollen?«, fragte leise Reinhard Folkinger, der seine Felle langsam davonschwimmen sah.

»Weil mir die Ereignisse in den letzten Tagen die Augen geöffnet haben. So etwas konnte nur in einem Land passieren, das an den Wurzeln schon verfault ist. Ich hatte vor drei, vier Jahren schon einmal das Vergnügen, mit Professor Walther auf einem Staatsempfang ein sehr angeregtes Gespräch zu führen. Und ich denke, das war ein erster Versuch von ihm, mich für seine Idee, vielleicht sogar für diesen ‚Kreis', zu gewinnen. Zwar stimmte ich mit Walther in den meisten Diskussionspunkten völlig überein. Aber damals war ich noch zu blind und zu loyal, um gegen meinen ‚Herrn' anzugehen. Aber heute? Schaut euch doch um, wie tief Ruprath und seine Pseudo-Regierungsmannschaft den Karren in den Dreck gefahren haben. Wir stehen kurz vor dem Abstieg in die internationale zweite Liga. Aber wem erzähle ich das eigentlich?«

Konsterniert schauten sich Wolfgang Lindstedt und Reinhard Folkinger an. Hatte Goldblum wirklich das Problem erkannt? War Goldblum tatsächlich im Geiste einer von ihnen geworden? Es war durchaus möglich, denn mit seinen achtundvierzig Jahren gehörte auch er eigentlich eher zur jungen Führungsriege. Sollten sie es wagen? Vielleicht konnten sie sogar einen mächtigen Freund für ihre Sache gewinnen.

»Du hast den Nagel eben exakt auf den Kopf getroffen«, begann Doktor Lindstedt vorsichtig, der als Nestor des Kreises die Entscheidung zu treffen hatte. »Professor Walther erschuf vor ein paar Jahren aus einem losen ‚Netzwerk' an Beziehungen den ‚Kreis'. Er begann, aus allen Schichten Leute zu rekrutieren – Politiker, Banker, Industriekapitäne, Uniprofessoren, hohe Beamte, Unternehmensberater oder Wissenschaftler. Einflussreiche Persönlichkeiten, die keine Lust mehr auf genau dieses Ränkespiel hatten, das zu nichts führt. Am Anfang war das für viele von uns eine nette Abwechslung, ein rein theoretisches, intellektuelles Schachspiel. Aber mit der Zeit änderte sich das. Einmal durch externe Faktoren, weil die Zustände in Deutschland immer schlimmer und abstruser wurden. Aber auch weil Professor Walther begann, die Diskussionsbeiträge mit verschiedenen Thematiken professionell in verschiedenen Arbeitskreisen zu organisieren und zu finanzieren, und viele von uns dadurch beruflich und persönlich profitierten. Reinhard ist das beste Beispiel. Er wurde vom ‚Kreis' im letzten Jahr systematisch, fachlich, werbeträchtig und durchaus erfolgreich aufgebaut.«

»Was ist das Ziel des Kreises?«, fragte Goldblum dazwischen.

»Am Anfang gab es eigentlich gar kein Ziel. Es war eher eine Vision. Und die Vision hieß für alle, es ganz anders zu machen. Eine Fußballmannschaft, die gegen den Abstieg kämpft, braucht nicht nur einen neuen Trainer und ein paar frische Spieler, sie braucht auch eine gänzlich neue Taktik, eine neue Strategie, um auch im Kopf wieder an den Erfolg zu glauben. An jeder Veränderung gibt es etwas auszusetzen, jeder Vorschlag birgt Fehler in sich, das lässt sich nicht verhindern. Aber darum ging es nie. Professor Walther machte uns immer wieder klar, dass es vor allem die immens positiven psychologischen Auswirkungen sind, die Deutschland aus seiner Lethargie reißen und wieder weit nach vorne bringen werden, wenn grundlegende Veränderungen mit einem Schlag eintreten würden.«

»Mit einem Schlag?«

»Darauf lief es letztendlich hinaus. Das wurde bald jedem bewusst. Die Arbeitskreise arbeiteten unter der Prämisse: ‚Alles ist möglich, es sollte anders sein als vorher und es muss im Gesamtbild finanzierbar sein'. Zur logistischen Unterstützung der Arbeitskreise gründeten wir die Firma Future Communications, die auf der einen Seite die Arbeitskreise mit allem unterstützte, was diese zur Ausarbeitung ihrer theoretischen Ansätze benötigten. Und auf der anderen Seite die Ergebnisse zu einem großen Bild zusammenführte und Unstimmigkeiten noch einmal von den jeweiligen Arbeitsgruppen ausarbeiten ließ. Ja, und irgendwann war klar, dass etwas passieren musste, denn keiner von uns schaffte es im Tagesgeschäft auch nur Ansätze unserer Ideen im derzeitigen Regierungschaos durchzusetzen. Radikale Veränderungen müssen radikal herbeigeführt werden. Mit einem Schlag, ohne Wenn und Aber. Denn sobald man vielen anderen Interessengruppen die Möglichkeit lässt, auch noch ein Wörtchen mitzureden, dann sieht das Ergebnis genauso aus wie unsere heutige Steuergesetzgebung. Aber wir konnten natürlich nicht einen Militärputsch anzetteln wie auf einer kleinen Südsee-Insel.«

»Also habt ihr einen Börsen-Crash künstlich herbeigeführt, um durch wirtschaftlichen Druck die bestehende Regierung zum Rücktritt zu zwingen?«, fragte Goldblum.

»Richtig. Die Lage war auch schon so in Deutschland prekär genug. Mit einem Börsen-Crash können wir Karl Ruprath die Pistole auf die Brust setzen: Pass auf, wenn du nicht willst, dass in Deutschland ähnliche Zustände herrschen wie nach dem

‚Schwarzen Freitag' im Oktober 1929, dann nimm besser deinen Hut und pack gleich noch ein paar Kollegen mit ein. Als zusätzliches Druckmittel werde ich ihm androhen, seine Integrität öffentlich anzuzweifeln, da er vor dem Parlamentsausschuss seine Mitwisserschaft bei diversen Waffenlieferungen abgestritten hatte. Dabei wusste er genau darüber Bescheid und hat zum Wohle der deutschen Rüstungsindustrie zwei Augen zugedrückt und zugleich beide Hände aufgemacht. Für den Fall, dass dies immer noch nicht reicht, hat der Professor eine Akte über Ruprath zusammengetragen, in der sich noch ein paar zusätzliche Druckmittel befinden!«

»Was steht in dieser Akte?«

»Über den Inhalt möchte ich lieber nicht reden. Je weniger Leute darüber Bescheid wissen, umso besser!«

»Okay, Ruprath tritt zurück und was dann?«

»Reinhard löst Ruprath in seinem Amt als Bundeskanzler ab, erklärt eine große Regierungskoalition, setzt unsere Leute an die vorgesehenen Stellen und gibt das neue Regierungsprogramm bekannt. Mit einem Schlag, ohne weitere Diskussionen.«

»Wie soll das neue Regierungsprogramm aussehen?«, fragte Sebastian Goldblum neugierig, dem diese Idee durchaus gefiel.

»Das würde jetzt zu lange dauern, allein die Eckpunkte darzustellen, aber ich kann es dir als Bettlektüre mitgeben. Und komm mir morgen nicht mit irgendwelchen Verbesserungsvorschlägen. Wie gesagt, auch mir gefällt der ein oder andere Punkt nicht, aber darum geht es nicht. Es ist finanzierbar, es ist fair, es bietet Chancengleichheit und es macht die Deutschen wieder zu mündigen Bürgern. Wir werden vehemente Proteste aus den Reihen bekommen, die dadurch am meisten betroffen sind. Zum Beispiel durch die komplette Streichung von Subventionen für unproduktive Industrien. Auf der anderen Seite können wir auf die Unterstützung der Wirtschaft und vor allem aus der deutschen Bevölkerung zählen. Und das sollte uns schnell wieder aus diesem Loch bringen.«

»Du meinst, allein der positive psychologische Effekt soll dieses Chaos wieder entwirren?«

»Ich gebe zu, dass wir momentan ein Problem haben. Wir

beide wussten wirklich nichts von den Plänen von Professor Walther, ein Attentat auf Doktor Arnold und Doktor Kaufmann sowie einen Bombenanschlag auf die Bundesbank verüben zu lassen. Und wir haben nicht damit gerechnet, dass es so schlimm kommt. Zusätzlich sind wir beide keine Autoritäten in Finanzdingen. Und, wie du ja vielleicht schon weißt, weilt Professor Walther leider nicht mehr unter uns. Er hat uns zwar zuvor in einige Lösungsmöglichkeiten eingeweiht, aber ....«

»Und die wären?«, unterbrach Goldblum, dem eine Idee durch den Kopf schoss.

»Zum einen halten wir detaillierte Informationen über die Neonazi-Szene in Ost-Deutschland in den Händen, die wir dem Verfassungsschutz zur Verfügung stellen werden und mit denen es eine Leichtigkeit sein wird, diese Szene komplett aufzulösen. Als Nächstes habe ich den Namen und die Telefonnummer von Tanaka Yamakatsu. Er würde sofort den Druck auf die Amerikaner durch den Verkauf von Staatsanleihen beenden. Die Federal Reserve wäre dadurch nicht mehr gezwungen, eine Zinserhöhung in Betracht zu ziehen und die Deutsche Bundesbank hätte genügend Spielraum für eine Zinssenkung und einen Liquiditätsschub, der die Märkte unterstützen könnte. Am Montag werden der Mightelity-Fondsmanager Mike Dalton und einige seiner Kollegen wieder kräftig in deutsche Aktienwerte einsteigen. Auch einige Großbanken werden am Montag verstärkt den Markt stützen, so der Plan. Die Gewerkschaften werden sich ruhig verhalten, dafür hat Walther gesorgt. Und zu guter Letzt geben einige Industrieunternehmen neue groß angelegte Investitionspläne, bedingt durch die neue Steuerreform, bekannt, die langfristig sehr positive Auswirkungen auf den Arbeitsmarkt haben werden. Zusätzlich wird die Meldung herausgegeben, dass durch die Zerschlagung der Neonazi-Szene ausländische und vor allem japanische Firmen enorme Neu-Investitionen in Ost-Deutschland planen. Wie Professor Walther all das geschafft hat, weiß ich nicht. Und ob das reicht, kann ich nicht abschätzen. Was heute am Finanzmarkt passiert ist, das weiß selbst ich als Finanzlaie, bedeutet einen wahnsinnigen Vertrauensverlust, nicht nur international. Und was mir noch mehr Sorgen macht ist die Psyche der Deutschen. Immerhin wurden Vermögen in Milliardenhöhe vernichtet.«

»Sieh es mal nicht zu negativ. Morgen früh um neun wird in Frankfurt eine Versammlung aller führenden Banker stattfinden. Und soweit ich die beiden klugen Köpfe einschätzen kann, mit denen ich vor diesem Treffen noch kurz telefoniert habe, werden sie mit Sicherheit weitere Lösungsansätze finden, die sich mit unseren Möglichkeiten ergänzen. Zudem herrscht morgen erst mal Ruhe auf dem deutschen Finanzmarkt, da die Börse und der Handel bis Montag geschlossen bleiben. Also beschäftigen wir uns doch mit dem Geschäft, das wir verstehen: der Politik. Wann wolltest du Karl Ruprath aufsuchen, Reinhard?«

»Darüber hatten wir gerade diskutiert, als du anriefst, aber noch keine Entscheidung getroffen.«

»Dann werden wir das noch heute Abend tun. Im Kanzleramt wird zurzeit eine Krisensitzung abgehalten, für die ich mich aus bekannten Gründen leicht entschuldigen lassen konnte. Aber danach muss alles sehr schnell gehen.«

Doktor Wolfgang Lindstedt und Reinhard Folkinger dachten beide das Gleiche. Es war gut, einen so starken Verbündeten auf ihrer Seite und nicht gegen sich zu haben. Außerdem verfügte Sebastian Goldblum über mehr politischen Einfluss als sie beide zusammen und er konnte die Brücke zu den Finanzmärkten schlagen. Besser hätte es nicht kommen können.

»Ach, was ich noch vergessen habe. Weiß jemand von euch, wer diese verdammten Bilder gefälscht hat?«, fragte Goldblum verärgert.

Es war schon halb ein Uhr in der Nacht, als das Telefon klingelte.

»Hallo«, meldete sich eine verschlafene Stimme.

»Tante Vanessa, hier ist Kristine. Tut mir Leid, dass ich dich so spät noch störe.«

»Kein Problem. So richtig geschlafen habe ich auch nicht. Nachdem, was da heute passiert ist, bin ich um die Hälfte meines Vermögens gebracht worden. Wo bist du?«, fragte Vanessa Von Stappen und setzte sich im Bett auf.

»Ich sitze hier mit Klaus und Ulf Bauer in der Bibliothek der Villa Benz. Wir gehen ein paar Ideen durch, die vielleicht dazu beitragen könnten, dass genau das nicht passiert.«

»Und wie kann ich euch dabei behilflich sein? Deswegen rufst du doch an, oder?«, fragte Vanessa erstaunt.

»Wir brauchen dich und dein dickes Adressbuch«, machte Kristine einen kleinen Seitenhieb auf die Angewohnheit ihrer Tante, Namen und interessante Menschen zu sammeln wie andere Leute Briefmarken und dadurch in Deutschland fast zu jeder Familie mit Rang und Namen Beziehungen zu haben.

»Falls in den nächsten ein bis zwei Tagen gravierende Veränderungen auftr...«

»Von welchen Veränderungen sprichst du, Kind«, unterbrach Vanessa Kristine.

»Teilweise kann und teilweise darf ich es dir nicht sagen, aber gehen wir mal davon aus, dass diese Veränderungen sehr positiv sind oder sein könnten. Kannst du dir vorstellen, dass wir, du, Klaus und ich zusammen einige von deinen einflussreichen Bekannten und Freunden anrufen könnten, um diese von einem umfangreichen Neu-Engagement am Montag im deutschen Aktienmarkt zu überzeugen?«

»Ich bin zwar für jeden Scherz zu haben. Aber selbst als absoluter Laie weiß ich, dass schon sehr gravierende Veränderungen im Umfeld nötig wären, um mich davon zu überzeugen, so etwas zu tun«, antwortete Vanessa verunsichert, die sich nicht im Entferntesten vorstellen konnte, was die drei ausgeheckt hatten.

»Vertrau mir! Es ging mir erst mal nur um die eventuelle Möglichkeit.«

»Klar, wie gesagt, ich bin für jede Schandtat zu haben, wie du weißt.«

»Und ich habe noch eine andere Bitte«, fuhr Kristine fort und erklärte ihrer Tante die Umrisse der zweiten Idee, die sie sich ausgedacht hatte und die von Klaus und Ulf Bauer begeistert aufgenommen und weitergesponnen worden war.

Die erste gute Nachricht am frühen Freitagmorgen war die,

dass die amerikanischen Märkte auf die Geschehnisse in Europa kaum reagiert hatten. Es war eine Mischung aus Schock, Verunsicherung und auch Erleichterung unter den Marktteilnehmern festzustellen.

Schock, weil es schier unglaublich war, was in und um Deutschland passiert war. Verunsicherung, weil niemand die Auswirkungen abzuschätzen vermochte. Denn Deutschland war nicht Thailand oder Süd-Korea. Erleichterung, weil auf der einen Seite die Börse in Deutschland morgen geschlossen blieb und auf der anderen Seite sich die wichtigsten Vertreter der deutschen Finanzwelt trafen und möglicherweise eine Lösung für die Probleme fanden.

Zusätzlich trugen auch der nachlassende Verkaufsdruck der Japaner sowie erste ernsthafte Verhandlungsrunden zwischen Vertretern der japanischen Regierung und Banken- und Wirtschaftsbossen zu einer leicht besseren Stimmung der Amerikaner bei.

Deshalb schloss der amerikanische Dow-Jones-Index bei geringen Umsätzen nur leicht schwächer. Der japanische Aktienindex dagegen eröffnete kräftig im Plus und gab die Kursgewinne den Handelstag über auch nicht mehr ab.

Kapitel XXXIV

Sonderaktionen

Knappe zwei Stunden dauerte der Vortrag von Klaus Steiner, in dem er die versammelten Banker über die vergangenen Geschehnisse detailliert unterrichtete.

Über einhundertachtzig Männer und Frauen mit Rang und Namen, Direktoren, Generalbevollmächtigte oder Vorstände fast sämtlicher deutscher Banken und ausländischer Investmenthäuser, Makler, Börsenvorsitzende und auch Wirtschaftsjournalisten füllten den Hermann-Josef-Abs-Saal bis auf den letzten Platz. Viele waren in der Frühe extra eingeflogen aus München, Berlin, Hamburg oder Düsseldorf.

Klaus arbeitete mit allen vorhandenen Präsentationsmitteln und Computersimulationen und erntete am Ende als Dank ein unheimliches, fassungsloses und langes Schweigen.

War es wirklich möglich? Waren sie wirklich alle auf diese gigantische, wenn auch zugegeben genial durchgeführte Manipulation hereingefallen? Waren sie wirklich alle dieser Hysterie verfallen und blindlings ins Verderben gerannt, ohne einen klaren Gedanken zu fassen? War wirklich dieser Klaus Steiner der Einzige unter ihnen, dem diese Manipulation aufgefallen war? Die Argumente und Details, die sie in den letzten zwei Stunden erfahren hatten, waren in ihrem Zusammenhang und Zusammenspiel zu perfekt, als dass sie Zufälle hätten sein können.

Die meisten von ihnen waren schon selbst gestern Abend oder während einer fast schlaflosen Nacht zu der Erkenntnis gekommen, dass hier jemand seine Finger im Spiel gehabt haben musste. Und dadurch stellten sie alle gleichzeitig dieselben Fragen.

‚Wer?‘ und ‚Warum?‘

Klaus Steiner hatte mit Absicht den Namen von Professor Walther außen vor gelassen, um mögliche positive Bewegungen in Berlin, aber auch hier in Frankfurt nicht zu behindern. Denn mit Sicherheit waren einige im Publikum ‚Kreismitglieder‘. Das Gleiche galt für die Frage nach dem ‚Warum‘. Wenn er preisgeben würde, dass Sinn und Zweck dieses künstlich herbeigeführten Börsen-Crashs ein politischer Coup war, dann hätte eine mögliche neue Regierung jeden Vertrauensvorschuss verspielt.

Eigentlich waren ihm die Ziele des Professors seit dem Gespräch auf der Beerdigung vertraut gewesen. ‚Ingenieure der Zukunft‘ hatte Professor Walther den Kreis betitelt. Eigentlich hätte allein diese Aussage sofort eine Erklärung für die Geschehnisse für ihn sein müssen, aber er hatte nie in diesen Dimensionen zu denken gewagt. Auf der einen Seite verurteilte er die Methodik des ‚Kreises‘. Aber auf der anderen Seite wusste er, dass dies nun für Deutschland eine noch nie da gewesene Chance war. Und trotz seiner moralischen Vorbehalte war er bereit, alles dafür zu tun, damit diese Chance nicht ungenutzt blieb.

Ein heftiges Winken von Ulf Bauer an der Ausgangstür und dessen Handzeichen, dass er dringend am Telefon verlangt wurde, erlösten Klaus davor, der Gesellschaft vielleicht eine Lüge präsentieren zu müssen. Er plädierte für eine zehnminütige Rauch-Pause.

»Herr Steiner, hier ist Sebastian Goldblum«, ertönte der tiefe Bass des Finanzministers aus dem Handy. »Ich wollte, dass Sie es zuerst erfahren, denn vielleicht können Sie das für einen positiven Ausgang Ihrer Versammlung nutzen. In fünfzehn Minuten wird es eine offizielle Pressekonferenz im Kanzleramt in Berlin geben. Karl Ruprath wird seinen Rücktritt erklären. Und mit ihm treten einige seiner Bundesminister ab! Um zwölf Uhr dreißig findet eine außerplanmäßige Bundestagssitzung statt. Der Bundespräsident wird Reinhard Folkinger dem Bundestag als neuen Bundeskanzler vorschlagen. Uns reicht in der Stichwahl eine einfache Mehrheit, die wir zum jetzigen Zeitpunkt problemlos erreichen dürften. Dann ist Reinhard Folkinger Bundeskanzler. Er wird eine große Koalition erklären, alle wichtigen Ministerposten und Ämter mit unseren Leuten besetzen und auch sofort die Grundzüge des neuen Regierungsprogramms vorstellen. In Anbetracht der prekären Lage, in der sich Deutschland befindet, wird dies alles ziemlich schnell geschehen, nämlich heute schon! Rücktritt, Vereidigung, Regierungserklärung und so weiter, so dass jeder sofort über die neuen Fakten informiert ist. Ich weiß, dass wir damit manch Bundesgesetz aushebeln, aber es herrscht Ausnahmezustand. Keinen wird es interessieren, solange dadurch das Chaos gelöst werden kann. Das wird Deutschland international, aber vor allem national politisch wieder stabilisieren.«

Sebastian Goldblum legte eine kurze Pause ein, um das Gesagte wirken zu lassen. »Ich habe Herrn Bauer drei Seiten mit einer stichpunktartigen Auflistung der Grundzüge des neuen Regierungsprogramms zugefaxt mit der Bitte, dieses für alle Damen und Herren zu kopieren. Ach ja, fast hätte ich es vergessen. Ich bleibe Finanzminister und seit gestern Nacht sogar wieder mit offizieller Legitimation und reiner Weste. Denn die Frankfurter Polizei hat das Fotolabor ausgehoben, in dem diese dummen Bilder gefälscht worden sind. Also, Herr Steiner, machen Sie das Beste daraus! Ich vertraue Ihnen. Klingt es zu pathetisch, wenn ich sage: Ganz Deutschland baut auf Sie?«

Ein tiefes, herzliches Lachen beendete das Gespräch.

Na, wenigstens einer, der wieder lachen kann, schüttelte Klaus Steiner den Kopf, der die Worte von Goldblum noch gar nicht richtig fassen konnte.

Die Reaktionen auf den Crash kamen diesmal schneller als erwartet. Besonders die sonst so cleveren Börsen-Yuppies erwischte es fatal. Ausgestattet mit einem Auflösungsvertrag mussten allein schon an diesem Freitag über fünfhundert junge Broker ihren Arbeitsplatz räumen. Eine große Maklerfirma hatte bereits verlauten lassen, dass sie die Hälfte ihrer dreihundert Mann starken Mannschaft entlassen müsse. Die Verluste der letzten Tage hatten sämtliche Rücklagen vernichtet und nun drohte der Konkurs.

Und so ging es weiter, quer durch alle Brokerhäuser und Banken des Landes.

Acht junge Unternehmen mussten ihren Börsengang und somit auch ihre Expansionspläne bis auf weiteres verschieben. Zwei Chemieriesen ließen in einer Presseerklärung verlauten, dass sie laufende Großprojekte und zukünftig geplante Investitionen auf Eis legen müssten. Die Baubranche malte die Zukunft besonders schwarz. Sie rechnete damit, dass der Großteil der Bauprojekte nicht weitergeführt, geschweige denn neue vergeben werden konnten.

Aber das war nur die Spitze des Eisberges. Keiner konnte sich seines Arbeitsplatzes mehr sicher sein, denn niemand konnte die endgültigen Auswirkungen dieses Crashs genau beziffern.

Eine empörte Menschenmasse fand sich früh vor den Portalen der Deutschen Börse in Frankfurt zusammen. Man sah weinende junge Paare, die ihre gesamten Ersparnisse verloren hatten. Wildfremde Personen diskutierten miteinander, ob die großen Spekulanten, die Politiker, die Japaner oder vielleicht sogar die Terroristen schuld an diesem Desaster seien.

Die Schwierigkeiten auch für den kleinen Mann waren nicht mehr länger zu verheimlichen. Die Banken forderten bereits Nachschüsse von ihren Kunden für die Wertpapierkredite, die nun bei diesen Kursen nicht mehr abgesichert waren. Eine Vielzahl von Konten wurde mit sofortiger Wirkung gesperrt.

Tausende von Sparern standen vor zumeist erst gar nicht geöffneten Schalterhallen, da sie ihre Ersparnisse abheben und in Sicherheit bringen wollten.

Die Telefonnetze der großen Autohäuser brachen durch die Vielzahl der Auftragsstornierungen zusammen, und einige Versicherungen hatten Notleitungen eingerichtet, um die Anrufer, die mit sofortiger Wirkung ihre Lebensversicherung kündigen und ausgezahlt haben wollten, abzuwimmeln. In einem Supermarkt in Frankfurt Sachsenhausen gab es, nachdem die Regale innerhalb kürzester Zeit durch panikartige Hamsterkäufe leer gefegt waren, drei Tote und neun Verletzte, als ein älterer Mann durchdrehte und mit einer Pistole um sich schoss.

Bereits in der letzten Nacht kam es bundesweit zu mehreren

Selbstmordversuchen bankrotter Broker und Spekulanten. Die Frankfurter Hauptwache war für zwei Stunden blockiert, nachdem sich ein junger Börsen-Yuppie vor die S-Bahn geworfen hatte. Die Polizei begann verstärkt, die Zugänge zu Hochhausdächern und Autobahnbrücken zu versperren. Zugführer wurden angehalten, nur noch im Schritttempo in die Bahnhöfe einzufahren.

All dies war Kurt Bullowski, der betrunken im sechsten Stock am Rande seiner Dachterrasse stand, egal. Aus seinen Zehn-Millionen-Euro-Aktienkapital, davon über die Hälfte auf Kredit, waren in den letzten Tagen ganze zwei geworden. Und selbst wenn er alle seine Aktien noch verkaufen könnte, dann würde er immer noch auf einem Schuldenberg von über drei Millionen Euro sitzen. Drei Millionen Euro! Und das als Bankangestellter in der Postabteilung mit einem Nettoverdienst von dreißigtausend im Jahr.

Bullowski ließ die halb leere Wodka-Flasche aus der Hand gleiten, die mit einem lauten Knall auf dem weiß gefliesten Terrassenboden zerschlug, schnippte den erloschenen Zigarettenstummel in die Tiefe und machte einen letzten Schritt nach vorne.

»Meine Damen und Herren«, rief Klaus Steiner die Versammlung mit lauter Stimme zur Ruhe. »Danke! Meine Damen und Herren, als Erstes möchte ich Sie bitten, alle Ihre Handys auszuschalten, da Sie in spätestens zehn Minuten aus Ihren Büros wegen folgender Nachricht angerufen werden: Ich habe soeben die Mitteilung erhalten, dass unser Bundeskanzler, Karl Ruprath, zurücktreten wird und mit ihm ein Großteil der Regierung. Die Beweggründe dürften jedem klar sein. Reinhard Folkinger wird heute noch als sein Nachfolger vereidigt und im Anschluss daran eine große Koalition ausrufen. Uns wurden vor wenigen Minuten die Grundzüge des neuen Regierungsprogramms zugefaxt, die wir nun gleich verteilen werden!«

Das zweite Mal an diesem Tag herrschte eine unheimliche Stille im Saal. War das eine gute Nachricht oder eine schlechte? Konnte sie denn überhaupt wahr sein? Der Ruprath, der Machtmensch, der Selbstdarsteller, tritt nach so wenigen Jahren zurück?

Die Blätter wurden den Damen und Herren, die schnellstmöglich durch die Reihen gingen, schier aus den Händen gerissen. Manch einem blieb im wahrsten Sinne des Wortes die Spucke weg, nachdem er die ersten Zeilen gelesen und begriffen hatte, und saß nur noch staunend und sprachlos mit offenem Mund da.

Wie viele Jahre hatten so viele von ihnen für die Realisierung von einem Teil der Punkte, die hier auf diesem Blatt Papier standen, gekämpft und nichts erreichen können? Und nun wird dies alles zu einem deutschen Regierungsprogramm erklärt? Unglaublich!

»Ich habe noch eine positive Nachricht!«, fuhr Klaus Steiner fort. »Heute Nacht hat die Frankfurter Staatsanwaltschaft Beweismittel sichergestellt, die Sebastian Goldblum in der Fotoaffäre von allen Vorwürfen freisprechen. Zudem wird Herr Goldblum von der neuen Regierung in seinem Amt als Finanzminister bestätigt. Das dürfte sich zusätzlich stabilisierend auf den deutschen Finanzmarkt auswirken. Doch ich möchte Sie bitten, Ihre Aufmerksamkeit nun wieder ganz unserem Problem zu widmen.«

Klaus Steiner nahm einen Schluck Wasser aus dem Glas auf seinem Stehpult. Er wusste, dass er der Versammlung noch einen Moment Zeit lassen musste, um diese Informationen zu verarbeiten, bevor er in Ruhe fortfahren konnte. »Wir könnten nun die nächsten Stunden und Tage mit einer endlosen ‚Für-und-Wider'-Diskussion über Sinn und Unsinn des neuen Regierungsprogramms verbringen. Fakt ist, dass es kommen wird, und Fakt ist auch, dass es radikale Veränderungen mit sich bringen wird, die ich persönlich in Anbetracht der schwierigen Lage für sehr positiv halte.«

Das zustimmende Gemurmel aus dem Publikum sagte Klaus, dass er auf dem richtigen Weg war. »Und nun ist es unsere Aufgabe, unsere neue Regierung bei der Auflösung dieses chaotischen Zustandes, in dem sich Deutschland befindet, mit all unseren Kräften zu unterstützen. Denn immerhin handelt es sich ja vor allem um den deutschen Finanzmarkt, der unter Beschuss geraten ist. Herr Ritter, darf ich ihnen das Wort übertragen?«

Karl Ritter, Vorstandsvorsitzende der Deutschen Landesbank, erhob sich von seinem Stuhl in der ersten Reihe und ging hinauf auf das Podium zu dem Stehpult auf der linken Seite.

»Liebe Kolleginnen und Kollegen, sehr verehrte Damen und Herren. Als gestern Nachmittag die Deutsche Börse endlich ihre Pforten schloss, war mir klar, dass mit aller Voraussicht solch eine gemeinsame Versammlung stattfinden und auch dringend vonnöten sein würde. Auf dem Weg nach Frankfurt erreichte mich ein Anruf von Hans Burmester, dem Geschäftsführer der DIT-Fondsgesellschaft. Er bat mich zu einem Treffen gestern Abend, an dem auch Doktor Werner, Herr Steiner und einige Vorstandsmitglieder deutscher Großbanken und Fondsgesellschaften teilgenommen haben.«

Karl Ritter wühlte in seinen Notizzetteln und schien endlich den richtigen gefunden zu haben. Aber zu sehr war er noch abgelenkt von der Nachricht aus Berlin. Hatten sie es wirklich geschafft? Hatte der ‚Kreis' wirklich Erfolg gehabt? Er war zusammen mit Wolfgang Lindstedt das älteste Mitglied, und wie oft hatten sie im Laufe der Jahre den Glauben an die Sache schon beinahe verloren gehabt. Und jetzt war das Ziel urplötzlich erreicht. All ihre Bemühungen, all ihr Reden und ihre jahrelange Vorbereitung waren heute umgesetzt geworden! Er konnte es kaum glauben. Aber noch galt es, ein anderes, sehr dringendes Problem zu lösen. Oder besser gesagt zwei.

»Wie Ihnen Klaus Steiner vorhin ausführlich dargestellt hat, ist der deutsche Finanzmarkt einer Reihe gezielter Attacken ausgesetzt worden, die ich persönlich als kriegerischen Akt bezeichnen würde. Das Problem beim Terrorismus ist, dass die eigentlichen Hintermänner und deren wahren Motive und langfristigen Absichten selten rasch zu durchschauen sind, wenn überhaupt jemals. Wie Sie alle wissen, lassen sich gerade in den Kapitalmärkten Spuren besser und effektiver verwischen, als wenn Menschen als lebende Zeitbomben Amok laufen, deren Verbindungen in der Regel systematisch nachgegangen werden können. Daher wird es noch mit Sicherheit Monate dauern, bis wir auf die Frage nach dem ‚Warum?' eine befriedigende Antwort finden werden. Doch solange werden und können wir nicht warten! Zudem wurde nicht nur der deutsche Kapitalmarkt an sich attackiert. Durch die hinterhältigen Mordanschläge auf Doktor Arnold und auch, wie sie bestimmt schon heute Morgen in den Nachrichten erfahren haben, Professor Walther, wurde versucht, zwei der wichtigsten Finanzpersönlichkeiten des Landes auszuschalten. Zu meinem tiefsten Bedauern muss ich Ihnen mitteilen, dass mein engster Freund und langjähriger Vertrauter Professor Walther auf dem Weg zum Krankenhaus seinen Schussverletzungen erlag.«

Die Stimme von Karl Ritter brach, und es war keine Schauspielerei. Er hatte wirklich einen Freund verloren, dem er, nein, sie alle mehr zu verdanken hatten, als sie ahnten. Ein leises Raunen ging durch den Saal. Die meisten hatten Professor Walther auf die ein oder andere Art gekannt, persönlich, als Geschäftspartner oder als angesehene öffentliche Persönlichkeit. Auch brodelte die Gerüchteküche. Der Großteil der Medien berichtete von einem Mordanschlag. Doch es gab auch ein paar Quellen, die nicht namentlich genannt werden wollten, die von einem Selbstmord von Professor Walther und möglichen Verbindungen zu den jüngsten Geschehnissen sprachen. Doch die ‚Heiligsprechung' durch Karl Ritter setzte nun auch nur dem geringsten Zweifel ein Ende.

»Ich möchte Sie bitten, dass wir im Andenken an Professor Walther und der vielen Opfer dieses kriegerischen Aktes gegen Deutschland nun eine gemeinsame Schweigeminute einlegen.«

Äußerst geschickt, dachte Klaus Steiner. In drei Sätzen hatte es Karl Ritter geschafft, nicht nur Professor Walther aus der Schusslinie zu nehmen. Die nebulöse Darstellung eines Feindes fernab und namenlos war für die meisten anwesenden Banker glaubhafter, als wenn es einer der ihren gewesen wäre. Zudem hatte Ritter wie kaum ein deutscher Politiker jemals zuvor an den deutschen Patriotismus appelliert. Hätte nur noch gefehlt, dass Ritter ‚Frage nicht, was Deutschland für dich tun kann! Frage dich, was du für Deutschland tun kannst!' ausgerufen hätte. Patriotismus, eine Eigenschaft, die Deutsche gerne von sich weisen, die aber in den nächsten Tagen eine entscheidende Rolle bei den kommenden Veränderungen spielen wird, wusste Klaus.

»Ich danke Ihnen für Ihre Anteilnahme«, brach Klaus Ritter nach knapp einer Minute sanft die Stille im Raum. »Es ist klar, dass wir die Terroristen, die unser Finanzsystem attackiert haben, nicht gewinnen lassen dürfen. Wenn die Terroristen es wirklich schaffen sollten, den deutschen Finanzmarkt in die Knie zu zwingen, dann gnade Gott jedem anderen Finanzplatz. Die Welt schaut nun auf uns. Es liegt in unseren Händen, weiteren terroristischen Anschlägen die Motivation zu nehmen, indem wir nicht zulassen, dass sie durch ihre schändlichen und hinterhältigen Taten Erfolg haben. Deshalb lassen Sie mich die Ergebnisse unserer gestrigen Diskussionen zusammenfassen, mit denen wir die Probleme bewältigen können. Punkt eins: Der gestrige Handelstag wird komplett aus den Büchern gestrichen! Das betrifft gestrige Neu-Geschäfte in deutschen Aktien, in deutschen Zinspapieren und die Geschäfte an der Deutschen Terminbörse. Sie werden als Fehlbuchungen abgerechnet. Sämtliche Depots und Wertpapierbestände werden auf den Mengen- und Buchwert von Mittwochabend zurückgerechnet. Das Gleiche gilt für Termingeschäfte, die gestern fällig geworden sind. Auch sie werden mit dem Buchwert von Mittwoch abgerechnet. Der DAX stand am Mittwoch zum Schluss bei 8.015 Punkten, das wird unsere neue Rechnungsgrundlage sein!«

Erneut ging ein Raunen durch das Publikum.

»Ich weiß, dies bedeutet für die Deutsche Börse und für sämtliche Wertpapierabwicklungsabteilungen in den Banken Tag- und Nachtschichten«, fuhr Ritter unbeirrt fort. »Und wir wissen auch, dass einige Marktteilnehmer protestieren werden. Für letzteren Fall werden wir eine Sonderkommission einsetzen, die jeden einzelnen Sachverhalt überprüfen wird. Zusätzlich wird die Deutsche Bundesbank, das haben wir vorher mit Herrn Doktor Werner abgesprochen, einen Sonderfonds der Kommission zur Verfügung stellen, falls es zu Ausgleichsforderungen kommen sollte. Ich gehe davon aus, dass Forderungen höchstens von ausländischen Adressen gestellt werden, denen wir natürlich sofort Folge leisten werden, um das Vertrauen im Ausland wiederzugewinnen. Aber in Deutschland kann niemandem in Anbetracht der explosiven Lage daran gelegen sein, die eigenen Interessen vor die seines Heimatlandes zu stellen!«

Das war deutlich, und die Finger, die sich zur Wortmeldung in die Höhe gestreckt hatten, verschwanden sofort wieder.

»Punkt zwei: Durch die zunehmende Entschärfung der angespannten Situation zwischen den USA und Japan wird die Deutsche Bundesbank unter dem Vorsitz von Doktor Werner heute Nachmittag eine außerordentliche Pressekonferenz abhalten. Somit wird in der Öffentlichkeit Präsenz gezeigt und Stellung genommen zu den gestrigen Ereignissen. Außerdem soll der Neu-Aufbau mit einer Zinssenkung von einem ganzen Prozentpunkt deutlich und für jedermann ersichtlich unterstützt werden. Zusätzlich wird die Bundesbank Ihnen, meine Damen und Herren, am Montag Liquidität in jeder benötigten Höhe zinslos bis auf weiteres zur Verfügung stellen, um schon entstandene oder vielleicht noch zu erwartende Engpässe reibungslos zu überbrücken. Auch darüber wird diese Sonderkommission wachen.«

»Wer sitzt in dieser Sonderkommission?«, kam die Frage von einer älteren Dame in der zweiten Reihe.

»Darf ich diese Frage kurz zurückstellen? Ich möchte erst noch Punkt drei abschließen. Die Deutsche Landesbank wird am Montag im Schulterschluss mit allen deutschen Großbanken, allen Landes- und Genossenschaftsbanken, Versicherungs- und Fondsgesellschaften unterstützt von der deutschen Bundesbank einen ‚Save Haven'-Fonds auflegen. Dieser Fond kauft allen verkaufswilligen Privatanlegern ihre Aktien zum Einstandskurs ab. Sprich zu dem Kurs, zu dem der Anleger die Aktien gekauft hat. Der Betrag wird dem Anleger aber nicht ausgezahlt, sondern bleibt in dem Fonds und wird zu sechs Prozent verzinst. Der Privatanleger hat anschließend die Möglichkeit, jederzeit diese Aktien zum Einstiegspreis wieder zurückzukaufen, wann immer es ihm beliebt. Oder er lässt sein Kapital so lange liegen, bis sich die Finanzmärkte und die Nerven der Marktteilnehmer wieder beruhigt haben.«

»Und wer darf das bezahlen?«, wurde Ritter laut von einem untersetzten, unansehnlichen Mann aus der letzten Reihe unterbrochen. Aber Ritter ließ sich von Heinz Liebmann nicht aus der Ruhe bringen.

»Es wird derselbe Topf sein, aus dem die Ausfallsforderungen gezahlt werden.«

Aber nun war Unruhe in die Versammlung geraten, und die Fragen kamen kreuz und quer aus dem Publikum.

»Mit welcher Summe rechnen Sie für den ‚Save Haven'-Fonds?« konnte sich ein Journalist der *Financial Times Deutschland* aus der ersten Reihe mit seiner Frage gegen den Geräuschpegel durchsetzen.

»Das Anlagevolumen in Aktien von deutschen Privatanlegern beläuft sich derzeit auf rund 500 Milliarden Euro. In einem Worst-Case-Szenario gehen wir davon aus, dass der Fonds mit einem Kapital in Höhe von rund 300 Milliarden Euro ausgestattet werden muss.«

»Dreihundert Milliarden Euro?«, hakte der Journalist nach, erstaunt über diese Größenordnung. »Woher nehmen und nicht stehlen, Herr Ritter?«

»In Absprache mit Herr Goldblum, unserem Finanzminister, wird die Bundesbank ihre Währungsreserven in Höhe von umgerechnet knapp 200 Milliarden Euro dem ‚Save Haven'-Fonds zur Verfügung stellen. Wie Sie wissen, wurde diese Währungsreserve nach der Einführung des Euros nicht mehr zur Stützung der Deutschen Mark benötigt. Unsere bisherige Regierung hatte bisher noch kein schlüssiges Konzept, wie diese Mittel sinnvoll verwendet werden könnten. Wir haben nun eins! Der restliche Anteil, wenn es dazu kommen sollte, sowie die Absicherung für die garantierte Verzinsung werden in einer gemeinsamen Aktion von allen deutschen Kreditinstituten anteilsmäßig getragen. Auch dies wird von der Sonderkommission kontrolliert.«

Die Stimmung im Saal beruhigte sich. Da schienen wirklich Nägel mit Köpfen gemacht worden zu sein.

»Doch der ‚Save Haven'-Fonds ist nicht nur eine kurzfristig angelegte Rettungsaktion«, sprach Ritter weiter. »Die meisten

Geldanlagen, die nun in Gefahr sind, wurden von jungen Menschen zum Zwecke ihrer Altersvorsorge getätigt. Die wissen genauso gut wie wir, dass langfristig unser staatlich subventioniertes Rentensystem auf dubiosen Wegen wie über die Ökosteuer nicht mehr seriös zu finanzieren ist. Wie Sie dem Programm unserer neuen Regierung entnehmen können, legt diese bereits jetzt die harten Fakten auf den Tisch und bricht mit dem Generationsvertrag, weil es anders ohne Lügen nicht mehr geht. Der ‚Save Haven'-Fonds ist daher in seiner zweiten Funktion ein sicherer Hafen für die Altersvorsorge. Er dient als Finanzierungsquelle für diejenigen, die in den nächsten Jahren in ihren wohlverdienten Ruhestand eintreten, um gravierende Einkommenseinbußen auszugleichen. Und er ist langfristig das zweite Standbein neben der staatlichen Grundrente.«

Die ganze Versammlung hing nun wie gebannt an seinen Lippen. Wahrscheinlich hatten die meisten sich nur Gedanken darüber gemacht, wie sie ihren ‚eigenen Arsch' retten können, dachte sich Ritter. Aber er war weit davon entfernt, darüber verbittert zu sein. Denn es gab auch Ausnahmen. Dieser Klaus Steiner zum Beispiel kam ganz nach seiner Mutter, Hildegard Steiner. Mit solchen Charakteren an der Spitze, da war es ihm nicht bange um die Zukunft von Deutschland. Zu schade, dass es nicht mehr von diesem Schlage gab, beendete Ritter seine Gedankengänge und fuhr fort. »Doch wir, und damit meine ich uns alle, wie wir hier sitzen, haben in der Vergangenheit noch einen weiteren Fehler gemacht. Wir haben den Anleger alleine gelassen! Alleine inmitten tausender Informationen, Aktien-Empfehlungen und Produkte. Das war während der Boom-Phase kein Problem, denn fast jeder Anleger verzeichnete trotzdem zweistellige Zuwächse in seinem Depot. Doch in den letzten Wochen schwand nicht nur drastisch der Wert der Aktienkurse, sondern mit ihm in einem viel größeren Maße auch das Vertrauen der Anleger. Vor allem das Vertrauen in uns Banken, aber auch in die Berichterstattung der Finanzmedien ging verloren. Dieses Vertrauen gilt es wieder zurückzugewinnen. Und dafür gibt es nur einen Weg. Neben dem ‚Save Haven'-Fonds, ein gemeinschaftliches Projekt der deutschen Finanzindustrie ist, hat Herr Klaus Steiner auch das Konzept einer neutralen Institution entwickelt, die für den Anleger, sei er ein langfristiger Investor oder ein kurzfristiger Trader, das Beste heraussucht und anbietet. Ob Internet- oder Print-Informationen, Fachzeitschriften, Finanzzeitungen, Börsenbriefe, Softwareprodukte, Bücher oder Serviceleistungen im Finanzbereich, diese unabhängige Instanz wird in Zukunft dem Anleger auf der Suche nach dem Besten zur Seite stehen. Das Bindeglied ist eine Karte, die InvestorCard. Über diese Karte können die Anleger die jeweiligen Leistungen beziehen oder kostenpflichtige Produkte günstiger erwerben. Betreut wird die InvestorCard von dem Unternehmen Future Communication. Future Communication wurde vor Jahren von Professor Walther zum Zwecke der Verbesserung der Kommunikation im Finanzbereich gegründet. Eine ideale Voraussetzung, und ich denke, in seiner neuen Funktion wird Future Communication das Erbe von Professor Walther gebührend weiterführen.«

Die Idee stammte von Kristine Scoberg, wusste Klaus, genauso wie die Idee der InvestorCard an sich. Nur in einem Umfeld, in dem sich der Anleger sicher sein kann, unbeeinflusst von Banken oder sonstigen parteiischen Institutionen informiert zu werden, kann sein Vertrauen langfristig wiedergewonnen werden, hatte Kristine behauptet und sofort die Initiative ergriffen. In dauerhaften Telefongesprächen mit Dirk Markowitz und in intensiven Diskussionen mit ihm und Ulf Bauer war das InvestorCard-Konzept entstanden, das Karl Ritter nun umriss.

»Future Communication wird in ihren Aktivitäten von der uns allen bekannten und renommierten Marketingagentur Nader Group unterstützt. Und um die Unabhängigkeit der InvestorCard weiter zu verdeutlichen, konnte für die Verwaltung und Abwicklung der Karten die angesehene Lufthansa-Tochter AirPlus gewonnen werden. Meine Damen und Herren, Sie stellen sich nun bestimmt die Frage, wer diese InvestorCard erhalten wird. Meine Antwort darauf lautet: Jeder, der Aktien oder Fondsanteile in seinem Depot hat. Ihre Institutionen sind aufgefordert, ihre Kundendaten am Montag an AirPlus zu übermitteln. Die Daten werden selbstverständlich vertraulich im Sinne des Datenschutzes von AirPlus behandelt. Wir reden von schätzungsweise zehn Millionen Karten, die verteilt werden. Die Kosten für die Produktion und für die Leistungen der Karte sind mit einhundert Millionen Euro veranschlagt. Die Deutsche Landesbank sieht es als ihre Pflicht, um das Vertrauen der Anleger wieder zu gewinnen, diesen Betrag für diese Aktion zur Verfügung zu stellen!«

Es war nun ganz still geworden im Saal. Eine fallende Stecknadel hätte wahrscheinlich manchen Herzinfarkt vor Schreck verursacht. Die meisten von ihnen hatten sich in den letzten Tagen und Wochen mehr damit beschäftigt, sich selbst zu bemitleiden und den Kopf in den Sand zu stecken. Währenddessen hatten scheinbar ein paar wenige mutige Männer und Frauen Konzepte zur Rettung des deutschen Finanzplatzes entwickelt, die in ihren Dimensionen schier unglaublich, jedoch in ihrer Brillanz einmalig, und vor allem durch ihren pragmatischen Charakter durchaus realistisch umsetzbar waren.

»Meine Damen und Herren, ich möchte Ihnen zum Abschluss noch etwas Wichtiges mit auf den Weg geben«, bat Ritter die Versammlung noch einmal um Ruhe. »Der kommende Montag wird ein sehr bedeutender Tag in der Geschichte des deutschen Finanzmarktes werden! Nein, die ganzen nächsten Wochen werden es sein. Es geht nun nicht mehr um individuelles Profitdenken, Eifersüchteleien oder persönliche Profilierungen! Verschieben Sie das auf einen Zeitpunkt, wenn wir gemeinsam den Karren wieder aus dem Dreck gezogen haben. Wir alle müssen – und ich betone müssen – an einem Strang ziehen! Wir müssen vorbildlich um das Vertrauen des deutschen, aber auch des internationalen Anlegers kämpfen. Und wir müssen uns, jeder Einzelne von Ihnen, mit bestem Wissen und Gewissen, gemeinsam mit allen uns zur Verfügung stehenden Kräften darum bemühen, Deutschland wieder nach vorne zu bringen! Und zwar ganz im Sinne unserer neuen Regierung! Nur so können wir etwas Gravierendes ändern und erreichen! Vielen Dank!«

Tosender Beifall brandete auf und mit ‚Standing Ovations' verließ ein lächelnder und erleichterter Karl Ritter das Podest. Er hatte den Ruck gespürt, der durch die Menge gegangen war, als er an das Herz, an die Fairness und an das Gewissen jedes Einzelnen appelliert hatte. Warum nicht schon früher so? Ein weiterer, wichtiger Schritt nach vorne in eine bessere Zukunft war getan worden.

Kapitel XXXV

Hoffnung

Eine andere Idee war mal wieder das Ergebnis ihres beliebten ‚Was-wäre-wenn'-Spiels. Was wäre, wenn die alte Regierung zurücktreten würde und frischer Wind im Land wehen würde? Und was wäre, wenn Karl Ritter die Bankenwelt hinter sich bringen könnte, aber niemand in Deutschland es so richtig mitbekommen würde? Die Veränderungen würden am deutschen Volk vorbeigehen und hätten dadurch keine Durchschlagskraft.

Während dieses Spiels am gestrigen Abend lief der Fernseher, und Kristine und Klaus schauten in der Bibliothek eine Sonderberichterstattung über die Geschehnisse des Tages an, als ihnen fast gleichzeitig ein ähnlicher Gedanke durch den Kopf ging.

Die Medien.

Nur ein geringer Prozentsatz der Bevölkerung verfolgte täglich die Nachrichten. Und auch dabei ging die Aussagekraft in der Kürze der Nachrichtensendung meist verloren. Zwar waren diverse Sondersendungen in den nächsten Tagen angesetzt, aber der deutsche Journalismus hatte die Angewohnheit, das Glas immer eher halb leer zu sehen statt halb voll. Es war aber zu diesem Zeitpunkt von immenser Wichtigkeit, die positive Botschaft unter die Bevölkerung zu bringen. Und am besten noch vor Montag.

‚Werbespots' hatten sie fast im selben Augenblick laut ausgesprochen. Das war's! Werbespots mit den neuen Politikern oder sogar einigen Bankern, gesendet über das ganze Wochenende von morgens bis abends zwischen Fußball, Comedy-Shows oder den Spielfilmen.

Sie hatten sofort Vanessa für die Organisation gewinnen können. Sie kannte den Besitzer der *Marvel*-Studios in Köln, der ihr noch einen persönlichen Gefallen schuldete. Auch Jeannine Münchmeyer war Feuer und Flamme für die Aktion, die Rohkonzepte von Kristine und Klaus in ihrer Frankfurter Werbeagentur professionell überarbeiten zu lassen und mit Feinschliff zu versehen.

Zusammen mit Ulf hatten Kristine und Klaus drei klassische Werbespots in groben Zügen ausgearbeitet. Einen ‚positiv-dynamischen', einen ‚witzigen' und einen ‚erklärenden'. Und als am nächsten Tag die Dinge so liefen, wie sie es sich erhofft hatten, gelang es Klaus Steiner auch, für die Rollen ihre erwünschten Darsteller zu gewinnen.

Reinhard Folkinger und Sebastian Goldblum waren auf der Stelle angetan von diese Idee, und auch der medienscheue Doktor Christian Werner konnte mit ein bisschen Zureden für den ‚erklärenden' Werbefilm gewonnen werden. Sie wiesen ihre Assistentinnen und Assistenten an, sämtliche andere Termine am Wochenende abzusagen. Zur Not könnten einige wichtige Pressetermine in Köln in den Marvel-Studios abgehalten werden. Des Weiteren sollten sie sich mit dem Management aller Sendeanstalten in Verbindung setzen und bedingungslos Sendezeit buchen. Natürlich zu Sonderkonditionen! Denn es ging schließlich um die nationalen Interessen, wie die Amerikaner immer so schön sagten. Und auch um deren Existenz.

»Joe Newton«, murmelte der Journalist des Wall Street Journals geistesabwesend in den Telefonhörer, während er fassungslos die Berichte auf *CNN* über die Geschehnisse in Deutschland verfolgte.

»*Mister Newton, this is Reinhard Folkinger*«, antwortete der neue Bundeskanzler. Mit seinen verhandlungssicheren Sprachkenntnissen in Englisch, Italienisch, Spanisch und Französisch konnte er sich weit nonchalanter auf internationalem Parkett bewegen als viele seiner Vorgänger.

Er schaute auf seine Uhr. Kurz nach sechs Uhr abends. Sein Chauffeur wartete schon vor dem Kanzleramt, um ihn nach Köln zu fahren. Doch dieser Anruf war wichtig. »Wie Sie bestimmt wissen, bin ich vor ein paar Stunden zum neuen deutschen Bundeskanzler ernannt worden. Und Sie werden sich bestimmt wundern, warum ich gerade Sie jetzt anrufe. Doch Sie sind mir als derjenige genannt worden, der die besten Reportagen und neutralsten Berichte über die Auslandspolitik schreibt. Und zudem scheinen Sie über die erstklassigsten Quellen zu verfügen, wie ich Ihrem sehr interessanten Artikel über die deutsche Neonazi-Szene entnehmen konnte. Ich möchte mich Ihnen als weitere Insider-Quelle anbieten, und ich verspreche Ihnen, dass Sie in Zukunft jederzeit von meinen Assistenten, so weit möglich, direkt zu mir durchgestellt werden.«

Showbusiness.

Joe Newton bekam erst einmal kein Wort über seine Lippen. Er hatte schon viel erlebt in seiner sechzehnjährigen Karriere als Zeitungsreporter. Aber dass ein neuer Staatschef, der gerade mal vier Stunden im Amt war, als Erstes bei ihm anrief, das war neu. Aber irgendwo gab es einen Haken, das spürte er.

»Okay, danke für das Angebot. Ehrlich gesagt, sind meine Quellen meist eher Sekretärinnen. Und gegen einen Informanten in höchster Stelle wehrt sich kein Reporter. Aber was kann ich im Gegenzug für Sie tun?«

»Sie werden in wenigen Sekunden von mir eine E-Mail mit detaillierten Informationen über unser neues Regierungsprogramm erhalten. Zusätzlich habe ich die Beschlüsse einer Banken-Sonderkommission in Deutschland, die heute getagt hat, für Sie noch einmal schriftlich zusammengefasst. Des Weiteren habe ich vor zehn Minuten einen Anruf des Bundeskriminalamtes erhalten, die mir von der Verhaftung von Kay Staucher berichteten! Kay Staucher war der Kopf und Organisator der Neonazi-Szene in Deutschland. Dem deutschen Verfassungsschutz liegen zudem umfangreiche Unterlagen und Hinweise vor, die zu einer kompletten Zerschlagung dieser rechten Gruppierungen führen werden. Diese Unterlagen werden Sie auch als Anlage in der E-Mail finden. Interessant wird für Sie vor allem sein, dass wir zusätzlich noch belastendes Informationsmaterial über die amerikanische ‚White Aryan Combat‘ und deren Anführer John Kruzinger im Zusammenhang mit dem Anschlag auf Daniela Isenberg gefunden haben. Deshalb haben wir diese Akte auch dem FBI zur Verfügung gestellt!«

Wenn diese E-Mail wirklich ankommen sollte und nur die Hälfte dessen drinstand, wovon Folkinger eben gesprochen hatte, dann wäre das ein Traum, frohlockte Joe Newton innerlich.

»Ich würde mich freuen, wenn Sie diese Informationen für Ihre Artikel am Wochenende im *Wall Street Journal* gebrauchen könnten. Nachdem Sie diese selbstverständlich überarbeitet haben«, warf Reinhard Folkinger noch ein.

Als Profi bemerkte Joe Newton die kleine Finte von Folkinger sofort. Der Mann war ein Presse-Genie. Darauf hatte Deutschland seit Helmut Schmidts Zeiten lange warten müssen. Und gute PR-Arbeit würde den Deutschen auch international sehr gut zu Gesicht stehen. Die Medien werden Reinhard Folkinger lieben, da war er sich sicher. Und er würde der Erste sein, der exklusiv über ihn im Ausland berichtete. Was für eine Story. Pullitzer, du bist mein dieses Jahr.

Der Dow-Jones-Index schloss an diesem Freitagnachmittag in New York mit einem Plus von knapp zwei Prozent.

Zwar hatte die Wall Street etwas schwächer eröffnet, da immer noch eine große Unsicherheit darüber herrschte, wie der Regierungswechsel in Deutschland zu bewerten war. Erst als über den Tag immer mehr Details über das neue Regierungsprogramm bekannt wurden, kam es an der amerikanischen Börse zu kräftigen Kursgewinnen.

Unterstützt wurde dieser stetige Aufwärtstrend von einem positiven Zinsumfeld, da die Japaner den Verkauf von amerikanischen Staatsanleihen komplett eingestellt hatten. Japanische Adressen wurden sogar sowohl im Aktien- als auch im Anleihenmarkt als Käufer ausgemacht. Auf dem Parkett verbreitete sich sofort das Gerücht, dass Jack Mullenberg möglicherweise nun Spielraum für eine Zinssenkung haben könnte.

In Tokio dagegen wurden erstmals deutliche Worte gesprochen, berichteten Insider. Und Deutschland wurde jetzt von einigen japanischen Wirtschaftsbossen als Vorzeigekandidat genutzt, dass Veränderungen möglich sind.

Und auch die Berichte des *Wall Street Journals* über die Hintergründe des Anschlags auf Daniela Isenberg, die Verhaftung von John Kruzinger und die Zerschlagung der deutschen und amerikanischen rechten Szene in einer konzertierten Aktion des FBI und des deutschen Verfassungsschutzes nährten den positiven Trend weiter.

Als dann die Deutsche Bundesbank auf einer Sonderpressekonferenz noch eine deutliche Zinssenkung in Aussicht stellte, die sie der Europäischen Zentralbank empfehlen würde – und die Europäische Zentralbank würde mit Sicherheit dieser Empfehlung folgen –, gab es kein Halten mehr, denn das wurde als klares Entwarnungszeichen angesehen.

Marktprofis hatten natürlich sehr schnell von der Bankenversammlung in Frankfurt erfahren und ihre eigenen Schlüsse aus den Ergebnissen der Sonderkommission gezogen. So gehörten die wenigen deutschen Aktien, die an der New Yorker Börse gehandelt wurden, zu den absoluten High-Flyern des Tages.

Der große Seufzer der Erleichterung aus Deutschland war in der ganzen Welt nicht zu überhören.

»Sehr geehrte Damen und Herren. Wie Sie alle den Tageszeitungen entnehmen konnten, führe ich ein sehr bewegtes Privatleben. Ich fand es aber nicht fair, dass Sie nur über einen kleinen Teil meiner Machenschaften informiert sind. Ich habe daher beschlossen, die Medien weiter zu gebrauchen, damit auch jeder in Deutschland über alle Details meiner Vergangenheit Bescheid weiß.«

Die Kamera blendete ein Schwarz-Weiß-Foto ein.

»Hier sehen Sie mich noch jung und knackig neben Fritz Walter bei der WM-Aufstellung 1954. Danach entschloss ich mich, doch Politiker zu werden, und suchte mir ein großes Vorbild.«

Das nächste, eingeblendete Bild zeigte Sebastian Goldblum mit Adenauer beim Händeschütteln.

»Aber mein Hang zum Sport blieb, und so ließ ich es mir 1980 nicht nehmen, mit Eintracht Frankfurt den Gewinn des UEFA-Pokals zu feiern. Achtzehn Jahre später wurde ich dann mit Bayern München Deutscher Meister.«

In der folgenden Einblende sah man Goldblum auf dem Balkon des Frankfurter Römers stehen, wie er den schweren Pokal hoch über seinem Kopf der jubelnden Menge entgegenhielt. Die nächste zeigte Goldblum im Mannschaftsfoto der Bayern hinter der Meisterschale kniend.

»Aber heute zieht es mich dann doch eher ins Show-Geschäft, wie Sie hier sehen können.«

Zum Abschluss wurde eine Fotomontage gezeigt, in der Goldblum auf der ‚Wetten-dass'-Couchgarnitur saß und der deutschen Schauspielerin und Sympathieträgerin Inge Meisel einen Kuss auf die Wange gab.

Die Kamera fuhr zurück und zeigte Sebastian Goldblum, wie er dem Publikum zugewandt auf der Kante eines Schreibtisches saß. Auf dem Tisch stand ein Computermonitor, auf dem noch deutlich die Fotomontage mit Inge Meisel zu sehen war.

»Meine Damen und Herren, liebe Mitbürger. Ich habe Ihnen hier scherzhaft gezeigt, wie leicht es ist, eine nicht existierende Begebenheit existent zu machen. In welcher Form auch immer. Seien es Fotos, Bilder, Tatsachen oder Menschen. Wir alle sind beeinflussbar! Und manchmal können diese Manipulationen auch sehr negative Folgen haben. Das mussten wir alle sehr schmerzhaft in der letzten Woche erfahren! Aber wir können uns gegen Manipulationen zur Wehr setzen. Wenn die Lügen aufgedeckt werden, dann siegt die Wahrheit. Die Wahrheit ist, dass Deutschland vor einer großen Herausforderung steht. Die Wahrheit ist, dass Deutschland es ohne Ihre Unterstützung nicht schaffen wird. Die Wahrheit ist, dass wir um unsere Zukunft nun kämpfen müssen. Ich danke Ihnen!«

Epilog

Es war dreiundzwanzig Uhr zweiunddreißig, als Reinhard Folkinger zum vierten Mal auf die Uhr schaute, schließlich das Licht wieder anknipste und mit verschränkten Armen hinter dem Kopf an die Decke schaute.

Obwohl er an diesem Sonntagabend todmüde ins Bett gefallen war, hörten seine Gedanken nicht auf zu kreisen.

Was für ein Wochenende! Sein rechtes Ohr spürte er kaum noch, und dass seine Stimme überhaupt noch funktionierte, war schon ein kleines Wunder. Mit zahllosen Staatschefs, Botschaftern und Außenministern hatte er lange, intensive Gespräche geführt, um sie von der politischen Stabilität Deutschlands zu überzeugen.

Sein Pressechef hatte ihn mit einer Liste von vierunddreißig wichtigen Journalisten im In- und Ausland versorgt. Jeden Einzelnen hatte er persönlich angerufen, um ihre neugierigen Fragen zu beantworten und Stellung zu den Vorgängen in der letzten Woche zu beziehen.

Sebastian Goldblum und Wolfgang Lindstedt war es nicht besser ergangen. Dutzende von Wirtschaftsbossen, Fondsmanagern, Diplomaten, Politikern, Reportern und Weltbankiers hatten auf ihren Telefonlisten gestanden. Unterbrochen wurden die Gespräche nur durch weitere Fernseh- oder Presse-Interviews.

Aber diese ‚TV-Presse-Telefon'-Kampagne hatte ihre positive Wirkung nicht verfehlt. Welcher Fondsmanager fühlte sich nicht geschmeichelt, wenn der deutsche Finanzminister persönlich bei ihm anrief? Welcher Botschafter konnte noch nein sagen, wenn er vom deutschen Außenminister persönlich um einen

Gefallen gebeten wurde? Welcher Journalist konnte dem Charme eines Staatsoberhauptes widerstehen, der sich nicht zu schade dafür war, ein offenes, vernünftiges und auch ehrliches Gespräch zu führen?

Nein, sie hatten nichts beschönigt. Die Probleme lagen offen auf dem Tisch und wurden angesprochen. Kein System hatte den Anspruch darauf, perfekt zu sein. Sie hatten nicht auf alle Fragen eine befriedigende Antwort. Und oft mussten sie einfach sagen: ‚Haben Sie ein wenig Geduld. Die Zeit wird zeigen, dass wir richtig liegen.'

Aber nach einer Weile hatten ihre Gesprächspartner gemerkt, worum es wirklich ging. Es ging um Veränderungen, die ein Volk, eine Wirtschaft und ein ganzes Land aus seiner Lethargie reißen konnten. Es ging um den Wandel in der Einstellung jedes Einzelnen. Es ging um neue Chancen, um Möglichkeiten, um Freiheit. Es ging um den Appell an jeden, wieder ein selbstbewusster und mündiger Bürger zu sein.

Nein, ihm war nicht mehr bange vor Morgen und den nächsten Wochen, obwohl nun sehr viel Arbeit, sicherlich unzählige Probleme und reichlich Ärger vor ihm lagen. Aber er hatte ein gutes Team zusammengestellt, dem er vollends vertrauen und freie Hand lassen konnte. Besser gesagt: Professor Paul Walther hatte diese Mannschaft aufgebaut.

Alles hatte funktioniert. Jeder in der neuen Regierung hatte sofort die Initiative ergriffen und seine ihm lange im Voraus zugedachte Stellung und Aufgabe wie selbstverständlich übernommen. Das war ihre größte Befürchtung, dass nach dem Tod von Professor Walther alles auseinander fallen würde und die alten Ränkespielchen und Postenstreitereien von neuem beginnen würden. Doch nichts von dem war passiert. Jeder schien sich seiner Verantwortung bewusst.

Selbst die Gewerkschaften hatten sich absolut ruhig verhalten. Nicht ein einziger bissiger Kommentar war über die Lippen von Georg Kromm gekommen.

Es war schon wahnsinnig, was Professor Walther hier fabriziert hatte, wozu er sie gezwungen hat. Wahnsinnig war das richtige Wort. Die Veränderungen in den letzten Tagen waren so schnell passiert, dass keiner von ihnen noch einen Gedanken daran verschwendet hatte, wie hoch der Preis für all das gewesen war. Wie viele Menschen haben unter den Geschehnissen finanziell und persönlich gelitten? Wie viele unschuldige Menschen sind Opfer der teilweise chaotischen Zustände geworden? Wie viele hatten sogar mit ihrem Leben dafür zahlen müssen? Das erste Mal regte sich Widerstand in seinen Gefühlen. Hätten sie nicht absehen können, was Professor Walther vorhatte? Oder wollten sie es gar nicht erst sehen? Weil sie genau gewusst hatten, dass ein Wandel nur so – durch unlautere und teilweise brutale Mittel – durchsetzbar war? Und keiner von ihnen hätte auch nur annähernd die Courage geschweige denn die Kaltschnäuzigkeit gehabt, diesen Plot auf solch eine Art und Weise durchzuziehen. Sind sie also mitschuldig, weil sie nichts dagegen getan hatten? Doch was hätten sie tun können? In viele seiner Aktivitäten und Vorhaben hatte Professor Walther den inneren Kreis nicht mit einbezogen? Doch war das nicht eine schwache Ausrede? Sie hatten doch die Macht gewollt, und dass irgendwann genau das passieren würde, was in den letzten Tagen geschah, das war von vornherein absehbar gewesen. Waren sie deswegen nun nichtwissende Mithelfer? Oder hatten sie gar keine anderen Alternativen, als den Wandel auf diese Art und Weise herbeizuführen? Vielleicht würde er eines Tages für sich eine Antwort auf diese Fragen finden. Er wusste es nicht. Das Einzige, was er wusste, dass die Geschehnisse jetzt nicht mehr rückgängig zu machen waren. Und es nun in erster Linie darum ging, weiteren Schaden abzuwenden und aus dem Schlimmsten das Beste zu machen. Schon lange ging es dabei nicht mehr um persönliche Machtbereicherung, sondern letztendlich nur um Verantwortung für den Nächsten. Auch das hatte er in den letzten Tagen erst lernen müssen.

Mit diesem letzten Gedanken schlief Reinhard Folkinger erschöpft ein, obwohl das Licht in seinem Schlafzimmer noch hell brannte.

Sechshundert Kilometer entfernt lag ein anderer Mann ebenso in seinem Bett und schaute noch ein wenig TV, da auch er keinen Schlaf finden konnte und von ähnlichen Gedanken geplagt wurde.

Vor drei Monaten saß ich noch auf einer Insel in der Karibik, verjagt und verbannt, dachte sich Klaus Steiner. Was seit dem in seinem Leben passiert war, konnte er noch gar nicht recht fassen.

Der Verlust der Mutter, der Kampf um das Bankhaus, der Neu-Aufbau, Kristine, die Geschehnisse an der Börse in den letzten Wochen, der Bombenanschlag auf die Bundesbank und der Crash am Donnerstag. Der Regierungswechsel und das Zusammenrücken Deutschlands in seiner schwersten Stunde.

Hätte er nicht früher erkennen können, was Professor Walther vorhatte? Hätte er nach dem ersten Gespräch bei der Beerdigung seiner Mutter nicht eins und eins zusammenzählen können? Doch der Blick zurück und die eigenen Beschuldigungen und Vorwürfe halfen nichts, das wusste Klaus genau. Das Einzige, was jetzt noch helfen konnte, war zu verhindern, dass so etwas noch einmal passieren kann. Die nächsten Tage würden wegweisend sein für die weitere Zukunft Deutschlands. Und er hatte nichts unversucht gelassen, seinen Teil zu einer besseren beizutragen.

Stundenlang hatten Ulf, Christoph und er sowie die Vermögensverwalter des Bankhauses Steiner das ganze Wochenende mit ihren Kunden gesprochen und sie von dem positiven Ausgang dieser schwierigen Situation überzeugen können. Er wusste, dass Tausende von anderen Bankdirektoren, Filialleitern und Vermögensberatern in ganz Deutschland Ähnliches taten.

Wieder einmal hatte sich auch Vanessa Von Stappen selbst übertroffen. In einer bisher noch nie da gewesenen PR-Aktion hatte Vanessa gemeinsam mit ihren Freundinnen Eva Stocker, Tricia von Hangelstein, Madeleine Bossert und Jeannine Münchmeyer den gesamten deutschen Geldadel am Wochenende mobilisiert und eingeschworen. Jeder, der mehr als einhundert Millionen auf dem Konto hatte, war vor den Damen nicht sicher gewesen. Eigentlich müsste die Deutsche Börse am Montag vor lauter Kauforders aus allen Nähten platzen.

Kristine und er hatten sich am Sonntagnachmittag noch die

Zeit genommen, Doktor Hans Arnold in der Frankfurter Uniklinik zu besuchen. In einem angenehmen Gespräch hatte ihm Doktor Arnold seinen tiefen Dank für Klaus' Einsatz ausgesprochen. Das Gespräch hatte sogar kurz eine mögliche Kooperation in der Vermögensverwaltung zwischen der Deutschen Bank und dem Bankhaus Steiner gestreift, bevor eine rabiate Krankenschwester den kurzen Besuch mit dem energischen Hinweis auf den Gesundheitszustand von Doktor Arnold beendete.

In einem Telefongespräch mit Sebastian Goldblum hatte dieser angedeutet, dass das Bundesaufsichtsamt grünes Licht geben wird, dass Klaus dem Bankhaus Steiner wieder offiziell vorstehen darf. Damit stand nun auch der Auszahlung von Dieter Pring nichts mehr im Weg.

Unterdessen hatte Doktor Wilhelm Buerki seine Verbindungen in Liechtenstein spielen lassen und mit dem Verwalter der Holding des verstorbenen Professors Walther Kontakt aufgenommen. Dabei hatte Buerki herausgefunden, dass die Anteile der Holding am Bankhaus Steiner im Todesfalle von Professor Walther an die Familie Steiner übertragen werden sollen. Aber nur wenn ein Mitglied der Familie Steiner dem Bankhaus vorsteht. Und das dürfte ja wohl jetzt keine Frage mehr sein. Das Bankhaus Steiner würde in naher Zukunft wieder zu hundert Prozent in Familienbesitz sein, dachte sich Klaus. Sein Vater, seine Mutter, sein Großvater, sie wären bestimmt alle sehr stolz auf ihn.

Denn auch der Auf- und Umbau des Bankhauses in eine kleine, aber feine Investmentadresse hatte konkrete Formen angenommen. Mit der Stadt Frankfurt war man sich einig geworden über insgesamt fünf Emissionen von ‚Social-Bonds'. Und Christoph Mulder erwies sich nicht nur als ein ausgepuffter Devisenspezialist. Er hatte auch noch mit Hilfe eines ehemaligen Kollegen aus Hamburg, den das Bankhaus Steiner inzwischen abgeworben hatte, ein Euro-Cash-Management-System installiert, das den Firmenkunden des Bankhauses Kosten in Millionenhöhe beim Geldtransfer zwischen den verschiedenen ausländischen Tochterunternehmen einsparte. Damit hatte Mulder dem Bankhaus Steiner nicht nur ein ganz neues, sondern zudem ein sehr renditeträchtiges Geschäftsfeld aufgetan. Inzwischen wurde die Expertise in diesem Bereich selbst von Großunternehmen gerne genutzt.

Der ‚Stall' war und wird auch in Zukunft die Denkfabrik, das Herzstück der Bank bleiben. Auch wenn sich nun mit Sicherheit einige Aktivitäten in die repräsentativeren Geschäftsräume des Bankhauses Steiner im Frankfurter Westend verlagern würden.

Ah, da kam sein Lieblingswerbespot mit Reinhard Folkinger und er stellte den Ton des Fernsehers ein wenig lauter.

»... daher möchte ich Ihnen gar nicht weiter über das ‚Warum, Wieso, Weshalb' dieser offensichtlichen Manipulationen einen Vortrag halten, sondern ich wende mich direkt an Sie alle! Deutschland braucht jeden Einzelnen von Ihnen. Nicht nur am Montag, nicht nur die nächste Woche, sondern zu jeder Zeit! Und ich spreche hier ausdrücklich nicht von Finanzen! Ich spreche von Ihrem Kampfgeist! Ich spreche von Ihrem Mut und Ihrem Willen, den Wandel in Deutschland zu unterstützen! Nur gemeinsam können wir wieder stark sein, und nur gemeinsam werden wir die Probleme bewältigen können! Natürlich werden viele von Ihnen durch die kommenden Veränderungen betroffen und auch nicht immer damit einverstanden sein. Aber sehen Sie Veränderungen nicht nur als etwas Negatives an! Veränderungen bergen auch unheimlich viele Chancen! Zu lange blieb uns Deutschen nichts anderes übrig, als uns zu beklagen, da unsere Hände, die Taten vollbringen wollten, von den Regierenden gefesselt wurden. Nun sind diese Fesseln abgestreift! Und wir werden alles Menschenmögliche dafür tun, Ihnen diese Freiheit zu erhalten und Sie auf Ihrer Suche nach neuen Chancen aktiv zu unterstützen. Sie brauchen uns, aber wir brauchen vor allem Sie! Helfen Sie uns, gemeinsam den Weg in eine bessere Zukunft zu beschreiten! Ich danke Ihnen!«

Showbusiness, schmunzelte Klaus. Nicht amerikanisch oberflächlich, aber sehr amerikanisch positiv! Aber war das nicht auch eine Veränderung, die in Deutschland endlich kommen musste? Weg von dieser philosophischen, tiefsinnigen und teilweise depressiven deutschen Art? Weg von dieser Neid-Gesellschaft, in der sich niemand traut, über Geld zu sprechen, geschweige denn, es zu zeigen. Hin zu mehr Offenheit, Fröhlichkeit, Schulterklopfen und Fairness?

Klaus Steiner schaltete den Fernseher aus, drückte Kristine zärtlich an sich, die an seine Brust geschmiegt schon eingeschlafen war, gab ihr einen Kuss auf die Stirn und löschte das Licht.

Nein, er hatte keine Angst vor der Zukunft. Nicht mehr!